Barbara Neil

Das Verlangen der Delia Sutherland

Barbara Neil

Das Verlangen der Delia Sutherland

Roman

Aus dem Englischen
von Carina von Enzenberg
und Hartmut Zahn

Piper
München Zürich

Die Originalausgabe erschien 1993
unter dem Titel »The Possession of Delia Sutherland«
bei Bloomsbury in London.

ISBN 3-492-03662-7

Gesetzt aus der Palatino
Satz, Druck und Bindung:
Offizin Andersen Nexö Leipzig GmbH
Printed in Germany

Für meine Töchter Charlotte, Rebecca und Victoria in Liebe und Dankbarkeit

1. Teil

1

Wie töricht, sich in einen Toten zu verlieben. Es wäre nie passiert, wenn ich nicht geschlafen hätte, vierundvierzig Jahre lang, für alle unerreichbar.

Jetzt geht es mir gut. Ich fühle mich in meiner Haltlosigkeit so geborgen wie in der ganzen Zeit nicht, als ich noch Eigentum und Verantwortung hatte. Verschroben bin ich wie immer und auch den anderen entrückt, allerdings mit dem Unterschied, daß ich mir dessen jetzt bewußt bin. Wenden wir uns der Dame am Nebentisch zu, die wie ich jeden Tag hier ist, außer wenn es regnet. Sie beobachtet mich verstohlen, während sie dem aufgeplusterten Pudel auf ihrem Schoß mit zitternder Hand ein paar Krümel von ihrem Croque Monsieur ins Maul schiebt und die fettigen Finger an den immer selben Seidenblumen abwischt, die sie sich ans Revers gesteckt hat, anscheinend zu diesem Zweck. Sicher hält sie mich für verrückt, weil man mir alle Gedanken und Gefühle ansieht, und bestimmt hat sie die Tränen gesehen, die verdammten Tränen. Aber ich kann auch lachen, und wie! Egal. Sie möchte mich kennenlernen, doch das kann ich nicht zulassen. Wer weiß, wo es hinführen würde. Wie dem auch sei, es ist bereits Herbst. Bald wird das Wetter uns alle ins Innere des Cafés treiben. Sie wird eine der ersten sein, denn sie ist alt, fröstelt schon jetzt im Sonnenschein und fühlt sich nicht mehr recht wohl dabei, zu beobachten, wie die Menschen vorbeiströmen, sich zueinandergesellen, auseinandergehen. Wir beide halten durch. Wenn sie dann im Winter doch hineingeht, werde ich ihr ein Lächeln schenken, das sie schon lange gern erwidert hätte, und zu ihr sagen: »Bonjour, Madame«, damit sie weiß, daß ich Bescheid weiß. Damit wird der Fall erledigt sein, denn ich werde draußen bleiben, weil mir die Kälte nichts ausmacht; hat sie noch nie.

Die erste Frage, die sie mir stelle würde – vorausgesetzt, ich lasse es zu –, würde der Postkarte gelten, meiner Postkarte, die immer an der dickwandigen Kaffeetasse lehnt, wenn ich etwas in eines dieser Hefte schreibe, um mir Klarheit zu verschaffen und mich zu vergewissern, daß ich keinen Gesichtspunkt und keinen Hinweis ausgelassen habe. Später werde ich alles für dich sammeln, damit du mich endlich richtig kennenlernst, und in deinem Wissen über mich werde ich, ganz gleich, wie dein Urteil ausfällt, den größten Frieden finden, abgesehen vom, ja, vom Sterben. Seien wir doch mal ehrlich: Nachdem wir uns genug vorgemacht haben, wollen wir verstanden werden, nicht wahr?

Ach ja, die Postkarte: Der Kellner kam und räumte sie ruck, zuck vom Tisch, zusammen mit den Tassen und Weingläsern, die sich im Lauf des Vormittags bei mir angesammelt hatten. Ich merkte es nicht gleich, doch als ich schließlich feststellte, daß die Karte weg war, schoß ich wie in Panik in die Höhe, schüttelte die Falten meines langen Rockes aus, schob meinen Stuhl beiseite und suchte unter dem Tisch nach ihr. Die alte Dame beobachtete mich dabei. Als der flinke, junge Kellner auf dem Weg zurück ins Café an ihr vorbeikam, sah ich, wie sie ihn mit ihrem krummen Fingern, deren Nägel rot lackiert waren, am Ärmel zupfte. Das Tablett in die Höhe haltend, neigte er sich ihr widerwillig zu, um sie anzuhören, drehte sich sodann in der Taille und blickte in meine Richtung, während sie weiter auf ihn einredete. Er kam zu mir herüber, griff mit der linken Hand nach oben, um meine Karte mit spitzen Fingern vom Tablett zu nehmen, und ließ sie mit verächtlichem Achselzucken auf meinen Tisch fallen.

Ich tat, als hätte ich nicht gemerkt, was passiert war und daß sie es war, die meine Karte gerettet hatte, nahm mir aber vor, mich demnächst bei ihr zu bedanken, indem ich ihr ein paar neue Seidenblumen fürs Revers kaufte.

Kein Wunder, daß der Kellner meine Karte wegwerfen wollte. Ich habe sie vor drei Monaten erhalten und seitdem so oft gelesen, gewendet und betrachtet, daß sie nun schlaff und abgenutzt ist wie ein alter Lumpen. Von hinten brechen weiße Linien in das bunte hochglänzende Bild eines Fischmarktes. Die billigen Druckfarben sind verschwommen, und so mischt sich in die Berge orangefarbener Krebse das Schwarz eines Muschelhaufens, der daneben liegt. Einen großen Fisch an einem anderen Stand umgibt ein gespenstischer Heiligenschein. Das Wasser im geschäftigen Hafen ist von trügerischem Blau. Ich weiß, wovon ich rede, weil auf dem verwischten Poststempel »Marseille« steht und ich ebendiese Szenerie jetzt vor Augen habe. Jenseits der belebten Straße reihen sich die Stände aneinander, und dahinter liegt der Hafen, weniger glanzvoll zwar, aber alles ist da. Die Mitteilung auf der Rückseite der Karte lautet: »Da wär'n wir also, Mrs. Sutherland.« Das ist alles, kein Gruß, keine Unterschrift. Soll das soviel heißen wie: »Da bist du, da solltest du sein«? oder »Da bist du also, ich habe es dir ja gesagt«? Oder klingt im ersten Wort ein Seufzer der Erleichterung mit: »Da bist du also, Mrs. Sutherland«?

Hat er mich gefunden?

2

Delia Sutherland hielt die Geschwindigkeit von dreißig Stundenkilometern ein, die sie selbst für die zwölf Kilometer lange Privatstraße ihres Besitzes vorgeschrieben hatte. Die Ländereien wurden von keiner öffentlichen Straße durchschnitten, lediglich von ein paar Fußwegen, und an jedem der vier Eingänge riegelte ein Tor das Anwesen von der Außenwelt ab.

Vor ihr lag etwas reglos auf der Fahrbahn. Im Näherkommen erkannte sie, daß es ein Reh war. Sie hielt an und stieg aus, ließ jedoch den Motor laufen und die Wagentür offen. Sie stellte sich mitten auf die Straße und blickte, mit der Hand die Augen beschirmend, in die Richtung zurück, aus der sie gekommen war. Wer auch immer das Reh angefahren hat – er muß von dort gekommen und viel zu schnell gefahren sein, sagte sie sich, und das Reh ist bestimmt aus »Francis' Weg« auf die Straße gesprungen. Sie selbst hatte schon mehrmals abbremsen müssen, weil ein einzelner Bock aus dem verwahrlosten, von Haselsträuchern überwucherten Weg getreten war. Wenn man ihn nicht kannte, bemerkte man ihn überhaupt nicht, diesen gut fünfhundert Meter langen Weg, der zum See hinunterführte.

Sie bückte sich, um das aus der Nase austretende, langsam gerinnende Blut und die vor Schreck geweiteten, starren Augen des Tieres zu betrachten. Dann stemmte sie einen Fuß gegen den Bauch und rollte es ein wenig hin und her, um sein Gewicht zu schätzen, bevor sie ins rauhe Fell griff und das Reh auf die Ladefläche ihres schlammverkrusteten Pick-up hievte.

»Weg da! Weg, sage ich!« Ihre beiden Labradorhunde

zogen sich nervös hechelnd zurück, jeder in eine andere Ecke. Fluchend fuhr sie weiter. »Diese verdammten Raser! Diese Geisteskranken!«

Jenseits der Felder kam zwischen den Bäumen auf einer von einem Park umgebenen Anhöhe ein Haus in Sicht. Sie sah es mit den Augen eines Menschen, der an einem Ort geboren ist, ihn liebt und nie anderswo gelebt hat. Mit anderen Worten: Sie sah es überhaupt nicht, sondern empfand nur ein Gefühl der Geborgenheit, das schon die Nähe des Hauses in ihr auslöste, doch wurde dies rasch durch andere Dinge wie Müdigkeit, Hunger, den seit mehreren Stunden an ihr haftenden Ruß und Geruch brennender Stoppelfelder verdrängt.

Es war ein aus grauem Sandstein erbautes Gebäude im georgianischen Stil. Neun hohe Fenster im ersten Stock spiegelten die vorbeiziehenden Wolken, acht weitere im Erdgeschoß, in deren Mitte sich eine große zweiflügelige Tür befand, warfen die dunklen Konturen der Bäume zurück. Die Höhe der Fenster, die Tür mit der wie eine heruntergeklappte Kinnlade aussehenden Freitreppe davor und der Rundgiebel ließen das Haus aussehen, als wäre es vor Entsetzen erstarrt über ein schockierendes Geheimnis, das ihm die Landschaft zuraunte. Die anmutige Architektur des Osttrakts ging in einen niedrigeren Flügel aus der viktorianischen Epoche über, der durch eine Eibenhecke aus derselben Zeit teilweise verdeckt wurde. Eine Anpflanzung, die zeigte, daß man sich schon bei der Fertigstellung dieses Anbaus seiner Häßlichkeit bewußt gewesen war.

Delia Sutherland fuhr weiter. Als ihr eine Allee aus Buchen und Linden die Sicht auf das Haus nahm, hielt sie erneut an. Sie griff nach hinten, hob das Gewehr aus der Halterung am Hundegitter und klappte den Lauf herunter. Dabei hielt sie den Blick starr auf einen Punkt außerhalb des Wagens gerichtet. Alarmiert näherten sich die Hunde dem Gitter und winselten vor Aufregung leise. »Pst, Jungs, pst!« Die Finger ihrer rechten Hand wanderten tastend über die Ablage – ein Päckchen Pfefferminzdragees, ein Kugelschreiber, ein paar ölverschmierte Lappen, ein Glasröhrchen mit Bullensperma –, bis sie die glatte, feste Hülle einer Patrone umschlossen. Sie schob sie in den Lauf, hielt ihn aus dem offenen Seitenfenster, zog ein Bein an und drehte sich auf dem Sitz in die richtige Position. Als sie das Gewehr hob und zielte, knurrten die Hunde. »Ruhig, Kinder, ruhig!« Sie legte die Wange an den Kolben und hob den rechten Zeigefinger zu einem lässigen Gruß, bevor sie abdrückte. Von einer Linde in der Nähe stürzte flatternd ein wirbelndes Etwas aus schwarzen und weißen Federn zu Boden, zuckte ein letztes Mal und regte sich nicht mehr. »Hab ich dich, du kleines Miststück!« Die Hunde verbellten die tote Elster, und sie ließ sie gewähren.

Ein paar Minuten später war das Haus schon ganz nah. Jetzt waren die Spuren des Verfalls nicht mehr zu übersehen. Unter den Fenstersimsen zeichneten sich Flecken und Rinnsale wie von grünen Tränen ab. Die Balustrade war mancherorts weggebrochen, und an einer dieser Stellen schwang in der leichten Brise ein Grasbüschel hin und her – ein Papierhut auf dem Kopf eines ehrwürdigen Richters.

Beim Einbiegen in die Auffahrt hatte sie plötzlich den Knauf des Schalthebels in der Hand. »Verdammte ausländische Autos!« Sie schob ihn wieder auf den Hebel. Die Hunde drückten sich an ihre Beine, als sie die fünf ausgetretenen Stufen zur Haustür hinaufstieg, einen der bronzenen Türknaufe drehte und, den strahlenden Abend hinter sich lassend, Sleet House betrat.

In der Halle roch es nach langsam verrinnender Zeit, doch da war noch ein anderer, fauliger Geruch, der in der stillen Luft hing, ein Geruch, den Delia bislang nicht wahrgenommen hatte. Im hinteren Teil der Halle befand sich eine hölzerne Treppe, die sich auf halber Höhe vor einem Fenster, das ein paar zaghafte Lichtstrahlen hereinließ, in zwei schmalere Treppen teilte. Die Holzscheite im Kamin der Halle waren rußgeschwärzt, weil man während einer Kältewelle im März Feuer zu machen versucht hatte.

Sie schloß die Haustür, drehte sich zu den Hunden um und machte »Brrr!« Dabei war es überhaupt nicht kalt. Trotzdem sagte sie das oft. Schuld daran war der kühle Luftzug, der sie sekundenlang frösteln ließ, wie die meisten Besucher von Sleet House.

Die Hunde schossen an ihr vorbei ins Jagdzimmer. Früher einmal war es eine Bibliothek gewesen, doch nachdem man die Bücher vor dreißig Jahren verkauft hatte, schien es nur vernünftig, den Raum auf andere Weise zu nutzen. Die Eichenregale an den Wänden waren nun vollgestopft mit Ausrüstungsgegenständen für die verschiedensten Sportarten, die in Sleet schon längst nicht mehr ausgeübt wurden – Tennis, Croquet, Angeln –, sowie mit unzähligen Gummistiefeln, einem Stapel brüchiger Ledergamaschen und wetterfester Kleidung aus vergangenen Zeiten. Schrotflinten und Büchsen lehnten an der Wand, wo die Regale entfernt worden waren.

Von ihrer schmuddeligen Decke auf dem Sofa aus beobachteten die Hunde ihr Frauchen dabei, wie es auf dem Tisch mitten im Raum das Gewehr reinigte. Endlich warf Delia ihnen zwei Knochen aus einer auf dem Tisch bereitstehenden Schüssel hin. Danach sah sie die noch ungeöffnete Post durch, die in der Halle zwischen den Zeitungen lag, und sonderte die nicht sehr vielversprechenden Briefe aus. Sie wollte sie sich erst morgen vornehmen. Die Post war vom Samstag, und heute war Sonntag.

Da hörte sie von der Küche im viktorianischen Flügel des Hauses her das Schlurfen von Pantoffeln. Es kam durch den Bogengang links der Treppe näher.

»Abend, Curtis«, sagte sie, ohne aufzublicken. Sie war damit beschäftigt, die Hundeleine zu entknoten, die sie eigentlich im Jagdzimmer hatte lassen wollen.

Der alte Mann ging gebeugt. Sogar beim Sprechen hielt er den Kopf gesenkt und zog lediglich die Augenbrauen in die Höhe. »Abend, Miss Delia.«

Seit dem Tag ihrer Geburt, an dem er die Stellung als Butler in Sleet House angetreten hatte, war sie für ihn ›Miss Delia‹. Damals, als es noch richtiges Personal und richtige Arbeit gab, damals, als das Leben noch Saft und Kraft hatte, damals … eine Zeitlang hatte er sie mit ›Madam‹ angesprochen, nämlich nachdem sie geheiratet hatte, aber das war schnell vorbei gewesen. Er hob die feingliedrige Hand an sein bläulich-weißes, streng zurückgekämmtes Haar. Aus den Augen mit den schweren Lidern sprachen Ernüchterung und Resignation, und die Art, wie er die Nase mit den eindrucksvollen Nasenlöchern trug, diente den wenigen Menschen, die ihn gut kannten, als Stimmungsbarometer.

»Im Jagdzimmer liegt ein Rinderknochen für die Hunde, Miss. Ich hab ihn durchgeschnitten. Für Sie steht im Eßzimmer ein Teller mit Nierenragout bereit.«

»Danke, Curtis. Ich kann's kaum erwarten.«

»Schon recht, Miss.« Beide hörten sie die Ironie aus den Worten des anderen heraus, denn sonntags gab es immer Nieren und würde es auch immer Nieren geben, solange er am Sonntagabend kochte, weil Mrs. Files an diesem Abend freihatte.

»Dann gute Nacht, Miss.« Er schlurfte ins Eßzimmer.

»Nacht, Curtis«, rief sie ihm nach, doch zu spät, denn er zog bereits im Eßzimmer die Vorhänge zu. Gleich darauf hörte sie, wie er die Tür am anderen Ende öffnete, sie wieder schloß und über die Hintertreppe zu seinen Wohnräumen im ersten Stock hinaufging.

Den Kopf nachdenklich zur Seite geneigt, griff sie in die Taschen ihrer Hose, die aus Restbeständen der Armee stammte, kramte Schlüssel und ein paar Münzen hervor und warf sie auf den Tisch. Als sie quer durch die Halle zur Treppe ging, wanderte der Widerhall ihrer Schritte über Wände und Decke.

»Bung, Ho! Kommt schon, Jungs!« Die Hunde schlidderten hinter ihr her; das Klicken ihrer Krallen hörte sich an, als wären es nicht zwei, sondern zehn Hunde.

Eine Weile lag die Halle verlassen da, bis eine Frau das Haus betrat und die Tür hinter sich schloß. Sie lehnte einen unförmigen, in schwarze Plastikfolie gewickelten Gegenstand an einen Stuhl, zog die Jacke aus, pfiff durch die Zähne und rieb sich durch ihr Baumwollkleid kräftig Arme und Schultern. Immer diese Zugluft! Hätte sich jemand die Mühe gemacht, nach der Ursache zu forschen, wäre er in einem der oberen Flure des viktorianischen Flügels auf ein Oberlicht gestoßen, das einmal aus versehen offengelassen worden war. Die Luft glitt an den kalten Wänden nach unten, an sieben unbewohnten Zimmern vorbei – vor langer Zeit hatten die Hausmädchen darin geschlafen – und weiter bis zu einer Schwingtür, die zum Hauptgebäude führte. An dieser blieb die Zugluft schnüffelnd und kläglich winselnd stehen, bis die Haustür erneut geöffnet wurde und die Schwingtür erbebte: Dann konnte sie hindurchschlüpfen, über den zerschlissenen Läufer im Flur gleiten, durch die Kornfelder auf den ländlichen, goldgerahmten Bildern zwischen den Türen zu den acht Gästezimmern streichen und schließlich die Treppe hinunterströmen. In der Halle angekommen, mied sie den aus dem zur Küche führenden Bogengang quellenden Wärmeschwall, rüttelte an der Eßzimmertür und an den Türen des nicht mehr benützten Ballsaals, zauste die Zeitungen auf der Onyxplatte der Konsole, schlängelte sich um den Hutständer aus Palmenholz, an dem staubige Filzhüte und alte Kricket- und Jagdmützen hingen, und pfiff an der Eingangstür vorbei, bevor sie zu ihrem vorletzten Ziel weiterjagte: dem Salon. Hier ruhte sie sich kurz in den Tiefen des Sofas aus, bevor sie auf der Zeichnung von Augustus John Dorelias Fesseln anhauchte, in den Papieren auf dem Mahagonischreibtisch blätterte und die Reste der Caldwellschen Bibliothek in dem verglasten Chippendale-Schrank überflog. Ihr letzter gehässiger Akt bestand darin, einer Gruppe von rund fünfundzwanzig Zentimeter hohen K'ang-Hsi-Porzellanfiguren, deren Köpfe hold der Vase zugeneigt waren, die jede von ihnen in den Händen hielt und in der jeweils eine einzelne Tulpe steckte, unter die Kleider zu fahren und die Zehen in den Sandalen zu Eis gefrieren zu lassen. War dies vollbracht, wurde der kalte Luftstrom im Salon endlich in den sengendheißen Rauchfang des Kamins hineingesogen, in dem Tag für Tag, Jahr für Jahr ein Feuer brannte. Auch wenn man es nachts ausgehen ließ, war die Asche am nächsten Morgen noch immer heiß genug, um das erste Holzscheit daran zu entzünden.

Delia Sutherlands nach Westen gelegenes Zimmer hatte eine hohe Decke, und es war stets lichtdurchflutet und kühl, sogar im Sommer. Die rosa und grau gemusterten Vorhänge und Bezüge hatten siebenunddreißig Jahre zuvor die lange, tödliche Krankheit ihrer Mutter miterlebt. Organza hing leblos vom Baldachin des breiten Himmelbetts herab, und mit demselben Stoff war auch die Frisierkommode bedeckt, damit man die Einbuchtung für die Beine und die Schubladen nicht sah. Diese Frisierkommode war ein Erinnerungsstück an eine überaus weibliche Frau, deren Lebenseinstellung sich grundlegend von der ihrer Tochter unterschied. Schon mit siebzehn Jahren hatte sich Delia, mit zusammengekniffenen Augen, das Haar hochgesteckt, damit es ihr nicht ins Gesicht fiel. Dem bißchen Eitelkeit, das sie sich selbst zugestand, war im Badezimmer rasch Genüge getan, und so blieben die Frisierkommode, die Bürsten mit den silbernen

Rücken, die mit alter Watte gefüllten Kristallbehälter und die Dose aus Onyx mit den drei weißen, zu Staub zerfallenen Pillen unberührt.

Delia Sutherland zog sich aus, wickelte sich in einen Frotteemantel, und während sie die Haarnadeln aus ihrer widerspenstigen Mähne entfernte, blickte sie aus einem der drei Fenster hinaus auf Felder und Bäume, die in eine dreitausend Morgen Land umfassende Stille getaucht waren – in eine Auguststille.

Es klopfte, und Muriel Fuller steckte den Kopf zur Tür herein. »Dachte ich mir doch, daß ich dich hier finde.« Sie schleppte ein Paket und ließ sich in einen Sessel fallen.

Muriel hatte schöne Haut, helles Haar und war hübsch. Doch wenn sie wie jetzt müde oder niedergeschlagen aussah, wirkte ihr sonst so klares, wohlgestaltetes Gesicht wie ein Teller voller Speisereste.

»Hoffe, ich störe nicht«, sagte sie, zog einen Schuh aus, blickte prüfend hinein und schüttelte einen Kieselstein heraus.

»Nein, tust du nicht. Schön, dich zu sehen. Was schleppst du denn da an?«

Muriel lag die Antwort schon auf der Zunge, doch beim Anblick ihrer alten Freundin verschlug es ihr die Sprache. Es war nicht Delias Statur – sie war einsachtzig groß –, die sie so überraschte, denn daran war sie gewöhnt, sondern Delias graublaue Haarpracht, die ihr Gesicht wie eine dunkle Gewitterwolke umrahmte. »Dein Haar!« sagte Muriel nur.

»Was ist damit?«

»Ich habe es noch nie offen gesehen. Ist das nicht merkwürdig? In all den Jahren! Ich muß sagen, es sieht prächtig aus. Ja, wirklich, wunderschön!«

»Dein Glück, daß du nicht früher gekommen bist. Ich bin selbst gerade erst eingetroffen.«

»Wegen der Ernte?«

»Nein, damit hat es noch Zeit. Es gibt Probleme mit der Schulleitung.«

»An einem Sonntag?«

»Die Direktorin ist gegangen. Hat mitten in den Sommerferien gekündigt. Die kommt nicht wieder. Jetzt zerbrechen wir uns den Kopf über einen geeigneten Nachfolger.«

»Dir macht das mit der Schule Spaß, nicht wahr?«

»Ja, zwanzig Jahre mach ich das jetzt schon. Sag mal, was ist eigentlich in dem Paket, Muriel?«

»Mein Vorwand, um zu dir kommen zu können. Glaub mir, Delia, es gibt Zeiten, da weiß ich wirklich nicht, was ich tun würde, wenn ich nicht ab und zu auf einen Sprung zu dir rüberkommen könnte. Nicht daß Tom kein Verständnis hätte, aber er redet mit mir über manche Dinge eben nicht so ausführlich, wie ich es gern hätte.«

»Ich bin gleich soweit. Dann können wir unten einen Drink nehmen. Was ist denn los?«

»Es geht mal wieder um Melinda.«

»Ich habe gestern abend an sie gedacht. Weißt du was? Ich glaube, als ich Melinda zum letztenmal gesehen habe, war sie ungefähr fünfzehn.«

»Macht nichts. Manchmal kommt es mir auch so vor. An diesem Wochenende war sie seit langem mal wieder zu Hause. Sie ist kreuzunglücklich mit ihrem Freund. Ich habe dir schon mal von ihm erzählt. Ich möchte wetten, daß er sie geschlagen hat. Sie hatte eine Schramme im Gesicht. Anscheinend kommt sie nicht von ihm los. Er hat sie an der Leine. Weißt du, sie kommt heim, heult sich bei mir aus, und sobald ich sie wieder aufgemöbelt habe, schwirrt sie ab, und ich sitze da und fühle mich total bescheuert. Ein Gläschen mit dir und ein bißchen Jammern wird mir bestimmt guttun.«

Das Telefon klingelte. Delia Sutherland setzte sich auf die Bettkante und nahm das Gespräch, wie es ihre

Art war, an, indem sie nichts sagte und den Anrufer dadurch zwang, als erster zu sprechen.

»Delia?« Es war eine Männerstimme.

Sie legte die Hand auf die Sprechmuschel. »Nun pack schon das Paket aus, Muriel! – Ja, David?« Es war David Rosen, ihr Rechtsanwalt, Treuhänder und Freund.

»Hör zu Delia. Ich habe eine traurige Nachricht für dich.«

Ihr fiel auf, daß er »traurig« und nicht »schlecht« sagte. »Was ist passiert?«

Muriel machte sich daran, etwas aus der schwarzen Plastikfolie zu schälen. »Wie gesagt, es war ein Vorwand, um zu dir kommen zu können. Du weißt, daß Tom es haßt, wenn ich ihn am Wochenende allein lasse, und sei es nur für eine halbe Stunde.«

»Es geht um Francis.« Rosen verstummte, um Delia Gelegenheit zu geben, sich auf das Schlimmste gefaßt zu machen.

»Nun rede schon weiter«, drängte sie.

»Es ist der Rabattenschneider, den ich mir vor ein paar Monaten von dir ausgeliehen habe.«

»Also, es ist so ...« setzte Rosen an.

»Ja?«

»Er ist tot.«

Sie preßte den Hörer in den Schoß. Die Stimme redete noch eine Weile weiter, dann waren ein Klicken und gleich darauf das Freizeichen zu hören.

»Was ist los, Delia?« Muriel setzte sich neben sie aufs Bett.

Bestimmt hatte Rosen sie von zu Hause angerufen. Sie wählte seine Privatnummer. Er hob sofort ab. »Tut mir leid«, entschuldigte sie sich.

»Schon gut. Alles in Ordnung, Delia?«

»Ja, danke. Tot, sagst du? Wirklich tot?«

Ihr beharrliches Fragen verstimmte ihn. »Ja doch! Ja, wirklich«, erwiderte er, ging dann jedoch zu der üblichen Floskel über: »Es tut mir so leid.«

»Wie ist es passiert?« fragte sie. Sie wollte es genau wissen, damit es keinen Zweifel gab.

»Sieht so aus, als wäre er in seinem Schwimmbecken ertrunken. Gestern nacht. Bist du noch dran?«

Ein paar Sekunden vergingen, bevor sie antwortete: »Ich nehme an, ich soll zu dir rüberkommen und mit dir alles durchsprechen, die Rechtslage und so weiter.«

»Das eilt nicht. Du weißt ja, wie gründlich Francis in diesen Dingen war. Laß dir Zeit, du mußt erst einmal über den Schock hinwegkommen.«

»Paßt dir morgen vormittag um elf?«

»Wenn du unbedingt willst ...«

»Also um elf. Bis dann.«

Zögernd legte Muriel Delia den Arm um die Schulter. »Wer ist gestorben?«

»Francis.«

Muriel zog den Arm zurück. »Oje!«

»Ja, das war auch mein erster Gedanke.«

»Ich wollte damit nur sagen, daß es mir leid tut, meine Liebe. Es sollte nicht so ... na, du weißt schon wie klingen. Das ist ja furchtbar, ganz furchtbar! Wie ist es passiert?«

»Könntest du mich bitte allein lassen? Nimm es nicht persönlich.«

»Oh, selbstverständlich. Es tut mir so leid.« Muriel errötete vor Verlegenheit und griff verstört nach dem Rabattenschneider. »Was ist damit?«

»Ach ja, richtig. Stell ihn am besten ins Jagdzimmer.«

Kaum war Delia Sutherland allein, legte sich ihr einer der Hunde winselnd vor die Füße. »Geh weg! Platz!« Der Hund kroch in die Ecke zurück, die er mit seinem Bruder teilte. Dieser hatte den Kopf brav auf die Pfoten gelegt und klopfte mit dem Schwanz auf den Boden, um Delias Aufmerksamkeit auf sich zu lenken.

Als sie aus dem Fenster blickte, konnte sie kaum etwas erkennen, denn die Tränen in ihren Augen zogen die Bäume in die Länge, so daß sie dreimal so hoch wie sonst waren und in den Himmel zu wachsen schienen. Sie berührte ihr Gesicht, rieb die Finger aneinander und sagte laut: »Tränen!«, als gelte es, dem Phänomen, das sie soeben entdeckt hatte, einen Namen zu geben.

3

So deutlich sehe ich sie vor mir: Ich weiß, wie sie sich bewegte, was sie sah, was sie dachte. Doch ich kann nicht »ich« sagen, weil ich nicht länger sie bin, diese Frau, die sich, selbst wenn sie allein war, von ihren eigenen Tränen überrascht gab.

Schau mich an, schau mich jetzt an im Sonnenlicht! So war es noch nie. Wenn du es könntest – und schon bald werde ich zwischen all den leeren Stühlen und Tischen auffallen –, würdest du stehenbleiben, damit jeder von uns die Veränderungen am anderen sehen und das Ich, das er einmal war, wieder zutage treten lassen kann. Erste Eindrücke sind nun mal stärker als alles, was die Zeit dagegen auszurichten vermag. Eines Tages wirst du vor mir stehen, du wirst aus der Menge auf mich zukommen. Ich werde aufblicken und dein Gesicht sehen. Davon bin ich überzeugt.

Schön und gut, aber warum weinte ich, als ich am Fenster stand? Waren es Tränen der Wut? Oder Anstandstränen? Nie hätte ich gedacht, daß Francis vor mir gehen müßte. Er, der draufgängerische, verschwenderische Spaßvogel, war einer von den Menschen, die sich von nichts unterkriegen lassen. Ich konnte mir gut vorstellen, daß er als Mann reiferen Alters, noch immer eitel, wenn auch weniger als früher, eine starke Anziehung auf wehrlose junge Frauen ausgeübt und sich mit seinem Charme und einem Zwinkern in den Augen bis ins hohe Alter geflirtet hätte. Eher als mit seinem Tod hätte ich damit gerechnet, daß ich, die seßhafte, kräftig gebaute Delia, irgendwann von einem sich rasend schnell ausbreitenden Krebsgeschwür befallen worden wäre. So etwas passiert gekränkten Ehefrauen häufig.

Alle Welt war überrascht, als ich ihn heiratete, ich, die hochaufgeschossene, schlaksige Miss Caldwell mit den dunklen Augenbrauen, die als reserviert, ja unterkühlt galt und mit ihrem verwitweten Vater zusammenlebte, der ebenfalls ein Sonderling war.

Was sagen die Leute nicht alles, wenn sie glauben, daß man sie nicht hört – dabei weißt du genau, was sie sich erzählen, und es schwebt im Raum, wie eine Erleuchtung, und versetzt dir einen Stich, sobald du allein bist. »Stellt euch vor, dieses Mädchen hat sich Francis Sutherland geangelt! Den schwerreichen, gutaussehenden jungen Mann, der Schwung in die kleinste Runde bringt!« Vielleicht war auch alles mit dem einen Satz gesagt: »Er hätte jede haben können.«

Wir lernten uns auf einem Tanzabend hier in der Gegend kennen. Ich wollte nicht hingehen, aber mein Vater drängte mich. Ich war schon vorher beim Tanzen gewesen und jedesmal enttäuscht und mit einem unerklärlichen Gefühl der Leere heimgekehrt. Wie immer fiel ich aus dem Rahmen. Wie sollte es auch anders sein bei einem Mädchen, das an die Einsachtzig groß war und ein Kleid trug, um das seine Mutter einst beneidet worden war und das nun einen Streifen an der Stelle aufwies, wo man den Saum herausgelassen hatte? Die meiste Zeit des Abends verbrachte ich mit einem Glas Orangensaft, zweimal forderte mich jemand zum Tanz auf, einmal als Mutprobe. Es war nicht zu übersehen, als er mit seiner Clique auftauchte. In dem Teil des Raums, den sie in Beschlag nahmen, knisterte es plötzlich wie nirgends sonst. Sie stammten allesamt aus London, und halb hatte der Zufall, halb die Neugierde sie hierher verschlagen. Sie hatten sich von einer öden Party abgesetzt, sich auf dem flachen Land verfahren und waren schließlich bei uns gelandet, wo es noch öder war. Für uns war es ein rauschendes

Fest gewesen – bis sie kamen. Anfangs standen sie ein wenig abseits und gaben lautstarke Kommentare von sich, doch dann legten sie los, schnappten sich die hübschesten Mädchen und tanzten mit ihnen.

Ich merkte, wie er zu mir herüberblickte, mir dann den Rücken zukehrte und mit seinen Freunden in Gelächter ausbrach. Pech für ihn, daß ausgerechnet in diesem Augenblick die Kapelle wieder einmal aussetzte, die Gespräche verstummten und ich ihn sagen hörte: »… werd ich mal diesen verdammt langen Obelisken anquatschen.«

Und schon kam er auf mich zu. Ich lehnte mich an die Wand, verschränkte die Arme vor der Brust und tat so, als würde ich das Treiben auf der Tanzfläche beobachten, als er mich ansprach. Meine Antwort kam prompt.

Sie hatte gesessen. Er wurde rot, wich ein paar Schritte zurück, rückte seine Fliege zurecht und verdrückte sich. Bald darauf gingen sie.

Auch ich kehrte nach Hause zurück, doch nun kannte ich den Grund für das Gefühl der Leere in mir. Offenbar hatte ich mein Leben lang nur auf diesen ungehobelten Fremdling gewartet.

Bereits damals ging ich regelmäßig die Felder ab, begleitete den Tierarzt zu einer kranken Kuh, arbeitete im Büro des Guts, kümmerte mich um die Buchhaltung und registrierte jedes neugeborene Kalb. Das alles hatte mir Spaß gemacht – bis zu jenem Tanzabend. Es hatte mich mit Befriedigung erfüllt, in die Fußstapfen meines Vaters zu treten und mich um den Betrieb zu kümmern. Ja, ich hatte sogar ein ernstes Wort mit der rotgesichtigen Mrs. Files gesprochen, die nur kochte, was ihr paßte, und ständig schwanger war. Doch jetzt konnte ich mich auf nichts mehr konzentrieren. Stundenlang lief ich durch die Gegend, redete mit ihm, Francis, und vertraute ihm Dinge an, die man mit Worten nicht ausdrücken kann. Nachts, im Bett, hielt ich meine alte Labradorhündin Gertie eng umschlungen. Man hatte sie mir als Welpen nach dem Tod meiner Mutter geschenkt. Sogar Gertie hätte ich dafür hergegeben, daß Francis noch einen Annäherungsversuch machte, daß ich noch eine Chance erhielt. Was hatte er nur zu mir gesagt? Wenn ich mich gedemütigt fühlte, zog ich mich in mich zurück und hörte nichts mehr. Hätte er nicht diese Geste gemacht, hätte er nicht mit dem Handrücken seine Augen berührt, nachdem ich gesagt hatte, was ich gesagt hatte – ich habe vergessen, was es war –, hätte er nicht diese rasche Bewegung gemacht, dann hätte ich ihn einen Tag lang gehaßt und ihn aus meinem Leben gestrichen, wie ich es vor ihm mit anderen getan hatte. Aber er ging mir nicht mehr aus dem Kopf. Zuerst hatte er gelacht, dann ein paar Schritte rückwärts gemacht und dabei mit dem Handrücken sein Auge berührt, als wollte er die Stelle finden, an der meine Worte in ihn eingedrungen waren.

Ein paar Tage nach dem Tanzabend lag auf dem Tisch in der Halle ein Brief für mich. Als mir mein Name in einer schwungvollen, herrischen Handschrift entgegenprangte, wußte ich, daß der Brief von ihm war. Daß er mir schreiben würde, hatte ich am allerwenigsten erwartet, denn es war das, was ich mir am allermeisten gewünscht hatte. Ich steckte den Brief in die Tasche und öffnete ihn erst am Spätnachmittag, als ich mit Gertie zum See hinunterging. Ich setzte mich zum Lesen auf die Bank, während Gertie die Kanadagänse herumscheuchte.

Freitag nachmittag

Es hat mich sechs Telefonate, zwei Versprechungen und einen Gefallen gekostet, bis ich endlich diese Worte schreiben konnte:

Liebe Delia!

Wußten Sie, daß ich nicht einmal Ihren Namen kannte? Seit unserer Begegnung zähle ich jede Stunde. Ich bin der Mann, der Sie auf dem Tanzabend bei den Harveys angesprochen hat. Sicher ist Ihnen das an jenem Abend wer weiß wie oft passiert, und an jedem anderen Tag ihres Lebens auch. Von welchem meiner Fehler soll ich sprechen, um Ihrem Gedächtnis auf die Sprünge zu helfen? Eigentlich möchte ich gar nicht, daß Sie sich daran erinnern, denn sonst werden Sie mich bestimmt erneut zurückweisen, bevor ich Gelegenheit habe, Sie wiederzusehen. Dabei wünsche ich mir das mehr als alles auf der Welt. Hoffentlich lassen Sie sich von meinen offenen Worten nicht verunsichern. Ich bin selber so verunsichert, daß es für uns beide reicht, und das macht mich derart schüchtern, daß Sie vor mir keine Angst zu haben brauchen. Werden Sie mir antworten, Delia? Werden Sie mir schreiben, daß Sie mich wiedersehen möchten? Ich warte darauf.

Francis Sutherland

Was außer seiner inneren Stimme konnte ihm verraten haben, daß ein Brief die einzige Möglichkeit war, mir näherzukommen? Ich schrieb ihm zurück und lud ihn zum Tee nach Sleet House ein. Sollte alles ein Scherz sein, konnte er mich hier wenigstens nicht auslachen, mir nicht noch einmal weh tun. Falls er es vorhätte, könnte er es nur später tun, nachdem er gegangen wäre, und dann würde ich es nicht erfahren.

Francis Sutherland traf an einem verregneten Augustnachmittag in Sleet House ein. Delia Caldwell öffnete ihm persönlich. »Ich glaube, Sie kommen besser herein«, begrüßte sie den Mann, der in den vergangenen zweihundertfünfundsechzig Stunden ihr Leben aus dem Lot gebracht hatte.

Sie streckte die Hand aus, um die Rose entgegenzunehmen, die er ihr hinhielt, doch er zog sie plötzlich mit gerunzelter Stirn zurück und schnupperte an der kegelförmigen Zellophanhülle. »Hoffe, sie ist in Ordnung.«

»Danke.«

»Ich habe Ihnen noch was mitgebracht.« Er reichte ihr ein flaches Päckchen und sah gespannt zu, wie sie es öffnete. »Es ist ein Seidentuch«, verriet er, noch bevor sie es ausgepackt hatte. »Ich hoffe, es gefällt Ihnen.«

»O ja, sehr. Es ist wunderschön.« Sie legte es sich um den Hals.

Er öffnete die Haustür und schloß sie wieder.

»Was tun Sie da?« fragte sie.

»Ich habe einen Luftzug gespürt. Dachte, ich hätte die Tür nicht richtig zugemacht. He, nicht so! Schauen Sie, so ist es besser.« Er nahm das Tuch und band es ihr anders um.

Sie beugte sich über die Konsole, um sich im Spiegel zu betrachten. Noch bevor sie sich darin erblickte, mußte sie daran denken, wie sie hier seinen Brief vorgefunden hatte. »Warum haben Sie mir geschrieben?«

»War das ein Fehler?«

»Nein. Aber warum? Ich meine, heutzutage greift doch jeder gleich zum Telefon, oder?«

»Die anderen vielleicht, aber ich nicht. Nicht, wenn mir etwas wirklich wichtig ist. Ich freue mich sehr, daß Sie mich zu sich nach Hause eingeladen und nicht einen anderen Ort vorgeschlagen haben.«

»Wieso?«

»Ich habe noch nie …« Plötzlich verschlug es ihm die Sprache, und er ließ sich auf einen Stuhl nahe der Wand sinken.

Sie ging nicht zu ihm, beugte sich jedoch vor, um in der dämmerigen Halle seinen Gesichtsausdruck sehen zu können. »Was ist los?«

»Ich mußte gerade daran denken, daß man das, was man empfindet, für etwas Besonderes hält, aber sobald man versucht, seine Empfindungen auszudrücken, kommt nicht etwa etwas Besonderes dabei heraus, sondern nur eine abgedroschene Phrase. Ich wollte gerade sagen, daß ich noch nie jemanden wie Sie getroffen habe. Stellen Sie sich vor, wie viele Männer und Frauen das schon zueinander gesagt haben. Ich möchte es anders machen.« Er sprang auf und preßte die Hände aneinander. »Egal, auf jeden Fall wollte ich Sie in Ihrer eigenen Umgebung sehen. Sie haben mich hierher eingeladen, und das finde ich toll. Okay?«

Eine dicke Labradorhündin drückte die Schnauze zwischen seine Beine. Er wollte sie mit ein paar Liebkosungen wegschieben, um weder Hund noch Frauchen zu kränken, doch da bemerkte er eine wunde Stelle auf dem Kopf des alten Tieres und zuckte zurück.

»Hm, am besten führe ich Sie ein bißchen herum.«

»Sehr gerne, vielen Dank.«

Seine Begeisterung freute sie. Vielleicht war das Ganze doch kein Scherz, und er würde sie anschließend nicht auslachen. Sie ging voran, und ihr unbeirrbarer Gang gefiel ihm. Sie ließ sich anscheinend von nichts und niemandem aus der Ruhe bringen. Ihm gefiel auch die sachliche Art und Weise, wie sie ihn herumführte, auf interessante Gemälde verwies, indem sie den Arm hob, ohne jedoch selbst hinzuschauen, weil sie sie natürlich alle gut kannte. »Auf diesem Bild hier finde ich das Licht und die Art, wie es hinter der Wolke hervorstrahlt, besonders schön, und außerdem ... ach, ich kann es nicht erklären.«

Sie standen nun im Ballsaal. Abbröckelnder, vergoldeter Stuck und nilgrüne Wände, zwei Kamine und vier Fenstertüren. Delias Großmutter hatte diesen Raum geschaffen, indem sie die Wand zwischen zwei Zimmern niederreißen ließ. Darunter hatte zwar eine Fassade des Hauses gelitten, doch in jenen Tagen gehörte es nun einmal zum guten Ton, Gesellschaften großen Stils zu geben. Die Kälte im Ballsaal hatte es in sich. Francis Sutherland schob die Hände unter die Achseln und bahnte sich einen Weg durch das Sammelsurium von Möbeln. Vor den Kaminen waren mit Tapisserie bezogene Stühle und Sofas gruppiert. Auf

Hochglanz lackierte Paravents mit Einlegearbeiten aus Perlmutt schirmten die Sitzgruppen gegen eventuelle Zugluft ab. Die zahlreichen Beistelltischchen waren übersät mit emaillierten Dosen, kleinen Zinnfiguren, winzigen Uhren und Nähschachteln aus Elfenbein. Auf einem hochbeinigen, an die Rückenlehne eines Sofas geschobenen Stuhl lag ein Stapel in rotes Kalbsleder gebundener vergilbter Fotoalben. Das Echo im Saal verstärkte und verzerrte sogar leiseste Geräusche wie das Atmen, worauf empfindsame Menschen mit Befangenheit reagierten.

»Das da gefällt mir sehr gut«, flüsterte Francis Sutherland und zeigte auf ein dunkles Gemälde neben einem der Kamine.

»Mir auch. Es ist ein Entwurf in Öl. Von allen Bildern im Haus mag ich dieses am liebsten.« Sie trat an ein Fenster und öffnete die Läden. »Sehen Sie es jetzt besser? Als ich klein war, ich meine jünger« – als wäre das Wort »klein« bei ihr verpönt –, »kam ich oft hierher, öffnete wie jetzt die Läden, betrachtete das Gemälde und bildete mir ein, ich sei die Person, die darauf dargestellt ist. Können Sie sie sehen? Gleich unter den Bäumen? Vielleicht ist es nicht gut, wenn man zu sehr an bestimmten Dingen oder Gegenständen hängt.«

Das tust du aber, dachte er, und wie! Warum gehst du mir eigentlich so nahe, du seltsames, einsames Mädchen?

Über die vielen kahlen Stellen an den Wänden im Erdgeschoß von Sleet House ging sie ohne ein Wort der Erklärung hinweg. Die Teppiche wiesen Abdrücke von Möbeln auf, die einst auf ihnen gestanden hatten, und auch auf den Dielen hatten sich ihre Umrisse durch unauslöschliche Linien verewigt. Es waren so viele, daß Francis Sutherland spöttelte: »Hier ist wohl mal eingebrochen worden, was?« Als er ihren Gesichtsausdruck sah, fügte er hastig hinzu: »Tut mir leid, war nicht so gemeint. Es sollte ein Scherz sein.«

Sie baute sich vor ihm auf, als wollte sie sich mit ihm

messen, und sagte: »Alles verkauft, Francis. Verstehen Sie? Verkauft, um Schulden zu bezahlen.«

»Es tut mir leid. Ich wollte nicht neugierig sein. Ich hatte ja keine Ahnung.« Er klopfte sich mit den Händen auf die Schenkel. »Schulden, Schulden, und wenn schon! Ist doch nichts Schlimmes daran, Schulden zu bezahlen.«

Seine Verlegenheit und der Versuch, sie zu überspielen, entgingen ihr nicht. »Sie sind kein Engländer, stimmt's? Ihre Aussprache klingt jedenfalls nicht, als wären Sie von hier.«

»Ich bin Bahamer.«

»Bohemien?«

»Bahamer, klar?« Diese Situation hatte er schon allzu oft erlebt.

»Ich dachte, dort leben nur Schwarze.«

Auch das noch! »Nein, nicht alle sind schwarz.«

»Wie alt sind Sie?«

»Neunundzwanzig«, antwortete er zögernd, als wollte er sein Alter korrigieren, falls es ihr nicht paßte.

»O Gott!« sagte sie.

Ihm fiel nichts Besseres ein als: »Erst seit letzter Woche.«

Sie wandte das Gesicht ab.

Noch nie war er einem Mädchen von so aufreizender Schüchternheit begegnet, und nun wünschte er sich, er hätte ein offenes Ohr für die Klatschgeschichten gehabt, die man ihm zusammen mit Delias Adresse angeboten hatte. Doch er wollte sie ohne fremde Hilfe kennenlernen, wollte dieses neuartige Gefühl nicht besudeln, wollte, daß es andauerte. Warum war es sonst nicht von Dauer? Warum waren all die schönen Frauen so … so leicht durchschaubar?

Sie war ein Stück vorausgegangen. Vom Fuß der Treppe rief sie ihm zu: »Gut, gehen wir weiter.« Pfeifend und die Hände in den Taschen, kam er ihrer Aufforderung nach.

Höflich erkundigte er sich: »Wann wurde das Haus erbaut?«

»Um 1730.«

»Von einem bekannten Architekten?«

»Keine Ahnung. Man tippt auf Hawksmoor oder Vanbrugh. Es gibt keine Aufzeichnungen.«

»Wieso nicht?«

»Das Haus gehörte einem notorischen Spieler. Er mußte es verkaufen, um seine Schulden zu bezahlen. Darüber war er so verbittert, daß er sämtliche Unterlagen verbrannte. Das Ärgerliche daran ist, daß wir keine Pläne von den Rauchfängen haben. Wenn ein Kamin qualmt, ist es praktisch unmöglich, die Stelle zu finden, wo der Abzug verstopft ist. Mit den Abflüssen ist es dasselbe.«

»Aha, die Abflüsse.« Daher stammte also der Geruch in der Halle. Und er hatte gedacht, er käme von der Rose! Nun begleitete sie dieser Geruch, während sie die Treppe hinaufgingen.

»Wie bitte?«

»Ach, nichts. Das mit den Abflüssen ist bestimmt lästig.«

»Halb so schlimm.«

Als er den öden Flur und all die düsteren Gemälde vor sich sah, sagte er: »Gehen wir lieber nach draußen. Warum zeigen Sie mir nicht den Garten?« Er nahm ihre Hand, als hätte sie schon immer ihm gehört und wäre nur aus Versehen in ihren Besitz gelangt. Ihr behagte das offenbar nicht sehr, aber es war ihm egal, er hatte keine Angst vor ihr. »Kommen Sie!« forderte er sie auf.

»Es regnet aber!«

»Na und? Als Engländerin macht Ihnen das doch nichts aus, und da ich ein bißchen verrückt bin, macht es mir auch nichts aus.«

Jetzt mußte sie fast lachen. Sie ließ ihn ihre Hand halten, bis sie auf dem Kiesweg hinter dem Haus standen und er zum Himmel zeigte. »Schauen Sie sich diese verdammt großen Wolken an, Delia! Sind die nicht toll? So riesig und grau und –« Sie entzog ihm die Hand, ergriff gleichsam wieder von ihr Besitz, obwohl sie stillschweigend übereingekommen waren, daß sie ihm gehörte. Verständnislos sah er sie an.

»Sie sollten das nicht sagen: ›verdammt groß‹.«

»Stört es Sie, wenn ich solche Ausdrücke verwende? Wirklich?«

»Nein, ich meine damit, daß jemand, der kein Engländer ist, lieber nicht ›verdammt‹ sagen sollte. Das paßt nicht. Es klingt wie bei einem Schmierenkomödianten.«

»Aber ich bin zur Hälfte Engländer! Ich bin in Radley aufgewachsen, wie schon mein Vater, mein Onkel und mein Großvater. Ich habe in Oxford studiert. Und verflucht noch mal, meine Mutter war Engländerin. Sie stammte aus Norfolk, und obendrein habe ich einen britischen Paß.« Sie hatte ihm nicht zugehört, sondern war weitergegangen. Deshalb lief er ihr hinterher und wiederholte den letzten Satz: »Ich sagte, wir stammen aus Norfolk.«

»Ich habe es gehört.«

»Ich dachte, Sie hätten es vielleicht nicht gehört, weil Sie so weit weg waren.«

»Ich meine das mit dem ›verdammt langen Obelisken‹. Ich habe gehört, was Sie auf dem Tanzabend zu Ihren Freunden gesagt haben.«

»Daran erinnere ich mich nicht mehr. Ich kann mir überhaupt nicht vorstellen, was ich damit hätte sagen wollen.«

Er sagte die Wahrheit. Allerdings erinnerte er sich noch genau, was sie ihm geantwortet hatte, als er sie ansprach und ihr ein Kompliment machte. Er würde es nie vergessen.

Sie führte ihn durch das, was einmal ein gepflegter Garten gewesen war. Die Gesprächspausen wurden länger.

»Netter Hund«, sagte er, als er beim Verlassen des Gewächshauses über Gertie stolperte.

»Ich habe sie geschenkt bekommen, als ich acht und meine Mutter gerade gestorben war. Die Hündin ist also schon ziemlich alt. Jetzt hat sie ständig Warzen und irgendwelche wunden Stellen.«

»Ja, das habe ich gesehen.«

Der Garten war völlig verwahrlost. Die einst sorgsam gestutzten Bäume und Sträucher hatten die wildesten Verrenkungen gemacht, Kieswege waren unter Weidegras verschwunden, dessen Samen von den Feldern herübergeweht worden war. Verwitterte, mit gelben Flechten bewachsene Steinurnen markierten die Spitzen eines einst in den Rasen eingebetteten lilienförmigen Beetes. Jetzt schimmerte es nur noch wie ein Trugbild durch das Unkraut. Eine Leiter lehnte schon so lange an einer hohen, kegelförmigen Zypresse, daß deren Zweige um sie herumgewachsen waren.

»Zu schade!« sagte Francis Sutherland. »Es könnte alles so schön sein.«

»Dazu braucht man Geld.«

Die Hände noch immer in den Taschen, ging er langsamer, doch jetzt pfiff er nicht mehr. Es gab so vieles, was er ihr sagen wollte, was sie über ihn wissen und was sie beeindrucken sollte. Zum Beispiel, aus was für einer Familie er kam – daß in seinen Adern das Blut eines Draufgängers floß. Er wollte ihr von seinem Vater Scott und seinem Onkel Barclay erzählen, Zwillingen, die Ende des vergangenen Jahrhunderts geboren und zur Ausbildung nach England geschickt worden waren. Nach der Schule wollten sie jedoch nicht etwa auf die Universität, sondern zurück nach Hause, um dem alten Wallace Sutherland dabei zu helfen, mit Grundstücksspekulationen Geld zu machen. Damals schnellten die Preise in die Höhe, weil die Amerikaner die Karibik als neue Spielwiese für sich entdeckt hatten. Außerdem fehlte den Zwillingen das Angeln. Einmal, als sie gerade auf dem Wasser waren, wurde Scott von einem gut fünf Meter langen Hammerhai erwischt. Er hatte nach Muscheln getaucht, während sein Bruder an Bord geblieben war und die Leine nachgab. Als Barclay das Blut und das aufgewühlte Wasser sah, griff er nach dem Gewehr und tötete den Hai mit einem einzigen Schuß. Sechsundsiebzig Stiche waren nötig, um Scotts Stirn zusammenzuflicken, und nachdem man die Fäden gezogen hatte, sah sie aus wie die verwitterte Fassade eines venezianischen Palazzos.

Francis Sutherland wollte Delia Caldwell erzählen, daß die Zwillinge bei Ausbruch des Ersten Weltkriegs Hals über Kopf nach England zurückgereist waren, um sich freiwillig zu melden, doch dort hatte man sie mit den Worten abgefertigt: »Wir können euch Kolonisten in unserem Krieg nicht gebrauchen.« Also trösteten sie sich, indem sie noch mehr Geld machten und es sich gutgehen ließen. Über kurz oder lang änderte sich die Haltung der Briten jedoch, und so durften sie in diesem Krieg mitkämpfen, der sie im Grunde kaum berührte.

Sie waren in Belgien stationiert, wohin Wallace großzügig bemessene Geldanweisungen schickte, damit seine Söhne nicht am Hungertuch nagten. Die Folge war, daß sie ein Leben in Saus und Braus führten, das die Engländer entsetzte.

Wenn sie Urlaub hatten, sorgten sie für jede Menge Gesprächsstoff. Sie kauften sich in der Stadt ein Auto, umgaben sich mit einem ganzen Harem von Freudenmädchen, und dann wurde gefeiert. War der Urlaub zu Ende, fuhren sie im Auto zurück zur Kaserne – einmal saßen sage und schreibe acht Frauen auf dem Rücksitz –, warfen den Schlüssel in die Luft und riefen: »Für euch, Girls.« Beim nächsten Mal: neues Auto, neue Mädchen.

Barclay fiel bei Passchendaele, und als Scott auf die Bahamas zurückkehrte, fehlte ihm der rechte Arm. Dort herrschten noch immer gute Zeiten, das heißt, bessere Zeiten denn je. In den Staaten war gerade die Prohibition eingeführt worden, und jetzt machte Scott erst richtig Geld. Er fing ganz klein mit nur einem Schoner an, den er fünf Meilen vor der Küste von Nassau ankern ließ, wo er von mit Alkohol vollgeladenen Schiffen aus England beliefert wurde. Anschließend segelte er zum Long Island Sound: Dort wurde der Alkohol auf Leichter verteilt und zum Festland gebracht. Ein Kinderspiel.

Bei einer dieser Schiebereien vor der Küste der Biminis ging ein schwarzes Besatzungsmitglied über Bord. Der Mann konnte nicht schwimmen und wurde im Nu von den Fluten fortgerissen. Scott sprang hinterher und kämpfte mit dem linken Arm gegen die Wellen an. Schon bald war auch er nicht mehr zu sehen. Als zwei Tage später ein Schildkrötenfischer im Golfstrom gerade mit dem Speer zum Wurf ausholte, erkannte er, daß es sich bei seiner Beute um einen Mann handelte, der auf einem Stück Treibholz lag und schlief. Es war Scott.

Ein andermal tauchten Piraten längsseits von seinem Schiff auf. Er drohte ihnen an, auf sie zu schießen, doch sie lachten den einarmigen Mann mit der komischen Stirn aus, bis er eine Pistole aus dem Gürtel zog, auf eine Seemöwe auf der Mastspitze zielte und sie abschoß. Da suchten sie das Weite.

Das alles hatte Francis' Vater Scott erlebt. Zwar waren es nicht seine, Francis Sutherlands, eigene Geschichten, aber doch seine Vorgeschichte, der Fundus, aus dem er schöpfte. Er hätte dasselbe getan, wären da Kriege gewesen, in denen er hätte kämpfen können; wäre es darum gegangen, Geld zu machen. Doch es gab keine Kriege, und Geld gab es genug, fast zuviel, um es jemals ausgeben zu können. Seine einzige Aufgabe bestand darin, Besitztümer anzuhäufen und noch mehr Geld zu machen.

Anderen Frauen hatte er diese Geschichten nie erzählt. Er hatte noch nie damit geprahlt, denn mit der Wahrheit prahlt man nicht. Außerdem umgaben ihn sein Reichtum, sein gutes Aussehen und seine von einem leichten amerikanischen Akzent gefärbte Aussprache ohnehin mit einer schillernden Aura und boten Anlaß zu allerlei Mutmaßungen, die sich günstig für ihn auswirkten. Delia Caldwell war anders als die anderen. Er wollte, daß sie alles über ihn wußte. Noch nie hatte er so stark den Drang verspürt, sich mitzuteilen. Woher kam bloß dieses Schweigen zwischen ihnen? Was hatte er nur falsch gemacht?

Längst hatte er es aufgegeben, mit ihr Schritt halten zu wollen. Mitten im hohen Gras war er stehengeblieben und betrachtete verwundert ihren Regenmantel. Sie lebten doch in den sechziger Jahren: Der Mantel hätte eher in die Zeit gepaßt, als ihre Mutter jung war.

Delia Caldwell wartete auf Francis Sutherland. Bald schon wäre alles vorbei. Noch eine Tasse Tee, dann würde er gehen. Das wär's dann. Das alte Spiel, sagte sie sich, und danach wieder die große Leere und das Gefühl, etwas verloren zu haben. Dabei hatte er sich solche Mühe gegeben, mit den Blumen, dem Seidentuch, den höflichen Fragen. Trotz Nieselregen war er ihr überallhin gefolgt. Sie wollte etwas sagen, das sie beide an den Punkt zurückführen würde, an dem sich zwischen ihnen eine Freundschaft hätte entspinnen können. Unzählige Minuten waren ohne ein Wort verstrichen. Ja, sie mußte etwas sagen. Irgend etwas würde ihr schon einfallen, wenn sie sich nur einen Ruck gab und sich zu ihm umdrehte. Sie fuhr so unerwartet herum, daß sie ihn fast umgestoßen hätte. Als er sich wieder aufgerichtet hatte, sagte sie: »Es hat mir großen Spaß gemacht, ich meine, daß Sie gekommen sind und überhaupt.«

Sie wartete auf eine Antwort, doch es kam keine. Langsam nahm die sie umgebende Szenerie vor ihren Augen Gestalt an. Der Garten war vom Regen durchtränkt, der Himmel klärte auf – zu spät. Francis' Füße waren im ungemähten Gras versunken, seine Hosenbeine naß bis zu den Knien. Auf seinen Schultern hatten sich an den vom Regen durchnäßten Stellen dunkle Flecken gebildet, und der Kragen seines Jacketts war hochgeschlagen. Ein bläulicher Schatten umgab seine Lippen, das Haar klebte an der Stirn. Spaß? Hatte sie Spaß gesagt? Delia Caldwell ließ den Kopf sinken, doch gleich darauf warf sie ihn in den Nacken, als hätte jemand an dem unförmigen Schopf gezogen, zu dem sie ihr dickes Haar gebändigt hatte, und fing an zu lachen. Sie lachte, ohne ein Wort der Entschuldigung oder Erklärung.

Francis Sutherland beobachtete sie. Er begriff, daß sie nicht über ihn lachte. Du bist wundervoll, wollte er sagen, und so anders und sonderbar, und er wollte sagen: Ich liebe dich. Doch er unterließ es lieber, denn sie mochte ihn nicht, jedenfalls nicht sehr, noch nicht. Ich liebe dich und ich möchte diese Worte loswerden, denn sie tun mir weh, solange sie in mir stecken.

Mit dem Ausruf: »Oje, oje! Tut mir leid!« schickte sie das Gelächter dahin zurück, woher es gekommen war. Er sah sie unverwandt an, doch es störte sie nicht so sehr wie sonst. Dein Haar ist schwarz wie meins, deine Haut olivfarben, deine Augen sind – welche Farben haben sie eigentlich? Sein Blick war so leidenschaftlich, so durchdringend. Sie hatte ihn ausgelacht, und jetzt haßte er sie bestimmt. Sie stürzte vom Gipfel ihres Lachens herab, und alles entglitt ihr, sein Gesicht, der sich aufhellende Nachmittag, jegliche Möglichkeit, glücklich zu sein. Bis zum Haus war es nicht weit. Drinnen würden sie sich bestimmt besser fühlen, sicherer.

Als sie die Stufen zum Salon betrat, fiel Francis Sutherland plötzlich etwas ein. »Delia?«

»Ja?« Sie ging weiter.

»Warten Sie!« Sie blieb stehen und neigte den Kopf zu Francis, der auf der Stufe unter ihr stand. »Es tut mir leid, ich meine, wie ich mich auf dem Tanzabend verhalten habe.«

Sie wandte sich ab. Von neuem durchlebte sie die Scham, die sie damals empfunden hatte, und erinnerte sich, daß der Schweiß unter ihren Achseln auf dem steifen Seidenstoff des Kleides feuchte Flecken hinterlassen hatte. Wieder verspürte sie das Verlangen, ihm die Beleidigung heimzuzahlen, und auch jetzt verschränkte sie die Arme vor der Brust. Als sie ihm wieder das Gesicht zuwandte, sah sie gerade noch, daß er wie damals mit dem Handrücken das Auge berührte.

Der Weg vom »Tut mir leid« bis zur Heirat war kurz. Der Weg zurück zum »Tut mir leid« noch kürzer.

Stellte man alten Freunden der Sutherlands die Frage: »Warum zum Teufel hat er sie geheiratet?«, antworteten sie stets dasselbe: An dem Tanzabend, an dem Delia Caldwell Francis Sutherland mit einer schroffen Bemerkung – wie immer diese auch gelautet haben mochte – abgefertigt hatte, sei er zu seiner Clique zurückgekehrt und habe verkündet: »Ich könnte aus dieser Frau eine Schönheit machen.«

4

Mein Café – ich betrachte es als meins, schließlich habe ich seit fast drei Monaten jeden Tag mehrere Stunden darin gesessen – heißt »New York«. Klingt nicht eben sehr französisch, aber die Ausstattung ist es dafür um so mehr: kastanienbraune Markisen und Wände, Bistrostühle. Draußen auf dem Trottoir stehen ein paar Tische, und an einem von ihnen sitze ich. Der Teil des Cafés in meinem Rücken ist bei schönem Wetter zur Straße hin geöffnet. Von dort aus beobachtet mich die alte Dame mit den Seidenblumen – mich und alle anderen, die sie unterhaltsam findet. Wir beide kommen jeden Morgen früh genug, um unsere angestammten Plätze einnehmen zu können. Zu ihrem Leidwesen sind die Glasscheiben, die man gestern nach Schließung des Cafés in den frühen Abendstunden eingesetzt hat, heute morgen immer noch da. Man hat das Café winterfest gemacht. Ich habe ihnen bei der Arbeit zugesehen, wie so oft auf dem Rückweg meines Spaziergangs, der mich den Quai de Rive Neuve entlang, an der Überführung vorbei und den Boulevard Charles Livon hinunterführt. Auf meinem Weg komme ich an der Rekrutierungsstelle der Fremdenlegion vorbei. Dort ist nie viel los. Selbst tagsüber, wenn ich meine Runde drehe, sehe ich nicht viele Menschen durch das Tor ein und aus gehen.

Nun sind wir also getrennt, die alte Dame und ich. Zwar wird sie, sobald die kalte Jahreszeit beginnt, nicht mehr nach innen umziehen müssen, doch dafür kann sie mich nicht mehr so gut sehen. Von heute an rechne ich jeden Tag damit, daß sie draußen die Tische wegräumen. Eines Morgens werde ich hierher kommen und feststellen, daß sie sie nicht mehr aufgestellt haben, und dann werde auch ich nach innen gehen müssen, ob mir die Kälte nun etwas ausmacht oder nicht. Ich muß die Blumen für ihr Revers kaufen. Die Blumen zum Dank.

Ihr Toten, was für eine Macht ihr über uns habt, ihr, die ihr uns mit all unseren Fragen und verstümmelten Hoffnungen alleine laßt! Ich muß an meine Mutter und meinen Vater denken, die sich leidenschaftlich liebten. Was wäre wohl über die Jahre aus ihrer Liebe im Rahmen der Ehe geworden? Wer weiß das schon? Meine Mutter sprühte vor Leben und Lebenslust, sie war bildschön und ist es, da sie jung gestorben ist, auch geblieben. Mein Vater war sanftmütig und still und trug sie, für alle Welt sichtbar, auf Händen. Es gab eine Zeit, in der ich Teil ihrer Leidenschaft war und mir als ihr Ergebnis und Beweis zugleich ein fester Platz zukam. Lang ist es her, und meine Erinnerungen daran sind mehr als vage.

Ich war vier Jahre alt, als mein Bruder zur Welt kam. Er starb nach der Geburt. Der Kummer warf meine Eltern auf sie selbst zurück, und ich blieb mit meinem allein. Dabei hatte ich mir so sehr einen Bruder gewünscht. Ich hätte ihn mit Liebe überschüttet.

Als meine Eltern über seinen Tod hinweggekommen waren – falls Menschen so etwas überhaupt können – stellte ich fest, daß die Zeit der Dreieinigkeit vorbei war. Vielleicht war ihnen ihre Liebe zu mir nicht mehr geheuer. Schließlich konnte ja auch ich sterben. Doch ich starb nicht. Jedenfalls redete ich mir ein, daß sie mir aus diesem Grund ihre Liebe entzogen oder sie mir verheimlichten – was auf dasselbe hinauskam –, und es nicht etwa daran lag, daß ich häßlich war. Meine Mutter war eine vornehme, gutaussehende Frau. Sie war das Licht und das Leben. Ich war nichts von alledem und wußte es schon damals.

Zu ihren Lebzeiten war das Haus von Betriebsamkeit

und Freude erfüllt gewesen. Tag und Nacht spielte sie ihre Lieblingsmusik – Ben Webster, Coleman Hawkins, auf jeden Fall Jazz – auf dem Plattenspieler im Ballsaal, und zwar so laut, daß alle im Haus es hörten. Wir hatten jede Menge Besuch und jede Menge Partys, bis sich, im Ballsaal zuerst, Stille breitmachte. Danach hörte ich nur noch dann und wann nachmittags Jazz aus dem Salon. Doch schon bald kehrte auch dort Stille ein. Wochenlang legte sich diese Stille auf die Stufen der Treppen und setzte sich im Flur vor dem Schlafzimmer meiner Mutter fest. Drinnen lag sie, von Kissen gestützt, im Bett, lachte wie immer, plauderte und spielte ihre Musik. Und plötzlich: Stille.

Ich stieß die Tür auf, so daß sie weit aufschwang, sah, daß Mutter reglos und flach dalag und Vater sich mit gespreizten Armen und Beinen auf sie gelegt hatte und wie ein Kind weinte.

Ich trat näher, um ihr Gesicht zu betrachten, doch es war zugedeckt. Da legte ich die Hand auf die meines Vaters. Sogleich ließen seine Zuckungen nach, und er hielt den Atem an.

Was für ein bewegender Augenblick war dies, in dem ich ihm Trost spenden konnte und er sich durch meine Gegenwart beruhigt fühlte!

Er hob den Kopf und betrachtete die Gesichtszüge meiner Mutter, die sich unter dem Laken abzeichneten. Gleich darauf wanderte sein verstörter Blick zu seiner Hand, auf der meine lag, glitt an meinem Arm hinauf zu meiner Schulter und bis zu meinem Gesicht.

»Nein!« sagte er. »Nein!« Er entzog mir die Hand und brach erneut in Tränen aus.

Er hatte meine Hand für ihre gehalten! Von jenem Augenblick an sollte es uns beiden schwerfallen, die Arme nacheinander auszustrecken. Schwerfallen? Ich besaß nicht einmal den Mut, es zu versuchen, denn ich wollte ihm nicht noch einmal eine so schreckliche Enttäuschung bereiten und sie am eigenen Leib erfahren.

Nach Julia Caldwells Tod arbeiteten in Sleet House nur noch wenige Bedienstete. Zu tun gab es ohnehin nicht mehr viel, und selbst um das wenige kümmerte sich niemand. Täglich erschienen ein paar Putzfrauen und machten sich gelangweilt wieder davon, nachdem sie ihre Neugierde über den Witwer und dessen Tochter befriedigt hatten. Mrs. Files kochte emsig immer dieselben Gerichte, Curtis wurde Butler, und mehr Personal wurde nicht benötigt.

Es war Curtis, der Miss Delia auf die Idee brachte, die Kleider ihrer Mutter nach etwas durchzusehen, was ihr paßte. Es gab ganze Schränke voll, die man vier Jahre nach ihrem Tod noch immer nicht ausgeräumt hatte. Nicht ausgeräumt zwar, aber auch nicht vernachlässigt, denn Curtis lüftete die Mäntel, Kostüme und Kleider in regelmäßigen Abständen, bürstete und plättete sie. Mochte es im Haus auch andere Arbeiten zu tun geben – die hübschen Sachen konnte man doch nicht vergammeln lassen! So kam es, daß Delia Caldwell im Alter von zwölf Jahren in der dritten Klasse Tweedröcke von Hartnell und Blusen von Dior trug. Das war zwar niemandem bewußt, auch Delia nicht, doch kamen die Sachen den anderen irgendwie bekannt und zugleich höchst lächerlich vor.

Es war ebenfalls Curtis, der sie jeden Tag zur Schule brachte und wieder abholte, bevor er zu seinem Cottage fuhr, das er in jedem freien Augenblick aufsuchte, um sich um seinen kranken Bruder zu kümmern. Um sieben Uhr erschien er in Sleet House und servierte Vater und Tochter im Salon das Abendessen. Danach hatte er frei, konnte der Welt den Rücken kehren und mit Maurice seine Ruhe haben.

Die meiste Zeit verbrachte George Caldwell im Salon. Dort grummelte er sich inmitten seiner nach nassem Fell riechenden Hunde durch den Vormittag. Die Flügeltüren führten hinaus zu den Stufen, auf denen Francis Sutherland ein paar Jahre später sagen sollte:

»Tut mir leid.« Es war, als trödelte in diesem Raum die Vergangenheit herum und erzählte immer wieder dieselben Geschichten.

Wenn Delia aus der Schule kam, ging sie schnurstracks in den Salon. Die Porzellanfiguren in der Ecke waren das erste, was sie berührte. Sie strich über die Kleider und die in Sandalen steckenden Füße, noch bevor sie ihren Vater grüßte, der gewöhnlich hinter dem Schreibtisch saß.

»Ah, da bist du ja, mein großes Mädchen«, sagte er jedesmal und dann kam sie sich vor, als wäre sie sich selbst verlorengegangen und jetzt wieder da.

Meist blieb er am Schreibtisch sitzen und sagte kein Wort mehr. Auf seinem Gesicht lag ein konzentrierter Ausdruck, die Augen sahen aus wie Wespen, die nach draußen drängten, die Lippen unter dem spärlichen Schnauzbart waren nachdenklich geschürzt. Delia störte ihn nie.

Um halb zehn sagte sie: »Gute Nacht, Daddy.«

Verdutzt blickte er auf. »Wie bitte?«

»Gute Nacht.«

»Sag bloß, es ist schon so spät! Dann gute Nacht«, antwortete er widerstrebend, als bedauerte er es, ein Gespräch beenden zu müssen, das ihm lang und ergiebig erschienen war.

George Caldwell kam über seinen Kummer nie hinweg. Er hüllte sich in den Mantel des Alters, ließ seine Verpflichtungen schleifen. Jetzt kam der kauzige englische Gutsherr zum Vorschein. Mit Vierzig war er ein trauriger, alter Herr. Wenn er, statt einen vollständigen Satz sagen zu müssen, mit einem Brummen und Knurren auskam, so war ihm das mehr als recht, selbst gegenüber seiner Tochter.

»Warum mußte sie sterben, Daddy?«

»Was? Was sagst du?«

»Warum ...?«

Es reichte, daß sie den Anfang der Frage wiederholte.

»Ach, weißt du, in ihrem Körper war etwas, das immer mehr gewachsen ist.« Schadet ja nichts, sagte er sich, wenn man die Dinge ein wenig beschönigt. Delia sah ihn unverwandt an und erhoffte sich eine etwas ausführlichere Antwort, doch die bekam sie nicht. Außerdem wollte sie von ihm noch etwas anderes als nur Antworten. Er aber wollte lieber nicht wissen, was es war. Er war so müde. Alles war so ermüdend. Manchmal erinnerte Delia ihn an ihre Mutter, vor allem als sie älter wurde. Manchmal, wenn sie mit dem Hund spielte, verzog sie das Gesicht und wich lachend der leckenden Zunge aus. Dann war sie wie Julia.

Julia! Seit ihrem Tod hatte er den Namen nicht mehr ausgesprochen, er nicht und auch niemand sonst, jedenfalls nicht in seiner Gegenwart. Bei der Beerdigung hatte er ihn zum letztenmal gehört.

Wenn er Saxophon spielte und Delia bei ihm saß, ihm zuhörte und im Takt mit dem Fuß klopfte, weil ihr die Musik so gut gefiel, erinnerte ihre ganze Haltung ihn an Julia. Einmal wurde die Einbildung so übermächtig, daß er zu spielen aufhörte, um sie besser betrachten zu können, und selbst in der Art, wie sie auf die unliebsame Unterbrechung reagierte – »Das darfst du nicht! Du kannst doch nicht einfach aufhören! Spiel weiter!« –, hatte sie so viel von Julia. Ja, das war Julia. Sie war zurückgekehrt, wie sie es ihm versprochen hatte. Er stellte das Saxophon beiseite, ging hinüber zum Sofa und schloß sie in die Arme. »O Liebling, ich habe dich vermißt.«

Wen? Dieses große Mädchen etwa? Das nur aus Haut und Knochen bestand? »Na ja, bist wohl schon zu groß für Umarmungen, was?« Kaum hatte er die Arme um sie gelegt, zog er sie wieder zurück.

Rasch wechselte er das Thema, um ihrer beider Verlegenheit zu überspielen. »Was hast du denn für Schuhe an? Die sehen ja komisch aus!«

»Es sind deine. Curtis ist mit mir zum Schuhladen

gegangen, aber Frauenschuhe passen mir nicht mehr. Er meinte, ich solle mal mit dir drüber reden. Ich habe jetzt Größe sechsundvierzig, genau wie du.«

»Nicht eben ein Grund, stolz zu sein. Wie alt bist du jetzt?«

»Fünfzehn.«

»Jaja, natürlich. Wollte es nur noch mal genau wissen. Tja, dann müssen wir wohl mal einkaufen gehen, was? Und zwar in London. Bei so großen Füßen …! Wie wär's mit Fats Waller? ›Feet's Too Big‹. Ich glaube, das kann ich spielen.«

Mit tänzelnden Bewegungen ging er zurück zum Saxophon, schnalzte mit den Fingern und sang: »… don't want ya 'cause ya feet's too big, don't need ya 'cause ya feet's too big …« Er griff nach dem Instrument, blies es zweimal kurz an, um sich aufzuwärmen, und legte los.

So sehr Delia sich auch anstrengte – eine Melodie vermochte sie nicht herauszuhören.

Das Saxophon! Zu Lebzeiten ihrer Mutter hatte er nicht sehr oft darauf gespielt.

Einmal hatte Delia eine Schulfreundin zum Übernachten eingeladen. Mitten in der Nacht war sie von ihr wachgerüttelt worden. »Delia, kann ich mich zu dir legen? Ich habe Angst. Ich höre Geräusche. Horch mal.«

Delia hielt ihrer Freundin die Hand und spitzte die Ohren. »Schon gut, Sarah, du brauchst keine Angst zu haben.«

Barfuß schlichen sie die Treppe hinunter, durchquerten die Halle und spähten durch einen strahlend hellen Spalt in der Tür zum Salon. Der verglaste Bücherschrank warf ein verzerrtes Bild von George Caldwell zurück, der nach hinten gelehnt und mit gebeugten Knien dastand, das Saxophon an den Körper gepreßt. Er spielte sich die Seele aus dem Leib in seinen ausgebeulten Kordhosen und der schlabberigen Wolljacke, aus deren Taschen auf der einen Seite eine Pfeife und auf der anderen ein Taschentuch hervorschaute, das er immer wieder herauszog, um sich den Mund abzuwischen. »Who's Sorry Now«, »After You've Gone«, »Misty« – von jedem Stück spielte er ein paar Takte. So wie Mrs. Files immer dieselben Gerichte kochte, spielte er die ewig gleichen Melodien.

Als die Töne immer unsauberer klangen, setzte er das Saxophon ab, entfernte das Mundstück, sog daran und spuckte ins Feuer aus. Danach spielte er ein Stück von »The Isle of Capri«, verneigte sich mit scheuem, dankbarem Lächeln und einem verträumten Ausdruck in den Augen und nahm in seiner Vorstellung den Applaus entgegen, wie in seinen besten Tagen in den dreißiger Jahren. Als Student hatte er in Cambridge eine kleine Combo mit dem Namen »The Turn Ups« gegründet. Jimmy Hartley spielte Trompete, Pete Weaver Klarinette, Richie Redman Klavier, Benji Bowman Baß und er selbst Tenorsaxophon. Penny Weaver, Petes Schwester, machte als Sängerin mit. Die Kasse klingelte richtig, als sie im Sommer 1935 bei Maibällen, Partys und Tanzveranstaltungen spielten: »Bad Penny and the Turn Ups«.

Ach ja, Bad Penny. Bad Penny, wie sie auf dem Fahrrad über die Magdalene Bridge fuhr; Bad Penny an einem Sonntag in Granchester; Bad Penny nackt in Byrons Schwimmbecken. »Du bist doch der einzige, George, du allein …« Die freche, freche Penny.

Plötzlich hörte er draußen vor der Tür ein seltsames scharrendes Geräusch. Waren das die Hunde? Hatte er vergessen, die Tür des Hundezwingers zuzumachen? Als er einen Blick in die Halle warf, sah er gerade noch, wie Delia in ihrem Pyjama samt ihrer hübschen Freundin am oberen Treppenabsatz verschwand.

Nach der Chorprobe am nächsten Tag – während der Delia Caldwell die Worte nur stumm mit den Lippen formte, statt die sonderbaren Töne, die sich so sehr von den Klängen in ihrem Kopf unterschieden, aus ihrem Mund entweichen zu lassen – faßte Marcia Gostwick sie am Ellbogen und nahm sie beiseite. »Ich habe gehört, dein Vater ist in musikalischen Dingen genauso ein hoffnungsloser Fall wie du.«

Nun glaubte Delia zu verstehen, warum ihr Vater stets all die freundlichen Angebote ausgeschlagen hatte, all die Einladungen, doch mal hier vorbeizuschauen, dort zu Besuch zu kommen, Delia über die Ferien mitzubringen. Derartige Einladungen waren seit dem Tod ihrer Mutter ohnehin seltener geworden. Und er hatte recht: Der Preis für Freundschaft waren Blamage und Lächerlichkeit. Ohne Julia fehlte ihnen der Anschluß ans gesellschaftliche Leben.

Delia lebte in der Gegenwart. Alles war in Ordnung, sofern nichts Unerwartetes dazwischenkam. George hingegen lebte in der Vergangenheit. Im Salon hatte er sämtliche Porträts, Gemälde und Fotografien aufgehängt, die er von seiner Frau je hatte anfertigen lassen – achtzehn an der Zahl. Nicht eben wenige! Vielleicht hatte er eine Vorahnung gehabt. Vielleicht hatte er geahnt, daß er in der Zukunft von Erinnerungen würde leben müssen. Unter Julias vielen Augen, die ihn, zum Beispiel von Annigonis Temperagemälde oder von Cecil Beatons Skizze auf seinem Schreibtisch, fixierten, an ihm vorbeiblickten und ihn gleichsam umzingelten, arbeitete sich George Caldwell durch die verschiedenen Schichten der Zeit: Fotoalben, Stapel von Theaterprogrammen, veraltete Adreßbücher, Hotelzimmerschlüssel, mit klobigen Anhängern versehen, damit sie nicht geklaut wurden und die er dennoch hatte mitgehen lassen.

Eines Nachmittags im Jahre 1963 – Julia war seit acht Jahren tot – kehrte George Caldwell von einem Tagesausflug nach London zurück.

»Na, Delia, wo steckst du?«

»Ich bin hier«, rief sie aus dem Jagdzimmer, wo sie ihr Gewehr zerlegt hatte, um es zu ölen.

»Schau mal, was ich im Zug gefunden habe.« Er

rollte eine Zeitschrift auseinander, ein Londoner Veranstaltungsprogramm. »Hier, hier hinten steht es. Ich lese es dir vor: ›Richie Redman und seine Turn Ups, nur an diesem Abend im Dog and Duck, Barnes.‹ Na, was sagst du jetzt? Die Jungs sind immer noch zusammen. Ich muß sie sehen! Einmal ein Turn Up, immer ein Turn Up – das war damals unser Motto.«

Zwei Tage später erblickte Delia ihn abends, angestrahlt vom Schein der Lampen im Flur, auf dem oberen Treppenabsatz. Die Rockaufschläge seines rot und orange gestreiften Blazers, der so knapp saß, daß dessen einziger Knopf abzuspringen drohte, zwischen Daumen und Zeigefinger, vollführte er in weißen Flanellhosen mit angeschimmeltem Saum eine wackelige Pirouette. »So sieht sie aus, die Kluft der Turn Ups, damit du es weißt!«

»Bist du sicher? Sind die Sachen nicht aus der Mode gekommen?«

»Blödsinn, altes Mädchen!« Er nahm einen Strohhut vom Hutständer. »Soll ich oder soll ich nicht?«

»Lieber nicht.«

»Vielleicht hast du recht. Früher haben wir ihn getragen.« Er hängte ihn zurück.

Als Delia am nächsten Morgen herunterkam, fand sie ihren Vater im Salon: Er trug dieselben Sachen wie am Vorabend und döste am Kamin vor sich hin. Er mußte mit dem Frühzug zurückgekommen sein. Sie setzte sich neben ihn und wartete darauf, daß er aufwachte. Bald schlug er die Augen auf, stellte sich jedoch gleich wieder schlafend.

»Daddy?« Er grunzte. »Komm schon, erzähl mir, wie es war.« Sie wartete ab. Keine Antwort. »Wie war Richie? Waren die anderen auch da? Pete, Jimmy und die anderen, von denen du erzählt hast? Wie geht es ihnen?«

»Gut«, sagte er, ohne die Augen zu öffnen.

»Spielen sie noch oft zusammen?«

»Nur noch Richie und Benji sind übrig. Von Penny keine Spur. Wollte nicht nach ihr fragen. Jimmy ist ausgestiegen. Sie haben jetzt 'nen Neuen, 'nen Grünschnabel. Und keine Penny mehr.«

»Hast du vor, ab und zu mit ihnen zusammenzuspielen, so wie in alten Zeiten?«

Er stand auf und ging quer durch den Raum zum Fenster. Dabei klimperten Münzen in seiner Hosentasche. »Wie in den alten Zeiten wird es nie wieder, Delia. Mach nicht denselben Fehler wie ich und rede es dir ein. Jeder Tag ist anders. So ist es nun mal. Sie spielen nur noch ab und zu aus Spaß, verstehst du?«

»Aber das würdest du doch auch gerne tun.«

»Ja, das schon. Sie haben gesagt, sie rufen mich an.«

Später fing er an zu üben. Von da an übte er Tag und Nacht auf seinem Saxophon, als wollte er bereit sein, wenn der Anruf kam, um sofort bei den Turn Ups einzusteigen. Seine Unterlippe war an der Stelle, wo die Zähne sich hineindrückten, schon ganz wund, seine Aussprache wurde immer undeutlicher, seine Backenmuskeln schmerzten und traten hervor. Als Delia es sich einmal mit einem Buch auf dem Sofa im Salon bequem machte, stieß sie in den Ritzen auf kleine Bambusstreifen – von ihrem Vater ausrangierte, vom Nikotin gelb verfärbte Blättchen seines Saxophons.

Als sie eines Morgens herunterkam – ihr Vater hatte fast die ganze Nacht gespielt –, lagen überall Notenblätter verstreut, vom Salon bis zur Halle, in der Curtis mit einem scheppernden Metalleimer dabei war, den Boden zu wischen.

»Curtis! Bitte machen Sie nicht so einen Krach! Mein Vater spielt.«

»Er spielt, Miss Delia?«

»Er übt auf seinem Saxophon. Das hören Sie doch, oder?«

Curtis drückte den Putzlappen im Sieb über dem Eimer aus. Seine Wangen waren fleckig und bebten.

»Natürlich höre ich ihn, Miss Delia. Lieber wäre mir, wenn ich ihn nicht hören müßte. ›Who's Sorry Now?‹ *Mir* tut's leid, glauben Sie mir. Dachte, er hätte es sich vor Jahren aus dem Kopf geschlagen. Tatsache ist nämlich, daß Ihr Vater nicht spielen kann. Hat er noch nie gekonnt. Wenn Sie das nicht merken, haben Sie wirklich kein Gehör dafür.«

Curtis' trotzige, tadelnde Worte trafen sie wie ein Schlag ins Gesicht. »Aber Curtis!« wies sie ihn zurecht und ging an ihm vorbei, um zu frühstücken.

Kein Gehör für Musik? Ob er recht hatte?

Nur noch selten sah man George Caldwell am Schreibtisch sitzen. Saß er doch einmal dahinter, schob er Unterlagen von links nach rechts und wieder nach links, zog einen Brief heraus, las ihn, legte ihn zurück und begrub ihn unter einem Stapel Papiere, von denen einige fleckig waren, weil er eine Tasse Tee verschüttet hatte, und andere schmuddelig, seit er eines Tages alles mit einer ungeschickten Handbewegung auf den Boden gefegt hatte und die Hunde neugierig darauf herumgetapst waren.

Wenn Delia ihm gegenübersaß, setzte er die Brille auf, senkte den Kopf und gab vor, das eine oder andere Dokument gründlich zu studieren. Das Fenster in seinem Rücken gab den Blick frei auf grasende schwarzbunte Kühe, die leicht gekrümmten Wipfel der jungen, das Wildgehege säumenden Tannen und einen Streifen des Sees, der unterhalb des sich über eine halbe Meile erstreckenden Old Carrots Field lag. Das Tageslicht schwand, und so bemerkte Delia nicht, daß ihr Vater eingedöst war. Wenn ein Schnarcher ihn verriet und aufweckte, richtete er seine Aufmerksamkeit sofort auf den Gegenstand den er in Händen hielt, was auch immer es sein mochte. Bei einer dieser Gelegenheiten zeigte Delia auf den Stapel unbeantworteter Briefe. »Soll ich mich darum kümmern?«

»Worum?«

»Um die Briefe.«

»Ach, die Briefe.«

»Ja.«

»Gute Idee, gute Idee.«

Es handelte sich um Kaufgesuche für Cottages; Anfragen über die Verpachtung von Ackerland für den alljährlichen Pflügwettbewerb; Anträge auf Genehmigungen, das Anwesen zu Fuß oder zu Pferde durchqueren zu dürfen; Bewerbungen um ausgeschriebene Stellen.

Eine Woche später griff Delia nach dem zweiten Ablagekorb, in dem sich langsam vergilbende Rechnungen stapelten. »Soll ich?«

»Die auch?«

»Ja.«

»Na gut, altes Mädchen«, sagte er und wandte den Blick ab, als wollte er damit nichts zu tun haben. Er stand auf, klopfte auf seine Taschen und sagte: »Also, ich geh dann mal.«

Er verließ den Raum. Kurz darauf kehrte er in dem lächerlichen Blazer und den jämmerlichen Flanellhosen wieder. »Warte nicht auf mich«, sagte er.

Delia folgte ihm in die Halle, sah, wie er mit dem Strohhut herumspielte und ihn dann zögernd zurückhängte, wie an dem Abend, an dem seine Kameraden von einst im Dog & Duck gespielt hatten. Sie wußte nicht, wohin er wollte, hatte nicht die leiseste Ahnung, aber sie hatte ja auch kein Gehör für Musik.

Lange vor ihrem achtzehnten Geburtstag hatte Delia Caldwell die Leitung von Sleet Park übernommen und herausgefunden, daß sie zutiefst verschuldet waren. Wenn sie gelegentlich erwog, ein Bild oder ein paar Teile von ihrem Silber zu verkaufen, mußte sie nicht selten feststellen, daß das Stück bereits verschwunden war.

5

Francis und ich heirateten fünf Monate nach seinem ersten Besuch in Sleet House. Ich besuchte ihn nie in London, sondern er kam immer zu mir nach Sleet. Lange bevor er mir einen Heiratsantrag gemacht hatte, war er eines Tages unangemeldet aufgetaucht und hatte sich mit den Worten entschuldigt: »Heute morgen hatte ich so sehr den Wunsch, bei dir zu sein. Hätte ich erst angerufen und mich nicht sofort auf den Weg gemacht, wäre ich womöglich gestorben.«

Ich glaube, er wurde aus mir nicht recht schlau. Als Frau, meine ich. Er wußte nicht, wie er mir näherkommen sollte. Sieben Wochen vergingen, bevor er sich mehr traute, als mit mir Händchen zu halten. Ich glaubte schon, er wolle mich nur als Freundin, an der er seine leidenschaftlichen Worte ausprobieren konnte.

Als er eines Tages wieder zu Besuch kam, war ich gerade auswärts auf einer Viehauktion und kehrte erst am Spätnachmittag zurück. Er leistete Daddy im Salon Gesellschaft. Bevor ich mich setzen konnte, sagte er: »Komm mit und schau dir an, was ich gemacht habe!«

Daddy ermunterte mich mit den Worten: »Geh schon, Delia, sei ein braves Mädchen!«

Francis hatte den ganzen Tag damit zugebracht, durch die Haselsträucher, die im Eichenwäldchen wuchsen, einen Weg zu schlagen. Es war Herbst. Um uns herum flammten die Bäume und Büsche in lodernden Farben. Der Weg war nicht breit genug, um nebeneinander gehen zu können, und so marschierte er voraus und schlug mit einer Hippe hier und da ein paar Zweige ab.

»Das habe ich als Junge auf den Abacos auch getan, an einem Ort, den wir den ›Yamacraw‹ nennen.«

»Mußt du denn immer wieder von Abacos anfangen?«

»Warum denn nicht? Sie sind wunderschön.«

»Das glaube ich dir ja. Aber was sind die Abacos eigentlich?«

Er schleuderte die Hippe weg, fuhr herum und rief:

»Herrje, Delia! Es sind Inseln, verdammt! Die schönsten der Bahamas, Koralleninseln mit rosa Sand und Pinien. Du wirst schon sehen. Bald nehme ich dich mit.« Ich hätte ihn gern mit seiner Überheblichkeit aufgezogen, nur so zum Spaß, wenn er nicht gleich darauf mit sanfter Stimme gesagt hätte: »Aber jetzt, mein Liebling, komm erst mal ein bißchen näher, ja?«

Er zog mich dicht an sich und hielt meine Arme fest, und dann küßte er mich zum erstenmal. Wie oft hatte ich mir diesen Kuß ausgemalt, ihn in Gedanken inszeniert, und jetzt durfte ich mich nicht einmal bewegen, jedenfalls anfangs nicht, bis er meine Reaktion spürte und sich sicher sein konnte, daß ich mich nicht sträuben oder gar davonlaufen würde. Er streichelte mein Gesicht und löste mein schweres Haar, so daß es uns wie ein schützender Schleier umgab. Plötzlich hob er mich hoch. Meine Verwunderung darüber, daß ich hochgehoben wurde – Frauen meiner Größe passiert das selten –, wich der Bewunderung für seine Kraft. Unsere Gesichter hatten sich in meinem Haar verloren, mein Mund war auf den seinen gepreßt. Als ich vor uns ein Rascheln in den Haselsträuchern hörte und gleich darauf zwei leise Schritte, Herzklopfen in der Erde, wußte ich, ohne hinzuschauen, daß ein Reh Zeuge der ganzen Szene war.

Mein Schenkel war kalt an der Stelle, an der er, während er mich mit einer Hand noch immer festhielt, meinen Rock hochgeschoben hatte, um mein Bein zu packen und es um seinen Körper zu schlingen. Mir war das nicht geheuer. »Vertraue mir und entspanne dich«, hauchte er. Ich gehorchte. Und ich wußte, er würde jetzt auch nicht loslassen, denn er war schon in mir. Aus dem langersehnten Kuß war ein Liebesakt mit allem Drum und Dran geworden.

Irgendwann müssen wir doch auf den Boden gesunken sein, denn ich erinnere mich noch, daß sich mir Haselsprossen in den Rücken bohrten und ich zwischen dem Geäst hindurch einen Streifen des bronzefarbenen Abendhimmels sehen konnte, als er mich fragte: »Und? Wirst du mich jetzt heiraten?« Als hätte ich ihm schon hundertmal einen Korb gegeben!

Er führte mich ans Ende des von ihm freigelegten Weges, von wo sich eine völlig neue Aussicht auf den See bot. Zwei Menschen, deren sexueller Auftakt so akrobatisch und zugleich für beide befriedigend ausfiel, gehörten offenbar zusammen. Er soll »Francis' Weg« heißen, beschloß ich.

Sein großes Haus in London wurde unser Hauptwohnsitz. Während der kurzen Zeit, in der er mir den Hof gemacht hatte, war mir sein Bedürfnis, ständig unter Scharen von Menschen zu sein, nicht aufgefallen. Eine Flut von Leuten zog durch seine Tage und Nächte, extravagante, energiegeladene Menschen, die ebenso ein Teil von Francis waren, wie er ein Teil von ihnen war. Zum erstenmal nahmen sie Gestalt an, als wir unsere Flitterwochen in seinem Haus auf den Abacos verbrachten, wo er geboren und aufgewachsen war. Stets sahen wir uns von einer sich ständig wandelnden, quirligen Menge umgeben, von weltgewandten, leichtlebigen Wesen, zwanglos geworden durch das Leben in der Sonne. Ihre ungebrochene Selbstverliebtheit drängte sie zu unentwegter Selbstdarstellung und dazu, sich im Tauchen, Schwimmen, Wasserskifahren und Tanzen miteinander zu messen, bis sie an den ausgefallensten Orten in Schlaf fielen, in freien Betten, auf dem Boden, einem Sofa oder dem warmen Holzsteg, in Rudeln oder alleine.

Waren wir zusammen in Sleet, stand ich, einer alten Gewohnheit folgend, kurz nach Tagesanbruch auf, um die Hunde auszuführen und im Büro unseres Betriebs alles auf den neusten Stand zu bringen.

Wenn ich dann zum Frühstück zurückkam, war Francis schon im Eßzimmer; er stand am Fenster und hielt die Zeitung schräg, damit das Licht darauf fiel. Wie er dastand, das Körpergewicht auf ein Bein verlagert, ging von ihm etwas unbewußt Sinnliches aus. Das Licht hob seine Gesichtszüge hervor, die hohlen Wangen, die schwarzen Augenbrauen mit der aus Falten vom angestrengten Nachdenken gebildeten Leiter dazwischen und dann seine Augen – die einzige Stelle, an der ich je eine Farbe gesehen habe, die der seiner Augen auch nur im entferntesten ähnelte, war an der Innenseite einer Muschel. In seinem Gesicht hatte bereits der langsame Verfall eingesetzt, doch sollte dies sein markantes Aussehen noch für einige wenige Jahre betonen. Vom Türrahmen aus erfreute ich mich an seinem Anblick und konnte kaum glauben, daß wir beide tatsächlich zusammengehörten. Er gab vor, mich nicht zu bemerken, bis er irgendwann, noch immer in die Zeitung vertieft, den Kopf in meine Richtung drehte, einen Kuß andeutete, den Arm hob und mich mit einem Wink zu sich rief.

Ich habe die Szene so deutlich vor Augen, weil sie sich eine Zeitlang täglich wiederholte. Vielleicht nur eine kurze Zeit, doch in unserem immer unsteteren Leben gab sie mir ein Gefühl von Beständigkeit. Für mich waren dies Augenblicke tiefer innerer Verbundenheit, in dem jeder dem anderen etwas gab, was er dringend brauchte. Wenn ich Jahre später, nachdem Francis schon nicht mehr nach Sleet kam, das Eßzimmer betrat, ertappte ich mich dabei, wie ich ihn mit den Augen dort am Fenster suchte.

Unsere Abende in Sleet: Nachdem Daddy wie üblich zeitig zu Bett gegangen war, machten wir es uns auf ein paar Kissen vor dem brennenden Kamin im Salon bequem; wir liebten uns, lasen oder sahen fern. Manchmal zog Francis mich einfach aus. Dann lag ich nackt auf dem Rücken und versuchte, ihm das Hemd aus der Hose zu ziehen, doch er hielt mich davon ab.

»Soll ich etwa als einzige nackt sein?« fragte ich.

»Vorerst ja. Wie schön du bist! Ich möchte deine Schönheit würdigen.«

Und das tat er dann lange und ausgiebig mit Händen und Lippen, bevor er mir gestattete, ihn ebenfalls auszuziehen.

Danach legte er den Kopf auf meine Schulter und sagte in einem Tonfall, den er sich für dringliche Angelegenheiten vorbehielt, einem Tonfall, den er auch an jenem Tag inmitten der Haselsträucher angeschlagen hatte, als er sagte: »Komm ein bißchen näher«: »Deinem Vater geht es nicht gut, stimmt's?«

»Es geht ihm prächtig. Er ist ein bißchen exzentrisch, das ist alles.«

»Und müde, jedenfalls hat er das zu mir gesagt. Er hat mir erzählt, wie es um ihn steht, und es sieht nicht gut aus, Schatz. Ich rede von Sleet. Lange hält er nicht mehr durch. Der Betrieb ist finanziell am Ende. Du müßtest es eigentlich wissen, schließlich führst du den Laden.«

»Über alles kann ich auch nicht Bescheid wissen. Zum Beispiel habe ich keine Ahnung, wo er was investiert.«

»Nirgends. Die Zeiten sind vorbei.«

Offengestanden hatte ich mir über den nächsten Monat hinaus nie Gedanken gemacht. Schließlich war da noch immer das Gemälde im Ballsaal, das man verkaufen konnte. Als Notanker, sozusagen.

»Hör zu«, sagte Francis. »Hörst du mir auch wirklich zu? Ich kaufe deinem Vater den Besitz ab und stelle gute Buchhalter und Rechtsberater ein, sonst ändert sich nie etwas. Er wird hier wohnen, und du wirst den Betrieb führen. Okay? Sag, daß es okay ist! Sag, daß es das einzig Richtige ist!«

Das einzig Richtige? Wie dem auch sei – er ließ sich nicht davon abhalten. Als ich Sleet übernommen hatte, hatte ich geglaubt, ich könnte alles in Ordnung bringen, doch wie eitel dieses Vorhaben war, war mir in jenem Augenblick ebenso bewußt wie jetzt. »Liebling«, sagte Francis, »gemeinsam können wir aus Sleet House ein Schmuckstück machen. Es ist nur eine Frage des Geldes.«

Nur eine Frage des Geldes! Und das aus dem Mund meines Ehemannes! Andererseits: Konnte man sich von einem Mann, der einen liebte, eine großzügigere Geste vorstellen?

Seine Freunde waren überall dort, wo wir waren. Sie waren in Kenia, wo wir Großwild beobachteten; in Norwegen, wo wir Lachse angelten; sie tauchten in Paris auf, obwohl ich gedacht hatte, wir wären dorthin gefahren, um allein zu sein. Und auch in die Schweiz kamen sie, ohne Vorankündigung, als wären sie vom Himmel gefallen. Von den Anfängerpisten blickte ich nach oben zu ihnen hinauf, wo sie vor den stahlgrauen Bergen wie Schwalben hin und her schwebten. Nach London reisten wir ebenfalls im Rudel, Francis, seine Freunde und ich; zum Go-Kart-Fahren, Rollschuhlaufen und Tanzen, Tanzen, Tanzen. Lediglich in Sleet fühlten sie sich so fehl am Platz wie Kolibris auf den Hebriden.

Woran lag es nur, daß ich mit ihnen nicht mithalten konnte, daß mir die Dinge nicht so leicht von der Hand gingen wie ihnen? Vielleicht ein Schock bei der Geburt oder ein kleines, unbemerktes Trauma, das mich dazu verdammt hatte, die Kurven immer ein bißchen zu weit zu nehmen und auf dem Fahrrad das Gleichgewicht nicht halten zu können? Derartige Handicaps lassen sich leicht verbergen, solange man es nicht mit Menschen zu tun hat, bei denen solche Dinge eine Rolle spielen.

Sie waren eifersüchtig, weil ihnen ein Junggeselle verlorengegangen war, sie ließen mich an ihren Gesprächen und ihrem Humor nicht teilhaben. Mir wiederum fehlte es im Umgang mit Menschen an der nötigen Gewandtheit. War ich linkisch? Einfältig? Darüber bestand kein Zweifel. Alle hatten sie Spitznamen füreinander. Irgendwann tauften sie mich »Großes Schwarzes D«, und da bildete ich mir ein, daß ich nun dazugehörte.

Als ich glaubte, einen Mann zu heiraten, heiratete ich in Wahrheit eine ganze Clique, eine Clique, die athletischer Eleganz und dem schönen Leben huldigte. Meine Veranlagung und mein Schattendasein in Sleet hatten mich nicht im geringsten darauf vorbereitet. Manchmal jedoch, bei einer der immer seltener werdenden Gelegenheiten trauter Zweisamkeit, lehnte Francis den Kopf an meine Schulter und sagte: »Ich bin ein schwacher Mensch. Verlaß mich nicht, wenn du es einmal feststellst.« Francis und schwach? Er war der Geschickteste, Stärkste, Beste von allen.

Einmal fragte ich ihn, warum er kaum jemals meinen Namen sagte. Er nannte mich »Schatz«, »Baby«, »Liebling«. »Delia« jedoch hörte ich allenfalls von ihm, wenn er irgendwo, wo es von Menschen wimmelte, nach mir rief.

»Tatsächlich?« Er rasierte sich gerade und schenkte mir keine große Beachtung. »Kann sein. Ich glaube, ich mag deinen Namen nicht sonderlich. Für mich bist du eher eine Helen, Catherine oder Sophia. Sophia ist ein schöner Name. Delia paßt nicht zu dir.«

Genausogut hätte er zu mir sagen können, ihm gefalle meine Nase nicht. Von jenem Augenblick an erinnerten mich all seine Koseworte an meinen unpassenden Namen. Einfach idiotisch, diese Selbstquälerei!

Als für ihn der Zauber all der Dinge, bei denen er mich hatte schwören lassen, daß ich daran nie etwas ändern würde, nachließ – »Warum läßt du dir nicht das Haar schneiden? Es sieht so ungepflegt aus« oder »Könntest du nicht wenigstens ein bißchen Make-up auflegen?« –, wurde mir klar, daß ich langsam den Boden unter den Füßen verlor, und so zog ich mich immer häufiger nach Sleet zurück.

»Da bist du ja, altes Mädchen«, sagte Daddy von seinem Stuhl am Kamin aus, als hätte er mich nur wie einen Gegenstand verlegt gehabt.

Ich erinnere mich noch an einen Tag unter der Woche in Sleet. Damals waren wir seit rund zehn Monaten verheiratet, und als Ausrede für mein Ausbüxen nach Sleet House hatte ich diesmal vorgeschanzt, ich müsse alles für das Wochenende herrichten, an dem Francis mit einem Dutzend Freunde zu Besuch kommen wollte. Ich ging gerade die Treppe hinauf, als Daddy aufgeregt aus dem Salon stürzte.

»Warte mal kurz, Delia. Etwas Sonderbares ist passiert!«

»Was denn?«

»Komm her, dann erzähle ich es dir. Es ist wirklich sehr sonderbar, aber schön.«

Er winkte mir ungeduldig zu und schlurfte zurück, während ich die Handtücher und Seifen für die Gästezimmer auf die oberste Stufe legte.

»Nun komm schon.«

Ob er endlich einen Anruf von den Turn Ups bekommen hatte?

Er machte ein paar Schritte vor und zurück und zeigte auf den Boden. »Ich stand hier, genau hier vor dem Kamin – nein, was sage ich da? Ich saß hier in diesem Sessel.« Er setzte sich. »Warte mal, gleich habe ich es. Laß mich nachdenken. Ich stand doch, jetzt weiß ich es.« Also erhob er sich wieder, kehrte entschuldigend die Handflächen nach oben und machte sich daran, die Szene peinlich genau zu rekonstruieren.

»Und, Daddy? Was war dann?«

»Ich glaube, ich legte ein Holzscheit nach, ja, genau so war es« – er ging jede einzelne Bewegung durch –, »ich drehte mich um, ja, so, und dann sah ich sie. Sie stand da drüben, etwa dort, wo du jetzt bist.«

»Wer!«

»Julia. Genau dort, ich schwöre es dir.«

»Oh! Tja und –«

»Sie war so jung und frisch wie eh und je und trug die Uniform der Women's Royal Air Force, wie damals, als wir uns kennenlernten.«

Darauf sagte ich etwas unglaublich Albernes – vielleicht lag es an meiner Verlegenheit, meiner Verstörtheit. »Paßte sie ihr denn noch?«

»Wer denn?«

Da er mich ohnehin nicht richtig wahrnahm, war meine Antwort nicht von Belang.

»Sagte sie etwas?«

»Ja, sie sagte etwas. Sie hielt mir etwas hin, ich glaube, ein weißes Kuvert, und sagte: ›Ich habe Karten fürs Theater, Porgy. Ohne dich geh ich nicht.‹«

Nach einer Weile fand er wieder zu sich; er wurde ruhiger und murmelte vor sich hin: »Genau da drüben stand sie ... ›Ohne dich geh ich nicht ...‹« Ich kniete neben ihm nieder.

»Daddy? Jetzt geht es dir wieder besser, stimmt's?«

Er warf mir einen flüchtigen Blick zu und sagte: »Da drüben, da drüben.«

Als ich später im Schlafzimmer eine Kommode ausräumte, weil ich sie durch eine größere ersetzen wollte, stieß ich zwischen den Pullovern, die Francis in Sleet zu tragen pflegte, auf eine flache Schachtel. Darin befand sich zwischen ein paar Lagen dünnen Papiers ein Seidentuch. Wie all die anderen Tücher, die Francis mir geschenkt hatte, war es sehr hübsch. Ich drückte es an mein Gesicht und freute mich, daß er bald kommen würde. Dann faltete ich es sorgfältig wieder zusammen, damit er nichts merkte und ich die Überraschte spielen konnte, wenn er es mir schenkte.

Etwa zu der Zeit bezogen Muriel und Tom ganz in unserer Nähe ein wunderbares Haus im Queen-Anne-Stil. Ich hatte Muriel in der Schule kennengelernt, in dessen Beirat ich Daddys Sitz übernommen hatte. Muriel hatte mir einen Besuch abgestattet, mit dem Hintergedanken, ihre gerade zur Welt gekommene Tochter, sobald sie das fünfte Lebensjahr erreicht hätte, auf diese Schule zu schicken. So einen guten Ruf genoß St. Mary's damals! An diesem Wochenende erwartete ich sie und Tom zum Abendessen, denn ich fragte sie fast jedesmal, wenn Francis seine Freunde einlud, ob sie nicht auch kommen wollten. Ich mochte Muriel von Anfang an, ich vertraute ihr, und an meinen Gefühlen für sie hat sich seit damals nichts geändert.

Unter den Gästen, die Francis mitbrachte, befand sich eine Person, die ich nicht kannte, eine zerbrechlich wirkende junge Frau mit schwarzem Haar, jünger als ich. Sie war schüchtern, wurde in meiner Nähe nervös. Das rührte mich. Sie nannte mich sogar Mrs. Sutherland, und da mußte ich lachen. Vor dem Abendessen machten wir beide einen Spaziergang, und sie erzählte mir, sie besuche die Kunsthochschule, lebe zur Untermiete, ihre Familie wohne in Cornwall, sie selbst fühle sich einsam und ernähre sich nicht richtig, weil sie es sich nicht leisten könne. Patricia. Sie hieß Patricia. Francis hatte sie auf einer Party am Vorabend dabei ertappt, wie sie sich Kanapees in die Handtasche stopfte, und sie damit aufgezogen. Anschließend hatte er sie zum Abendessen eingeladen. Sie war sehr dankbar: Er sei so nett, so großzügig.

Nach dem Dinner plauderten wir wieder miteinander. Wir saßen auf dem Sofa im Ballsaal, den wir, wenngleich Francis den Raum kalt und abweisend fand, an diesem Abend geöffnet hatten, weil wir so zahlreich waren. Ich mochte Patricia sehr gern. Mir war aufgefallen, daß wir uns ähnlich sahen. Als ich mich verabschiedete und zum Schlafen nach oben ging, fühlte sie sich viel wohler und plauderte nun auch mit den anderen Gästen.

Als ich am nächsten Morgen nach meinen routinemäßigen Erledigungen – Hunde, Büro – zum Frühstück erschien, waren sie schon alle versammelt, Francis, seine Freunde und Patricia. Sie trug das Seidentuch. Die leere Schachtel lag in unserem Schlafzimmer im Papierkorb.

Den ganzen Vormittag über beobachtete ich, wie er den Kopf zu ihr hinneigte, während er ihr zuhörte, und seine Hand ihrer immer näher kam, ohne sie allerdings zu berühren. Nachmittags machten alle zusammen einen Spaziergang. Mir fallen nicht einmal mehr die Namen der Leute ein, obwohl ich sie bestimmt alle wußte. Bevor sie aus dem Haus gingen, band Patricia sich das Tuch um den Kopf. Francis nahm es ihr ab und drapierte es neu. »So ist es besser«, sagte er, und sie bedankte sich, betrachtete sich im Spiegel über der Konsole und gab ihm recht. Ich begleitete sie nicht, sondern blieb zu Hause, wanderte von Raum zu Raum und suchte nach der jungen Frau, für die ich mich bisher gehalten hatte und die ich sein wollte. Den Salon hob ich mir bis zuletzt auf.

Daddy schlief tief und fest. Ich setzte mich ihm gegenüber auf einen Stuhl und hoffte, daß er bald aufwachte, damit ich von ihm, sobald er mich erblickte, die tröstenden Worte: »Da bist du ja, altes Mädchen« hören könnte. Vielleicht hätte ich dann etwas bessere Laune, wenn die anderen zurückkamen.

Da lag er, der liebenswerte alte Mann, der Kopf war nach links gerollt, der Mund stand weit offen, der Möchte-gern-Schnauzer war vom Pfeifenrauch gelblich verfärbt, und die wenigen widerspenstigen Strähnen des spröden Haars waren sorgfältig gescheitelt und quer über den Kopf gekämmt, wie man es auch auf alten Schulfotos sehen konnte, die unten in der Toilette hingen. Ich wußte genau, was er tun würde, wenn ich ihn weckte: sich blinzelnd umblicken, die Lippen befeuchten, die vom Offenstehen so trocken wie Pergament waren, nach der Pfeife in der Tasche seiner Strickjacke tasten, und dann würde er so tun, als hätte er überhaupt nicht geschlafen, sondern auf mich gewartet, und die ersehnten Worte sagen.

Ich wurde ungeduldig, also trat ich zu ihm, legte ihm die Hand auf die Schulter und schüttelte ihn, aber nicht heftig. Nein, ich schüttelte ihn nicht heftig.

Ich wußte nicht, wohin ich im Haus noch hätte gehen können. Also trat ich zusammen mit Gertie hinaus in den Garten und begab mich zum Geräteschuppen, einem länglichen Ziegelsteinanbau mit Pultdach, der sich an die Mauer zwischen Küche und Garten schmiegte. Wir gingen den schmalen Gang entlang, schoben den Rasenmäher beiseite, kamen an Holzregalen mit Baumscheren, Sieben und Schnüren für die Strohballen vorbei, an Keksschachteln voll Schrauben und Muttern, Zeitungsstapeln und einer leeren Champagnerflasche, an Hacken, Rechen und Schaufeln, die an der Wand lehnten, an Scheren, die daran hingen, und schließlich ließen wir, Gertie und ich, uns am hinteren Ende in einer Ecke auf ein zusammengerolltes, vergammeltes Tennisnetz fallen. Ich zog die Hündin dicht an mich und atmete den Geruch ihres Fells von Kreosot und Lehm ein.

Ich erkannte Francis' Stimme sofort, als er rückwärts den Schuppen betrat, Patricia an den Handgelenken hinter sich herzog und die Tür mit dem Fuß zustieß.

»Es ist alles so verkommen, Francis, so verwahrlost. Warum tust du nichts dagegen?«

»Ich hatte noch keine Zeit. Du wirst sehen, ich mache ein Schmuckkästchen daraus. Komm her.«

Er drückte sie fest an sich, und ich sah nur noch ihre Unterarme auf seinem Rücken. Durch eine Glasscheibe im Dach fiel verräterisch das zinnfarbene Winterlicht auf die beiden, während sie sich küßten, sich im Kreise drehten und er ihre Brüste mit den Händen umschloß. Ich sah, wie er sich bückte, die Lippen noch immer auf ihre gepreßt, nach ihrem Rocksaum griff und die Hand über die langen Wollsocken, die sie sich von mir geborgt hatte, bis hinauf zum Schenkel gleiten ließ, der im dämmrigen Licht grünlich schimmerte. Plötzlich hob er sie hoch und legte ihr Bein um sich. Sie schlang es weit oben um seinen Körper, während er sie festhielt.

Wie war es möglich, daß sie das Pochen des Blutes in meinem Kopf nicht hörten? Meinen Schweißausbruch nicht bemerkten? So also machte er es immer beim erstenmal. Es war seine Art. Mir kam es vor, als würde ich mich selbst mit ihm beobachten. Es war seltsam, erregend und schrecklich zugleich. Schrecklich. Es war so ähnlich wie bei mir und doch anders.

Plötzlich schlüpfte Gertie zwischen meinen Armen hindurch, bahnte sich einen Weg zwischen den Geräten und Säcken voll Saatkartoffeln und schnüffelte gleich darauf schwanzwedelnd an Francis' Knöcheln. Ihr Maul stand weit offen, sie keuchte und lachte, wie Hunde eben lachen. Menschen beim Liebesakt zu beobachten war in ihrem langen Hundeleben eine noch recht neue Erfahrung; es belustigte sie und löste in ihr den Wunsch aus mitzumachen.

»Verdammt noch mal, Gertie! Was machst du denn hier?« rief Francis und fügte gleich darauf mit veränderter Stimme hinzu: »Dann ist Delia wohl auch nicht weit.«

»Der Hund ist aus der Richtung gekommen.« Patricia zeigte aus dem Zwielicht ins Dunkel.

Francis kam auf mich zu; er kniff die Augen zusammen, um festzustellen, ob ich es wirklich war. Als er mich erkannte, versuchte er herauszufinden, ob ich alles gesehen hatte, was bei meiner Position und Entfernung nicht ganz sicher war. Er ging in die Hocke. »Mein Gott, Delia! Was machst du hier? Was ist los?«

»Ich glaube, Daddy ist tot.«

Ich sagte ihm nie, daß ich alles mit angesehen hatte und Bescheid wußte. Es spielte keine Rolle mehr. Die Unbekümmertheit, mit der er mich betrog, war Beweis genug, daß es nicht das erste und sicher nicht das letzte Mal war. Dennoch ist ihr Name der einzige, an den ich mich heute erinnere. Mein Vertrauen war dahin, und es gab keinen Ort, wo es von neuem hätte wachsen können. Meine Liebe zu ihm war allerdings nicht gestorben, damit wir uns recht verstehen, ich war nur ausgebrannt und die Leidenschaftlichkeit meiner Gefühle wie weggeblasen. Geborgenheit fand ich fortan darin, daß ich mich auf mein vergangenes Leben in Sleet mit seiner Routine und seiner beruhigenden Unbequemlichkeit besann. Francis ließ mir freie Hand, nie machte er seinen Eigentumstitel geltend, sondern respektierte den wahren Besitzer des Hauses. In finanziellen Dingen war er äußerst feinfühlig.

Das Heizen entwickelte sich zu einem ernsthaften Problem, und wir kamen jeden Abend beim Essen darauf zu sprechen. Er schob den Teller fort, setzte sich zu mir gewandt schräg auf seinen Stuhl, schlug die Beine übereinander, verschränkte die Hände hinter dem Kopf und lehnte sich zurück, als machte er es sich bequem, um sich ein ihm gut bekanntes Theaterstück anzusehen. Das war es auch, denn es lief alles stets nach demselben Muster ab. Obwohl ich genau wußte, was jetzt kam, beobachtete ich ihn gern bei diesen Bewegungen. Er hatte eine so unbekümmerte Einstellung zu seinem Körper. Jedesmal begann er mit den Worten: »Bei solchen Temperaturen kann man als Mensch nicht leben.« Und schon fingen wir an zu streiten, ich heftiger als er. Seinen Willen sollte er nie bekommen, weder was die Heizung, noch was doppelte Fensterscheiben oder einen neuen Anstrich betraf. Sonderlich vehement setzte er sich für diese Dinge auch nicht ein, aber sie zählten eben zu den wenigen Bereichen, in denen wir uns noch etwas zu sagen hatten. Die ganze Zeit über sah er mich prüfend an und versuchte herauszufinden, worauf ich wirklich hinauswollte, wieviel ich wirklich wußte. Seine Mundwinkel hingen herab, seiner, nein unserer Versteckspielerei überdrüssig, und er bettelte geradezu um das Stichwort, um endlich »Tut mir leid« sagen zu dürfen. Nur war er sich nicht sicher, ob ich eigentlich wußte, daß es da etwas gab, das ihm leid tun sollte. Eine erfahrene Frau hätte ihm Gelegenheit gegeben, sich zu entschuldigen, damit er all seine alten Gewissensbisse abladen und Platz für neue schaffen könnte. Das ist mir bewußt, aber ich war keine erfahrene Frau.

Wir teilten weiterhin das Bett. Manchmal spürte ich, wie er lauschte, während ich mich unruhig hin und her wälzte. Was wäre passiert, wenn ich mich zu ihm hinübergebeugt und gesagt hätte: Es ist alles in Ordnung, Francis, ich bin wieder da, wir fangen noch einmal von vorne an? Was wäre, wenn?

Nach einer Weile begann er, von Familie und Kindern zu sprechen. Warum ich bisher nicht schwanger geworden sei? Nicht nur, wenn wir unter uns waren, schlug er mir vor, mich »mal durchchecken zu lassen« – so seine Worte. Obwohl ich mich über seine Mutmaßung ärgerte, war dies ganz allein mein Problem, und so machte ich heimlich einen Termin beim Frauenarzt aus. Es ergab sich jedoch, daß ich jedesmal, wenn ein solcher Termin unmittelbar bevorstand, auf einen neuen Fingerzeig, ein neues Seidentuch stieß, die Francis einer weiteren Lüge überführten. So sehr ich auch versuchte, mir nichts anmerken zu lassen – ich war nicht gelassen und auch nicht distanziert genug, um diese Dinge einfach wegzustecken, und so sagte ich den Termin aus Angst und Boshaftigkeit ab.

Im Sommer 1967 besuchte ich wie jedes Jahr die Landwirtschaftsmesse. Die Königliche Gesellschaft für Landwirtschaft hatte mich zu einem Abendessen eingeladen, um postum Daddys Tätigkeit als Vizepräsident zu würdigen, ein Posten, den er eine Amtsperiode lang bekleidet hatte, als er selbst noch aktiver Landwirt war. Das war lange vor seinem Tod gewesen. Ich reservierte für zwei Nächte ein Hotelzimmer in Leamington Spa. Das Essen fand am ersten Abend im Zelt der Gesellschaft auf dem Ausstellungsgelände statt. Es war nett, ein paar von den alten Haudegen wiederzusehen. Sie sagten nur Gutes über Daddy und waren voll des Lobes darüber, wie sehr er sich für die Gemeinschaft der Landwirte eingesetzt hatte, bevor es mit ihm wie sie sich ausdrückten, »bergab ging«. »Nach dem Tod Ihrer Mutter war er nicht mehr derselbe.« Nun, das mag sein, aber ich hatte ihn nicht anders gekannt. Sie erzählten mir, was für ein Witzbold er gewesen sei und wie köstlich er Groucho Marx nachgemacht habe. Daddy? Mein Vater? Ja, es war wirklich nett mit ihnen!

Am nächsten Tag ging ich auf der Messe schon früh meinen Geschäften nach, bestellte für zehntausend Pfund einen Mähdrescher von Massey Ferguson, besichtigte einen hochmodernen Fischgräten-Melkstand und sah mir gerade die Preisverleihung für die Holstein-Friesians an, als es plötzlich zu regnen anfing. Innerhalb einer Stunde war das Messegelände ein einziges Schlammbad, und so machte ich mich auf den Heimweg, statt noch eine Nacht in Leamington Spa zu verbringen.

Francis, der diesmal – was selten vorkam – allein in Sleet war, wäre bestimmt genauso aufgeregt wie ich, wenn ich ihm von dem Mähdrescher erzählte. Er begrüßte alles, was Sleet ein Stückchen mehr in Richtung zwanzigstes Jahrhundert rückte. Auf der Rückfahrt malte ich mir aus, wie wir gemeinsam zu Abend essen würden. Ein Team mit einem gemeinsamen Ziel?

Freunde? Geschwister? Nein, so weit waren wir noch nicht. Noch immer hoffte ich, daß wir irgendwann den vergifteten Stachel finden würden, um ihn herauszuziehen und wieder das Liebespaar werden zu können, das wir einst gewesen waren.

Nun, ich kam zu Hause an, und Francis war natürlich nicht allein. Er hatte ein junge Frau bei sich. Mein Gedächtnis drängt mir Patricias Gesicht und Namen auf, aber das stimmt nicht. Allerdings sah sie Patricia zum Verwechseln ähnlich: schlank, dunkel, verletzlich. Immer derselbe Typ Frau.

Er war mit ihr in unser Schlafzimmer gegangen, in unser Bett, und hatte diese Nacht sicherlich dasselbe vorgehabt. Kaum machte ich die Tür auf, stand Francis neben mir. Er begleitete mich die Treppe hinauf und erzählte allerhand zusammenhangloses Zeug, vermutlich, um mich abzulenken. Ihre Schuhe standen neben meinem Stuhl, ein Nachthemd à la Ginger Rogers lag auf meinem Bett, ihre Haarbürste und ihr Make-up befanden sich auf meiner Frisierkommode. All diese Dinge sprangen mir in ihrer sündhaften Gegenwart derart ins Auge, daß ich für nichts anderes mehr einen Blick hatte.

»Liebling? Delia?« sagte Francis immer wieder. Er versuchte, meinen Blick abzufangen, und schien in Wahrheit zu fragen: Und, wie denkst du darüber? Was sagst du dazu, jetzt, wo du dich nicht länger verstellen kannst?

Unterdessen sammelte er ihre Sachen zusammen, trug sie wie ein Zimmermädchen mit vollgepackten Armen zur Tür und beteuerte unablässig: »Gleich ist sie weg, Liebling.« Ich hielt ihm ihr Wochenendköfferchen hin, hängte es an einen seiner freien Finger, und er ging hinaus.

In unser Schlafzimmer hatte er sie gebracht, wo es doch so viele Gästezimmer gab! Er war eben ein fauler Hund, der es gern bequem hatte.

Als er wenig später zurückkam – ich hörte ein Auto davonfahren, das arme Mädchen –, fragte ich: »Sollen wir uns scheiden lassen?«

»Nein, Delia, bitte nicht. Verlaß mich nicht. Es ist nichts passiert.«

»Nichts passiert!« schrie ich und konnte mich nicht entscheiden, wohin ich das Pessar werfen sollte, das ich im Badezimmer gefunden hatte. Mir fiel nichts Besseres ein, als damit nach ihm zu werfen.

»Liebling! Liebling, verzeih mir …« Er fing das Geschoß im Flug ab und starrte es an, während er weitersprach. Als er erkannte, was es war, schleuderte er es fort, als wäre es Hundekot. »Du bist doch mein ein und alles.«

»Irgend jemand muß es aufheben«, sagte ich und zeigte in die Ecke, in der es gelandet war. Ich weiß noch genau, daß ich in diesem Augenblick am liebsten laut gelacht hätte.

»Ohne dich wär ich nicht mehr der, der ich bin.«

»Ein treuloser Ehemann? Das sehe ich allerdings ein, ohne mich könntest du das wirklich nicht sein.«

»Bitte, Delia. Ich habe dich gewarnt, daß ich schwach bin. Aber ich liebe dich. Ich will versuchen, mich zu ändern, wenn du mich nur läßt. Bitte, Liebling, verzeih mir, dann werde ich es versuchen.« Es war schrecklich, ihn so zu sehen.

Nein, Kinder, hatten wir keine. Er war unser Kind.

Seit seinem allerersten Brief, den er mir nach jenem Tanzabend geschrieben hatte, hatte ich eine ganze Reihe von ihm erhalten. Er hatte Briefe zur Versöhnung geschrieben: um sich zu entschuldigen, wenn er etwas falsch gemacht hatte; um mir über meinen Hochmut hinwegzuhelfen, wenn ich selbst im Unrecht war. Ich wußte immer, wann mir ein Brief ins Haus stand. Auch nach diesem Vorfall schickte er mir einen, mit zärtlichen, galanten Worten; etwas, was ich aufheben konnte und was die Erinnerung an ihn süßer machte, als es seine Gegenwart zu jenem Zeitpunkt war.

Diesmal zog ich in das Zimmer meiner Mutter. Es war das hellste mit der besten Aussicht und überhaupt das schönste im Haus. Ich wollte mir etwas Gutes gönnen. Oder suchte ich nur Geborgenheit in einer unvollendeten Vergangenheit? Ich, das Gespenst, das im Ambiente verstorbener Menschen weiterlebte?

Francis' Besuche in Sleet wurden immer seltener. Er verbrachte viel Zeit in seinem Haus auf den Abacos. Ich erfuhr von seinem Lebenswandel durch Klatschgeschichten und die Regenbogenpresse, aus der mir ab und zu sein überraschtes, verstörtes Gesicht entgegenprangte.

Da er sein Haus in London verkauft hatte, trafen wir uns von Zeit zu Zeit im Brown's, das seit jeher sein Lieblingshotel gewesen war. Beim Abendessen erzählte ich ihm von Sleet, das ihn als Eigentümer unter meiner Führung nichts kostete. Für mich hatte es so seine Richtigkeit, und nie wollte er mehr wissen als das, was ich ihm erzählte.

Die Abstände zwischen unseren Treffen wurden länger; manchmal lagen Monate, ein Jahr oder mehr dazwischen, und ich sah, wie er sich veränderte. Als er in den Vierzigern war, ging sein Körper ungesund in die Breite. Im Grunde ist dies kein schlechtes Jahrzehnt für einen Mann, dieser Schwebezustand zwischen der Verzweiflung der Jugend und der Verzweiflung über deren Verlust. Seine Bewegungen verloren ihre Geschmeidigkeit, und er achtete weniger auf sein Äußeres. Am schlimmsten jedoch war – und es entging mir nicht, obwohl er es vor mir zu verbergen suchte –, daß seine Begeisterungsfähigkeit, der wahre Quell seines Charmes, langsam dahinstarb und Zynismus und Überdruß wich.

»Wie geht es dir?« fragte ich ihn jedesmal. »Wie läuft's denn so?«

Und er antwortete: »Wunderbar. Einfach phantastisch. Warum sollte es mir nicht gutgehen?« Er wollte, daß ich ihm einen Grund nannte und dabei gleich ins Schwarze traf.

Seine Besuche in Sleet waren ein Thema für sich. Manchmal tauchte er mit einer ganzen Horde von Leuten samt Partyservice und Floristen auf, und dann riet ich Curtis und Mrs. Files, sich von allem fernzuhalten, bis der Spuk vorbei wäre. Diese Fremden verwandelten mein Haus in eine Bühne. Ja, der Vergleich ist zutreffend, denn weder das, was sich bei diesen Gelegenheiten abspielte, noch das, was während der ausgedehnten, nicht enden wollenden Partys gesprochen wurde, hatte den geringsten Wahrheitsgehalt oder Bezug zur Wirklichkeit. Dann wieder kam er allein, ohne sich anzumelden, wie jemand, der sein eigenes Haus betritt.

Als Francis sich zum letztenmal in Sleet sehen ließ, verbrachte Delia Sutherland den Abend neben dem Kaminfeuer im Salon. Sie hatte die Füße hochgelegt und döste. Die Protokolle der letzten Gemeinderatssitzung waren in ihren Schoß gerutscht. Als sie kurz die Augen aufschlug und auf den stumm geschalteten Fernseher richtete, gingen gerade die Neun-Uhr-Nachrichten zu Ende. Sie schloß die Augen wieder und lauschte dem sie umgebenden Wirrwarr aus Geräuschen: schnalzende Flammen, im Wind klappernde Fensterläden, rauschender Regen und, ja, da war es wieder, die Klingel an der Eingangstür. Ohne Hast verließ sie mit ihren beiden kleinen Labradorrüden die sie wie ein schützender Ring umfangende Wärme des Feuers und ging hinaus in die kalte, dunkle Halle.

Die Hunde schämten sich, daß sie das Klingeln überhört hatten, und versuchten, ihr Versäumnis wettzumachen, indem sie durch die Ritzen der Eingangstür knurrten. Draußen, unter der Lampe, stand ein Mann in gelbem Ölzeug und mit einem Südwester auf dem Kopf.

»Ich komme von den Wasserwerken«, sagte er und versuchte, die Hunde zu übertönen, die jetzt laut bellten, wogegen Delia nichts unternahm. Seit achtundvierzig Stunden strömten Abwässer aus einem undichten Rohr in den Fluß. Man habe nach dem Leck gesucht und sei schließlich auf die Jauchegrube bei der Molkerei gestoßen, die zu Delias Betrieb gehörte, und sie müsse sofort etwas unternehmen.

Delia Sutherland forderte den Mann auf, in der düsteren Halle Platz zu nehmen, rief ihren Viehaufseher an und bat ihn, sofort zu ihr zu kommen. Nachdem sie die Hunde ins Jagdzimmer gesperrt hatte, zog sie sich wetterfeste Kleidung an.

Eine Stunde lang mußten die drei den Gestank einatmen, während sie im Dunkeln die Ränder der Grube abschritten. Der Strahl ihrer Taschenlampen drang durch den wabernden Dampf. Mehrmals glitt jeder knöcheltief in die Jauche von zweihundertfünfzig Kühen, bis sie endlich das Leck fanden. Da ließ sie der Mann von den Wasserwerken, das Taschentuch noch immer an die Nase gepreßt, allein.

Der Aufseher füllte die Gräben, die vom Feld zum Fluß verliefen, mit Stroh, das die aus dem Leck sickernde Flüssigkeit aufsaugen sollte. Unterdessen fuhr Delia Sutherland die drei Meilen bis zum Traktorschuppen und kehrte mit einem Bagger zurück. Drei Stunden lang schüttete sie Erde vom angrenzenden Feld auf die nachgebende Uferwand, setzte zurück, fuhr vorwärts, setzte abermals zurück, und der Bagger grub sich immer tiefer in die Spurrinnen ein. Der Vorhang aus eiskalten Regentropfen warf das Scheinwerferlicht zurück, und so mußte sie sich dabei weitgehend auf ihr Gefühl verlassen. Schließlich fuhr sich der Bagger fest, bäumte sich auf der Kuppe der Uferböschung auf, und gleich darauf versank die Schaufel zur Hälfte in der Grube.

Delia sprang herunter. Der Aufseher eilte zu ihr, und

sie erörterten lauthals, wie sie den Bagger wohl wieder freikriegten. Delia Sutherland watete bis zur Hüfte in die stinkende Brühe. Der Aufseher rief ihr nach, sie solle das lieber bleiben lassen. »Das ist doch nur Scheiße, Mike«, schallte es durch das tosende Unwetter zurück.

Es war ein Uhr morgens vorbei, als sie in den Salon zurückkehrte. Noch immer mit wasserdichten Hosen und Regenmantel bekleidet, steuerte sie geradewegs auf die Hausbar zu, goß sich einen Whisky ein, schüttete ihn herunter und schenkte nach.

»Du stinkst«, sagte eine Stimme hinter ihr.

Sie hielt mitten in der Bewegung inne und ließ den Whisky im Mund zergehen, bevor sie sich zu Francis umdrehte, der sich in den Sessel hatte fallen lassen, in dem sie selbst knapp vier Stunden zuvor noch gesessen hatte.

»Schön, dich zu sehen, Francis. Wie lange bist du schon hier?«

Er starrte in den Kognakschwenker, den er sich an den Bauch drückte. »Seit zehn. Hab nach dir gesucht. Dachte schon, du wärst auf 'ne Party gegangen.« Um das daraufhin eintretende Schweigen zu füllen, fügte er hinzu: »Nur 'n kleiner Witz zur späten Stunde, Delia, weiter nichts. Hast du dich in der Jauchegrube ausgetobt? Soll gut gegen Schlaflosigkeit sein, ist es nicht so?«

Delia bemerkte, daß an ihrer Hose eine schleimige Flüssigkeit herabrann. »Die Grube hat ein Leck. Das bringt mir garantiert ein Bußgeld ein. Schon das zweite in diesem Jahr. Wenn Fabriken ihre Abwässer in Flüsse leiten und sie meilenweit verseuchen, kräht kein Hahn danach. Aber wenn mir so was passiert, reichen ein paar Tropfen, und schon bin ich dran. Bestimmt muß ich fünftausend Pfund dafür blechen, jede Wette!«

»Sleet kann das verkraften.«

»Kann sein, aber nicht, wenn wir so weitermachen

wie bisher. Die Ernte war schlecht. Und erst die Milchquoten! Jetzt sind auch noch Quoten für Weizen im Gespräch!«

»Bauern geht's anscheinend immer dreckig. Ich verstehe sowieso kein Wort, wenn du übers Geschäft redest.« Er lehnte den Kopf träge zurück und schnippte die Asche seiner Zigarette ins Feuer, verfehlte es jedoch.

»Ich gehe mich umziehen«, sagte sie. Zwanzig Minuten später kehrte sie in karierten Pantoffeln, einem gestreiften Pyjama und einem grauen, mit einer Kordel zusammengeschnürten Morgenmantel zurück. Als sie, die Hände in den Taschen, zum Kaminvorsetzer schlappte, hielt sich Francis Sutherland die Hand vor die Augen und spähte durch die gespreizten Finger.

»Mein Gott, was ist denn aus dir geworden? Ein verdammter, zu groß geratener Pennäler?« Er hielt sich die Augen zu.

»Kein Obelisk?«

Er nahm die Hand weg. »Was hast du gesagt? Ein Obelisk? Kannst du denn nie etwas verzeihen und vergessen, Delia?«

»Verziehen habe ich dir viel, sogar alles. Aber vergessen? Manche Menschen können das nicht. Es liegt nicht in ihrer Natur.«

»›Manche Menschen‹? Warum sagst du nicht ›Ich kann es nicht‹? Hast du Angst, es könnte zu vertraulich klingen?«

Wie gerne wäre sie jetzt eine andere Frau gewesen, eine von denen, die sich darauf verstehen, auf einen Mann zuzugehen, auf ihren eigenen Ehemann, sein Gesicht in die Hände zu nehmen und zu sagen: »Was ist los mit dir, Liebling? Komm her, komm zu mir.« Doch dazu bedarf es einer Gabe, die ihr nicht zuteil geworden war, einer Fähigkeit, die sie nie erlernt hatte. Sie wußte nicht, wie sie es anfangen sollte. Statt dessen sagte sie: »Wie geht's dir so? Rasend glücklich siehst du nicht eben aus.«

»Wie auch? Ich komme nach Hause –«

»Nach achtzehn Monaten.«

»– und suche die Gesellschaft meiner Frau, doch die kreuzt erst um ein Uhr nachts auf und präsentiert sich mir zuerst als Kanalarbeiter und dann als Internatsschüler. Ich habe keine richtige Familie, und Freunde habe ich nur, solange es mir gutgeht ...«

»Wir sind seit zwanzig Jahren verheiratet, Francis, und –«

»Seit einundzwanzig.«

»Mag sein, und du hast dich noch nie über dein Leben beklagt. Stimmt etwas nicht?« Er ließ die Arme seitlich am Sessel herabbaumeln und starrte unverwandt ins Feuer. Von einer unverbindlichen Kopfbewegung abgesehen, war er offenbar nicht bereit, ihr zu antworten, und so fuhr sie fort: »Ich dachte, zwischen uns wäre alles so, wie du es gewollt hast. Ich dachte, du hättest es dir so eingerichtet, und das hat mich in gewisser Weise getröstet.«

»Wir haben seit sechzehn Jahren nicht mehr miteinander geschlafen.«

»Es überrascht mich, daß du für derartige Berechnungen Zeit hast.«

»Alle Zeit der Welt.«

»Ja, es hat mich getröstet, weil ich mir in schlimmen Momenten, wenn ich niedergeschlagen bin, wenigstens sagen kann, daß ich gar keine so üble alte Schachtel bin, weißt du, denn ich mache nicht so ein Gezeter, wie manche anderen Frauen es tun würden. Aus männlicher Sicht gesehen, würde man sagen, du hast alles gehabt. Du hast so gelebt, wie du wolltest, du hast Geld, Sonne, eine Frau im Hintergrund zum Schutz vor Verpflichtungen, und du hast eine Menge anderer Frauen sehr unglücklich gemacht. Was kann sich ein Mann mehr wünschen?«

»Eine Menge.«

»Zum Beispiel?«

Er brummte etwas vor sich hin.

Das Weiß seiner Augen war trübe, die Lippen waren rissig, und die Mundwinkel glänzten feucht. Sonne und Alkohol hatten die Lebensfreude in seinem Gesicht ausgemerzt. Es war mit einem Netz von Falten überzogen.

»Habe ich richtig gehört?«

Ihre Blicke kreuzten sich. »Ich hab ›Liebe‹, gesagt, verdammt noch mal.«

»Soso. Das dachte ich mir.« Sie stand auf und schüttelte die Schöße des Morgenmantels, als hätte sich das Wort in seinen Falten verfangen und wäre ihr lästig geworden. »Das kommt ein bißchen plötzlich, findest du nicht? Du tauchst hier nach langer Zeit auf und redest von Liebe. Nun, ich weiß nicht, was ich zu deinem Trost sagen soll. Ich glaube, in all den Jahren haben dich viele Frauen geliebt.«

»Auch du?«

»Großer Gott! Was für eine Frage! Ich kann mich erinnern, wie es am Anfang zwischen uns war, falls du das meinst.«

»Hast du mich geliebt? Warum sprichst du es nicht einfach aus? Seit unserem ersten Ehejahr hast du mir nicht mehr gesagt, daß du mich liebst.«

»Ach nein?«

»Ich war in dich verliebt. Es war kein Spiel. In den zehn Jahren, bevor wir uns kennenlernten, hatte es in meinem Leben mehrere schöne Frauen gegeben, und ich glaubte damals, daß ich ein paar von ihnen geliebt hätte. Aber du, du warst so weit weg, so trotzig und exzentrisch. Du bist mir unter die Haut gegangen. Ich wollte dich um jeden Preis heiraten, und ich liebe dich noch immer.« Mit schlurfenden Schritten ging er auf sie zu, taumelte und stürzte, doch damit sein Sturz so wirkte, als wäre er beabsichtigt, rutschte er auf Knien zu ihr hin und wollte den Kopf in ihren Schoß legen, doch sie wich zurück. Sie räusperte sich, als wollte sie etwas sagen, schwieg jedoch.

»Du bist kalt«, sagte er.

»Und du betrunken.«

»Du schottest dich gegen mich ab, wie du es schon immer getan hast. Ich habe nie verstanden, warum.« Er stützte die Ellbogen auf den Kaminvorsetzer, reckte den Hals und schätzte die Entfernung bis zu seinem Sessel ab.

»Du hast mich nie danach gefragt«, sagte sie.

Er schlug es sich aus dem Kopf, zum Sessel zurückzukriechen, und starrte statt dessen ins Feuer. »Es gab also einen Grund? Ich wußte, daß es nicht nur an dem Mädchen lag, das ich mal hierher mitgenommen habe. Du hast es schon vorher getan, dich gegen mich abgeschottet, meine ich. Habe ich etwas falsch gemacht? Oder etwas nicht getan, was ich hätte tun sollen?«

»Es gab da einmal einen Grund, aus dem dann zwei oder drei wurden. Sie haben sich im Lauf der Jahre zwischen uns geschoben und sich in Schweigen verwandelt, und ich glaube, das ist der eigentliche Grund.«

Langsam wandte er ihr das Gesicht zu. Darauf lag der bestürzte, schmerzvolle und zugleich zutiefst verstörte Ausdruck eines Mannes, der einer Frau in die Augen blickt, welcher er Leid zugefügt hat. »Ich versuche, mich mit dir auszusprechen, Delia, mich richtig auszusprechen, aber du machst es mir so schwer. Es fällt mir sowieso alles andere als leicht, und dann sagst du auch noch solche Dinge. Warum kannst du dich nicht einfacher ausdrücken? Sag es doch mit einem Wort, in Gottes Namen, so daß ein Mann wie ich es verstehen kann.«

Sie beugte sich mit ineinander verschränkten Händen vor und machte mit den Füßen in ihren karierten Pantoffeln tänzelnde Bewegungen. »Patricia.«

Oft schon hatten sie über dieses Thema gesprochen,

der eine betrunken, der andere müde, aber nie so schonungslos, so unverblümt, und nie, nie hatte sie Patricia erwähnt oder eine der anderen Frauen, von denen sie wußte.

»Wer ist Patricia?« fragte er.

Nun konnte sie nicht mehr an sich halten. Sie warf den Kopf zurück, lachte und lachte. Lächelnd sah er ihr eine Weile zu und sagte dann: »O Delia, du hättest so schön sein können! Wir hätten so viel Spaß miteinander haben können!«

»Erinnerst du dich wirklich nicht an sie? Das dachte ich mir, aber es hat mir trotzdem einen Stich ... ich meine, es hat mich trotzdem gestört.«

»Wäre Sleet nicht gewesen, wäre alles anders.«

»O ja, wäre Sleet nicht gewesen! Es ist mein ein und alles. Ich danke Gott dafür. Das heißt, eigentlich müßte ich dir danken. Wie du soeben bemerkt hast, vergesse ich nichts, und das hat auch seine guten Seiten.«

»Du irrst dich. Wäre Sleet nicht gewesen, hätten wir gemeinsam etwas aufgebaut. Aber du hast dich hierher geflüchtet, kaum daß es mit uns ein wenig schwierig wurde. Sleet ist für mich »der andere«, und ich werde mir nie verzeihen, daß ich ihn selbst eingeladen habe. Ich hätte alles lassen sollen, wie es war, als ich dich kennenlernte, so vergammelt. Und hier bleibst du, wie du immer warst – unerreichbar, verschlossen, selbstgenügsam. Fühlst du dich nicht manchmal einsam?«

»Komisch, das hat mich schon mal jemand gefragt.«

»Nachts zum Beispiel? Im Bett? Alleine, immer nur alleine. Wie hältst du das aus? Verlangt dein Körper nicht nach mehr? Frigide warst du nicht gerade.«

»Gute Nacht, Francis.«

»Tut mir leid. Es ist mir rausgerutscht. Ich wollte etwas ganz anderes sagen.«

»Ich muß jetzt ... ins Bett.«

»Warte, warte! Bitte bleib und rede mit mir!«

»Gute Nacht, und damit basta. Wir sehen uns morgen früh«, sagte sie und versuchte dabei, so gelassen wie möglich zu klingen.

»Was kosten dich schon ein paar Minuten, Delia? Bleib bei mir. Geh nicht weg. Laß mich diesmal nicht allein.«

Sie ging. Draußen vor der Tür wartete sie einen Augenblick. Würde er doch nur noch einmal nach ihr rufen. Würde er doch an die Tür kommen und sie dort in ihrer ganzen Torheit stehen sehen. Vielleicht, wenn er nicht so betrunken wäre oder morgen seine Worte wiederholte. Es war nicht leicht, nach all den Jahren.

Als sie in ihrem Schlafzimmer, das sich direkt über dem Salon befand, unter der kalten Decke lag, wurde ihr bewußt, daß er noch nie zuvor gesagt hatte: »Geh nicht weg.« Alles würde gut werden. Alles würde wie früher werden. Morgen früh.

Am nächsten Morgen war er fort. Wahrscheinlich war er nicht einmal zu Bett gegangen. Ein Blick in sein Schlafzimmer bestätigte ihre Vermutung.

Sie wartete auf den Brief, der, sofern er seiner Gewohnheit treu blieb, bald eintreffen würde. Er schrieb ihr noch immer jedesmal, nachdem sie einen Streit gehabt hatten, machte ihr in seinen Briefen jedoch keine Vorwürfe.

Der blaue Umschlag traf drei Tage später ein. Es war dasselbe Blau wie beim allerersten Brief, den sie von ihm erhalten hatte. Statt ihn zu öffnen, suchte sie nach dem ersten und las ihn. Sie wollte ihre damals so frischen Gefühle und Hoffnungen wieder aufleben lassen, und sie wollte versuchen, aus dem neuen Brief etwas herauszulesen, an das sie anknüpfen könnte. Als ihr einfiel, daß sie damals mit Gertie, die seit langem tot war, zum See hinuntergegangen war, beschloß sie, nun dasselbe mit ihren beiden Labradorrüden zu tun. Sie schob den Brief in die Jackentasche, für später, wenn sie den Bauunternehmer getroffen haben würde, mit dem sie über eine Befestigung der Jauchegrube sprechen wollte. Als der Mann eintraf, tauschte sie die Jacke gegen den Regenmantel und sperrte die Hunde im Jagdzimmer ein.

Bei ihrer Rückkehr eröffnete Curtis ihr, die Hunde hätten ein solches Spektakel veranstaltet, daß er die Tür zum Jagdzimmer geöffnet hätte, um nach dem Rechten zu sehen, und da seien sie herausgeschossen und trieben sich noch immer frei im Haus herum. Die letzte Stunde habe er damit zugebracht, die Mäntel und Schals, die sie von den Haken gerissen hätten, wieder aufzuhängen, und das verschüttete Wasser aus dem Trinknapf aufzuwischen. Nun überlegte er, ob bei bestimmten Kleidungsstücken das Stopfen überhaupt noch lohnte. Er hielt Delia die Jacke hin. Sie war völlig hinüber. Der Brief war fort.

Sie durchsuchte das Jagdzimmer, den Abfalleimer, den Curtis vollgestopft hatte, und jeden Winkel des Hauses, wo die Hunde sich offensichtlich herumgetrieben hatten. Sie rief Muriel Fuller an, damit sie ihr bei der Suche half. Sechzehn Tage später, als sie im Hundezwinger saubermachte – einer der Hunde hatte Milch aus der Kanne getrunken, die jemand versehentlich auf dem Küchenfußboden hatte stehenlassen, und dann seinen Schlafplatz beschmutzt –, fand sie den Brief.

Nach einer Stunde hatte sie mit Mühe und Not sieben Wörter entziffert: »gedemütigt«, »nachtragend«, »Sonderstellung«, »Kennedy«, »Sleet«, »Existenz«, »Leon«, sowie zwei zusammenhängende Wörter: »vom Schicksal« und drei weitere am Ende des Briefes: »warte eine Woche«.

Delia rief Francis in seinem Haus auf den Abacos an, um ihn zu fragen, wann er wieder nach England käme. Er antwortete, in zwei Monaten, aber nach Sleet werde er nicht kommen. Offenbar wartete er darauf, daß sie etwas sagte, doch sie konnte nicht über seinen Brief sprechen, nicht am Telefon. Statt dessen sagte sie nur:

»Also dann im Brown's Hotel« und schlug ein Datum vor.

Zwei Tage vor dem geplanten Abendessen im Brown's Hotel erschien in der Zeitung anläßlich der Eröffnung eines Nachtklubs in Paris unter anderem ein Foto von Francis. Ein Mädchen, kaum älter als zwanzig, lehnte mit dem Rücken an ihm. Er hatte die Arme um die junge Frau geschlungen, deren Augen geschlossen waren, und lächelte auf sie herab.

Immer dasselbe, dachte Delia. Daran wird sich nie etwas ändern, und wenn ich ehrlich bin, tut es mir noch genauso weh wie früher.

»Du hast also immer noch mit Nachtklubs zu tun?« Mit dieser Bemerkung eröffnete sie das Gespräch.

»Das Foto habe ich auch gesehen. Guter Schnappschuß, was?« Er sah krank aus.

»Hübsches Mädchen. Jemand Besonderes?«

»Laß uns bestellen.«

Bei der Vorspeise erzählte sie ihm wie üblich von Sleet. Francis zeigte noch weniger Interesse als früher. Als er sagte: »Machst du also immer noch so weiter?«, begriff sie nicht, was er mit der Frage bezweckte, und erwiderte nichts. Eine Weile herrschte Schweigen.

»Du hast dir lange Zeit gelassen, bis du mich angerufen hast. Ist das deine Antwort? Du hast mich immer spüren lassen, was du fühlst, indem du dich in Schweigen gehüllt hast. Ich dachte nur, daß du dir dieses Mal, dieses eine Mal, einen Ruck geben würdest.«

»Ich bin doch hier«, erwiderte sie schnippisch. Sie war nervös.

»Nein, bist du nicht. Du bist in Sleet. Wie immer.«

»Danke für deinen Brief.« Sie konnte ihm nicht in die Augen sehen, und als sie es doch tat, sah er sie so seltsam an, daß sie aus Verlegenheit den Kopf senkte und mit ihrem Ehering spielte.

»Du hast ihn also gelesen?« Sie ließ den Kopf noch tiefer sinken, in der Hoffnung, daß er dies als bejahende

Geste wertete. »Natürlich hast du ihn gelesen. Du weißt genau, was ich dir geschrieben habe.«

»Das weiß ich nicht«, widersprach sie unwirsch. Sie war wütend und enttäuscht.

»An deiner Antwort merke ich, daß du es doch weißt, Schatz«, sagte er mit sanfter Stimme. Dieses traurige, verloren geglaubte Kosewort hatte er seit Jahren nicht mehr verwendet. Sie würde es noch ein paarmal hören müssen, bis sich ihre Ohren wieder daran gewöhnt hätten.

»Ich weiß es nicht. Ich habe ihn nicht gelesen, Francis.«

»Du willst der Realität nicht ins Auge sehen, das ist es.« Er war der festen Überzeugung, daß er recht hatte, und deshalb gab er sich freundlich, rücksichtsvoll, als litte sie an einer schrecklichen Krankheit, gegen die niemand etwas tun konnte. »Aber mach dir keine Sorgen. Ich bin zwar noch nicht zu alt, um jung zu sterben, doch es ist eher unwahrscheinlich. Wir Sutherlands werden steinalt.«

»Die Hunde haben den Brief gefressen. Sie haben sich im Jagdzimmer wie die Wilden aufgeführt. Dabei sind sie sonst so brav. Ich weiß nicht, was in sie gefahren ist. Ich habe den Brief nicht gelesen, Francis.«

»Mein Gott, Delia!« Er stieß sich mit den Handflächen an der Tischkante ab und kippte mit dem Stuhl zurück. Jetzt wirkte er nicht mehr freundlich, sondern kalt. »Reicht es denn nicht, daß du ihn ignoriert hast? Reicht es dir denn nicht, zu sagen, du hättest ihn nicht gelesen? Mußt du mir jetzt auch noch erzählen, deine Scheißhunde hätten ihn gefressen? Warum tust du mir das an?«

»Du hast mein Vertrauen zerstört und mich häßlich gemacht«, preßte sie zwischen den Zähnen hervor. Sie war sich nicht bewußt, etwas Derartiges auch nur gedacht zu haben. Es war, als hätte eine andere Frau für sie gesprochen. Sie starrten sich an.

»Ja«, sagte er schließlich. »Verzeih mir.« Bevor sie wußte, was sie darauf erwidern sollte, erhob er sich. »Ich gehe jetzt, falls du nichts dagegen hast.« Er verließ das Lokal, bevor sie Zeit hatte, zu protestieren.

Danach kam kein Brief mehr von ihm. Sie sah ihn nie wieder.

2. *Teil*

6

August. Der verdammte August, dieser Sonntagnachmittag des Jahres. Stunde der Selbstmörder, die einen ganzen Monat andauert. Da stand ich also im Schlafzimmer, am Fenster, und mir war schwindelig von David Rosens eher »traurigen« als »schlechten« Nachricht. Francis tot? In seinem Schwimmbecken ertrunken?

Draußen kämpfte der Tag noch gegen die hereinbrechende Nacht, und ich weinte. Tot? Nach all der Zeit? Nun war meine Liebe zu ihm nicht länger durch seine Existenz gedämpft, nun brachte ich das Verständnis auf, das vonnöten gewesen wäre, damit wir beide wieder hätten zueinander finden können – die Güte, die Worte, all die kleinen Gesten, die es einem Menschen ermöglichen, sich einem anderen zu offenbaren, und es zwei Menschen erlauben, das Leben miteinander zu teilen. Wir wären wieder zusammengekommen, sobald er seine wilden Jahre hinter sich gehabt hätte. Schließlich waren wir alt genug, um zu wissen, worauf es uns wirklich ankam.

In der Nacht, bevor ich David Rosens Kanzlei aufsuchte, um mir Francis' Testament vorlesen zu lassen, wachte ich aus einem Traum auf. In diesem Traum stand ich als unsichtbarer Beobachter auf der Terrasse von Francis' Haus auf den Abacos. Im Inneren des Hauses fand eine Party statt. Die Stimmung und die Geräusche drangen durch die Glastüren nach draußen in die schwüle bahamische Nacht. Ein Butler in weißem Jackett stellte Kerzen auf die Tische unter den mit Bougainvillea bewachsenen Laubenbögen. Im Dunkel saßen zwei Gestalten, was ich, ohne sie zu sehen, wußte, wie es in Träumen so ist.

Auf einer Woge stummer Ausgelassenheit kam die Gesellschaft nach draußen. Ein flotter Haufen von Leuten, die ans Faulenzen im Sonnenschein gewöhnt waren und von denen einige tanzten, um ein bißchen ordinäre Lust zu kosten. Francis war einer von ihnen. Er drückte ein Mädchen mit geschmeidigem Körper an sich, als sollte ihre feingliedrige Gestalt mit seinem alternden Leib verschmelzen, leckte ihren Nacken, betätschelte ihr kurzes helles Kleid und ließ die Fingerspitzen in den Spalt zwischen Po und Schenkeln gleiten. Er fummelte an ihrem Reißverschluß; ein Träger rutschte herunter. Das Mädchen bewegte die Lippen in einem stillen Hilferuf an die Gäste, doch diese lächelten nur und wandten sich ab. Das Kleid glitt auf ihre schmalen Hüften herab, wo er es festhielt, doch gleich darauf hob er die Hände, und es fiel zu Boden, und sie stand splitternackt da. Sie rannte zur Glastür, aber Francis verstellte ihr den Weg; da eilte sie quer über die Terrasse zur Balustrade, kletterte hinauf, überlegte, ob sie springen sollte. Schon stand Francis, nackt wie sie, neben ihr und verbeugte sich ein paarmal stumm vor seinen Gästen, bevor er in die Nacht hinaussprang. Das Mädchen kletterte zurück auf die Terrasse. Sie lachte. Alle lachten, spähten über die Brüstung nach unten, und ihre Köpfe hoben sich schwarz vor dem Wetterleuchten ab.

Plötzlich war die Terrasse wie leergefegt, und die beiden Gestalten aus dem Schatten, die ich noch immer nicht sehen, aber doch spüren konnte, tauchten auf. Mit ihrer greifbaren Gegenwart glitten sie über glänzende Fliesen hinüber zu der Stelle, von der aus Francis seinen Hechtsprung gemacht hatte, und auch sie blickten hinab, wie die anderen es getan hatten, nur lachten sie nicht. Tief unten und doch in allen Einzelheiten erkennbar, lag sein gekrümmter Leib; seine Gliedmaßen waren auf grausige Weise verrenkt, der Kopf war nach hinten gekippt, und ein Blutfleck breitete sich langsam auf dem weißem Marmor des leeren Beckens aus.

Nicht einmal der Schein der Nachttischlampe vermochte das letzte Bild des Traums in meinem Kopf auszulöschen, und so knipste ich sie aus und vertraute auf die Wirkung der Morgendämmerung, und tatsächlich, da war er, der nächste Tag. Zu spät, um noch mal einzuschlafen, denn ich wollte mich um sechs Uhr auf den Weg nach London machen, um dem Stoßverkehr zu entgehen. Wie einsam mochte er gewesen sein, wenn es noch nicht spät und er nicht betrunken war? Wie einsam? *Geh nicht weg, Delia. Laß mich diesmal nicht allein.* Das habe ich nie getan. Ich war immer dagewesen und hatte darauf gewartet, daß er mich wiederentdeckte. Ich wäre sogar zu ihm auf die Abacos gereist, wenn er mich darum gebeten hätte. Ab und zu ein bißchen Urlaub kann nicht schaden.

Er wäre zu mir zurückgekommen, die ersten Schritte hatte er schon unternommen. Uns verbanden so viele gemeinsam verbrachte Jahre. Ich hatte ihm ohne Klagen die Freiheit geschenkt, ein Geschenk, das eine raffinierte Fessel war. Eine raffinierte Fessel und die Garantie für seine Ernüchterung. Er wäre bestimmt zu mir zurückgekommen. Und jetzt? Jetzt war er tot, der arme, arme Francis.

David Rosen war klein, Mitte Vierzig und sah aus wie eine Studie in blassen Hauttönen: Haar und Wimpern hatten die Farbe verdünnten Orangensafts, und seine zarte Haut war mit hellen Sommersprossen übersät, die bei bestimmten Lichtverhältnissen zu schimmern schienen.

Als Delia Sutherland am Morgen nach ihrem Telefonat pünktlich bei ihm eintraf, stand Rosen gerade an der Tür zu seinem Büro und unterhielt sich mit seinem Juniorpartner. Sie war noch ein ganzes Stück von ihm entfernt, als er schon die linke Hand ausstreckte und in die Luft nach ihrer griff. Doch er trat immer erst dann näher, wenn sie schon vor seinem Schreibtisch saß; dann lehnte er sich neben ihr an den Tisch. Dies war eine Strategie, die er entwickelt hatte, um über den Größenunterschied zwischen ihnen hinwegzutäuschen. Sie sagten beide nie ein Wort, bevor sie so ihre Plätze eingenommen hatten. In den dreizehn Jahren, seit er die Nachfolge des in den Ruhestand getretenen Seniorpartners angetreten hatte – ihn hatte Francis Sutherland einst mit sämtlichen, Sleet betreffenden Angelegenheiten betraut – hatten David Rosen und Delia Sutherland sich gut genug kennengelernt, um ohne die üblichen Begrüßungsformeln auszukommen, und beide fanden es gut so.

Das Tageslicht drang nicht sehr weit in den Raum vor, in dem nur die Schreibtischlampe brannte.

Schweigend sah Rosen zu, wie sie Tasche und Handschuhe auf den Tisch legte und sich unaufgefordert eine Zigarette nahm. Das hatte sie schon lange nicht mehr getan. Er hielt ihr ein marmornes Feuerzeug hin, und als sie den Kopf zur Flamme herabsenkte, sagte er mit einem Nicken in Richtung des regennassen Fensters: »Scheußlich, nicht?«

Sie ließ zu, daß er ihr Gesicht prüfend betrachtete, was auch immer er darauf zu lesen hoffte, und sagte dann: »Ja, aber die Abende zu Hause sind herrlich. Ab sechs Uhr scheint die Sonne. Natürlich ist es dann schon zu spät, um das Getreide zu trocknen und die Mähdrescher rauszuholen. Das Wetter führt uns ganz schön an der Nase rum, was?« Sie grinste ihn dümmlich an. »Aber die letzten Tage waren ganz in Ordnung.«

Er stieß einen kurzen Lacher aus, setzte gleich darauf wieder eine ernste Miene auf und musterte sie erneut. Wie ein Arzt, dachte sie, der nach Symptomen sucht. Abermals ließ sie ihn gewähren, weil sie sich sagte, daß dies wohl Ausdruck seiner Anteilnahme war. Solche

Dinge läßt man um des Glücks der anderen willen über sich ergehen.

Da saß sie, das Haar vom Wind zerzaust wie immer; der maßgeschneiderte Hosenanzug betonte ihre männliche Ausstrahlung, und der Duft des einzigen Parfums, das sie verwendete, sofern sie überhaupt eines auflegte, umgab sie wie ein Heiligenschein. Rosen kannte den Namen des Parfums, denn es war dasselbe, das auch seine Mutter benützt hatte: Arpège. Natürlich entwickelte es bei Delia wie bei jeder Frau eine ganz persönliche Duftnote, in die sich bei ihr allerdings ein Hauch von Hundegeruch mischte. Sie sah kreidebleich und verbraucht aus.

»Es tut mir so leid, Delia«, sagte Rosen und dachte gleich darauf: Mist! Er erinnerte sich nämlich, wie kühl sie am Vorabend auf seine Beileidsbezeugung am Telefon reagiert hatte. Ihr brauchte er wirklich nichts vorzumachen.

»Tja, mir auch.« Stirnrunzelnd wandte sie sich von ihm ab und kehrte ihm das Gesicht erst wieder zu, als sich ihre Züge gefestigt hatten. »Die Wettervorhersage klang vielversprechend. Mit ein bißchen Glück können wir uns heute im Lauf des Tages Pope's Bottom vornehmen.«

»Gut.«

»Und ob das gut ist!«

Er lehnte noch immer neben ihr am Schreibtisch und ließ sie nicht aus den Augen, als wartete er auf etwas. »Willst du Einzelheiten wissen? Ein paar sind durchgesickert.«

»Er ist ertrunken, hast du gesagt?«

»Ja. Ein paar Leute waren dabei. Er ist von der Terrasse ins Schwimmbecken gesprungen. Das Becken befindet sich offenbar –«

»Ich weiß, wo es sich befindet.«

»Von Fotos?«

»Nein.«

»Du warst dort?«

»In den Flitterwochen.«

»Das hast du mir nie erzählt.«

Er versuchte sich seine Verwirrung nicht anmerken zu lassen, während er weitersprach. »Du weißt also über alles Bescheid, über seine Spielhöllen, die Partys, die nur zur Deckung dienten, und so weiter?«

»Ja.« Sie wußte zwar nicht Bescheid, aber sie wollte zu der Art von Ehefrauen gehören, die alles über ihren Mann wußten, auch das, was ihnen wehtat, wie zum Beispiel die Dinge, die ihm Spaß bereiteten.

»Nun, es sieht so aus, als wäre er von der Terrasse aus hineingesprungen. Niemand kümmerte sich großartig darum. Er schlug sich wohl im Fallen den Kopf irgendwo an und war schon bewußtlos, als er ins Wasser eintauchte. Als sich die Leute fragten, warum er nicht wieder hochkam, war es zu spät.«

»Komisch«, sagte sie.

»Was hast du gesagt?«

»Mehr möchte ich nicht wissen.«

»Aber Delia ...!«

»Können wir die Sache schnell über die Bühne bringen?«

Rosen wandte sich ab. Anfangs, als er sich Sleets angenommen hatte, hatte er Angst vor ihr gehabt. Erst nach und nach hatte er ihr bei seinen Besuchen eingestanden, wie sehr er sich darauf gefreut habe, und ihr gesagt, daß er sich immer daran erinnern werde, wie sie den »Besitz abgelaufen« seien (so nannte Delia einen geschäftsmäßigen Fußmarsch über ihr Anwesen) und danach bis spät in die Nacht bei einem Glas Brandy zusammengesessen und das eine oder andere Vorhaben durchgesprochen hätten. Er war der erste gewesen, der ihr, nachdem er es seit Monaten mit sich herumgetragen hatte, die ebenso überstürzte wie ungehörige Frage stellte: »Bist du nicht manchmal einsam?«

»Einsam?« hatte sie wiederholt, als hätte sie dieses

Wort noch nie gehört. Dieselbe Frage sollte ihr Francis Jahre später stellen.

»Sehnst du dich nicht nach jemandem an deiner Seite?« hatte Rosen gefragt.

»Ich habe doch die Hunde.«

»Ich rede von einem Mann, Delia.«

Mit einem abschätzenden Blick hatte sie gefragt: »Meinst du Sex, David? Reden wir hier von einer Beziehungskiste?«

Daraufhin hatte er sich an seinem Brandy verschluckt.

Nun trat Rosen ans Fenster seines Büros, kehrte ihr den Rücken zu und spielte nervös mit dem Ring am kleinen Finger. »Die letzte Testamentfassung, die ich anhand von Francis' Anweisungen angefertigt habe, ist zwölf Jahre alt. Er schickte sie mir zum Zeichen seiner Einwilligung unterschrieben zurück.«

»Ich weiß.« Diesmal wußte sie wirklich Bescheid.

»Erinnerst du dich noch, daß wir uns einmal zu dritt darüber unterhielten? Ich war damals der Ansicht, du solltest wissen, wie du dastehst, falls jemals so ein Fall eintreten würde.«

»Ja, ich erinnere mich. Francis und ich haben danach immer wieder darüber gesprochen. O ja, wir haben lange Gespräche geführt. Wir hatten auch unsere guten Zeiten. Zwischen uns herrschte ein tiefes Einverständnis, von dem die anderen nichts ahnten.« Ihre Prahlerei hatte etwas Kindliches und bewirkte, daß Rosen sich umdrehte und sie ansah, als sie weitersprach. »Noch heute morgen im Bett habe ich gedacht, daß Außenstehende wohl nie begriffen haben, was uns wirklich miteinander verbunden hat. Nein, es war keine herkömmliche Ehe, denn wir haben uns gegenseitig etwas gegeben, woran es bei anderen Ehepaaren mangelt: Freiheit. Wir waren auf dem besten Weg, zueinander zurückzufinden, weißt du? Na ja, woher sollst du das wissen, aber so war es. Es war nur eine Frage der Zeit.«

»Wirklich?«

»O ja!« Sie klopfte die Asche ab und zog an der Zigarette.

»Wie auch immer, Delia«, sagte er, plötzlich kurzangebunden, »in Nachlaßfragen ist von Gesetzes wegen ein Minimalbetrag für die Witwe vorgeschrieben. Dieser wird in etwa nach denselben Kriterien bemessen wie eine Unterhaltszahlung nach der Scheidung und beläuft sich daher ungefähr auf dieselbe Höhe. Wird der Witwe im Testament ein Betrag zugedacht, der unter diesem Minimum liegt, so kann sie Einspruch einlegen, dem mit größter Wahrscheinlichkeit stattgegeben wird.«

Delia Sutherland wurde ungeduldig. Er war immer so pedantisch, und das kostete nur Zeit. Sie schob die Uhr an ihrem Handgelenk nach unten und blickte verstohlen darauf, doch er bemerkte es.

»Hörst du mir überhaupt zu?«

»Jaja.«

»Francis hat dir weit über das Doppelte von dem hinterlassen, was man in diesem Fall als Minimum zugrunde legen würde.«

»Ich weiß, David. Ich kenne das Testament«, erwiderte sie mit Engelszungen, weil sie ihn davon abhalten wollte, sich allzusehr in alles hineinzusteigern. So viel Aufhebens war doch überhaupt nicht nötig.

»Wohl nicht ganz, Delia. Die Sache ist nämlich die, daß Francis einen unehelichen Sohn namens Leon Kennedy hat.«

Delia Sutherland stand auf, ging zur gegenüberliegenden Wand und wischte sich etwas von der Handfläche. »Ich weiß.«

»Du weißt es? Verstehe. Mir gegenüber hast du ihn allerdings nie erwähnt.«

»Stimmt. Ich habe dir nichts von den Abacos und auch nichts von dem Jungen erzählt. Was ist denn heute mit dir los, David? Wie kommst du darauf, daß es mir ein Wunsch oder gar ein Bedürfnis sein könnte, diese Dinge mit jemandem zu besprechen? Gut, ich habe ihn nie erwähnt. Warum sollte ich? Er existiert für mich nicht.«

Rosen schloß die Augen, als wollte er sagen: Mit dir braucht man Geduld, Delia, eine Menge Geduld. Gleich darauf öffnete er sie wieder. »Francis hat ihn in einem in Nassau abgefaßten Testamentsnachtrag bedacht. Dieser liegt schon seit ein paar Jahren hier, aber ich hatte Weisung, ihn nicht vor seinem Tode zu öffnen. Und das habe ich heute früh um halb neun getan.«

Delia Sutherland widmete ihre Aufmerksamkeit nun der anderen Handfläche. »Er hat ihm also etwas vererbt. Seiner Mutter doch hoffentlich auch, oder nicht? Ich bin nicht mißgünstig.« Als Rosen nicht sofort antwortete, hakte Delia Sutherland nach: »Also, hat er oder nicht? Hat er der Mutter auch etwas vererbt?«

»Nein, er hat sie mit keinem Wort erwähnt.«

»Das ist schade. Er hätte es nämlich tun sollen, ja, das hätte er.«

Endlich setzte sich Rosen auf seinen Schreibtischstuhl. Er kratzte sich an der Stirn. »Delia, Francis hat Sleet diesem jungen Mann vermacht.«

Kaum hatte er zu Ende gesprochen, rief Delia wie aus der Pistole geschossen und mit einem unverhohlenen Blick auf die Uhr, als überlegte sie, ob ihr noch genügend Zeit blieb, um die Dinge richtigzustellen: »Nein, das kann nicht sein! Gib mir den Nachtrag!« Sie streckte die Hand aus.

Er reichte ihr das Dokument, und sie las es, schnell das erste Mal, langsam das zweite. Dann legte sie es auf den Schreibtisch und sagte, ohne den Blick davon abzuwenden: »Ich verstehe nicht recht … Sieht so aus, als … Was bedeutet das? Sag schon, David.«

»Es bedeutet, daß Sleet, das Haus, die Bauernhöfe und der gesamte Grundbesitz an Leon Kennedy übergehen.«

Ihr Blick glitt über seine Schultern hinweg zum Fenster. Sie ging darauf zu, blieb stehen und starrte hinaus.

Auf der Balkonbrüstung des gegenüberliegenden Hauses hockten Tauben; sie drängelten und balgten sich um einen Platz. Eine schied aus. Sie hob die Flügel, flatterte los, flog einen Kreis, kehrte zurück, und eine andere mußte weichen. Der Regen hatte aufgehört.

»Ich glaube, es wird ein schöner Tag«, sagte sie. »Heute nehmen sich die Mähdrescher Pope's Bottom vor.«

»Der gute alte Pope's Bottom.« Sein Lachen klang gekünstelt.

»Genau!« Sie kam zurück zu ihrem Stuhl, setzte sich und beugte sich vor. »Wie eröffnen wir den Kampf?«

»Überhaupt nicht. Du kannst natürlich bei Gericht auf den Putz hauen und Einspruch einlegen, aber das kostet nur Geld, und es kommt nichts dabei heraus. Du besitzt doch Einkaufszentren in Richmond und Clapham. Außerdem Baugelände auf der Isle of Dogs, den Offshore Trust von 1974 und den von 1983.«

»Es ist nicht rechtens, daß der Junge alles erbt. Er ist sein unehelicher Sohn und nicht einmal britischer Staatsbürger.«

»Es ist durchaus rechtens. Francis hat Leon Kennedy als seinen Sohn anerkannt. Außerdem kann er seinen Besitz vererben, wem er will. Wenn der junge Mr. Kennedy es darauf anlegt, ist er so britisch wie sein Vater, weil Francis, wie du weißt, die britische Staatsbürgerschaft nie aufgegeben hat. Die Einbürgerung dürfte ihm also keinerlei Schwierigkeiten bereiten, zumal es höchst unwahrscheinlich ist, daß er dem Staat auf der Tasche liegen würde.«

»Hör auf, ich will nichts mehr davon hören«, sagte sie. Er stützte den Kopf auf die Hände und war heilfroh, daß er nicht weiterreden mußte. »Sleet gehört doch mir. Es ist mein Zuhause. Meine Familie hat dort hundertsechzig Jahre lang gewohnt, und ich selbst habe nie woanders gelebt. Also komm schon, was unternehmen wir dagegen?« Als er nicht antwortete, sagte sie mit sanfter Stimme, als wollte sie ihn aufwecken: »David?«

Da platzte er heraus, als wollte er diesen Tonfall, den er von ihr noch nie gehört hatte, schnell wieder vergessen: »Fancis hat eine Mitwohnerschaft gestattet.«

»Was heißt das?«

»Daß du so lange in Sleet wohnen kannst, wie du möchtest, allerdings zusammen mit dem neuen Besitzer, sofern er ebenfalls dort wohnen möchte. Das ist natürlich absurd.«

»Lachhaft! Was werden wir tun?«

Er machte eine ratlose Geste und verbarg für einen Augenblick das Gesicht in den Händen. »Ich fürchte, von ›wir‹ kann nicht länger die Rede sein.«

»Was willst du damit sagen? Du bist mein Anwalt.«

Resolut streckte er die Arme aus und legte sie besitzergreifend auf zwei der drei dicken Aktenordner, die vor ihm lagen. »Ich bin der Anwalt von Sleet.«

»Und Sleet gehört mir.«

»Ich bin Francis' Treuhänder und Testamentsvollstrecker.«

»Francis ist tot.«

»Richtig.« Er zupfte die Manschette aus dem dunklen Ärmelloch heraus, spielte mit den glatten goldenen Knöpfen, schob die Akten erst nach links, dann nach rechts. »Ich befinde mich in einem Dilemma. Ich könnte meine Eigenschaft als Treuhänder und Testamentsvollstrecker mit der Begründung aufgeben, daß ich der Ansicht bin, das Testament sei dir gegenüber ungerecht ... und das bin ich, Delia, ich halte es für sehr ungerecht.«

»Prima, dann tu es.«

»Ich kann nicht. Für mich galt immer der Grundsatz, daß man den Willen der Toten respektieren muß, und daran halte ich fest. Francis hat Sleet deinem Vater abgekauft und will es jetzt seinem einzigen Kind hinterlassen. Wäre er noch am Leben, würde ich ihm sagen, wie ungerecht ich das finde. Früher habe ich ihm zugeredet, er solle dir den Besitz überlassen. Ob er mir überhaupt zugehört hat, weiß ich nicht. Ich habe ihm nahegelegt, daß dir zumindest zu deinen Lebzeiten alles gehören sollte. Der junge Mann kann es ja nach deinem Tod haben. Aber jetzt kann uns Francis nicht mehr sagen, wie er darüber denkt …«

»Da hast du allerdings recht.« Ihre Stimme kam aus dem Halbdunkel im hinteren Teil des Raumes, in den sie sich erneut zurückgezogen hatte. Rosen hatte nicht gewagt, beim Sprechen in ihre Richtung zu blicken.

»Ich bin verpflichtet, für seinen Willen einzutreten.« Da sie nichts erwiderte, fügte er mit fester Stimme klar und deutlich hinzu: »Delia, ich *muß* es tun.«

Geräusche aus der Ferne drangen in ihr Bewußtsein: ein Staubsauger, eine Schreibmaschine, quietschende Wasserhähne.

»Hast du dich mit ihm getroffen?« flüsterte sie. Sie stand jetzt neben ihm und musterte sein Gesicht.

»Mit Kennedy? Nein.«

»Er ist schwarz, weißt du.« Sie rieb einen Kreidefleck von ihrem Rock, wischte die Finger ab, zupfte einen Faden vom Ärmel und hielt ihn in die Höhe.

Rosen lachte, etwas zu laut vielleicht, aber er war erleichtert, daß es endlich etwas zu lachen gab. »O Delia, du bist einfach köstlich!«

»Er ist schwarz, ich sage es dir. Seine Mutter war ein Mädchen von den Exuma-Inseln. Das sind die hübschesten. Sie arbeitete in Nassau als Hure, als Francis sie aufgabelte. Er mochte schlanke, dunkle, verletzliche Frauen. Und sie, ja, sie war die schlankste, dunkelste, verletzlichste von allen.«

Rosen atmete tief ein und hielt die Luft an. Als er sie endlich ausstieß, sprudelten zugleich die Worte: »Keine Chance! Keine Chance!« heraus.

Undeutlich brachte Delia Sutherland hervor: »Es gehört mir nicht?« Ihre Augen füllten sich mit Tränen, als sie die Wahrheit aufblitzen sah, doch sie versiegten, ohne daß ein Tropfen fiel, als sich der Schimmer gleich wieder verlor. »Ich versuchte, ein bißchen so zu sein, wie er mich haben wollte, weißt du? Zumindest anfangs.« Sie beschäftigte sich mit ihren Fingern, die gespreizt auf der Schreibtischplatte lagen. »Aber es entspricht nicht meinem Wesen, mich von einem anderen Menschen verändern zu lassen. Es geht nicht immer gut, wenn man so etwas zuläßt, David.«

»Nein. Du hast recht.«

Sie preßte die Hände an ihre Schläfen, um die Flut ihrer Erinnerungen einzudämmen. »In seinem Leben gab es so viele Frauen. Wenn er nicht mit ihnen flirtete, dann flirteten sie vor meinen Augen mit ihm, und er konnte nicht widerstehen.« Erstaunen lag in ihrer Stimme, als sie sagte: »Ja, es tat weh.«

David Rosen ging um den Schreibtisch herum und zog sie an sich, so daß ihr Kopf an seiner Hüfte lag. Es blieb eine steife Geste, denn Delia gab sich der Umarmung nicht hin. Er hatte nichts anderes erwartet. Dennoch erfüllte ihn dieser Augenblick mit Freude.

»Was die Beerdigung angeht, Delia ... Soll ich Francis' Anwalt Freeman Tucker bitten, sich darum zu kümmern, oder möchtest du lieber –«

»Nein, frag ihn.«

»Er macht es bestimmt, da bin ich sicher. Soweit ich weiß, waren Francis und er ziemlich gute Freunde. Soll ich ihm sagen, daß du an der Beerdigung teilnehmen wirst?«

»Sag ihm, daß ich nicht kommen werde.«

Ohne Vorwarnung baute sie sich in voller Größe vor ihm auf, so daß er plötzlich zwischen ihre Brüste blickte. Er wich zurück und machte ihr Platz, damit sie die Handschuhe und die Tasche an sich nehmen konnte.

Sie war so schnell an der Tür, daß ihm nicht einmal Zeit blieb, einen Schritt zu machen. Mit der ihm wohlvertrauten Stimme rief sie: »Bemüh dich nicht, David.« Er konnte sie nicht sehen, weil das graue Londoner Licht, in dem die Schreibtischlampe einen bernsteinfarbenen Tupfer bildete, gänzlich in seinen Teil des Raumes fiel.

»Es tut mir so leid, Delia«, sagte er und dachte gleich darauf: Mist! Mist!

»Natürlich tut es dir das. Also laß dir was einfallen, David. Ruf mich Ende der Woche an.«

Der Regen war versiegt und hatte auf den Straßen einen schimmernden Film hinterlassen. Der Asphalt, die Windschutzscheiben der Autos und die Schaufenster spiegelten das gleißende Sonnenlicht wider. Delia Sutherland konnte kaum etwas sehen, und so beschirmte sie beim Gehen die Augen mit dem großen braunen Kuvert, das Rosen ihr gegeben hatte. Auf dem Weg zu Charing Cross blieb sie dreimal so abrupt stehen, daß die Leute sie fast umliefen und ihr böse Blicke zuwarfen, während sie vor sich hin murmelte: »Das kann nicht sein …«, kehrtmachte, zurückging, um erneut umzukehren, und so weiter. Am Ende einer schmalen Gasse, die zum Embankment führte, erhob sich ein windschiefes Gebäude, auf dessen Fenster in einem Bogen mit abblätternder Goldschrift »Wein vom Faß« geschrieben stand. Gerade wollte sie den Laden betreten, als ein paar Leute die Bar im darunterliegenden Kellergeschoß verließen. Warum kamen ihr so viele Menschen entgegen? War die Mittagszeit schon vorüber, oder fing gerade die Stoßzeit an? Der Tag war aus den Fugen geraten. Sie hatte weder ein Gefühl für die Uhrzeit, noch sagten ihr das Licht, die Blätter an den Bäumen, das Rattern der Züge oder das Dröhnen des Verkehrs etwas. Verschwunden war die Selbstverständlichkeit, daß diesem Tag eine

Reihe von Tagen vorherging oder mit ihm eine neue begann.

Hinter einem dampfenden Verkaufsstand mit zerlumpter Markise stand ein junger Bursche, der mit den Fingern schnalzte und sich im Rhythmus der Musik aus seinen Kopfhörern wiegte. Als er Delia sah, zog er die Augenbrauen hoch, und da er ihren neugierigen Blick als Bestellung wertete, schob er flink einen Deckel beiseite, fischte mit einer Zange ein Hot dog aus dem Topf und legte es auf ein Brötchen. Er zog erneut die Augenbrauen hoch, doch sie blickte ihn nur stumm an, und so landeten Zwiebeln, Senf und Ketchup auf dem Würstchen. Dann reichte er ihr die schmierige Angelegenheit, wischte die Finger an seinem Sweatshirt ab, über das quer die Worte »Glück ist eine warme Möse« gedruckt waren, streckte ihr die offene Hand hin und drehte gelangweilt das Gesicht weg.

In dem kleinen Park ganz in der Nähe befand sich ein Freilichttheater. Es war jedoch geschlossen, Klappstühle standen aufgereiht nebeneinander, und in jedem hatte sich in der Sitzkuhle das Regenwasser gesammelt. Möwen balancierten einbeinig auf den wie Regenschirme aussehenden Hauben der Straßenlaternen. Delia Sutherland setzte sich auf eine Bank. Der Blick auf den Fluß wurde ihr von einer öffentlichen Bedürfnisanstalt versperrt. Sie stellte die Handtasche zwischen ihre Füße auf den Boden und legte das Hot dog auf ihren Schoß.

David glaubte mir nicht, als ich ihm sagte, der Junge sei schwarz. Er dachte, ich würde nur verzweifelt nach einer Ausrede suchen. Aber ich habe ihn gesehen. Er spielte zu Füßen seiner Mutter vor dem Tor von Francis' Haus auf den Abacos. Als ich ankam, wurde ich mit dem Wagen durch das Tor gefahren, sie aber mußte draußen bleiben, sie und ihr Baby. Ich drehte mich um und sah, wie sie den Kleinen auf die Hüfte hob und die

Faust in der Luft schüttelte, bis ihr Bild in dem vom Wagen aufgewirbelten Staub verschwamm. Wie sie da stand, sah sie aus wie ein zwölfjähriger Lausebengel, dabei war sie bestimmt schon, ja, wie alt wohl – siebzehn, achtzehn? Wenn ich später zu Hause manchmal früh aufstand und bei einem Spaziergang im Wald auf ein reglos verharrendes Reh stieß, erinnerten mich sein verschreckter Ausdruck und sein Geruch an sie. Ein Geschöpf, das nur aus Sinnen und Intuition bestand. Sie war so anmutig.

Unsere ausgedehnten Flitterwochen führten uns erst auf die Bahamas und dann mal hierhin, mal dorthin. Francis meinte, es würde immer so weitergehen. Die zum rückwärtigen Teil des Hauses führende Straße benutzten wir nur einmal, nämlich bei der Ankunft, ansonsten legten wir mit einem Boot am Landungssteg an und ab. Zum zweitenmal sah ich die junge Mutter am Tag nach unserer Ankunft. Ich war in den Garten hinausgegangen, über das borstige Gras, das eigentlich kein Gras, sondern stoppeliges, dicht wachsendes Unkraut war, hinüber zu den Beeten, in denen lederartige Pflanzen mit hellen Blüten wuchsen, und anschließend über die sandige, von Oleanderbüschen gesäumte Auffahrt. Wir sahen uns im selben Augenblick, sie auf ihrer Seite des Tores, ich auf meiner. Vermutlich sagte ich guten Morgen. Bestimmt sagte ich das, doch sie antwortete nicht. Sie sollte mich auch in Zukunft keines Wortes würdigen.

Tags darauf schlenderte ich wieder durch die Gegend, nicht etwa, um nach ihr zu suchen, sondern einfach nur so, wie man es in einem Haus mit Garten an einem bestimmten Punkt des Tages eben macht, wenn man nichts Besseres zu tun hat. Während meines kurzen Aufenthalts drehte ich tatsächlich jeden Tag etwa um dieselbe Zeit meine Runde. Dann war auch sie immer da, und ich versuchte jedesmal, mit ihr ins Gespräch zu kommen. »Schöner Tag heute«, sagte ich oder fragte nach dem Namen des Babys oder etwas in der Art. Ihre Reaktion war stets dieselbe: Sie zog das Kind an sich und wich zurück. Dabei legte sie die Hand schützend um den Kopf des Kleinen und drückte ihn an ihre Brust, damit er mich nicht ansehen konnte. Ich fühlte mich schrecklich in diesen Momenten, als wäre ich jemand, dessen schierer Anblick ein Baby in Gefahr bringen oder gar vergiften könnte.

Als ich Francis fragte, wer das Mädchen am Gartentor sei, antwortete er leichthin: »Oh, das ist Jeanne Kennedy. Ein nettes kleines Ding.«

»Ist sie verrückt?« fragte ich. Da lachte er und sagte, sie lebe unten in der Hütte. Ich taufte ihr Kind »das Staubbaby« und kaufte ihm vor meiner Abreise in Nassau etwas zum Anziehen. Es war noch früh am Nachmittag, und sie schlief unter einer Seetraube. Ihr Junge war hellwach und putzmunter und saß mit der unverschämt aufrechten Haltung am Straßenrand, wie sie kleinen Kindern eigen ist. Er hatte die winzige Faust in einen Glaskrug gesteckt, schlug damit immer wieder auf den Boden und leckte ihn ab. Mir kam das nicht ganz ungefährlich vor. Als ich mich näherte, hielt er inne und sah mich aus seinen bernsteinfarbenen Augen unerbittlich an.

Er hatte das gute Fleisch, das den Schwarzen eigen ist. Das Haar wuchs ihm in Büscheln auf dem Kopf und war von der selben graubraunen Farbe wie die Haut, als bestände er aus dem Staub, in dem er spielte. Nur seine Augen waren anders, seine funkelnden Tigeraugen.

Seine Mutter schlief weiter. Einer ihrer langen Arme lag auf ihrem buntbedruckten Kleid, ein Knie, das sie angezogen hatte, war träge zur Seite gekippt. Unter der vollkommenen Kugel ihres kahlgeschorenen Kopfes war ihr Hals nach links geknickt. Im Näherkommen konnte ich ihre Züge deutlich erkennen. Ihre lange, flache Stupsnase lief über der Oberlippe in ein fein geformtes Dreieck aus. Die Wangenknochen zeichneten sich pflaumenartig unter der Gesichtshaut ab, und wo das eine Lid aufs andere traf, lag unter den geschlossenen Augen ein halbmondförmiger Schatten. Der Mund ruhte wie ein Kissen stolz auf ihrem Antlitz, eine gelungene Abrundung der Skulptur. Ihre Haut war nicht graubraun, sondern so schwarz wie Maulbeeren und glänzte matt.

Die Tatsache, daß ihr Kind mich reglos beobachtete, während ich seine Mutter betrachtete, mußte sie aufgeweckt haben. Mit bemerkenswerter Langsamkeit schlug sie die Augen auf und wurde meiner Gegenwart gewahr. Ich legte das Päckchen mit der Babykleidung wie eine Opfergabe neben ihr auf den Boden und zog mich zurück. Ob ich dabei stolperte? Oder mich linkisch anstellte? Was frage ich mich das? Was für ein Bild – diese verdammt große, glotzende Engländerin!

Ihre Lippen warfen sich noch stärker auf, falls das überhaupt möglich war. Ihre Wangen bewegten sich in winzigen, wellenförmigen Bewegungen auf und ab, und plötzlich lief ein Beben durch ihren Körper, und sie spuckte mir einen perfekt runden Speichelball entgegen, der auf meine Lippen klatschte, aufquoll und an meinem Mund hinabrann. Bevor mir klar wurde, was mich da getroffen hatte, war meine Zunge schon herausgeschnellt, befühlte den warmen, mit Luftbläschen angereicherten Schleim und leckte ihn auf.

Ich lief davon. Dabei hatte ich doch nur nett zum Staubbaby sein wollen!

Und jetzt? Großer Gott, was war aus ihm geworden?

Als Delia Sutherland aus der Hitze und dem gleißenden Licht der Bahamas auftauchte und sich blinzelnd umsah, blickte sie in das vom Wetter zerfurchte Gesicht eines Mannes, der sie finster betrachtete. Sein klobiger Kopf war umrahmt von rotem Haar, das in den bis zur Brust herabhängenden Bart überging. Er setzte sich neben sie auf die Bank, starrte ihr erst eindringlich ins Gesicht und dann in ihren Schoß. Seine Finger mit den gerieften Nägeln übten festen Druck aus, während sie nach oben wanderten. Durch den Tweed ihres Rockes, das Futter aus Kunstseide und das Nylon ihres Slips hindurch spürte sie, wie sie ihre Schenkel auseinanderschoben.

»Darf ich?« fragte er mit einem Flüsterton. »Darf ich?« Verständnislos runzelte sie die Stirn. »Dann mach ich also weiter«, sagte er. »Is doch in Ordnung, oder?«

Sie sah, wie er behutsam das Hot dog aus ihrem Schoß nahm. Er hielt es mit beiden Händen fest, biß hinein, kaute langsam auf dem Bissen herum, betrachtete es prüfend und kostete die Qual der Wahl aus, an welcher Stelle er als nächstes hineinbeißen sollte. Ohne einen Blick vom Hot dog abzuwenden, trollte er sich und schob dabei mit dem Bauch einen dreirädrigen Handwagen vor sich her, auf dem sich Pappkartons und alte Zeitungen türmten. Delia Sutherland blickte auf ihren von gelbbraunen und roten Flecken verunstalteten Rock hinab.

Dein Unterbewußtsein merkt es, wenn ihm ein anderes in die Quere kommt, das in dein Leben, deine Liebe eindringt. Es geht in Habachtstellung und schüttelt warnend den erhobenen Zeigefinger. Na, sagt es, das wird was geben…, während du weiter vor dich hin lebst und dir einredest, dieses seltsame Gefühl der Spannung bilde die Grundstimmung des menschlichen Daseins.

Die Erinnerung an meine Begegnung mit Jeanne Kennedy und daran, wie ich vor ihr fortrannte, ließ mich nicht mehr los, und ich glaubte, mein Schamgefühl sei daran schuld. Eine von Francis' Freundinnen schenkte mir reinen Wein ein, eine Frau, an die ich mich noch sehr gut erinnere, wenn auch nicht an ihr Gesicht. Sie war die Gaby Muir, so wie Patricia die Patricia geworden war. Es hätte jedes der Gesichter sein können, dem ich mich je in einem schicken italienischen Restaurant gegenübersah, das Gesicht einer stark parfümierten, mit teurem Schmuck behängten Frau. Das ist alles, woran ich mich erinnere: der Geruch, das klimpernde Geräusch, eine Spur von Gehässigkeit. Das Treffen fand während jener Zeit in unserer Ehe statt, als Francis England immer häufiger und länger fernblieb.

Zwischen Zabaglione und Kaffee fragte sie: »Haben Sie eigentlich von Jeanne Kennedy gewußt?«

Ich antwortete: »Ja«, denn ich begriff sofort, was sie mir mit dieser Frage sagen wollte.

»Oh, Sie wissen es also! Es ist natürlich schon ein paar Jahre her. Ich erwähne es nur, weil Francis so großes Interesse an ihrem Kleinen zeigt. Anscheinend geht sie ihrem Gewerbe nach – was das ist, möchte ich mir lieber nicht ausmalen – und läßt den Jungen völlig verkommen. Neulich hat ihn die Polizei geschnappt. Er hat mit seiner Bande ein Auto in Brand gesteckt. Dabei ist er erst sieben Jahre alt. Francis hat alle Hebel in Bewegung gesetzt, um ihm aus der Klemme zu helfen und in seiner alten Schule unterzubringen – Sankt soundso …«

»St. Andrew's.«

»Oh, Sie wissen das?«

»Daß Francis einmal auf diese Schule ging.«

»Ach so. Nun, jedenfalls geht sein kleiner Sohnemann jetzt auch dahin. Er wird einer der ersten Farbigen dort sein. Das hat ganz schön für Aufregung gesorgt, es war das Thema schlechthin im Lyford Cay Club. Er wird es nicht leicht haben, der arme kleine Wilde. Ich hoffe, es macht Ihnen nichts aus, daß ich Ihnen das alles erzähle. Ich dachte nur, Sie sollten es wissen.«

Mein Unterbewußtsein drang endlich ins Bewußtsein vor. Ich überschüttete Francis mit Fragen und bin mir nicht einmal sicher, ob meine Ungerührtheit tatsächlich nur aufgesetzt war. »Erinnerst du dich an dieses Mädchen von den Abacos, das ich damals für verrückt hielt? Was ist aus der Kleinen geworden?«

»Es geht ihr prima. Ich habe ihr ein bißchen auf die Beine geholfen und ihr eine eigene Bar in Nassau verschafft. Ein kluges Ding!«

»Und ihr Baby? Das Staubbaby? Geht es dem auch gut?«

»Und ob! Ein helles Bürschchen, der Kleine!« Wie er das sagte!

»Er ist also dein Sohn?« Doch diese Frage, die einzig wichtige, entscheidende Frage stellte ich ihm erst viel später. Denn dieses Gespräch wiederholten wir in unregelmäßigen Abständen, immer nach demselben Muster. Und so fiel es nicht weiter auf, wenn ich die eine oder andere Frage erst ein oder zwei Jahre später hinzufügte: »Er ist also von dir?«

»Jaja«, erwiderte er und blickte dabei nicht einmal von der Speisekarte auf. Wir saßen wieder einmal in Brown's Hotel. »Der Braten ist hier immer sehr gut.«

Dabei wollte ich doch auch ein Kind! Ich hatte mir immer eines gewünscht. Francis hatte mit seiner Vermutung also recht behalten: Das Problem lag bei mir.

7

Ein grüner Pick-up preschte quer über das Feld hinter einem Mähdrescher her, neben dem ein Traktor mit Anhänger fuhr. Ohne anzuhalten, spieh der Mähdrescher einen Strom von Getreide auf die Ladefläche.

Delia Sutherland griff nach dem Stapel Bierdosen auf dem Beifahrersitz: Tom fuhr den Mähdrescher, Alec den Traktor; Tom mochte am liebsten Heineken, Alec Lilt oder ein anderes leichtes Bier. Als sie mit ihnen auf einer Höhe war, sprang sie aus dem Wagen, rannte neben dem weiterfahrenden Mähdrescher her, griff mit einem Finger nach der Haltestange, stieß sich vom Boden ab und zog sich aufs Trittbrett hoch. Als der Fahrer die Tür öffnete, drang Bob Marley's »No woman, no cry« sowie der Geruch von Mottenkugeln heraus, die er in der Fahrerkabine verteilt hatte, damit die Mäuse nicht die Kabel anknabberten. »Danke«, rief er und nahm das Bier entgegen.

Sie krempelte die Hemdsärmel hoch, ging auf dem Trittbrett in die Hocke und brüllte gegen den Maschinenlärm und die Musik von Bob Marley an: »Hab gerade die Bücher durchgesehen. So einen hohen Ertrag hatten wir seit drei Jahren nicht mehr.«

»Dachte ich mir. Lange her, seit ich so 'ne fette Ernte gesehen hab.«

»Noch eine Stunde, oder wie lange rechnen Sie, bis Sie hier fertig sind?«

»Mindestens.«

»Laut Vorhersage hält sich das Wetter bis Dienstag, dann gibt's wieder Regen. Fahren Sie den Mähdrescher also runter nach Pope's Bottom, wenn Sie hier fertig sind, damit wir morgen früh gleich loslegen können, okay?«

»In Ordnung«, grummelte er und überschlug, daß es eine Stunde dauern würde, den Mähdrescher dorthin zu fahren.

Sie klopfte ihm auf die Schulter. Er nickte, ohne den Blick von der Federzinkenhaspel abzuwenden, die sich unter ihm drehte. Als Delia weg war, warf er einen Blick auf die Uhr und pfiff durch die Zähne. Im Außenspiegel sah er, wie sie zwei Bierdosen über dem Kopf schwenkte; aus dem Fahrerhäuschen des Traktors kam Alecs Hand hervor, und Delia warf ihm die Dosen zu.

Sie stieg wieder in ihren Pick-up. Getreidestaub überzog das Armaturenbrett, hatte sich in den Ritzen der Fensterscheiben festgesetzt, so daß sie sich nicht mehr schließen ließen, und bedeckte die Windschutzscheibe bis auf die von den Wischern freigelegten fächerförmigen Flächen. Delia achtete nicht darauf, doch als sie den ersten Gang einlegen wollte, hielt sie abermals den Knauf des Schalthebels in der Hand. »Diese verdammten, verdammten Importautos!« Sie warf ihn beiseite, umschloß den Hebel mit der Hand und ruckelte daran, bis sie den ersten Gang drin hatte. Plötzlich sah sie, wie ein Fuchs auf die Hecke zurannte. Die Hunde brachen in wildes Gebell aus. »Ruhig, da hinten!« rief sie über die Schulter. Ein Gewehrschuß ließ die Hunde verstummen.

Delia hielt neben einem Mann, der ein T-Shirt, Knickerbocker, einen Patronengürtel und eine Baseballkappe mit nach hinten gedrehtem Schirm trug. Er ließ das Gewehr sinken.

»Haben Sie ihn erwischt?«

»Nein. Aber vor dem Abendessen hab ich schon zwei erlegt.« Er schob sich eine Bierdose in jede Hosentasche. »Danke, die trinke ich später.«

»Das hier habe ich übrigens gestern abend auf dem Piper's Drive gefunden«, sagte sie und ließ krachend die Heckklappe ihres Pick-up herunter. »Irgend so ein verrückter Raser muß es angefahren haben.« Sie trat zurück, damit er sich das Reh ansehen konnte.

»Sieht ganz so aus. Okay, Mr. S., ich kümmere mich drum. Werd den Hunden was draus kochen. Für den Händler taugt es nicht mehr.« Er hievte das tote Reh, dessen Zunge aus dem leicht geöffneten Maul heraushing, auf die Schultern und trug es zu seinem verbeulten Landrover.

Delia Sutherland grub die Fäuste tief in die Hosentaschen; ihr Verwalter hielt das Gewehr lose in Händen. In komplizenhaftem Schweigen suchten sie mit den Augen das Stoppelfeld ab, das wie eine Wunde wirkte, bis zum hohen Weizen, aus dem jederzeit ein Hase oder noch ein Fuchs herausschießen konnte. Das mit Futtermais bepflanzte Feld jenseits der Hecke wurde auf zwei Seiten von gepflügten, mit weißen Kalkflecken gesprenkelten Äckern begrenzt. Noch ein Stück weiter grasten auf einer Weide einträchtig ein paar schwarzweiß gescheckte Kühe. Dahinter hob und senkte sich das Land wie ein atmender Körper, und aus den Mulden lugten kleine Wälder, Kirchturmspitzen, Siedlungen und Industriegebäude mit glänzenden Dächern hervor. In der Ferne verschwammen die Konturen hinter einem dünnen Regenvorhang.

»Irgendwelches Jungtier gesehen?« fragte sie.

»Jede Menge Fasane, aber keine Rebhühner. Oben in Cocky Down hab ich allerdings welche gesehen.«

»Na wunderbar.«

»Die Vögel aus dem Gehege in Crendal Wood sind ziemlich kräftig. Wir müssen ihnen nur die Füchse vom Leib halten.«

»Ich fahre nachher rüber. Halten Sie die Augen offen. In einer Stunde sind die Männer hier fertig.«

Er sah nicht auf die Uhr, denn er hatte keine. Für Frank Grimwood spielte Zeit keine Rolle.

Während Delia Sutherland über die zu Sleet gehörenden Ländereien fuhr, duckte sie sich im Pick-up abwechselnd nach rechts und links, um den Forst zu begutachten: Weichholzpflanzungen, von einer Reihe Buchen eingesäumt. Alles sah ordentlich aus. Doch die unteren Zweige waren gebrochen. Sie fuhr mit offener Tür und betrachtete prüfend die vorderste Baumreihe. Die Borke war abgeschabt, und an ihrer Stelle befanden sich helle, feuchte Flecken. Sie konnte die Verletzung geradezu riechen. Zahlreiche andere Bäume wiesen dieselben Schäden auf. Selbst die auf die Baumstämme aufgetragene Schicht aus weißer Bleifarbe und die mit Ködern versehenen Fallen hatten die Eichhörnchen nicht davon abhalten können, sich über die Schößlinge herzumachen, und sie richteten weit größeren Schaden an als das Hochwild. Delia beschloß, eine neue Kampagne zu starten, diesmal mit Rattengift.

»Muriel? Ich bin's.«

»Delia! Ich hab deine Stimme nicht erkannt. Wie geht es dir, meine Liebe?«

»Was machst du gerade?«

»Ich war im Garten. Was macht man schon an einem Abend wie diesem? Jetzt werd ich für die jahrelange Plackerei tausendfach belohnt. Weißt du noch, was für ein Schutthaufen er bei unserem Einzug war?«

»Allerdings.«

»Soll ich rüberkommen, oder möchtest du noch ein bißchen allein sein?«

»Ach, komm doch bitte rüber, das wäre nett von dir.«

Wenig später traf Muriel ein, die Fingernägel noch schwarz von der Gartenarbeit. Sie setzten sich auf die Stufen vor dem Salon, um die letzten Sonnenstrahlen zu genießen.

Da Delia nichts sagte, begann Muriel das Gespräch. »Wie war's gestern bei David? Ist alles glattgegangen?«

Sie betrachtete Delia von der Seite. Ihr Mund hatte sich in einer Weise zusammengezogen, wie Muriel es seit Jahren nicht mehr gesehen hatte, seit jenen Tagen nicht mehr, in denen Francis Sleet mit seiner munteren Freundesschar heimgesucht hatte.

»Er hat Sleet Leon Kennedy vererbt, Muriel. Du weißt, wer er ist, nicht wahr? Natürlich weißt du es.«

»Delia!« Muriel sprach jede Silbe einzeln aus, womit sie ihr zu verstehen gab, daß für Scherze dieser Art nicht der richtige Zeitpunkt war.

»Es ist wahr.«

Muriel schnappte nach Luft und setzte mit einem ungläubigen »A-« an, dann verschlug es ihr die Sprache.

»Das bringen wir schon in Ordnung.« Delias Blick glitt über zwei Felder hinweg zu einer Stelle, wo ein paar Rehe ästen.

»Na, das hoffe ich aber auch! Schließlich ist es dein Zuhause. Himmel noch mal!«

Delia Sutherland lächelte. Es tröstete sie, daß Muriel ihre Empörung teilte. »Ich weiß, was ich zu tun habe und was Francis wollte. Ich muß das Haus zurückkaufen, verstehst du? Francis hat mir weiß Gott genug Geld hinterlassen. Ich regle das, du wirst sehen.« Die Rehe hoben die Köpfe, witterten und schlugen sich ins Gehölz, wobei die weißen Spiegel auf ihren Hinterläufen vor dem Grün der Felder auf und ab hüpften. »Francis sprach manches eben nicht so offen aus.«

»Das kann man wohl sagen!«

David Rosen hörte nichts von Delia Sutherland. Selbst als er vergaß, sie Ende der Woche anzurufen, obwohl sie ihn darum gebeten hatte, sobald er alles vorbereitet hätte, um ihre Ansprüche wahrzunehmen, meldete sie sich nicht bei ihm.

Er ahnte, was in ihr vorging und warum sie ihn nicht anrief. Sicherlich war sie zu Hause und lebte weiter wie bisher, denn sie war kein realistischer Mensch, stand nicht mit beiden Beinen auf dem Boden. Sie hatte die Tatsachen noch nicht akzeptiert.

Er nahm Kontakt mit Freeman Tucker von Tucker, Higgs & Kelly auf, der Anwaltskanzlei in Nassau. Sie bestätigten ihm, daß Leon Kennedy über das Testament im Bilde sei. Ansonsten gäbe es keine Neuigkeiten. Rosen hegte insgeheim noch eine Hoffnung, doch ob sie begründet war oder nicht, würde sich erst herausstellen, sobald Kennedy von sich hören ließ.

Als Delia Sutherland ihn schließlich doch anrief, waren seit ihrer Unterredung drei Wochen vergangen. Er hatte richtig getippt: Sie sprach ausschließlich über das schöne Wetter, die Rekordernte, das Ende der Erntezeit. Sie sagte sogar: »Die Frage ist jetzt nur, ob wir uns nächstes Jahr noch steigern können« und lachte.

Rosen lachte nicht. Er wollte sich diesem trügerischen Optimismus nicht anschließen. Als sich das Gespräch dem Ende neigte und er, zum erstenmal, seit er sie kannte, den Eindruck hatte, sie habe ohne besonderen Grund angerufen, war er geradezu erleichtert, als sie fragte: »Und, David? Hast du etwas von ihm gehört?«

»Noch nicht, aber er kennt das Testament.«

»Gut. Dann kann es nicht mehr lange dauern.«

Ihre unbekümmerte, sachliche Art beunruhigte ihn. »Was meinst du damit?«

»Nun, natürlich bekam ich anfangs einen Schreck. Es war der reinste Schock für mich, aber auf der Heimfahrt sagte ich mir, daß es noch viel schlimmer hätte kommen können. Verstehst du, was ich meine? Ich hatte es schon fast wieder vergessen, als es mir plötzlich wie Schuppen von den Augen fiel. Weißt du, David, der Junge wird Sleet nicht haben wollen. Das liegt doch auf der Hand! Ich an seiner Stelle würde es auch nicht haben wollen. Er ist doch ein einfacher Junge von den Inseln. Diese – nun, sagen wir, diese ›natürlichen‹ Kinder sind da drüben durchaus nichts Ungewöhnliches. Francis hat mir einmal erzählt, sein Vater habe allein zwei oder drei gehabt, von denen er wußte. Und was den alten Wallace Sutherland angeht, so waren es dem Gerücht nach Dutzende. Was will so ein Junge mit einem Stück Land in England? Nein, ich versichere dir, er will bestimmt, daß ich ihm das Haus abkaufe, und das ist für mich ein Kinderspiel. Dann wäre er da drüben nämlich die große Nummer. Das alles war Francis bewußt, sonst hätte er so etwas nie getan. Er hat es nur getan, um … ehrlich gesagt, weiß ich nicht, warum. Vielleicht sollte es ein Scherz sein. Ja, das sollte es wohl sein, ein kleiner Scherz, um mir einen Schrecken einzujagen. Deshalb hat er es auch so eingerichtet, daß ich den Jungen auszahlen kann. Und genau das werde ich tun. So einfach ist das.«

»Ich muß gestehen, daß ich diese Hoffnung ebenfalls hatte, Delia, aber ich habe ein paar Erkundigungen über ihn eingezogen. Unauffällig, natürlich, und zwar über Mr. Tucker in Nassau. ›Einfacher Junge von den Inseln‹ trifft offenbar nicht ganz zu. Wußtest du, daß Leon an der Columbia University Soziologie studiert hat? Kaum zu glauben, aber so ist es. Letztes Jahr hat er Examen gemacht. Er ist jetzt fünfundzwanzig, hat Tucker gesagt, und lebt bei seiner Mutter in Nassau.«

»Das mag ja alles sein. Ich will nur nicht, daß sich die Angelegenheit in die Länge zieht. Es ist doch zu unangenehm, wenn man so in der Luft hängt. Ich bin sicher, daß du mich verstehst. Du richtest ihm das so bald wie möglich aus, ja? Übrigens mußt du bald mal wieder vorbeikommen. Mir macht es immer Freude, wenn du kommst.«

Dann wirst du es sehen, dachte sie. Dann wird dir klar sein, daß ich hierhergehöre. Das unveränderliche Wesen von Sleet und meine Gegenwart an diesem Ort überzeugen jeden, der dort lebt, arbeitet oder zu Besuch kommt.

Auch sie hatte in den drei Wochen, seit sie die Neuigkeit erfahren hatte, manche Vision gehabt, Visionen, die sie in ihrer Überzeugung bestätigten, daß sie nicht nur in Sleet lebte, sondern daß sie Sleet *war.*

Als sie die Ernte in Dog Trap überwachte – sechsundsiebzig Morgen fruchtbares Land inmitten von Wäldern aus norwegischen Fichten und Douglastannen –, schlenderte sie zur Mitte des Feldes, wo sich eine natürliche, von Föhren umstandene Mulde befand. In der sonnigen grünen Senke lagen flache, moosbewachsene Felsen und ein von Farn umwachsener Teich. Dort erblickte sie drei Menschen beim Picknick: einen jungen Mann, eine Frau und ein kleines Mädchen. Das Haar der Kleinen sah aus wie verkohltes Gestrüpp, und sie tollte mit einem gutmütigen Labrador herum, während die Erwachsenen faulenzten und ihr lachend zusahen. Die Frau rollte sich auf den Bauch, griff nach einer Weinflasche und reichte sie dem Mann. Er strich ihr über das schöne Haar, bevor er die Flasche nahm. Dann stand er auf, nahm ein golden blitzendes Saxophon und begann zu spielen. Die Frau neigte den Kopf, und das Haar fiel zur Seite. Das kleine Mädchen hörte auf, mit dem Hund zu spielen, setzte sich mit untergeschlagenen Beinen hin und lauschte gebannt. Was für ein häßliches kleines Ding! Das Liebespaar nimmt die Kleine doch nur am Rande wahr, dachte Delia Sutherland, und: Verdammt, das bin ja ich!

Der dröhnende Mähdrescher auf dem Feld, der Traktor mit dem Anhänger, aus dem hinten Korn rieselte, während er rumpelnd zum Trockner fuhr, der Dunst über dem wogenden Gerstenfeld, das noch gemäht werden mußte – über all dies legte sich ein Schatten, als Wolken die Sonne verhängten. Unten in der Mulde jedoch verweilte der Sonnenschein, ebenso wie Delia, die ihren Vater, ihre Mutter und sich selbst beobachtete.

In New Hope Copse sah sie in der Ferne einen Mann, der ein kleines Mädchen an der Hand hielt und sich leicht zur Seite neigte, wie Erwachsene es tun, wenn sie mit Kindern spazierengehen. Sein freier Arm schwang in einer besitzergreifenden Geste durch die Luft, die Eichen, Buchen und Eschen einschloß. Delia Sutherland brauchte nicht näher heranzugehen, um zu wissen, wer die beiden waren – sie selbst und ihr Vater. Kein Zweifel, außer ihnen hausten noch andere Caldwells in jedem Schatten, jedem Baumstamm, jedem Kaninchenbau und jeder Erdfalte von Sleet.

Zu ihrem Rundgang gehörte ein nachmittäglicher Besuch in der Molkerei. Sie fand Mike in der Rinne neben dem Melkstand. Mike hatte ihr vor vier Jahren geholfen, das Leck in der Jauchegrube abzudichten. Nun setzte er am Euter einer Kuh gerade das Melkzeug an. Als sie der Kuh einen Klaps auf die Flanke gab und die Augen schloß, um die Luft einzusaugen, die mit dem Geruch lauwarmer Milch, frischgewaschener Euter und dem Atem der Kühe angereichert war, erfüllte sie die Erkenntnis, daß sie Sleet nie verlassen hatte, mit großer Zufriedenheit. Das ist doch etwas, sagte sie sich: zu wissen, wohin du gehörst und für diesen Ort so wichtig zu sein wie er für dich.

Dennoch ärgerte sie sich über das Telefongespräch mit Rosen, in dem sie erfahren hatte, daß Kennedy über das Testament im Bilde war, von sich aber noch nichts hatte hören lassen. Es mußten so viele Kleinigkeiten geregelt werden.

Sie rief Rosen wieder an. »David? Hast du den Anwalt schon gebeten, dem Jungen auszurichten, daß ich ihm ein Angebot machen will?«

»Wem? Mr. Kennedy?«

»Wem sonst?«

»Ja, habe ich. Wir warten noch auf Antwort. Tucker möchte wissen, was mit Francis' persönlicher Habe geschehen soll. Willst du dich darum kümmern?«

»Ich werde darüber nachdenken.«

Noch eine Woche verging. Es war einfach lächerlich, daß die Angelegenheit nicht schneller abgewickelt werden konnte. »Und, David? Ist er auf dem laufenden? Hat er sich gemeldet?«

»Gleich nach unserem Gespräch vor zwei Wochen, Delia, habe ich Tucker ein Fax geschickt. Gestern habe ich wieder bei ihm angerufen. Er hat die Nachricht weitergeleitet. Mr. Kennedy weiß jetzt also von deinem Angebot.«

»Und?«

»Ich erwarte morgen nachmittag den Rückruf. Ich melde mich dann bei dir.«

Als Delia Sutherland am nächsten Tag um fünf Uhr abends bei Rosen anrief, teilte man ihr mit, er führe gerade ein Gespräch auf der anderen Leitung. Sie legte den Hörer auf, ließ jedoch die Hand darauf liegen, bis Rosen zurückrief. »Ja? Also?«

In Rosens Stimme schwang ein belustigter Unterton mit, doch verschwand dieser sogleich, kaum daß er »Guten Abend, Delia« gesagt hatte.

»Gleichfalls. Also?«

»Tucker hat mir ausgerichtet, Mr. Kennedy wünsche nicht, daß du ihm ein Angebot unterbreitest. Er sei am Verkauf von Sleet nicht interessiert.«

»Lächerlich! Er kennt doch noch nicht einmal die Summe. Ich habe genügend Geld. Weiß er das?«

»Er läßt nicht mit sich reden. Kein Angebot.«

»Oh, David, das sagt er doch nur, weil er genau weiß, daß er verkaufen würde, sobald er erfährt, wieviel wir zahlen wollen. Schließlich geht es hier um eine ganze Stange Geld.«

»Das konnte ich aus Tuckers Worten leider nicht heraushören ...«

»Aber so ist es. Wirklich, ich weiß, wovon ich rede. Dann werde ich eben selbst mit dem Jungen sprechen.«

»Er ist kein Junge mehr, Delia. Er ist fünfundzwanzig, und Tucker hat gesagt, daß er das Angebot kategorisch abgelehnt hat und keinen Kontakt zu dir wünscht.«

Insgeheim mußte sie lachen, denn den unverbesserlichen Starrsinn kannte sie von sich selbst nur allzugut. »Etwas anderes habe ich nicht erwartet«, sagte sie.

Nach dem Gespräch setzte sie sich auf die Stufen vor dem Salon und beobachtete, wie der Tag über Old Carrots Field verdämmerte. Zum erstenmal in diesem Jahr roch sie den Herbst.

Sie saß allein im Eßzimmer, aß die halbe Grapefruit, die ihr Curtis hingestellt hatte, und nahm sich von Mrs. Files' Fischpastete auf der Anrichte. Anschließend sah sie sich die Neun-Uhr-Nachrichten an und sperrte die Hunde in den Zwinger. Sie zog die kleine Standuhr auf der Konsole in der Halle auf und auch die marmorne Kaminuhr im bitterkalten Ballsaal, wobei sie das Pendel kurz festhielt und dann losließ und dem rhythmischen Ticken lauschte, das sich stockend in der Weite des Raumes verlor. Im Salon zog sie die französische Uhr mit den turtelnden Tauben auf. Wie immer gelang es ihr auch diesmal nicht, ihren Schlag mit der Uhrzeit in Einklang zu bringen. Dann ging sie nach oben und öffnete im Flur den Kasten der großen Standuhr, obwohl sie wußte, daß sie kaputt war. Die Gewichte hatten sich seit Jahren nicht mehr nach unten bewegt, die Zeiger waren auf zwanzig vor eins stehengeblieben. Doch heute war Donnerstagabend, und am Donnerstagabend zog sie nun mal die Uhren auf. Sie saß noch eine Weile auf der Bettkante und kratzte den Schmutz unter ihren Fingernägeln hervor. Kurz nach halb elf löschte sie das Licht.

Neuneinhalb Stunden später rief sie Rosen zu Hause an. »Ich fahre hin, David. Ich kümmere mich um Francis' Sachen auf den Abacos. Und danach nehme ich mir den Jungen höchstpersönlich vor und rede mal Klartext mit ihm. Wir können schließlich nicht ewig warten.«

Hier muß ich für eine Weile unterbrechen. Ich muß es auf später verschieben, die Stationen meines Scheiterns aufs neue zu durchleben, denn es ist einfach zuviel für mich, zuviel auf einmal. Du bist nie gescheitert. Jetzt kann ich es dir sagen. Du hattest einen treffsicheren Instinkt, mein Liebster.

Statt dessen werde ich mein Hotelzimmer hier in Marseille beschreiben, das zwar geräumig, dafür jedoch ziemlich unscheinbar ist. Die unpersönliche Ausstrahlung kommt mir sehr entgegen, denn auf diese Weise wird mir der Abschied leichtfallen, wenn die Zeit dafür gekommen ist. Wenn du gekommen bist.

Sie nennen es eine Suite, vermutlich weil sogar ein Sofa darin Platz hat, wenn auch kein sehr schönes. Man hat keinerlei Anstrengungen unternommen, um das Zimmer ein wenig hübsch zu gestalten, wenn man von den drei kleinen Drucken einmal absieht, die willkürlich an die Wände gehängt worden sind: *Une Baigneuse* von Seurat, eine Frau, die sich das Haar trocknet, von Degas und ein Bonnard mit einer Frau im Bad. Da hatte wohl jemand einen ganz eigenen Geschmack.

Hier wohne ich nun schon seit fast vier Monaten. Du meine Güte, wie lange es dauert, um alles, mein ganzes Leben niederzuschreiben. Mache ich es richtig? frage ich mich. Drücke ich mich klar aus? Wirst du mich verstehen?

Ich habe es mir zur festen Angewohnheit gemacht, das New York jeden Tag kurz vor dem Mittagessen zu verlassen und die Rue de la République hinunterzugehen, bis zur fünften Querstraße, in der es rechts einen schönen Blumenladen gibt. Dort kaufe ich jedesmal ein paar Blumen – heute waren es Iris mit irgend etwas Weißem, stark Duftendem. Ich habe die junge Verkäuferin zweimal nach dem Namen gefragt, ihn jedoch nicht verstanden. Die Blumen stelle ich in die Vase, die ich kurz nach meiner Ankunft gekauft habe.

Mein Hotel befindet sich in der ersten Etage eines Hauses am Vieux Port. Eine schmale Stiege führt hinauf zur Rezeption. Mein Zimmer hat zwei hohe Fenster mit schmiedeeisernen Balustraden davor. Über diese lehne ich mich oft. Meine Augen überspringen die belebte Straße, die am Scheitelpunkt des Hafens einen schwungvollen Bogen beschreibt und in der Mitte von einem großen, ovalen, üppig bepflanzten Blumenbeet unterteilt wird. Ich betrachte den Fischmarkt auf der anderen Seite. Von meinem Sitzplatz im New York aus – es liegt ein Stück weiter rechts, und ich erkenne von hier aus einen Zipfel der kastanienbraunen Markise – kann ich ihn ebenfalls sehen. Mittags bauen die Fischersfrauen die Stände ab. Die Böcke mit den flachen, blau, rot oder gelb angemalten Holzkästen darauf, deren Vorderseiten in ungelenker Schrift Namen und Telefonnummer des Händlers tragen, werden gegen halb eins zusammengeklappt und erst am nächsten Tag wieder aufgestellt. Um zwei Uhr verrät nichts mehr, daß der Markt überhaupt dagewesen ist, vom hartnäckigen Geruch an windstillen Tagen abgesehen. Wie man sieht, bin ich so weit wie möglich in die Szenerie auf meiner Postkarte eingedrungen, ja, ich bin ein Teil von ihr geworden.

Hier bin ich, und hier bleibe ich.

8

Delia Sutherland stand im Flughafen von Nassau vor der Paßkontrolle Schlange. Sie trug ein Safarikostüm, und auf ihrem vollen, schwer zu bändigenden Haar saß ein khakifarbener Hut.

Das grelle, aggressive Licht der Tropen machte sie gereizt. Sie hatte es nie gemocht und mochte es auch jetzt nicht. Außerdem ärgerte sie sich über die drängelnden Touristen mit ihren schlabberigen geblümten Shorts, Kameras und Rucksäcken. Irritierend war auch der penetrante Rhythmus der lärmenden Musik, mit der zwei Trommler und ein Gitarrist hinten in der Halle die Reisenden empfingen.

Draußen konnte Delia Sutherland niemanden entdecken, der ein Schild mit ihrem Namen hochhielt, und so stellte sie sich in den Schatten einer Mauer vor dem Flughafengebäude. Endlich fuhr ein Auto vor, und ein dicker Mann stieg aus. Mit der verblüffenden Behendigkeit fettleibiger Menschen watschelte er über die Straße, wobei die Gürtelschnalle auf dem vorgewölbten Bauch hin und her schaukelte. Er verschwand in der Ankunftshalle, trat jedoch kurz darauf wieder ins Freie. Eine Hand in die Hüfte gestemmt, die andere schützend über die Augen gelegt, spähte er erst nach rechts, dann nach links, wo Delia Sutherland auf ihrem Koffer saß, doch aus unerfindlichen Gründen sah er sie nicht.

»Mr. Tucker? Sind Sie es?« rief sie. Er fuhr herum. Unschlüssig schwebte seine Hand über dem blonden, ölig glänzenden Haar.

»Mrs. Sutherland?« Erleichtert breitete er die kurzen

Arme aus. Als sie aufstand, trat ein erstaunter Ausdruck auf sein Gesicht. »Junge, Junge«, murmelte er, dann stellte er sich mit einer knappen Verbeugung vor: »Freeman Tucker von der Kanzlei Tucker, Higgs & Kelly. Willkommen auf den Inseln!«

Zwanzig Minuten später hob die Cessna von Tucker, Higgs & Kelly von der Startbahn ab, ließ Grand Bahama Island hinter sich und nahm Kurs auf die einhundertsechzig Meilen nördlich gelegenen Abacos. Auf einer dieser kleinen Inseln waren die Sutherlands seit 1789 ansässig gewesen. Nach Jahren der Verfolgung in den unabhängig gewordenen USA hatten sie, die der britischen Krone die Treue hielten, ihre blühende Plantage in Carolina verlassen und waren mitsamt ihren Sklaven auf die Bahamas geflohen, weil sie davon ausgingen, daß die Inseln nicht nur britisch, sondern obendrein reich und fruchtbar waren. Britisch waren sie, aber sonst nichts. Im Lauf der Jahre dezimierte ein winziger Schädling ihre Baumwollpflanzen, bis die Sutherlands schließlich aufgaben und fortan als einfache Farmer ihr Dasein fristeten. Sie erlernten die Kunst des Bootsbaus, zimmerten anfänglich Beiboote und Schmacken, dann Schaluppen und schließlich sogar große Schoner.

Als die Yankees im Sezessionskrieg die südlichen Häfen dichtmachten, verdienten die Sutherlands als Blockadebrecher ein Vermögen. Sie brachten aus England und Frankreich stammenden Nachschub durch die feindlichen Linien und sorgten dafür, daß von den Hafenstädten Wilmington, Charleston und Savannah aus weiterhin Baumwolle exportiert werden konnte. Ihr Geld legten sie im Ausland an und standen deshalb im Gegensatz zu den meisten Bewohnern der Bahamas am Ende des Krieges nicht mit leeren Taschen da.

»Jetzt gibt's auf den Abacos also keine Sutherlands mehr«, brüllte Tucker gegen den Motorenlärm der Cessna an, die er eigenhändig steuerte. »Francis war der letzte. Schade, finden Sie nicht auch?« Da er sie nicht ansah, entging ihm, wie wenig seine Worte sie berührten.

»So ist das mit Sippen«, sagte sie in normaler Lautstärke und ohne den Blick von den Wolkengebirgen abzuwenden. »Irgendwann sterben sie aus.«

»Haben Sie was gesagt, Mrs. Sutherland?« Tucker nahm die Kopfhörer ab und verrenkte den Hals, um sie besser hören zu können. Als sie weiter schweigend geradeaus blickte, schüttelte er, wohl stellvertretend für sie, den Kopf.

Auf den halbstündigen Flug folgte eine zwanzigminütige Fahrt in einem Lastwagen zu einem vergammelten Hafen. Ein Farbiger stämmte sich von einem Motorboot auf einen wackeligen Landungssteg.

»He, du da! Alles klar?«

»Tag, Mr. Tucker. Alles bestens.«

»Na wunderbar! Das hier ist Mrs. Sutherland.«

Verschämt lächelnd rieb sich der Bootsführer den Schlaf aus den Augen. »Tag Mrs. Sutherland. Ich bin Fwinky.« Grinsend warf er den Kopf in den Nacken, als wollte er sich überzeugen, daß auch der Himmel seinen Namen witzig fand.

»Guten Tag, Fwinky.«

Er schüttelte ihr so kräftig die Hand, daß sie es in der Schulter spürte.

Tucker sagte: »Du hast mehrere Jahre für Mr. Sutherland gearbeitet, nicht? Fünf – nein, sieben oder sogar noch länger.«

Fwinky brummte etwas, was die genaue Dauer offenließ.

»Der Bursche ist in Ordnung«, raunte Tucker ihr zu. »Haitianer. Fleißig und verläßlich.«

Später, im Boot, mußte Tucker wieder brüllen, um den Motorenlärm und das Rauschen des Kielwassers zu übertönen: »Wir hätten auch auf dem Landweg um die halbe Insel fahren können, aber vom Boot aus kriegen Sie mehr mit. Ich habe selber ein kleines Haus auf einem anderen Inselchen. Schön hier, was?« Stolz zeigte er mit seinem Wurstfinger auf die perlmutterfarbenen Strände mit den sich sacht wiegenden Kiefern in den türkisen bis petrolblauen Buchten.

Sie verschloß vor allem die Augen und öffnete sie nur, um sie auf den Horizont zu richten. Für Tucker, dem dies nicht entging, stand nun fest, mit was für einer Frau er es zu tun hatte.

Die Küste kam im Schneckentempo näher, grün und mit Häusern gesprenkelt, jedes eine Variante desselben Traums von einem Leben in der Sonne und am Meer. Alle hatten einen eigenen Landungssteg, an dem Boote von unterschiedlicher Länge vertäut lagen. Der von Francis Sutherland ragte weiter als alle anderen ins Meer hinaus und wirkte gepflegter. An der einen Seite dümpelten zwei Rennboote, eine Schmack und eine für die Hochseefischerei ausgerüstete Motorjacht.

Delia Sutherland reichte Tucker den Koffer, kletterte dann selbst auf den Steg und nahm ihm den Koffer wieder ab. Eilig und mit gesenktem Kopf ging sie los, als wollte sie das nach Diesel und Hanf riechende Bootshaus, in dem Francis und sie sich einst leidenschaftlich geküßt hatten, ebensowenig sehen wie die Leinenschuhe, die zum Trocknen über zwei Pfähle gestülpt waren und zweifellos von Francis stammten. Wie lange sie dort wohl schon hingen? Francis war seit fünf Wochen tot.

Noch immer hatte sie das Ende der Landungsbrücke nicht erreicht. Vorher mußte sie noch das Fischbecken passieren. Es waren Barsche und Makrelen darin, und Muscheln und Hummer auf dem Boden. Von Francis' letzter Angeltour? Seine Beute, die ihn überlebt hatte? Am letzten Pfahl hing eine weiße Plastiktüte mit zwei Broten. Der Anblick war erleichternd. Dies gehörte in die Gegenwart, zu den Lebenden. Wahrscheinlich war sie von Fwinky, dachte sie.

Jetzt hatte sie keine andere Wahl mehr, als den Kopf zu heben und das Haus anzuschauen. Es war vollständig aus dem Holz der auf der Insel wachsenden Kiefern gebaut. Das steile Schindeldach leuchtete in verschiedenen Grautönen, und auf der Seeseite gab es eine Terrasse. Der Pool verbarg sich zwischen großen Felsbrocken, die nicht von der Insel stammten.

Bevor sie die breite Holztreppe hinaufging, deren Handlauf von einer Bougainvillea überwuchert war, blickte sie noch einmal zum Landungssteg zurück. Tucker war neben dem Boot stehengeblieben und starrte zu ihr herüber, während Fwinky mit einem Treibstoffkanister in der Hand barfuß auf das Bootshaus zustapfte.

»Was ist?« rief sie. »Wollen Sie nicht hochkommen?«

»Gern.« Er salutierte und setzte sich in Bewegung.

Der Eingang befand sich auf der linken Seite und führte in eine Veranda, die sich über die gesamte Frontseite des Hauses erstreckte und nach drei Seiten durch Läden mit Lamellen geschützt war. Dunkelbraune, üppig gepolsterte Rattansessel standen herum. Drei Deckenventilatoren mit messingfarbenen Propellern bewegten die träge Luft.

Als Tucker eintrat, stand Delia Sutherland mit dem Rücken zu ihm. Sie hob die Arme und sagte: »George, bist du das wirklich? Nach so langer Zeit?« Sie machte ein paar Schritte, beugte sich vor, legte die Hände auf die Knie und sagte eindringlich: »Na los, Schätzchen, sag was!«

Ihre Worte galten einem großen, buntgefiederten Ara, der in einer Ecke der Veranda auf seiner Stange hockte und sie mit zur Seite geneigtem Kopf argwöhnisch beäugte. Schließlich streckte er ihr eine schwarze Klaue entgegen, und sie streichelte sie. »So ist es gut, mein Kleiner. Du bist es also wirklich. Wer hätte das geglaubt – nach all der Zeit! ›Dicke weiße …‹ – weißt du noch? ›Dicke weiße …‹ Na los, mach du weiter!«

Und der Vogel krächzte: »Dicke weiße Frau liebt kein Mann. Wieso wieso wieso?«

»Nicht zu fassen, Mr. Tucker, aber das ist wirklich George. Wir sind alte Freunde. Man vergißt, wie langlebig sie sind, die armen Geschöpfe.«

»Stimmt. Ich kenne ihn auch seit langem.« Tucker knetete seine Hände, als wäre es ihm peinlich, erst jetzt bemerkt zu haben, wie menschlich der Vogel war.

»Francis' Vater hat ihm anscheinend eine Menge unsinniger Sprüche beigebracht. Kennen Sie den über den toten Heraklit?«

Endlich wurde diese schwierige Frau richtig lebendig, und damit es so blieb, zeigte Tucker begeistert auf einen Käfig in der gegenüberliegenden Ecke der Veranda. »Hier gibt es noch mehr Papageien, Mrs. Sutherland. Schauen Sie, dort!«

Doch sie warf nur einen kurzen Blick auf die bunten Kreaturen. »Ja, ich weiß, Mr. Tucker, aber sie haben nichts Menschliches, nicht wahr? Mit George können sie jedenfalls nicht mithalten.«

Als Tucker sich dabei ertappte, daß er zu den Papageien hin bedauernd mit den Achseln zuckte, wurde ihm klar, daß er sich vergaloppiert hatte. Er warf sich das Jackett über die Schulter, schob die Finger in die Brusttasche seines Hemdes und ging die beiden niedrigen Stufen hinauf, die ins eigentliche Haus führten.

Der erste Stock bestand aus einer großen, dämmrigen Halle, die zu beiden Seiten von mehreren Schlafzimmern und Bädern flankiert wurde. (Für Besucher gab es im Garten ein Gästehaus.) Hier, in diesem gewölbeartigen, von Oberlichtern erhellten Raum mit einem Fußboden aus von kleinen Fossilien durchsetzten Kalksteinplatten war rund um den Kamin in der Mitte gekocht, getafelt, gelebt worden.

Delia Sutherland, die noch immer George streichelte, hörte, wie Tucker rief: »Luney!«

»Wer ist das?« Sie ging in die kühle Tiefe der Halle hinein.

»Mrs. Sutherland, ich möchte Sie mit Luney bekannt

machen … Luney, das hier ist Mrs. Sutherland.« Tucker stand am anderen Ende des Raumes, wo sich der Küchenbereich befand, und zeigte auf ein regloses Wesen, an dem etwas Weißes leuchtete.

Luney erwies sich als ein junges Mädchen in einem Overall. Sie war eher klein und ebenso dunkelhäutig wie der Bootsführer, also dunkler als die meisten Insulaner. Ihr Haar wurde über der Stirn von einer Reihe perlmutterner Spangen zurückgehalten und türmte sich hinten zu einem kleinen Gebirge. Sie ergriff Delia Sutherlands ausgestreckte Hand und ließ sie nicht gleich wieder los, sondern murmelte mit abgewandtem Kopf ihren eigenen Namen. Dann, als wollte sie sich das Wort von den Lippen wischen, fuhr sie sich rasch mit der Hand über den Mund.

»Ein hübscher Name«, sagte Delia Sutherland. »Wie schreibt man ihn?«

Das Mädchen, dem ein bißchen schwindelig war, weil es die Luft angehalten hatte, blickte versonnen vor sich hin und sagte wie aus weiter Ferne: »Man schreibt ihn doch nich, Ma'am, sondern sagt ihn.«

»Gut, Luney, wie du meinst.« Um ihre Belustigung zu verbergen, nahm Delia umständlich den Hut ab. Das Mädchen verschwand wie von Geisterhand, und gleich darauf hörte man es mit Töpfen und Pfannen hantieren. Delia ließ sich auf das cremefarbene Ledersofa fallen, legte die ausgebreiteten Arme auf die Rückenlehne, streckte die Beine von sich und konnte sich vor Lachen nicht mehr halten. »Ach du liebe Güte! Tut mir leid, Mr. Tucker. So war es immer. Immer habe ich nur albernes Zeug zu ihnen gesagt.« Sie krümmte sich zusammen, um ihren Lachanfall zu ersticken.

»Zu ihnen?«

»Ja, zu den Farbigen. ›Man schreibt ihn doch nich, sondern sagt ihn.‹ Großartig! Sie hat ja so recht!«

Sie lachte weiter, und auch Tucker lächelte, angesteckt von den Lauten, die sie von sich gab. Das Sofa bebte, die Dielenbretter zitterten, und die Papageien kreischten. Sie hatte sich gerade wieder einigermaßen beruhigt, als Tucker ihr glucksend zunickte und sagte: »Na, wenigstens haben Sie Spaß, Mrs. Sutherland.«

Ihre Hand zuckte so schnell hoch, um ihr Profil zu verdecken, und um ihre Mundpartie lag plötzlich ein so harter Zug, daß er glaubte, sie würde gleich genauso heftig losweinen, wie sie gelacht hatte. Doch sie sagte mit halberstickter Stimme: »O nein, Mr. Tucker, Sie verstehen das falsch. Ich habe harte Jahre hinter mir, und Sie ahnen nicht, was es für mich bedeutet, wieder hier zu sein – hier, wo ich alles hätte besser machen können, wenn ich nur ein bißchen mehr Verständnis gehabt und von ihm ein bißchen Hilfe bekommen hätte. Wenn, wenn, wenn … Mein Gott, was sage ich da? Ich muß sehr müde sein.«

Er berührte ihren Arm. »Mrs. Sutherland, außer Luney gibt es hier noch Joy, den Gärtner. Er arbeitet gerade auf dem Yamacraw, dem Stück Land drüben auf der anderen Straßenseite. Der Bursche ist auch Haitianer, wissen Sie, wie die meisten Einwanderer. Hier bei uns geht es ihnen besser als zu Hause, aber sie brauchen schon ein bißchen Glück, um überhaupt reinzukommen. Arbeitsscheu sind sie wirklich nicht. Soll ich jetzt Ihren Koffer nach oben bringen?«

»Danke, es geht schon. Ich kenne mich hier aus.«

Sie ging zu Francis' Schlafzimmer hinauf, das sie einst mit ihm geteilt hatte, und als sie auf halber Höhe der Treppe war, rief Tucker ihr hinterher: »Mrs. Sutherland, ich möchte Ihnen sagen, daß ich verstehe, wie schwer Ihnen ums Herz sein muß. Ich freue mich, daß sie gekommen sind und sich um seine Angelegenheiten kümmern. Wissen Sie, er war mein Klient, aber er war auch mein Freund, und ich finde es richtig, daß seine Frau und niemand sonst hier alles abwickelt.«

Ein großes Bett mit einem geschnitzten, altarähnlichen Kopfende, das die halbe Wand bedeckte; eine

Kommode mit Schubladen und einem Aufsatz, der aus zwei Messingsäulen bestand, an denen ein Spiegel befestigt war; ein aufgeklappter Sekretär, dessen Fächer und Schubladen mit Papieren und dunklen, glänzenden Utensilien vollgestopft waren, die so gar nicht zum Stil des Hauses paßten – all dies führte ein Schattendasein in dem stillen Raum, dessen zugehängte Fenster weder Licht noch Luft hineinließen. Delia Sutherland stellte den Koffer ab und schloß sich ein.

Mir war nicht so, als beträte ich ein Zimmer, sondern als begäbe ich mich in Francis selbst hinein, in den vom Tod nicht angetasteten Kern seines Wesens. Und es war nicht der junge Francis, der in mir vielleicht gewisse glückliche Erinnerungen hätte wecken können, sondern der Francis, den ich am Schluß erlebt hatte: mit dem beißenden Qualm seiner Lucky Strikes, der Whiskyfahne und der Verzweiflung, die er zu Lebensfreude hochstilisierte. Ein Stapel frischgewaschener Hemden und Taschentücher am Fußende des Bettes war stummer Zeuge seiner Pingeligkeit: Nie hätte er zugelassen, daß ein anderer die Wäsche einräumte. Alles in seinem Leben hatte einen festen Platz, langärmelige Hemden links, kurzärmelige rechts, die Gürtel mußten hier und nicht woanders hängen. Socken, Gemälde, Frauen – nur er wußte, wohin damit.

Unter einem Kissen lugte der Saum eines Kaftans hervor, eines von diesen weichen Gewändern, in denen er geschlafen hatte, solange ich ihn kannte. Der Kommodenspiegel war nach vorn geneigt, in ihm spiegelten sich ein Schälchen voll Manschettenknöpfe, ein Bleistiftstummel, eine zerknautschte Bordkarte, Kleingeld, die Bürsten aus Elfenbein, die er nie benutzt hatte, weil die Plastikbürste besser war. Wie hätte ich das wissen können? Solche Dinge fallen einer Geliebten auf – oder einer liebenden Ehefrau. Ich zupfte ein paar Haare aus der Plastikbürste. Sie waren nicht so grau wie meine.

Sie rochen irgendwie trocken, nach seiner Haut, seinem Leben. Ich rollte sie zu einem Kügelchen zusammen und streichelte mir damit die Wange, während ich in den Papieren auf dem Sekretär blätterte. Auf einem Blatt stand in seiner Handschrift:

»Liebste, jetzt bin ich wieder bei Dir. Während ich Dir schreibe, bin ich Dir nah, so nah, wie es im Augenblick möglich ist. Bald wird alles anders. Wir werden mehr voneinander haben, viel mehr …«

Ich las nicht weiter. So war es immer gewesen: Wenn ich mich traute, nach einem winzigen Zeichen seiner Liebe zu suchen, stellte ich jedesmal fest, daß sie mal wieder einer anderen gehörte. Wer war diese andere wohl gewesen? Aus wem hatte er diesmal eine schöne Frau gemacht? Noch als Toter griff er in mein Leben ein und verletzte mich genau wie früher, aber diesmal konnte ich mich allem entziehen. Ich nahm mir vor, die Papiere alle unbesehen zu verbrennen, sobald Tucker fort wäre.

Ich fand ein Foto von mir. Es konnte nicht älter als fünf Jahre sein. Ich ging quer über das Old-Carrots-Feld auf das Haus zu, einen Zweig in der Hand, ein zweiten im Haar. Ich war allein, und mein Gesicht war so konzentriert wie das eines einsamen Wanderers, doch ich sah glücklich aus – nein, ich wirkte ruhig und gefaßt. Doch liegt darin nicht das Glück? Sieh an, er hatte also heimlich und verstohlen ein Bild von mir gemacht, wahrscheinlich aus einem der oberen Fenster, mit einem speziellen Objektiv. In den letzten Jahren hatte er oft Kameras und eine Menge Zubehör mit sich herumgeschleppt. Die Bilder, die er machte, bekam ich nie zu sehen. Und nun hielt ich eines in den Händen! Mir war klar: Wenn ich jetzt zum Bett hinüberschaute, würde er dort liegen, die Hände hinter dem Kopf, und sich wieder ein Bild von mir erschleichen – von mir, seiner

Witwe. Ich sagte: »Hallo Francis!«, damit der Klang meiner Stimme mich auf den Boden der Wirklichkeit zurückholte. Doch seine Präsenz wurde dadurch nur noch spürbarer.

Ich betastete die Ärmel der Baumwolljacketts, die im Schrank hingen, und strich über die gewollt männlich-zerknautschten Hosen. Dann ging ich ins Bad, machte seinen elektrischen Rasierapparat auf, rieb die pulverfeinen Bartreste zwischen Daumen und Zeigefinger unf fragte mich, ob wohl der Bart auf seinem toten Gesicht noch weitergewachsen war. Ich nahm seine Zahnbürste in die linke Hand, wie er selbst es getan hätte, öffnete eine Schachtel mit Wattebäuschchen, riß ein Stück Zahnseide ab, betrachtete prüfend das Fläschchen mit den Ohrentropfen.

»Da sind Sie ja schon, Mrs. Sutherland! Kommen Sie, meine Liebe, nehmen Sie erst einmal einen Drink.«

Sie nahmen den Lunch auf der von fliederfarbenem Licht erfüllten Veranda, durch deren gechlossene Fensterläden helle Streifen Sonnenlichts auf Gesichter, Tisch und Boden fielen. Delia Sutherland sah zu, wie die barfüßige Luney hin und her ging, während sie die von ihr zubereiteten Speisen auftrug.

Tucker verspürte den Drang, irgend etwas Aufheiterndes zu Mrs. Sutherland zu sagen. Er bedauerte, daß ihr das Lachen offenbar vergangen war. Aber wie hätte sie auch lachen können? Dies war schließlich ein Trauerfall.

»Ein trauriger Fall.«

»Was?«

»Ein Mann wie Francis! Kommt bei so einem dummen Unfall um! Zu traurig.«

»Er war also ihr Freund? Ich habe mich in letzter Zeit oft gefragt, was für Freunde er hatte. Waren es viele?«

»Nein, er lebte ziemlich zurückgezogen. Ab und zu ging er noch zu einer Party, wie früher, und dann drehte er mächtig auf, als wollte er etwas wettmachen, aber am liebsten angelte er. Tatsächlich hatten wir an jenem Samstag, als er starb, den ganzen Tag geangelt, nur er und ich. Es war sein Geburtstag, und ich hatte eine Überraschungsparty für ihn organisiert. Dieselben Leute wie immer, nur daß er sie inzwischen sehr viel seltener sah. Ich lockte ihn vom Haus weg, damit alles vorbereitet werden konnte. Als wir zurückkamen, waren die Gäste schon da, und die Party ging los. Es war wirklich ein großes Fest. Ich glaube, er hat sich gefreut.«

Ob sie auch dagewesen war, die »Liebste« aus dem Brief? War sie vielleicht die Frau eines anderen? War er ihr wirklich nur schreibend nähergekommen? Ich wollte es nicht wissen. Ich mußte es nicht wissen.

Tucker redete weiter: »Während der letzten Jahre verbrachte er mehr Zeit auf den Inseln als jemals zuvor. Mehr als sein Vater. Scott Sutherland war eine bedeutende Persönlichkeit und mischte in der Politik mit. Ich kann es Francis jedoch nicht verdenken, daß er nicht in seine Fußstapfen getreten ist. Heutzutage ist das alles nicht mehr so einfach. Seit dieser Pindling am Ruder ist, hat sich vieles geändert.« Tucker kreuzte die kurzen Arme vor der Brust und schaukelte sacht hin und her, als wiegte er sich selbst, Vater und Kind zugleich. »Wir mochten uns, Francis und ich. Er war ein großzügiger Mensch, und so etwas ist heutzutage eher eine Seltenheit. Glauben Sie mir, ich freue mich, daß Sie hier alles abwickeln. Wie Sie wissen, erbt seine Schwester diesen Besitz. Sie lebt drüben in Atlanta und ist um einiges älter als Francis. Fünfzehn Jahre? Nicht mal zur Beerdigung ist sie gekommen. Viele waren sowieso nicht da. Ich frage mich: Wo sind all die Leute geblieben, die hier seine Gastfreundschaft genossen haben? Ich habe Fotos von ihm gesehen, wie er auf Andros Enten geschossen hat, in einem ganzen Schwarm von Mädchen in Bikinis! Verzeihen Sie, davon wollen Sie bestimmt nichts wissen.«

Stimmt, davon will ich nichts wissen. Ich muß nichts wissen, was ich nicht wissen will. Ein kleines Feuer im Garten, und die Papiere in seinem Sekretär sind verschwunden.

»Ist der Friedhof in der Nähe?«

»Oben auf dem Hügel, auf der anderen Seite der Stadt. Francis liegt dort bei all den anderen Sutherlands. Ich habe einen schönen Grabstein für ihn anfertigen lassen, Mrs. Sutherland, er wird Ihnen gefallen, und den Leuten ein bißchen mehr gezahlt, damit sie sich beeilten, weil ich nicht wollte, daß sie am Grab meines Freundes ein einfaches Kreuz in den Sand steckten, nicht einmal für kurze Zeit. Wir können hinfahren, wenn Sie möchten.«

»Ich bin noch nicht so weit, Mr. Tucker. Vielen Dank für alles, was Sie getan haben. Ich bin selber nicht zur Beerdigung gekommen, weil ich zu wütend war und vieles nicht verstand.«

»Natürlich.« Er legte die Fingerspitzen aufeinander und blickte Delia verstohlen von der Seite an: »Was haben Sie denn nicht verstanden, Mrs. Sutherland?«

»Zum Beispiel, daß Francis von mir erwartete, daß ich Sleet von Leon zurückkaufe.«

»O nein, das ist ein Mißverständnis. So ist es leider nicht.«

»Entschuldigen Sie, Mr. Tucker, aber ich glaube, daß ich meinen Mann besser kannte als Sie.«

»Oh, gewiß. Ich hatte nur gehofft, Sie hätten inzwischen begriffen, daß Leon Sleet House nicht verkaufen wird. Er ist sehr starrköpfig, Mrs. Sutherland.«

»Nur solange, bis er hört, wieviel ich biete.«

»Geld ist nicht alles. Wie gesagt, er ist ein unnachgiebiger junger Mann.«

»Kennen Sie ihn gut?«

»Ja, das hat sich im Lauf der Jahre so ergeben. Francis hat mich zu seinem Aufpasser gemacht, als Leon noch ein Junge war und seine Mutter nicht mit ihm fertig wurde. Er war drüben in Jumby Village mal in irgendeine Geschichte verwickelt.«

»Ich habe davon gehört.«

»Wußten Sie, daß Leon erst sieben war, als seine Mutter Francis bat, ihn ihr abzunehmen? Die Bar nahm sie angeblich zu sehr in Beschlag.«

»Nein, das wußte ich nicht.«

»So war es aber. Ich holte Leon bei ihr ab, und es war keine schöne Szene. Hoffentlich muß ich so etwas nie wieder tun. Zum Glück fand ich eine nette Frau, die sich um ihn kümmerte, Aldina Simmonds. Sie lebt noch immer in Fox Hill, drüben in Nassau. Damals war sie schon über sechzig, eine nette schwarze Lady, die regelmäßig zur Kirche ging und eine Anzahl Mädchen und Jungen aus ähnlichen Verhältnissen betreute. Leon hat das alles gut verkraftet, Mrs. Sutherland, und sogar, daß er einer der ersten farbigen Schüler in der St. Andrews School war. Er hat es nicht leicht gehabt, wirklich nicht. So etwas prägt einen Jungen. Leon ist ein zäher Bursche geworden. In den Ferien besorgte Francis ihm einen Job als Caddy auf dem Golfplatz von Lyford Cay, damit er nicht auf dumme Gedanken kam. Kennen Sie den Platz?«

»Flüchtig.«

»Leon ist ein kluger Kopf, wie seine Mutter. Er hat von den Leuten, für die er als Caddy gearbeitet hat, eine Menge gelernt. Wissen Sie was? Ich habe ihn sogar ein bißchen Französisch sprechen gehört!« Tucker lächelte in sich hinein. »Er ist schon immer ein schlaues Bürschchen gewesen. Schade um ihn.«

»Wieso schade?«

»Hm, verzeihen Sie, Mrs. Sutherland, aber der Junge hat eigentlich nie Eltern gehabt. Obwohl Vater und Mutter am Leben sind, in der Nähe wohnen und Geld wie Heu haben, haben sie eine nette Frau dafür bezahlt, daß sie ihn großzog, und in den Ferien mußte er arbeiten. Ich behaupte ja nicht, daß so etwas ungewöhnlich ist, aber es ist traurig und hart.«

»Ist seine Mutter denn jetzt reich?«

»Ja, sie ist sehr erfolgreich, eine clevere Geschäftsfrau. Ihr gehört ein Klub in der Wulff Road, der Big Bamboo. Tanz und Glücksspiel. So hieß früher ein berühmtes Lokal, das abgebrannt ist.«

War es Jeanne? War sie noch immer seine »Liebste«? Ein Feuer, ein Lagerfeuer am Strand. Heute abend, wenn es schon so dunkel ist, daß meine Augen nicht doch noch zufällig ein paar Worte der Liebe entziffern.

»Sind Sie verheiratet, Mr. Tucker?«

»Nein, ich bin Single. Habe mich vor ein paar Jahren von meiner Frau getrennt. Im Sommer kommt meine Tochter immer mit den Kindern zu Besuch. Kinder fühlen sich hier wohl.«

Delia Sutherland stieß einen Fensterladen auf. Das Sonnenlicht fiel auf ihr Gesicht und ihre Haut, wo der Kragen ihres Hemdes offen war. »Ich bin ihr einmal begegnet – dieser Jeanne.«

»Jeanne?« Er zog die Brauen hoch. »Oh, Sie meinen Turpie. Ja, er nannte sie immer Jeanne. Das hatte ich ganz vergessen. Als ich ihn einmal fragte, warum, meinte er, das sein ein schöner Name. Aber Euturpia – das ist ihr richtiger Name – klingt auch hübsch. Sie nennt sich nicht mehr Jeanne. Es gibt nicht viele Exuma-Frauen mit so einem Namen.« Tucker brach ein Stück Brot ab, wischte damit seinen Teller sauber und kaute genüßlich. Dann führte er mit gespreizten Fingern die Serviette an die geschürzten Lippen.

»Ist sie noch immer hübsch?«

Tucker massierte sich die Knie, während er mit dem restlichen Muschelsalat in der Schüssel liebäugelte. Er hätte gern noch einmal zugelangt, aber es schickte sich wohl nicht – nicht jetzt. »Ja, das ist sie.«

»Ich würde mich gern mit ihr unterhalten, Mr. Tucker.«

»Dies ist wohl nicht der richtige Zeitpunkt, Mrs. Sutherland.«

Sie studierte die Innenseite ihrer Hand. »Hätten Sie –?«

»Haben Sie da etwas?« unterbrach er sie. »Einen Ausschlag vielleicht? Das liegt an der Hitze. Ich habe ein Spray, das dagegen hilft.«

»Nein, es ist nichts, danke. Hätten Sie nicht Jeanne – Euturpia – damit beauftragen können, seinen Nachlaß zu regeln? Warum haben Sie nicht sie darum gebeten?« Sie bemühte sich so sehr, gelassen zu wirken, daß ihr das Blut ins Gesicht stieg.

»Warum? Aus Gründen der Schicklichkeit, Mrs. Sutherland. Sie waren seine Frau. Übrigens hätte Turpie es wohl nicht getan.«

»Haben *Sie* den Testamentsnachtrag formuliert?«

Tuckers Finger suchten nach einem ruhigen Plätzchen und entschieden sich wie immer für die Brusttasche. Er brummte zustimmend und sagte: »Ja, habe ich.«

Die Weinflasche war zur Hälfte geleert. Es gab noch Mangos und Breiäpfel. Mit einem Ausdruck des Bedauerns stand er vom Tisch auf und inspizierte eine Knitterfalte in seiner Hose.

»Mr. Tucker, ich muß den Jungen irgendwie überzeugen, daß –«

»Sie meinen Leon, Mrs. Sutherland?«

»Ja, Leon. Er soll Sleet an mich zurückverkaufen. Kennen Sie die Vorgeschichte?«

»Ja, einigermaßen. Selbst wenn er es sich anders überlegt – was er nicht tun wird –, ist seine Mutter mit Sicherheit dagegen. Ich habe mich mit ihr unterhalten. Sie will, daß er Sleet behält.«

»Sie hat also Einfluß auf ihn? Stehen sich die beiden so nahe?«

»Ich weiß nicht, wie nahe, aber sie haben zueinander gefunden. Nachdem ich den kleinen Leon bei Aldina Simmonds untergebracht hatte, sah er seine Mutter lange Zeit nicht. Sie wollte es so. Erst letztes Jahr, als er aus dem College kam, hat sie ihn zu sich geholt. Ganze siebzehn Jahre lang hatten sie sich nicht gesehen! Sie besitzt jetzt ein Traumhaus in Delaporte, eine große Villa im spanischen Kolonialstil, die sie aus eigener Tasche bezahlt hat, und er hat einen College-Abschluß. Wie gesagt, sie haben zueinander gefunden.«

Delia Sutherlands Finger schlossen sich um seine Ellbogen, ihr Druck schien zu verheißen, daß sie ihn gleich umarmen würde, aber Tucker wußte, daß dem nicht so war.

»Mr. Tucker, ich muß mit Leon reden! Ich möchte ihm ein großzügiges Angebot für Sleet machen, eines, das er unmöglich ausschlagen kann. Wo kann ich ihn finden?«

»Er ist zur Zeit nicht auf der Insel.«

»Ich glaube, er geht mir aus dem Weg.«

»Das bezweifle ich. Jedenfalls wird er nicht verkaufen, Mrs. Sutherland.«

»Dann rede ich eben mit seiner Mutter. Sie ist eine geschäftstüchtige Frau. Bitte machen Sie mit ihr einen Termin aus.«

Seine Augen wanderten von ihrer Hand, deren Wärme er am Ellbogen spürte, hinauf zu ihren Augen, die von ihm unbedingte Folgsamkeit verlangten. »Sie lassen nie locker, nicht wahr, Mrs. Sutherland?«

»Bedeutet das ein Ja?«

Er schob ein paar Teller beiseite, um Platz für seinen Aktenkoffer zu schaffen, und ließ die Schlösser aufschnappen, machte sie aber gleich wieder zu, stand auf und ging die Holztreppe hinunter, die zum Bootssteg führte.

»Mr. Tucker!« rief sie ihm hinterher. »War das ein Ja?«

»Ja, Mrs. Sutherland.« Leichtfüßig wie in Ballettschuhen ging er davon.

Das sichere Gefühl, daß etwas Unausgesprochenes zwischen ihnen stand, zwang sie, ihm hinterherzueilen. Er war bereits im Boot. »Mr. Tucker? Hören Sie, ich möchte Ihnen danken für alles, was Sie getan haben, verstehen Sie?« Der Bootsführer machte die Leinen los. »Fwinky, Sie passen mir schön auf Mr. Tucker auf, ja?«

»Ja, Ma'am.«

So, jetzt fühlte sie sich besser, viel besser. Und als Tucker sie wie eine alte Freundin mit dem Finger herbeiwinkte, beugte sie sich bereitwillig gefährlich weit über den Rand des Stegs und ließ sich von ihm ins Ohr flüstern: »Eigentlich heißt er Franky, aber er kann das ›R‹ nicht aussprechen. Kein Haitianer kann das.«

In der Küche fand Delia Sutherland eine Schachtel Streichhölzer. Luney sah wortlos zu, wie sie sie nahm und hinausging. Oben im Schlafzimmer zog sie die Vorhänge auf und öffnete die Fensterläden. Das Motorengeräusch des davonfahrenden Bootes störte die nachmittägliche Stille. Unten wurde eine Tür zugeschlagen. Delia setzte sich an den Sekretär. Durch das Fenster sah sie Luney mit staksigen Schritten quer durch den Garten davongehen. Ohne das Mädchen aus den Augen zu lassen, zog sie alle Papiere aus den sechs Fächern, machte die Schubladen auf und fand noch mehr. Alles in allem war es ein hübscher Stapel. Vielleicht handelte es sich nicht ausschließlich um Liebesbriefe? Womöglich hatte sie sich das nur eingeredet? Ihr Blick fiel auf ein paar Worte, die zwischen ihren Fingern hervorlugten: ... Stunden ... Deinen Namen ... Wärst Du hier ... Nacht ... Liebe ...

Vor dem Einschlafen
Liebste, jetzt bin ich wieder bei Dir. Während ich Dir schreibe, bin ich Dir nah, so nah, wie es im Augenblick möglich ist. Bald wird alles anders. Wir werden mehr voneinander haben, viel mehr. Ich war heute geschäftlich in Nassau, konnte mich aber auf nichts konzentrieren, weil ich beschlossen hatte, abends zurückzufahren und Dir zu schreiben. Jedesmal wenn ich mir das vor-

nehme, werde ich ganz kribbelig und zähle die Stunden, als hätte ich ein langersehntes Rendezvous. Gestern nacht wollte ich all die vollgeschriebenen Bögen zählen, bin aber nur bis 42 gekommen. Ich sage Deinen Namen und tue so, als wärst Du hier. Morgen rufe ich Dich an, bestimmt. Gute Nacht, meine Liebe!

Dienstag, bei Tagesanbruch
Habe wieder lange Dein Bild angeschaut. Mit seinen feinen Falten ist Dein Gesicht von strengerer Schönheit denn je. Ich würde Dich gern umarmen, berühren. Ich habe es mit anderen Frauen getan und tue es ab und zu immer noch, aber es liegt mir nichts mehr daran. Nur mit Dir wäre es noch schön. Mehr gibt es dazu nicht zu sagen.

Nach dem Mittagessen
Ich kaufe praktisch jeden Tag Brot bei Ulrich. Es ist fast wie damals, als ich ein Junge war und mit dem Boot zu ihm fuhr. Er gab mir jedesmal einen Zimtkuchen. Das tut er noch heute, als hätte sich nichts geändert, als wäre ich noch ein Junge. Er war schon damals ziemlich alt. Ich unterhalte mich mit ihm über Dich. Warum greife ich nicht einfach zum Telefon und sage: Komm her zu mir, Liebling. Vielleicht, weil der Traum ausgeträumt wäre, wenn du nein sagen würdest. Ich bin eigentlich nie ein Mann gewesen, der Träume auf sich beruhen läßt. Meine Träume mußten immer wahr werden. Was ist los mit mir?

Spät abends
Ich fühle mich schwach, muß mich ab und zu hinsetzen. Ja, wenn ich irgend etwas tue, muß ich mich mittendrin setzen, und dann ist mein Kopf wie ein leerer Krug, der sich langsam mit Traurigkeit füllt. Ich habe Angst vor der Dunkelheit. Ich sehe Dinge, die es nicht gibt. Aber ich habe auch Angst vor dem Tageslicht, weil

ich dann Dinge sehe, die es gibt, zum Beispiel mein alterndes Gesicht.

Sonntag
Bin gestern abend zu Jeanne gefahren. Sie hat mir ein bißchen Stoff gegeben. Mit dem Zeug vergeht die Zeit schneller. Ich fühle mich eine Weile wohl, aber dann kommt der Kater. Trotzdem, es lohnt sich. Ich habe auch meinen Sohn gesehen. Wir begegnen uns manchmal in der Halle, wenn ich das Haus verlasse. Ich sage: Hallo, Junge, und er antwortet: Hallo. Ich würde ihn gern näher kennenlernen. Es ist, als würde ich mich in der dämmerigen Halle selbst sehen, als total verklemmten jungen Mann. Ich glaube, ich werde mir eine Ruck geben und ihn zu mir einladen. Wir könnten zusammen angeln gehen. Ich habe einen Sohn, ich habe einen Sohn!

Früh am Morgen
Ich bin nachts aufgewacht und mußte plötzlich an die Zeit denken, als Du mich immer geweckt hast, weil wir die Enten auffliegen sehen wollten. Aber was haben wir dann getan? Wir haben hinter einem Busch gebumst, bis es Zeit fürs Frühstück war. Als ich mich daran erinnerte, erschrak ich fürchterlich. Wenn ich so etwas vergessen konnte, und sei es auch nur für kurze Zeit – was ist dann noch alles weg aus meinem Gedächtnis, ohne daß ich es weiß? Ich tue einfach so, als wärst du noch hier. Als ich gestern vom Angeln zurückkam, warst du an meiner Seite und hast mir geholfen, die Fische auszunehmen. Das hast Du immer gern getan. Das Licht der Sturmlaterne fiel auf Dein Haar. Wann habe ich zum letzten Mal Dein offenes Haar gesehen? Das erstemal empfand ich es als eine große Ehre. Wenige Frauen haben etwas ähnlich Fesselndes. Ich weiß noch, wie ich in der ersten Nacht, in der wir zusammenblieben, einmal aufwachte, mein Gesicht in Deinem Haar. Als ich

die Augen öffnete, schaute ich in ein schwarzes Netz. Ich dachte: In ihrem Haar hat vor mir noch kein Mann geschlafen. Dies und das Geschenk ihres Lachens wird mir bis ans Ende des Lebens gehören. Aber später habe ich dann alles kaputtgemacht.

Freitag, spät abends

Das Geschenk Deines Lachens – das habe ich Dir schon einmal geschrieben, in dem Brief, von dem Du behauptet hast, Du hättest ihn nicht gelesen. War mein »Spiel mit dem Schicksal« daran schuld? Oder daß Leon bei meinem Tod Sleet erben soll? Konntest Du Dich damit nicht abfinden? Nein, ich glaube nicht. Außerdem: Wieso sollte ich sterben, mein Schatz? So leicht geht das nicht, vor allem nicht bei Menschen, die vom Leben genug haben und eigentlich nichts gegen das Sterben hätten. Leon erwischt es vielleicht eher als mich, weil er das Leben liebt. Das weiß ich von seiner Mutter. Wolltest du den Brief etwa deshalb nicht gelesen haben, weil ich Dich darin aufforderte, das Leben wirklich mit mir zu teilen? Ja, das glaube ich, und deshalb habe ich wenig Hoffnung. Wahrscheinlich rufe ich Dich darum auch nicht an. Aber eines Tages werde ich es tun, und dann werde ich wieder der Mann sein, der ich früher gewesen bin. Ich höre noch immer, wie Du gelacht hast, als ich Dich fragte: »Wer ist Patricia?«, und ich weiß auch jetzt nicht, was daran so lustig war. Aber mein Gott, wie schön Du warst!

Abend

Heute habe ich viermal gebadet, um die Zeit totzuschlagen, und dabei habe ich mir eingeredet, Du seist da. Später saßen wir auf der dunklen Veranda bei George und sahen aufs Meer. Und die Sterne! Mein Gott, wie schön die Nächte hier sind! Ich habe die Sterne doch nun so oft gesehen, aber ich staune noch immer über sie. Wenn ich zu ihnen aufschaue, denke ich: Ein verdammt starker Typ ist er, der liebe Gott, aber ich kümmere ihn sicher einen Dreck. Du mußt wissen, daß Du für mich kein Phantasiegebilde bist. Ich kenne dich und weiß, wie wertvoll das ist, was wir miteinander hätten teilen können. Ich bin der Schwache, nicht Du. Was soll ein Mann wie ich mit so einer Frau? Ich würde alles an Dich abschicken, was ich an Dich geschrieben habe, seit wir uns zum letztenmal begegnet sind, wenn ich wüßte, daß du es nicht noch einmal tust, mich nicht noch einmal demütigst. Sleet tut Dir nicht gut, mein Schatz. Du weißt es nur nicht, und vielleicht wirst du es nie begreifen.

Ich weiß nicht, was für ein Tag heute ist.

Ich weiß überhaupt nicht mehr, was ein Tag ist.

Gerade eben habe ich Dich angerufen, und Du hast getan, was Du immer tust: Du hast geschwiegen. Ich habe gehört, wie Du mir zugehört hast, und dann hast Du aufgelegt. Du hast recht. Die Wunde, die ich Dir zugefügt habe, hat eine häßliche Narbe hinterlassen. Wenn ich Sie wieder aufreiße – könnten wir dann nicht gemeinsam dafür sorgen, daß sie gut verheilt? Daß die Narbe schöner wird? Ich rufe Dich morgen wieder an. Ja, ich werde einfach den Hörer abnehmen und … und dann? Wie soll ich beginnen? Den Anfang machen muß ich, nicht Du. Ich werde sagen: Delia? Und du: Was willst du, Francis? Aber es wird wie ein Vorwurf klingen. Ich muß darauf gefaßt sein und darf mich nicht irritieren lassen. Ich werde sagen: Wie geht's denn so? Damit Du weißt, daß ich mich nur ein bißchen mit Dir unterhalten möchte. Gut, wirst Du antworten und dabei denken, daß ich nicht nur angerufen habe, um mit Dir zu plaudern, sondern daß noch etwas anderes dahintersteckt. Stimmt: Ich will Dir sagen, daß du zu mir zurückkommen sollst. Und daß ich Dich liebe. Aber das werde ich nicht gleich sagen, sondern erst ein Weilchen abwarten, bis wir uns ein bißchen unterhalten haben. Du wirst mich fragen: Na, und wie steht's bei dir? Und ich werde antworten: Wunderbar, wie sonst? Aber das wird eine Lüge sein, die erste, und sie wird wahrscheinlich schuld daran sein, daß wir uns bald danach wieder verabschieden.

Am Abend vor meinem Geburtstag
Morgen mit Tucker angeln. So ein netter Kerl! Wir wollen zum Double Breasted Cay. Mir ist klar, daß wir so weit wegfahren, weil sie eine Geburtstagsparty vorbereiten. Wenn wir zurückkomen, werden sie alle dasein, all die Leute, die ich nicht mehr sehen will. Tucker tut das aus Freundschaft. Was soll ich da schon sagen? Luney hat mir die Sache mit der Party verraten. Sie weiß, daß es keine gute Idee ist, mich zu überraschen. Nichts ist wie früher. Und wenn nun jemand Dich dazu überredet hat, auch zu kommen? Nein, das scheidet aus, niemand weiß, wieviel mir das bedeuten würde. Trotzdem, es könnte passieren. Du könntest plötzlich da sein, und dann wäre ich so gut zu Dir, daß Du bleiben würdest. Am nächsten Tag würde ich sagen: Komm, laß uns für ein Weilchen zu Joy gehen und nachsehen, wie alles wächst. Das würde Dir gefallen. Ich gehe jeden Tag zu Joy und rede mir ein, daß Du bei mir bist. Bald wirst Du tatsächlich bei mir sein. Gute Nacht, Liebste.

9

Ich las die ganze Nacht und blickte dabei manchmal zum Bett hinüber, aber anders als am Vormittag hatte ich jetzt nicht mehr das Gefühl, daß Francis dort lag und mich beobachtete. Der Raum war nicht mehr von seinem Geist erfüllt. Um diesen Geist, der zuvor doch so greifbar nahe zu sein schien, erneut zu beschwören, grub ich mein Gesicht wieder in Francis' Kleidung, doch jetzt roch sie nicht einmal mehr nach ihm. Auch die Haarbürste, der Rasierapparat und alle anderen Dinge, die ich vor wenigen Stunden in der Hand gehalten hatte, hatten sich offenbar von ihm losgelöst. Mir blieben lediglich seine wirren, hoffnungsvollen Worte, die vor meinen Augen auf dem Papier verschwammen.

Die Eigenschaften, die ich in mir gepflegt hatte, um im Leben klarzukommen – Fleiß, die Fähigkeit, Haltung zu bewahren, meine Unbeirrbarkeit –, hatten sich letzten Endes als Waffen erwiesen und mich isoliert und zu einer unausstehlichen Person gemacht. Ich hatte Francis', aber auch mein eigenes Leben zerstört. Zufrieden, ihn gedemütigt und enttäuscht zu haben, war es mir in meiner Selbstbezogenheit nicht eingefallen, ihm die Hand zu reichen.

Ich hörte, wie Luney zurückkam. Sie wechselte noch ein paar Worte mit Franky, dann fuhr das Boot wieder weg. Die Stunden dehnten sich, je mehr die Hitze zunahm. Später gab es einen Wolkenbruch, und es regnete so heftig, daß man kaum die Hand vor Augen sah.

Ich legte mich aufs Bett, und meine Hände umschlossen Francis' Kaftan. Luney ließ mich in Ruhe.

Vielleicht hatte Francis ihr beigebracht, sich nicht in das Leben anderer Menschen einzumischen.

In den zwei Jahren seit unserer Begegnung im Brown's hatte Francis mir mehr als hundert Briefe geschrieben. Einige waren lang und kaum zu entziffern, andere bestanden nur aus einer einzigen Zeile. Er hatte zwar beteuert, ich sei für ihn kein Phantasiegebilde, aber er hatte mich verklärt und durch seine Worte zu einer untadeligen Frau gemacht, die ich in Wirklichkeit nicht war und niemals sein würde. Jetzt hätte ich alles dafür gegeben, um ihn wieder bei mir zu haben und zu ihm sagen zu können: Schau, ich bin gekommen, zu spät fürs Fest, aber hier bin ich.

In der zweiten Nacht bekam ich Kopfschmerzen und mußte mit dem Lesen aufhören. Im Kleiderschrank fand ich eine Stofftasche und legte den Stapel Briefe so behutsam hinein, als wären sie ein von Schmerzen gepeinigtes Lebewesen – oder als wären sie ein Stück von Francis. Waren sie das nicht?

Als ich die Schlafzimmertür öffnete, stellte ich fest, daß das Haus im Dunkeln lag. Das Gehen fiel mir schwer, denn meine Beine waren eiskalt, obwohl es eine sehr warme Nacht war. Auf der Treppe hatte ich das Gefühl, mir würde übel, und so kehrte ich mit steifen Schritten um und ging ins Badezimmer. Vor der Toilette kniete ich nieder und hielt den Kopf über die Schüssel, aber nach einer Weile wurde mir klar, daß dies nicht die Art von Übelkeit war, bei der man sich übergeben mußte. Ich tappte also die Treppe hinunter, und als ich unten ankam, schlug ich aus Versehen heftig mit der Hand gegen das Geländer. Schockiert hob ich die Hand vors Gesicht und fragte mich, wie ich mir derartig hatte weh tun können. Wieder schlug ich gegen das Geländer, diesmal absichtlich, wieder und wieder. Ich stand da und setzte alles daran, um meine rechte Hand zu demolieren. Schließlich machte ich einen Rundgang durch das ganze Haus, indem ich mich an den Wänden entlangtastete. Ab und zu blieb ich stehen und preßte die Hände an den Kopf, als wollte ich das Gefühl der Benommenheit herausquetschen.

Kein Francis. Nirgends eine Spur von Francis. Ich begriff, daß ich jetzt allein war, daß Tote tot sind. Als ich mich auf das Sofa fallen ließ, kletterte George zu mir herüber, so daß ich mein Gesicht an seinem Federkleid reiben und die Nase in den Flaum an seinem Bauch stecken konnte. Sein trockener, leicht süßlicher Geruch hatte eigentümlicherweise etwas Tröstliches.

Ich trat auf die Terrasse hinaus und ging zu der Stelle, von der aus Francis immer ins Wasser gesprungen war und auch den Sprung gemacht hatte, der ihn das Leben kostete. Der Mond beschien das Schwimmbecken. Ich war ganz in meinem eigenen Traum befangen. Kein Wind, keine Bewegung, nur die dunklen Silhouetten der vertäuten Boote schaukelten sacht. Als ich den Landungssteg entlangging, bebte er unter meinen schweren Schritten, und das Zittern der Pfähle setzte sich auf der Wasseroberfläche fort. Durch das schmutzige Fenster des Bootshauses sah ich Frankys schlafendes Gesicht, das im Schein einer gedämpften Lampe aussah, wie von einem alten Meister gemalt.

Als ich wieder ins Haus ging, fand ich unter dem Griff der Fliegentür einen zusammengefalteten Zettel. In meiner Verwirrung glaubte ich, dies sei eine weitere Botschaft von Francis. Der Text war in einer krakeligen Handschrift verfaßt, und es wimmelt darin von Fehlern:

LADY, SIE SINT JEZT MEIN BOSS UND ICH BIN GEKOMEN UM ZU FRAGEN OB SIE MIR $ 14000 LEIEN FÜR OKTOBER. MUS NACH HAITI FAREN. VILEN DANK, KOME WIDER FRAGEN. BRAUCHE $ NUR FÜR EIN PAAR WOCHEN. WILL ZU MEIN BABY FAREN.

L.

Eigentlich hatte ich nur ein paar Tage auf den Bahamas bleiben wollen. Die Aufgabe, mich um Francis' Angelegenheiten zu kümmern, war mir eine willkommene Ausrede gewesen, denn in Wahrheit wollte ich vor allem eines: mich mit Leon Kennedy treffen und ihn zu dem Geschäft bewegen, durch das er reich und ich wieder Herrin von Sleet würde. Doch jetzt dämmerte mir, daß die Sache mit Francis' Testament nicht so leicht war, wie ich gedacht hatte. Offenbar war er davon ausgegangen, daß ich seine Absichten kannte. Jedenfalls hatte er alles im Hinblick auf ein gemeinsames Leben geregelt, das er eines Tages mit mir zu führen hoffte. Ich konnte jetzt nicht kurzerhand abreisen. Es verlangte mich, eine Zeitlang im Kreis derer zu leben, die ihn seit seiner Kindheit gekannt hatten und mit denen er die letzten Jahre seines Lebens verbracht hatte. Ich wollte bleiben und das tun, was er mit mir getan hatte: mir einreden, er sei da.

Am Spätnachmittag des dritten Tages verließ Delia Sutherland zum erstenmal das Haus. Langsam ging sie die von Oleander und Kapokbäumen gesäumte Auffahrt entlang und erreichte die Stelle, wo die Seetraube vor vierundzwanzig Jahren ihre Zweige bis in den Staub der Straße hatte hängen lassen. Jetzt war der Baum fort, in dessen Schatten Euturpia Kennedy, genannt Turpie oder auch Jeanne, geschlafen hatte, während ihr kleiner Sohn daneben spielte.

Delia überquerte die Straße und machte sich auf die Suche nach Joy. Sie folgte einem Pfad im Yamacraw, einer fünfzig Morgen großen Obstplantage, die man dem vom Wind angelagerten Erdreich abgetrotzt hatte, und gelangte zu einer Lichtung, in deren Mitte drei Holzhütten mit Kalksteinfundamenten traulich beieinander hockten. Die Bretterwände waren mit rostigen Eisenteilen geflickt, die Dächer mit aufgeschnittenen und flachgeklopften Konservendosen gedeckt und die

Fensteröffnungen mit schmuddeliger Gaze bespannt. Ein aus Ästen, einer Krücke, drei Golfschlägern und sonstigem ausrangierten Gerät zusammengezimmerter Zaun war zwar mit Stacheldraht bewehrt, jedoch so niedrig, daß man ohne weiteres hinübersteigen konnte. Aus einem Cadillac ohne Räder, der auf Mauersteinen aufgebockt war, wuchsen Kletterpflanzen heraus. Ein Toaster, ein Teewagen und ein verwaister Kinderwagen waren von Unkraut überwuchert. In einem Hühnergehege – aus mit dicker Schnur zusammengebundenen Bettrosten – stand ein Kühlschrank, der den Hennen als Behausung und Nistplatz diente. Ihr leises Gackern, das undeutliche Gebrabbel eines Fernsehers im Inneren einer der Hütten, das ferne Brummen eines kleinen Flugzeuges – all diese gedämpften Geräusche fügten sich in die Stimmung des Spätnachmittags ein.

Ein Mann mit einer Haut wie eine alte Passionsfrucht lag schlafend unter eine Platane, die Machete in der halbgeöffneten Faust. Mit einem Schrei sprang er auf die Füße, als Delias Schatten auf ihn fiel. Er atmete stoßweise, und sein nackter, knochiger Oberkörper hob und senkte sich. Der untere Teil seines Körpers steckte in einer kurzen Armeehose, und als Hosenträger diente eine von Francis' alten Klubkrawatten. Er nahm die Mütze ab, auf deren Vorderseite in blauen Lettern BAHAMAS stand, schwenkte sie, drückte sie sich wieder auf den Schädel und sah blinzelnd zu Delia auf.

»Sie sind Joy, nicht wahr?«

»Ja, bin ich. Hab ein Schläfchen gemacht.« Er warf einen Blick hinter sich, als wollte er sich vergewissern, daß sein Körper nicht mehr auf der Erde lag. »Im ersten Moment hab ich geglaubt, Sie sind ein Zombie.«

»Nein, ich bin Mrs. Sutherland. Wie geht es Ihnen?« Sie gab ihm die Hand, und er riß vor Staunen den zahnlosen Mund auf. »Wollen Sie mich nicht ein bißchen rumführen? Ich würde gern sehen, was Sie hier anbauen«, sagte sie.

»Oh, ich zeig Ihnen gern alles.« Er ging ihr voraus und bahnte ihnen mit der Machete einen Weg. »Mister Francis hat mit mir oft einen Rundgang gemacht. Das hat er schon als kleiner Junge gemocht. Sehen Sie, das hier sind Breiäpfel, und da drüben haben wir Limonen und Mangos. Es gibt hier 'ne Menge Früchte. Ich muß ganz schön aufpassen, damit nichts wegkommt.«

»Sie meinen, die Tiere fressen sie?«

»Nein, hier gibt's Diebe, die nur drauf warten, daß der alte Joy mal nicht aufpaßt, aber ich seh alles. Hab schon für Mr. Scott gearbeitet, als Mr. Francis noch ein kleiner Junge war.«

»Das ist mindestens vierzig Jahre her.«

»Hm«, brummte er und legte sich zeitlich genausowenig fest wie Franky. Sie dachte: Recht hat er. Was macht es schon aus, ob es vierzig oder fünfzig Jahre sind?

»Ich war vor Jahren schon einmal hier«, sagt sie, »aber nur kurz, und den Yamacraw habe ich damals nicht kennengelernt. Ich wußte auch nicht, daß Sie hier sind.«

»Aber Sie haben meine Früchte gegessen. 'Ne Menge Leute tun das und ahnen nicht, daß sie Joys Früchte essen. Mr. Francis war lange nicht da, aber in der Zeit vor seinem Tod ist er oft gekommen.«

Joy pflückte Avocados und Chirimoyas und hielt sie ihr hin. Die Innenseiten seiner Hände sahen aus wie Schildkrötenbäuche. Er zeigte ihr junge Bäume, die er in Mulden gepflanzt hatte, wo es mehr guten Mutterboden gab. Delia begriff, daß die Plantage durchaus nicht aufs Geratewohl angelegt worden war. Hier herrschte eine aus Notwendigkeit geborene Ordnung. Sie beugte sich vor, um sich von Joy beschädigtes Wurzelwerk, fleckiges Laub und rissige Rinde zeigen zu lassen.

Als sie wieder bei der Platane waren, unter der er geschlafen hatte, deutete er auf den weißlichen Schimmelbewuchs unten am Stamm. Sie meinte kopfschüttelnd: »Das sieht nicht gut aus, nicht wahr, Joy? Ich glaube, Sie müssen sich auf das Schlimmste gefaßt machen.«

Er schüttelte ebenfalls den Kopf, und sie schwiegen beide. Dann berührte er sie am Arm, und seine glitzernden Augen forderten sie auf, sich zu ihm hinabzubeugen. »Wollen Sie Joys Hahn sehen, Miß?« raunte er. Delia richtete sich so ruckartig auf, daß sie ihn fast umstieß.

»Nein, danke, Joy, die Früchte haben mir gereicht.«

»Joy hat aber einen besonders schönen. Mr. Francis hat mir Geld geliehen, damit ich ihn kaufen konnte.«

»Ach, Sie meinen einen Kampfhahn?«

Er verzog den schmallippigen Mund, und seine Augen lachten.

»Er ist verdammt gut.«

Als er die Tür von einer der drei Hütten aufmachte verschlug ihr der beißende Gestank von Hühnerkot fast den Atem. Zwei nahezu gefiederlose, unansehnliche Hähne waren in zwei gegenüberliegenden Ecken des kleinen Raumes angebunden. Delia Sutherland trat näher, und im selben Moment rannten die beiden Kreaturen aufeinander zu, überschlugen sich jedoch in einer Wolke aus Staub und Strohhäcksel, als sich die kurzen Leinen mit einem Ruck strafften.

Die von Spinnengewebe überzogenen Wände waren mit Wolken, drallen Engeln und Disney-Figuren bemalt.

»War das mal ein Kinderzimmer, Joy?«

»Ja, früher. Mr. Scott hat mir die Hütte geschenkt, als Francis schon ein großer Junge war.« Joy schnappte sich einen der Hähne und klemmte ihn sich unter den Arm, um ihn Delia draußen zu zeigen.

»Eine grausame Angelegenheit, diese Hahnenkämpfe.«

»Ich züchte die Biester ja nur«, sagte er mit gesenktem Kopf, als redete er mit seinen Füßen.

»Ach so. Das ist wohl etwas anderes«, sagte sie und inspizierte betreten ihre Schuhe. »Haben Sie Kinder?«

Joy machte eine wegwischende Geste, die Delia schon von Luney und Franky kannte. Sie erriet jedoch, daß sich hier kein Schleier hob, sondern einer senkte.

»Alle weg«, sagte Joy. »Dafür hab ich jetzt 'ne Schüssel auf dem Dach und krieg 'ne Menge Sender.«

»Also dann, vielen Dank für die Früchte.«

»Kommen Sie bald wieder bei Joy vorbei?«

»Ja, schon morgen, wenn es Ihnen recht ist.«

Am nächsten Morgen machte Delia Sutherland sich zu Fuß auf den Weg in die Stadt. Baumwurzeln ragten aus der Straße wie Geschwüre. Innerhalb einer halben Stunde fuhr nur ein kleiner Lastwagen vorbei, auf dessen Ladeflächen eine Satellitenschüssel schaukelte.

Die Stadt hatte keine Vororte, übergangslos ragte sie aus dem flachen Land auf: säuberlich aneinandergereihte, pastellfarbene Holzhäuschen, im selben Ton getünchte Gartenwege, Satellitenantennen auf jedem Dach, schmale, betonierte Durchgänge zwischen den Häuserreihen. Alles war so klein und putzig wie in einer Puppenstube. Die einzige befahrbare Straße verlief zwischen dem Meer und der vorderen Häuserzeile.

Delia sah ein paar Gestalten in Schaukelstühlen auf Terrassen sitzen oder auf den Stufen hocken. Nirgends ein schwarzes Gesicht, nur Weiße, die sie grußlos beäugten. Niemand unterhielt sich mit einem Nachbarn oder rief ihm etwas zu. Diese Leute waren die Nachfahren von mittellosen britischen Royalisten oder Seeleuten, welche die Siedler aus Amerika hierher gebracht hatten. Die paar Familien, die ohne Geld und Sklaven auf die Insel geflüchtet waren, hatten sich von Anfang an von den wenigen Farbigen abgesetzt, die bereits vor ihnen dagewesen waren, und schnitten heute noch jeden Fremden. Ihre einstige Vitalität und körperliche Robustheit waren längst der Inzucht zum Opfer gefallen. Melanose verunstaltete ihre bleiche Haut. Boote bauten diese Leute kaum noch, sondern sie verdienten sich ihren Lebensunterhalt als Fischer oder verkauften Touristenkitsch made in Taiwan.

Delia Sutherland hörte auf zu grüßen, weil sowieso niemand darauf reagierte, und versuchte, die vielen Augenpaare zu ignorieren, die ihr hinter bläulichgrünen Brillen langsam folgten, während sie an der Holzkirche, der Schule, dem Rathaus, der Feuerwache und der Kneipe vorbeiging.

Zuerst lief ihr nur ein kleines Mädchen nach, doch dann schloß sich ein Junge an, und schon bald folgte ihr eine kleine, lautlose Horde flachsblonder Kinder. Als sie einen Blick über die Schulter warf, verschwanden die Gören mit wirbelnden Ärmchen und Beinchen, lugten aber gleich darauf mit ihren erschöpften blauen Augen hinter einer Hausecke hervor. Am hinteren Ende der Stadt blieb Delia Sutherland kaum etwas anderes übrig als kehrtzumachen, aber diesmal stapfte sie durch die mit rasiermesserscharfem Gras bewachsenen Dünen. Vor ihr lag nun wieder das Meer. Hier, auf der dem Wind zugekehrten Seite der Insel, war es immer aufgewühlt.

Sie zog die Schuhe aus und patschte durch das flache Wasser. Der Wind war voller Stimmen – Stimmen ohne Worte. Als sie sich jedoch hinter eine schützende Düne setzte, um ihre Füße vom Sand zu befreien, raunten ihr die Stimmen zu: Fahr nach Hause, fahr nach Hause! Francis ist tot.

Nein, dafür war es noch zu früh, dafür war es noch zu früh am Tage! Schwankend ging sie den Strand entlang. Die Stimmen folgten ihr: Fahr nach Hause, fahr nach Hause … Er war keine Einbildung. Überall lugten die weißblonden Köpfe der Kinder mit ihren sonnenverbrannten Gesichtern aus den Dünen hervor. Fahr nach Hause, fahr nach Hause! Francis ist tot. Delia lief zurück zur Stadt.

Auf der Treppe des einstöckigen Rathauses lungerten Halbwüchsige herum: grobknochige, träge Burschen und blonde Mädchen, die an der Schwelle zwischen ätherischer Schönheit und praller Weiblichkeit standen. Vom leisen Schnarren eines Walkmans abgesehen, kam kein Geräusch von der kleinen Gruppe – kein rhythmisches Klopfen eines Fußes, kein Feixen, keine Neckereien, kein Flirten und kein Lachen.

Delia, deren Frisur verrutscht war, blieb schwer atmend vor den jungen Leuten stehen und fragte: »Hat von euch jemand meinen Mann gekannt? Ich bin die Witwe von Francis Sutherland. Ihr müßt ihn gekannt haben! Vielleicht hat einer von euch manchmal kleinere Erledigungen für ihn gemacht oder ist mit ihm angeln gegangen?« Sie schlugen die Augen nieder, tauschten verstohlene Blicke. Ganz links hockte ein Junge mit Haar wie Flachs und für sein Gesicht viel zu kleinen Augen. »Hast du ihn gekannt?« Langsam drehte er den Kopf weg. Delia wandte sich ab und wollte gehen, doch kaum hatte sie einen Schritt gemacht, fuhr sie herum und fragte: »Hat jemand etwas gesagt?«

»Da drüben, 'inter dem 'otel.« Der Junge mit dem Flachshaar hob träge den Arm und wies in Richtung Meer. Francis hatte manchmal die Aussprache der Insulaner imitiert, indem er wie dieser Bursche das *h* verschluckte.

»Danke«, sagte Delia, obwohl der Satz des Jungen für sie keinerlei Sinn ergab. Sie machte sich auf den Weg zum Hafen. Die Hitze war erdrückend.

»Hallo, Mrs. Sutherland! Wollen Sie mit dem Boot zurückfahren? Sie sehen nicht gut aus. Ist was?«

»Nein, Franky, wirklich nicht. Woher wußten Sie, daß ich hier bin?«

»Luney hat mir gesagt, daß Sie zu Fuß weg sind. Da bin ich los und hab hier gewartet. Wo sonst hätten Sie sein können?«

»Ja, wo sonst? Fahren wir nach Hause, Franky.«

Als das Boot ein Stück vom Ufer weg war, schaute sie zurück. Kinder rannten zwischen den Dünen auf den Strand zu und winkten ihr nach, wie es Kinder überall gern tun. Delia winkte zurück und dachte: Sie haben natürlich recht, Francis ist tot. Warum die Dinge nicht beim Namen nennen? Und sie winkte heftiger.

Sie fand Luney in der Küche: Sie hockte auf dem Boden, hatte den Rücken an den Herd gelehnt und das Kinn in die Hände gestützt.

»Was machst du denn hier, Luney?«

»Ich warte.«

»Hast du etwas in der Backröhre?«

»Nein, Ma'am.«

»Worauf wartest du dann?«

»Auf Sie, Ma'am.«

»Aha. Komm, setz dich zu mir.«

Luney stemmte sich hoch und schlenderte auf Delia zu. Dabei ließ sie eine Hand über ein imaginäres Treppengeländer gleiten und schien mit der anderen den Rock eines Ballkleides zu heben, das sie damit so greifbar heraufbeschwor, daß Delia auf dem Sofa unwillkürlich zur Seite rutschte, damit das faltenreiche Gewand neben ihr Platz hatte.

»Hast du deshalb gewartet?« fragte sie und hielt Luney den Zettel hin, der hinter dem Türgriff geklemmt hatte.

»Hm hm.«

»Wie alt ist dein Baby denn?«

»Drei. Es ist ein Mädchen.«

»Und wie alt bist du?«

»Achtzehn.«

»Hör mal, Luney, du mußt mir jetzt die Wahrheit sagen. Hab keine Angst, ich werde mich auf keinen Fall aufregen. Wer ist der Vater der Kleinen?«

Luney verdrehte die Augen, senkte den Kopf, legte erst die eine, dann auch die andere Hand vors Gesicht.

»Na los, sag schon! Ich muß es wissen.« Delia senkte die Stimme. »Ist Mr. Francis der Vater von deinem Baby?«

Luney verzog das Gesicht zu einer Fratze, und dann prustete sie los wie ein Elephantenbaby. »Nein, nein, nicht Mr. Francis, Ma'am! Ein Pfarrer ist der Papa von meiner Kleinen.«

»Gott sei Dank!« sagte Delia.

»Nein, Gott sei nicht Dank! Meine Tante sagt, der Pfarrer hat sich an mir vergriffen.«

»Ist er von hier? Oder aus Haiti?«

»Aus Kansas. Meine Tante nimmt immer Pfarrer bei sich auf, wenn welche nach Port au Prince kommen. Ich hab bei ihr die Zimmer gemacht, alles schön sauber, neue Bettwäsche und so. Meine Tante hat mir gezeigt, wie man alles schön macht. Der Pfarrer hat zu einer Delegation gehört und wollte nach Haiti. Er war sehr nett zu mir, aber dann war er nicht mehr zu bremsen, und so hab ich mein Baby gekriegt. Hab es bei meiner Tante gelassen und bin weg, um woanders Geld zu verdienen. Mr. Francis hat mir Arbeit gegeben und Geld, damit ich mein Baby besuchen kann.«

»Wie oft?«

»Jedesmal, wenn er im Oktober weggefahren ist.«

»Möchtest du hierbleiben, auch wenn Mr. Francis nicht mehr da ist?«

»Ja, Ma'am. Mr. Tucker sagt, ich darf. Er meint, ich werd hier gebraucht.«

»Stimmt. Hast du gern für meinen Mann gearbeitet? War er nett zu dir?«

»O ja, war er, aber manchmal war er ganz schön verrückt. Er ist ganz wild geworden und hat losgebrüllt, obwohl gar nichts war. Dann hab ich mich immer versteckt. Wenn ich später zu ihm bin, lag er wie ein großes Baby auf dem Boden und schlief, und ich hab ihn zugedeckt.« Sie zwirbelte eine Ringellocke und machte ein gurrendes Geräusch, als hätte sie gerade eine pikante Szene geschildert.

»Nett von dir. Ich werde dafür sorgen, daß du genug Geld hast, um zu deinem Baby zu fahren.«

»Danke, Ma'am.«

»Luney, hat er davon gesprochen, daß ich bald kommen würde?«

»Ja, oft.«

»Was hat er dann gesagt?«

»Daß Sie schön sind, schön und elegant. Und daß Sie bald kommen.«

Sie sagte dies so ernsthaft und strengte sich derartig an, sich korrekt auszudrücken, daß Delia lächeln mußte. »Verstehe. Sonst noch etwas?«

»Er sagte auch, Luney, wenn Ma'am Sutherland zurück ist, mußt du darauf achten, was du sagst. Ich mußte lachen, und da hat er auch gelacht und gesagt, daß ich lernen muß, mich zu benehmen. Jetzt sind Sie hier, Ma'am, und Sie sind überhaupt nicht böse, aber Sie sehen krank aus, Ma'am.«

»Ich bin traurig, Luney, weiter nichts«, antwortete Delia und wünschte sich, Luney würde sie genauso zudecken wie Francis, als wäre auch sie ein großes Baby. Aber Luney ging quer durch den Garten zu der Hütte, in der sie schlief. Unterwegs nickte und winkte sie Bewohnern ihrer Traumwelt zu, aber jetzt ging sie nicht zu einem Ball, sondern war von Kindern umringt, denn sie tätschelte unsichtbare Köpfe. Warum eigentlich nicht? Was hätte sie Besseres tun können, während dieser schrecklich heiße Tag zur Neige ging? Später, am Abend, könnte sie etwas mit Franky machen, aber es gab nichts, wo sie zum Essen, Trinken oder Tanzen hätten hingehen können. So ähnlich mußte es auch Euturpia ergangen sein, nachdem Francis sie in die Hütte verbannt hatte. Auch in Francis' Leben waren auf einsame Nachmittage noch einsamere Abende gefolgt. Stand ihr, Delia Sutherland, in Sleet House dasselbe bevor? »Nein, mein Liebster«, sagte sie laut. »Mein Liebster, mein Liebster!« Erinnerungen an die Zeit, in der sie ihn so genannt hatte, überfluteten sie. »Du hast an diesem Ort nie so gehangen wie ich an Sleet.«

Während der nächsten zwölf Tage ging Delia jeden Nachmittag zu Joy. Ihre Besuche wurden zu einer Art Ritual, genau wie ihre Fußmärsche in die Stadt. Unweigerlich liefen ihr dort die Kinder nach und riefen ihr irgend etwas hinterher. An manchen Tagen waren sie fast freundlich, an anderen eher das Gegenteil. Einmal glaubte sie einen Singsang zu hören: »Einsame Lady, dein Mann ist tot, einsame Lady, dein Mann ist tot ...« Stimmt, dachte sie, das bin ich, eine einsame Lady ohne Mann.

Sie verbrachte Stunden damit. Francis' Sachen in Haufen für Franky, Joy und die Burschen auf den Stufen vor dem Rathaus aufzuteilen. Als sie die Kartons vor den jungen Leuten absetzte, bunte Hemden und Leinenhosen herauszog und sie hochhielt, rückten die Mädchen als erste näher. Dann kam auch in die Jungen Bewegung, und sie langten zu, bevor die Mädchen ihnen alles wegschnappten. Lässig bedankten sie sich – die Sachen seien »cool« –, aber niemand gab zu, Francis gekannt zu haben. Die Anzüge und elfenbeinfarbenen Seidenjacketts schenkte sie Franky.

Nachmittags lag sie auf dem Bett, die Stofftasche neben sich. Sie konnte nicht schlafen, weder tagsüber noch nachts. Immer wieder zog sie aufs Geratewohl einen Brief heraus und las ihn. Bald kannte sie einige auswendig.

Am Tag vor ihrer Abreise saß sie vor dem Obst und dem Toast, den Luney jeden Tag für sie auf den Terrassentisch stellte, obwohl sie nie etwas anrührte.

Franky lehnte am Bootshaus, als Luney, die in der einen Hand einen Korb trug und sich mit der anderen das borstige Haar zurechtzupfte, auf ihn zuschlenderte und in einer fremd klingenden Sprache zu plappern anfing. Gleich würden die beiden wie jeden Morgen mit dem Boot wegfahren, und in einer halben Stunde würden sie wieder dasein. Für Delia war dies längst ein alltäglicher Vorgang, doch heute wurde sie plötzlich von Neugier gepackt. Ihre Hände umklammerten das Geländer der Holztreppe, und sie rief mit heiserer Stimme nach Luney, aber das Mädchen hörte sie nicht. Schon wollte Luney ins Boot klettern, da blickte Franky zum Haus hinüber und entdeckte Delia auf halber Höhe der Treppe.

»Hallo Mrs. Sutherland! Schöner Tag, nicht?« Er sah ihr entgegen, während sie, sich mit der Hand am Geländer festhaltend, auf ihn zukam. Wie anders hatte sie sich doch am Tag ihrer Ankunft bewegt, als sie ihre Koffer eigenhändig ins Haus getragen hatte. Auch ihr Haar war heute nicht so sorgfältig hochgesteckt: Die Frisur löste sich allmählich auf.

Als sie auf Hörweite herangekommen war, fragte sie: »Wohin fahrt ihr?«

»Ich bringe Luney zu dem Mann, bei dem wir immer Brot kaufen. Wollen Sie mitfahren, Mrs. Sutherland?«

»Heißt er Ulrich?«

»Ja, genau.«

Während der Fahrt gab der Wind ihrer Frisur den Rest, aber sie unternahm nichts dagegen. Franky hatte Mühe, sich aufs Lenken zu konzentrieren. Immer wieder warf er ihr einen bewundernden Blick zu.

Ulrich Barkers Haus stand an einem geschützten, von dichten Mangrovenhainen flankierten Küstenstrich. Auf dem Bootssteg lagen Bierdosen, Ölkanister und Fischernetze herum. Ein Schild, das ursprünglich an einem Nagel gehangen hatte, verkündete: ATTALUS BARKER. BOOTSVERLEIH. BENZIN. BROT. WASSER. Ein mit Wassermelonen und Tomaten bepflanztes Beet erstreckte sich bis zum Haus. Die Erde war anscheinend erst vor kurzem bewässert worden, denn sie war feucht. Zwei knurrende Hunde kamen in einer Staubwolke auf Delia zugerannt. Sie wußte, daß ihr zum Schreien die

Kraft fehlte, also ließ sie sich auf ein Knie sinken. »Brav, brav, schön ruhig! Ja, so ist's gut!«

Die Hunde bremsten, standen mit hängendem Unterkiefer da und blickten an ihr vorbei, als hätten sie etwas Interessanteres entdeckt.

Ein Mann mit krummen Beinen und einem Strohhut auf dem Kopf sah zu, wie sie mit den Hunden an ihrer Seite auf ihn zukam. Seine von kleinen Wunden bedeckte Knollennase glich einer überreifen Frucht, die Augen und Mund klein erscheinen ließ.

»Guten Morgen. Sind Sie Ulrich Barker?«

Er ließ ihre Worte auf sich einwirken, dann antwortete er bedächtig: »Ja, bin ich.«

»Ich bin Mrs. Sutherland.«

Seine Augen waren noch immer auf einen Punkt irgendwo weit hinter ihr gerichtet. »Sie sind also die Frau, wegen der sich Francis umgebracht hat!«

»Er hat sich nicht umgebracht.«

»Was denn sonst?«

»Es war ein Unfall.«

»Ach ja? Bleiben Sie jetzt auf der Insel?«

»Nein, leider reise ich morgen wieder ab.«

Jetzt nahm er sie endlich in Augenschein, und sie belohnte ihn mit den Worten: »Wissen Sie, ich wäre geblieben, wenn … Ja, ich hätte es wirklich noch einmal versucht.« Das sagte sie mit Nachdruck zu jemandem, der für ihn unsichtbar war.

»Er hat ständig davon geredet, daß Sie irgendwann zurückkommen und hierbleiben. Ging wohl nicht früher, was?« Barker dachte kurz nach und schloß dann mit der Gelassenheit eines alten Mannes: »Jetzt ist es zu spät.«

Er bat sie ins Haus. Es bestand aus einem einzigen Zimmer, das durch einen Tresen und eine halbhohe Trennwand in Küche, Wohnraum und Laden unterteilt wurde. Auf dem Ladentisch waren Brote in Plastiktüten übereinandergestapelt.

»Sie wollen doch Brot kaufen, oder?«

»Ja, gern.«

»Es gibt auch Zimtkekse. Die schmecken gut. Probieren Sie mal einen.« Er drückte ihr ein schweres, mit glänzendem Sirup überzogenes Gebäck in die Hand.

Sie biß hinein. »Hm, die schmecken wirklich gut. Kann ich ein paar mitnehmen? Sie kannten Francis gut, nicht wahr?«

»Hab ihm sein Brot gebacken.«

»Ich weiß. War er jeden Tag hier?«

»Fast jeden Tag. Hat mir viel von seiner Kindheit erzählt, der arme Kerl. Von seiner Frau hat er auch oft gesprochen.«

»Ich war seine Frau«, erinnerte sie ihn.

»Ja, waren sie«, sagte er leichthin, und sie kam sich ein bißchen so vor, als wäre sie aus Luft.

»Warum haben Sie ›der arme Kerl‹ gesagt?«

»Weil er kein glücklicher Mensch war. Der eine hat im Leben Glück, der andere nicht. Er hatte keins. Dabei war er so ein netter, fröhlicher Bursche.«

»Und Jeanne? Kennen Sie die auch?«

»Nein, eine Jeanne kenn ich nicht.«

»Und Euturpia?«

»Sie meinen Turpie? Klar kenn ich die! Sie hat immer das Brot geholt, damals, als Willa Mae noch gebacken hat. Wie die einen zum Lachen brachte, die Turpie! Für jeden von uns hatte sie einen Spitznamen. Sie schaute genau hin, und irgendwann wurde man von ihr getauft. Die Namen paßten so gut, daß sie an vielen Leuten klebengeblieben sind. Dabei läßt sie sich hier seit Jahren nicht mehr blicken. Willa Mae war für sie ›Sunny Face‹. Alle nannten sie so, bis zu ihrem Tod. Aber wissen Sie, nicht alle von Turpies Spitznamen waren so schmeichelhaft. Ich hab ihrem Kleinen jedesmal einen Zimtkeks geschenkt. Er mochte die Zimtkekse. Alle Kinder mögen sie. Jetzt sind sie alle weg, Francis, Turpie ... und den kleinen Jungen hat Turpie auch nicht mehr.«

»Wie meinen Sie das?«

»Daß er jetzt groß ist, genau wie mein Sohn Attalus. Der ist inzwischen auch erwachsen.«

»Gehört der Bootsverleih da draußen Ihrem Sohn?«

»Ja, aber er ist weg. Hat ein Mädchen aus Chicago geheiratet, ein rastloses Ding. Ist immer auf Achse. Den Kleinen ließ sie immer bei Willa und mir. Wenn sie hier war, gingen sie oft aus und kamen spät zurück. Dann schlief der Junge bei uns.«

»Sie meinen Ihren Enkel?«

Er sah ihr prüfend ins Gesicht, um zu sehen, ob ihr Interesse aufrichtig war. Dann ging er in den hinteren Teil des Raumes und kam mit einem Foto in einem verschnörkelten Blechrahmen zurück. Er hielt es sich mit seinen großen Händen dicht vors Gesicht, und seine Worte schienen an das Bild gerichtet, als er sagte: »So ein süßes Kind! Wir haben ihm Gebäck gegeben und ihn abends ins Bett gebracht. Dann hab ich unsere Fotos geholt, sie auf seine Decke gelegt und ihm erklärt, wer alles auf den Bildern drauf war. Er konnte sich gar nicht satt sehen und hat gelacht, bis er eingeschlafen ist. Jetzt sehen alle anders aus, wenn sie nicht schon gestorben sind. Nach Willa Maes Tod ist Sally für immer nach Chicago zurück und hat den Jungen mitgenommen. Attalus ist auch nicht mehr lange geblieben. Seitdem sind sie nicht mehr hiergewesen. In den letzten fünf Jahren hab ich ein einziges Mal von ihnen gehört. Das Bild hier haben sie mir geschickt.« Er streichelte die Glasplatte, als wäre dahinter ein lebendiges Gesicht. Sein Atem rasselte. »Er fehlt mir. Und wie er mir fehlt!« Kurze Stille, dann: »Eine Prüfung ist das, aber da muß man durch.«

»Jetzt leben Sie allein?«

»Sie sagen es.«

»Wie alt sind Sie?«

»Vierundneunzig.«

Ob sie auch zu einem so langen Leben verurteilt war?

Später, nachdem sie Joy zum letztenmal besucht und er ihr auch diesmal wieder die Arme mit Früchten vollgepackt hatte, ging sie zum Friedhof. Er lag weitab von jeder menschlichen Behausung auf einem Gelände, über das ungehindert der Wind hinwegfegte. Der Flugsand begrub reich verzierte Grabmale unter sich, schmirgelte Urnen und Engelsköpfe glatt. Schlichtere Gräber waren gerade noch an umgestürzten Blechdosen mit steifen Plastikblumen zu erkennen. An die Holzkreuze waren Fotos in Zellophanhüllen genagelt, die sich am Rand zusammenrollten. Sogar die frischen Gräber, auf denen die Blumen noch nicht ganz verwelkt waren, wurden vom Winde bereits mit einem welligen Zuckerguß aus Sand überzogen.

Delia Sutherland sah die Kinder zwischen den Grabsteinen nicht. Diesmal hatte sie nicht bemerkt, daß sie ihr gefolgt waren, sich kratzend und in der Nase bohrend, und daß sie sie nun aus allerlei Verstecken beobachteten. Ein paar besonders Vorwitzige standen weithin sichtbar da, als sie die paar Stufen zu dem weißen Marmorsarkophag hinaufging. Oben angelangt, schrie sie Worte aus sich heraus, die die Kinder nicht verstanden, und dann legte sie sich mit dem Gesicht nach unten auf die Inschrift:

Hier ruht in Gott
Francis Sutherland
8. August 1936 – 8. August 1989
»Zerbrechlich sind wir, Kinder des Staubs«

Die Kinder spielten Fangen und Verstecken, bis es dunkelte. Im Gänsemarsch spazierten sie an Delia vorbei. Zwei schmutzige Finger mit abgeknabberten Nägeln kitzelten sie am Bein. Sie richtete sich auf, sah kleine, bleichgesichtige Gestalten wie Kobolde zwischen den Gräbern davonspringen und durch das halboffene, im Sand festgeklemmte Eisentor verschwinden.

Sie legte Joys Früchte auf die Stelle, wo sich unter der Steinplatte Francis' Füße befinden mußten, und ging davon.

Ich blieb gut zwei Wochen auf den Abacos und hoffte, daß sein Geist wiederkehrte, um mich zu trösten und mir einen Fingerzeig zu geben, wie es weitergehen sollte.

Abend für Abend saß ich auf dem Sofa und blickte aufs Meer hinaus, wie Francis es so oft getan haben mochte. Ich lebte unter Menschen, die ihn von klein auf gekannt oder sich bis zum Ende um ihn gekümmert hatten, wie Luney und Franky. Ich schlief kaum, bis ich eines Tages im Morgengrauen für mehrere Stunden in Bewußtlosigkeit versank. Als ich wieder zu mir kam, stellte ich überrascht fest, daß das Heimweh an mir nagte. Ich konnte an nichts anderes denken als daran, daß ich diesen Herbst in Sleet sein würde. Die Felder würden gepflügt, die Kühe würden kalben und ihre Last in einen stillen Winkel legen. Francis war nicht mehr da, und ich blieb die Frau, die ich gewesen war. Mit all meiner Erbärmlichkeit würde ich unbeirrbar wie ein Strom im alten Bett weiterfließen.

Franky sah großartig aus in Francis' Sachen. Für die letzte Fahrt mit Delia Sutherland, die er zum Haupthafen der Insel brachte, hatte er einen dunkelblauen Nadelstreifenanzug mit passender Weste gewählt. Die Aufschläge der Hosen umflatterten seine Knöchel. Das Steuer in einer Hand, winkte er mit der anderen allen zu, an denen das Boot vorbeiglitt: einem Fischer in einem Ruderboot, an dessen Bug ein langbeiniger Hund schnüffelnd die Schnauze in den Wind hielt, einem gekenterten Windsurfer und drei Kindern, die auf einem schmalen Sandstreifen herumtollten. Die ganze Zeit lachte er aus vollem Herzen, eins mit der Welt und diesem schönen Tag.

»Schöne Gegend, was, Mrs. Sutherland?« rief er ihr über die Schulter zu.

Sie saß hinten auf der Werkzeugkiste, hielt ihren Hut fest und blickte diesmal nicht aufs Meer hinaus, sondern nahm das, was sie hinter sich ließ, tief in sich auf. »Was haben Sie gesagt?«

»Schade, daß Sie schon wieder abreisen! Nächstes Mal müssen Sie länger bleiben. Dann nimmt Fwinky Sie mit zum Fischen. Schön hier, nicht?«

»Ja, Franky, es ist herrlich hier.«

Er konnte nicht hören, was sie sagte, aber er sah sie lächeln und war zufrieden.

Als er zwanzig Minuten später die Tür des Taxis hinter ihr zugedrückt hatte, beugte er sich noch einmal vor: »Nächstes Mal fangen wir so einen großen Fisch«, rief er, die Arme ausbreitend.

»Danke, Franky, ich freue mich schon darauf. Kümmern Sie sich bitte um George, wenn Luney nach Haiti fährt.«

»Mach ich. Dem alten George wird es bei Fwinky gutgehen.«

Das Taxi fuhr mit einem Ruck an, bevor sie noch etwas sagen konnten. Durch die Heckscheibe sah Delia ihn mit wiegenden Schritten zur Mole zurückgehen. Eine Hand in die Hüfte gestemmt, warf er mit der anderen übermütig und selbstsicher seinen Schlüsselbund in die Luft und fing ihn wieder auf. Er imitierte Francis wirklich meisterhaft.

Tucker schickte das firmeneigene Flugzeug, das Delia nach Nassau bringen sollte. Er selbst kam nicht. Sie hatte also den ganzen Abend vor sich, denn ihre Maschine nach London startete erst gegen Mitternacht, und so nahm sie trotz Tuckers nachdrücklicher Warnung, Euturpia Kennedy würde sie nicht empfangen, ein Taxi zum Big Bamboo in der Wulff Road.

»Sind Sie Klubmitglied?« Ein ebenholzfarbener Hüne

kam durch die angestaubte Pracht der Halle langsam auf sie zu.

»Nein.«

»Tut mir leid, hier haben nur Mitglieder Zutritt.«

»Und wie kann man Mitglied werden?«

»Nur auf Empfehlung, fürchte ich. Ein Stück weiter unten an der Straße gibt es ein nettes Lokal. Kommen Sie, ich zeige es Ihnen.« Er hielt ihr die Tür auf.

»Ist Miss Kennedy da?«

»Wen soll ich melden?«

»Mrs. Sutherland.«

Er verneigte sich, allerdings weniger vor ihr, als vielmehr, um rasch den Wortwechsel zu überdenken. »Bitte folgen Sie mir, Mrs. Sutherland.«

Die dünne, klimatisierte Luft roch nach Zigarettenqualm und von hundert künstlichen Duftnoten überdecktem Schweiß. Elektronisch verstärkter Beat pochte in der funkelnden Dämmerung. Die Bar glühte in petrolblauem Neonlicht. In den dunkleren Ecken erhellte Kerzenschein die Gesichter. Die Leute tranken, unterhielten und küßten sich. Tanzende, Kellner, wandelnde Schatten – alles wurde von den Wänden aus spiegelndem Rauchglas endlos reflektiert. Die überwiegend farbige Kundschaft wirkte distinguiert: Männer in maßgeschneiderten weißen Anzügen, elegant gekleidete Frauen.

Delia Sutherland bestellte einen Whisky und wartete ab. Sie war sich nicht sicher, ob sie Miss Kennedy erkennen würde, wenn diese plötzlich auf sie zukäme. Eine Stunde verstrich. Ob sie die mit dem kurzen Rock und den beinlangen Stiefeln war? Oder das Mädchen, das nichts unter ihrer weißen Chiffon-Bluse trug? Oder die gelangweilte, kurvige Frau an der Bar, die ihre langen Finger faltete und spreizte und, wenn jemand sie zu lange anstarrte, die dunkle Sonnenbrille abnahm, um ihn mit haßerfüllten Blicken zu durchbohren? Nein, keine dieser Frauen war die Gesuchte. Auch im schummerigen Spielzimmer, wo an mit grünem Filz bespannten Tischen rastlose Hände mit Jetons, Karten und Zigaretten hantierten, während die Spannung bei jeder leisen Ansage der Croupiers aufs neue wuchs oder sich verflüchtigte – auch im Spielzimmer war sie nicht.

Delia Sutherland stand auf und ging in die Vorhalle zurück. Der schwarze Hüne war nirgends zu sehen. Sie öffnete eine Tür, auf der PRIVAT stand. Ein Sofa aus Ziegenleder; ein mit einem Wust von Papieren bedeckter Schreibtisch aus Satinholz; umgekippte Plastikbecher; überall herumstehende Stühle; ein Servierwagen voller Bierdosen, Teller und halbgegessener Hamburger; spitzenbesetzte Unterwäsche; ein Pantoffel mit Marabufedern zwischen dem Bettzeug einer aufgeklappten Schlafcouch.

»Sie verschwenden Ihre Zeit, Mrs. Sutherland.«

Die rauhe Stimme kam hinter der offenstehenden Tür hervor. Als Delia die Tür schloß, erblickte sie eine durchsichtige Glaswand und dahinter den Klubraum. Der Tisch, an dem sie so lange gesessen und gewartet hatte, war gut zu sehen. Eine Frau lehnte mit der Stirn auf dem Arm an der Scheibe und sah dem lautlosen Treiben zu. Ein knöchellanger Kimono aus roter Seide umhüllte ihre dürre Gestalt. Als die Frau den Kopf zur Seite drehte, um einen Zug aus der Zigarette zu nehmen, die neben dem streng nach hinten gekämmten Haar vor sich hin qualmte, sagte Delia: »Hier sind Sie also! Sie haben mich die ganze Zeit beobachtet?«

Euturpia Kennedy wandte ihr ein verlebtes Gesicht mit leeren Augen zu; selbst ihre Lippen waren ohne Saft und zu einer scharf konturierten Furche verkümmert. »Ich beobachte jeden. In einem Lokal wie diesem muß man das tun. Man darf sich keine Bewegung entgehen lassen.« Schwankend ging sie quer durch den Raum und nahm ein Fläschchen mit Pillen vom Schreibtisch. »Was wollen Sie hier, Mrs. Sutherland?«

»Das wissen Sie genau. Ich will Ihrem Sohn ein Angebot machen. Es geht um Sleet. Bitte hören Sie sich an, was für einen Vorschlag ich ihm unterbreiten möchte. Oder wollen Sie lieber ein Zusammentreffen mit ihm arrangieren?«

»Schlagen Sie sich das aus dem Kopf.«

»Und Ihr Sohn – wie denkt er darüber? Er würde eine Menge Geld bekommen.«

»Er ist sein eigener Herr und tut, was er will.«

»Ich weiß nicht, ob ich Ihnen das glauben soll. Wissen Sie, ich war eine Zeitlang auf den Abacos, in dem Haus. Stimmt es, daß Sie bis zum Schluß mit Francis befreundet waren?«

»Ja«, antwortete sie hastig, als wollte sie die Sache rasch hinter sich bringen. »Ja.«

»Was war mit Francis am Schluß los? Ich habe Briefe gefunden, die an mich gerichtet sind. Manche klingen, als wäre er drauf und dran gewesen, den Verstand zu verlieren.«

»Ihr Mann war ein einsamer, gelangweilter, enttäuschter Mensch. Er holte sich bei mir Stoff, weil er vergessen wollte. Er war nicht gerade ein Großverbraucher, aber es kann gut sein, daß er manchmal ganz schön ausgerastet ist. Was weiß ich!«

In der Ecke des Zimmers summte ein Kühlschrank. Seltsam, daß von der Musik draußen nichts zu hören war. Euturpias Kimono raschelte. Bei jeder Bewegung klirrten die Goldketten und die buntlackierten Samenkapseln an ihrem Hals. War sie eine »Großverbraucherin«?

»Francis hat nicht im Traum daran gedacht, daß er so früh sterben würde, Miss Kennedy, im Gegenteil, er war überzeugt, daß er sehr alt werden würde. Hat er Ihnen erzählt, daß er sich wünschte, wir, er und ich, würden wieder zusammenkommen?« Die Blicke der beiden Frauen bohrten sich ineinander. »Wieso sollte Ihr Sohn Sleet behalten wollen, wenn er sich doch jeden Wunsch erfüllen kann, sobald er an mich verkauft? Warum sollte er die Inseln verlassen, um irgendwo in England zu leben?«

»Weil er von dem Zeug hier wegkommen muß.« Euturpia Kennedy hielt zwei Pillen hoch und warf sie sich in den Mund. Mit zitternden Händen goß sie einen Plastikbecher voll Wodka, trank ihn leer, füllte ihn erneut und zeigte auf den Klubraum auf der anderen Seite der Scheibe. »Und davon muß er auch weg, kapiert? Geld braucht er keins. Ich habe jede Menge. Er braucht Abstand, einen sicheren Platz irgendwo weit weg, und Verantwortung, damit er nicht den Boden unter den Füßen verliert. Hier ist er nicht sicher. Francis hat Leon den Besitz vermacht, und Leon wird ihn behalten.«

»Aber es ist nicht irgendein Besitz, es ist mein Zuhause!«

Euturpia Kennedy musterte Delia Sutherlands Gesicht, als suchte sie darin nach etwas Bestimmten. Schließlich sagte sie: »Ich erinnere mich an den Tag, als ich Sie zum letztenmal gesehen habe. Ich werde ihn nie vergessen. Ich mußte das Haus verlassen ...«

»Ja, ich weiß.«

»Ich mußte mein Zuhause verlassen! Francis sagte, daß ich in der Hütte wohnen sollte, solange Sie da waren. Schließlich waren Sie ja seine Frau. Ich hatte gar nicht gewußt, daß er verheiratet war. Drei Jahre war ich mit ihm zusammengewesen, ich hatte in seinem Haus gelebt, in seinem Bett geschlafen und für unser Kind gesorgt. Sogar wenn er wegfuhr, durfte ich im Haus bleiben. Aber dann setzte er mich vor die Tür, und schuld waren Sie. Dabei sind Sie nur einmal hiergewesen und dann nie wieder! Eines Tages zog ich mich vor ihm nackt aus, strich über meinen Körper, über Busen und Hintern und sagte zu ihm: ›Du magst das Knochengestell lieber als das hier?‹ Ja, so nannte ich Sie, Knochengestell. ›Du magst das Knochengestell lieber als mich?‹« Sie entblößte die Schultern und fuhr mit der Fingerspitze über ihre Brüste. »Sind nicht mehr so schön wie früher, nicht, Mrs. Sutherland?« Sie kreuzte die Arme vor der Brust und wiegte sich hin und her. »Francis hat viel mit mir geredet und mir 'ne Menge von dem Zeug beigebracht, das er aus Büchern gelernt hatte. Er gab mir einen anderen Namen und modelte auch meinen Kopf um. Irgendwann hatte er mich satt, aber ich war auf den Geschmack gekommen. Nichts war mir mehr gut genug. Ich dachte nicht daran, noch länger in Nassau auf den Strich zu gehen. Da kaufte er mir die Bar, damit ich Ruhe gab.« Sie zeigte mit dem Finger auf Delia Sutherland und fuhr leiser fort: »Wollen Sie wissen, was ich mir am meisten wünschte? Ich wollte Sie sein! Ja, ich wäre gern das Knochengestell gewesen, damit er mich so liebte wie Sie. Die ganze Zeit wünschte ich mir das, bis zum Schluß. Aber wo waren Sie, Lady? Wo waren Sie die ganze Zeit, während er sich nach Ihnen sehnte? Und was ist mit mir? Mir hat er nichts geschenkt!«

Delia blickte vor sich hin und durchforschte ihr Hirn nach überzeugenden Argumenten für das Angebot, das sie hatte unterbreiten wollen. Ihr Blick fiel auf ihre Hände, auf deren Rücken sich dicke blaue Adern abzeichneten. Kein schöner Anblick. Sie hatte inzwischen begriffen, daß jedes Angebot ungefähr genauso fehl am Platz wäre wie die Babykleidung, die sie damals unter die schattige Seetraube gelegt hatte.

»Immerhin haben Sie einen Sohn, Miss Kennedy. Ihnen ist mehr geblieben als mir.«

Euturpia Kennedy schloß die Augen und ließ den Kopf nach hinten sinken. »Ja, das stimmt, ich habe Leon.«

»Mr. Tucker hat mir erzählt, daß er zur Zeit nicht da ist.«

»Ich glaube, das hat er nur gesagt, damit Sie uns in Ruhe lassen. Leon ist hier bei mir. Er bleibt nicht mehr lange, aber noch ist er hier. So, und jetzt gehen Sie bitte und tun, was Mr. Tucker und wir alle von Ihnen erwarten: Lassen Sie uns in Ruhe!«

3. Teil

10

»Na gut, Mrs. Sutherland, dann setz ich mich eben zur Ruhe. Mehr gibt's dazu nicht zu sagen.« Mrs. Files strich ihre Schürze in einer Art und Weise glatt, aus der hervorging, daß die Angelegenheit für sie erledigt war. »Meine Familie hat bestimmt nichts dagegen. Ich bin jetzt einundsechzig, und ehrlich gesagt, könnte ich für solche Leute sowieso nicht arbeiten.« Die Vokale suhlten sich geradezu im Sirup ihres südwestenglischen Akzents. Sie und Curtis saßen Delia Sutherland gegenüber, die hinter dem Sekretär im Salon Platz genommen hatte.

Bevor Delia sich hatte schlüssig werden können, was und wieviel sie wem erzählen wollte, wurde sie – eine knappe Stunde nach ihrer Rückkehr – zu einem klärenden Gespräch gezwungen. Als sie ihren Morgenkaffee trank, hatte Curtis das *Echo* neben ihr auf den Tisch fallen lassen und sich nicht von der Stelle gerührt. Sie hatte sich zu ihm umgedreht, ihn angesehen und dann den Blick an seinem Arm entlang zu seiner Hand und dem Finger wandern lassen, den er auf die Zeitung drückte. Eine Schlagzeile sprang ihr in die Augen: KEHRAUS IN SLEET HOUSE. Darunter stand in kleineren Lettern: »Sutherland-Sohn Alleinerbe«. Es folgte ein knapper Bericht über Francis Sutherland, seine kinderlose Ehe mit Delia und das Erbe, das Leon Kennedy zugefallen war.

»Wie in aller Welt haben sie davon erfahren?« entfuhr es ihr.

»Die Zeitungsleute kriegen alles raus, Miss. Dreimal haben sie hier angerufen, während Sie weg waren.«

Es blieb ihr nichts anderes übrig, als Curtis und Mrs. Files, die die Szene von der Küchentür aus beobachtet hatte, in den Salon zu rufen und ihnen die Lage zu erklären.

»Persönlich habe ich ja nichts gegen diese Leute«, sagte Mrs. Files. »Ich bin sicher, daß sie genausoviel taugen wie unsereins, aber sie sind nun mal, wie sie sind, und wir sind wir, basta. Die würden bestimmt auch nicht gerne für eine wie mich arbeiten.«

»Ich kann Sie gut verstehen, Mrs. Files. Außerdem: Sie sagen ja selbst, daß es für Sie längst Zeit ist, sich zur Ruhe zu setzen.«

»Gut, dann sind wir uns ja einig, aber eines möchte ich noch klarstellen: Es ist eine Schande, und ich weiß nicht, was sich Mr. Sutherland dabei gedacht hat. Ich bin immer davon ausgegangen, daß dieser Besitz Ihnen genauso gehört wie ihm, aber dann setzt er Sie einfach so vor die Tür. Kaum zu glauben! Ich finde das nicht richtig.«

»Ja, sicher.« Erfreulich, daß Mrs. Files die Sache so sah. Curtis hatte kein Wort gesagt.

»Sagen Sie mal –« Mrs. Files beugte sich mit Verschwörermiene vor, stemmte eine Hand aufs Knie und sah sich geheimnistuerisch im Zimmer um. »Ist er sehr – Sie wissen schon – sehr …«

»Ich habe ihn nur ein einziges Mal gesehen, und das ist viele Jahre her. Er war damals noch ein Baby.«

»Und seine Mutter? Ist sie auch sehr …?« Mrs. Files brach ab und nickte, als wollte sie Delia ermuntern, ihren Ressentiments freien Lauf zu lassen.

»Ich habe sie besucht.« Delia blickte nachdenklich auf den Füller hinab, den sie zwischen den Fingern hin und her rollte. »Sie ist schrecklich krank und sieht schlimm aus. Es war entsetzlich.«

Mrs. Files ging nicht darauf ein, sondern drängte: »Gut, aber ist sie –?«

»Sehr schwarz? Mein Gott, ja, Mrs. Files, sie ist eine

Schwarze. Himmel, ich glaube wirklich, es ist eine gute Idee, daß Sie sich zur Ruhe setzen. Wenn ich irgend etwas für Sie tun kann, sagen Sie es bitte. Und Sie, Curtis? Was ist mit Ihnen?«

Curtis' Gesicht war so blaß, daß es fast bläulich wirkte, und von einem Netz geplatzter Äderchen überzogen. Sein Kopfwackeln, das vor nicht allzu langer Zeit eingesetzt hatte, hatte sich während des Gesprächs verstärkt, bis es aussah, als würde er einer auf der Fensterscheibe hin und her krabbelnden Fliege mit den Augen folgen.

»Nun, Curtis?«

»Ich weiß nicht, was ich sagen soll, Miss. Mir fehlen die Worte.« Wenn er redete, wackelte er anscheinend weniger mit dem Kopf. »Ich hatte geglaubt, daß ich nicht noch mal umziehen muß, und daß wir, Sie und ich, Miss, noch ein paar Jährchen zusammenbleiben würden. Ich bin zu alt, um noch mal neu anzufangen. Einundsiebzig – das ist kein Pappenstiel.«

»Ich bin überzeugt, daß Mr. Kennedy Ihnen das alte Cottage überläßt. Wenn Sie wollen, setze ich mich bei Mr. Rosen dafür ein.«

»Nein, Miss, das geht über meine Kräfte, der Garten und alles. Und dann noch die Erinnerungen an Maurice. Nein, lieber nicht.«

»Dann beantragen wir für Sie eben eine Sozialwohnung mitten im Dorf. Was meinen Sie?« Sie wußte, daß er, abgesehen von ihr selbst und den paar Menschen, die in Sleet House arbeiteten, keine Freunde und Bekannten hatte.

»Da sind Sie gut aufgehoben«, sagte Mrs. Files und gab ihm einen kleinen Schubs. »Ich werde Sie ab und zu besuchen und Tante Megan mitbringen.«

»Nein, danke, Mrs. Files, bloß nicht, mit der hab ich in der Küche schon genug zu tun gehabt.« Er blähte die Nasenflügel und verzog den Mund. »Ich wäre Ihnen dankbar, Miss, wenn Sie Mr. Kennedy nicht sagen, wie alt ich bin. Natürlich werde ich in den Ruhestand gehen, aber vorher brauche ich ein bißchen Zeit, um alles vorzubereiten. Vielleicht kann ich dem jungen Herrn ja sogar ein bißchen helfen, sich hier häuslich einzurichten.«

»Oh, gewiß.« Ja, warum nicht? Wieso sollte er nicht weiterhin hier arbeiten und dem »jungen Herrn« behilflich sein? Trotzdem ... »Also gut, ich verspreche, daß ich kein Wort über Ihr Alter und Ihre Pläne verliere. Das geht nur Sie etwas an.«

»Tut mir leid für Sie, Miss. Mrs. Files hat recht, es ist eine Schande, daß man Ihnen das Haus wegnimmt. Nichts wird hier mehr so sein wie früher.«

»Nein, bestimmt nicht. Viel mehr habe ich zu der Angelegenheit nicht zu sagen, höchstens, daß der neue Besitzer jederzeit hier auftauchen kann. Ich habe vor, bei seiner Ankunft nicht hier zu sein. Mal sehen, ob ich im Norden Schottlands einen kleinen Pachthof finde, groß genug für fünfzig Schafe. Das wird mich beschäftigen. Ich hätte auch hier in den vergangenen Jahren gern Schafe gehalten.« Vorwurfsvoll schweifte ihr Blick über die schaflose Landschaft. Als sie den Kopf wieder Mrs. Files zuwandte, bewirkte ihr Gesichtsausdruck, daß diese aufstand und ihr den Arm um die Schultern legte – das erste Mal in fünfunddreißig Jahren. »Na, na, meine Liebe, wird schon alles wieder gut werden. Eine Schande ist es, jawohl, eine Schande! Kommen Sie, Mr. Curtis, ich glaube, Mrs. Sutherland möchte jetzt gern ein bißchen allein sein.«

Delia schneuzte sich kurz die Nase und stopfte das Taschentuch wieder in den Ärmel. »Danke, Mrs. Files. Im Lauf des Vormittags werde ich auch die anderen benachrichtigen. Ich habe nichts zu verbergen.«

Nichts zu verbergen? Mrs. Files rief also sofort ihre Tochter an, informierte anschließend Frank Grimwood, der acht am Vortag erlegte Rebhühner brachte und es Alec erzählte, als dieser mit dem Traktor und einem Anhänger voll Silofutter vorbeikam. Alec sagte es Tom in der Scheune, Tom sagte es Mary im Büro der Gutsverwaltung, wo er seine Arbeitszeit in ein Formular eintrug, Mary sagte es dem Briefträger, als er mit der Nachmittagspost kam, der Briefträger sagte es Mrs. May in Forester's Cottage, als er ihr den neuen Freeman-Katalog und eine Postkarte von ihrem Sohn aushändigte, der in Phuket Urlaub machte, und Mrs. May sagte es ihrem Mann, als er aus der Sägemühle zurückkam: »Weißt du schon das Neueste, Schatz!«

Eine knappe Stunde nach dem Gespräch mit Mrs. Files und Curtis erhielt Delia Sutherland einen Anruf von Muriel Fuller.

»Delia, um Himmels willen, was ist denn passiert? Ist es wahr? Stimmt es wirklich?«

»Hast du es in der Zeitung gelesen?«

»Nein, ich komme gerade aus London zurück und hab unterwegs an der Tankstelle gehalten, um Benzin für den Rasenmäher mitzunehmen, und da hat mir Steve, Mrs. Files' Schwiegersohn, der dort arbeitet, alles erzählt. ›Ein Schwarzer hat Sleet House geerbt‹, hat er gesagt. Was ist los? Er ist doch hoffentlich bereit, dir den Besitz zurückzuverkaufen?«

»Ich ... Er ... Weißt du, als ich drüben war, habe ich ...« Ihr Magen verkrampfte sich, und sie würgte.

»Bleib, wo du bist. Ich komme.«

Als Muriel Fuller eine Viertelstunde später eintraf, fand sie Delia im Salon, das Gesicht gegen das Rückenpolster des Sessels gepreßt. Muriel umschlang ihre kräftigen Schultern und war von dieser körperlichen Nähe genauso seltsam berührt, wie sie der Anblick von Delias offenem Haar vor ein paar Wochen überrascht hatte. »Na komm, erzähl mir alles.«

»Ich habe alles falsch gemacht, Muriel. Ich habe all die Jahre vergeudet, und jetzt ist es zu spät. Ich habe ihm viel bedeutet, verstehst du? Sieh mal.« Sie zog ein paar Briefe aus der Seitentasche ihres Hosenanzugs.

Muriel las langsam und tippte sich dabei hin und wieder mit dem Zeigefinger an die Lippen. Zweimal blickte sie auf, als wollte sie das, was sie las, mit der Frau vor ihr vergleichen. Als sie fertig war, faltete sie die Blätter zusammen, strich sie glatt und murmelte: »Verstehe, verstehe.« Dann schob sie die Briefe Delia in die Hand, drückte sie zusammen und preßte, ohne ihre Finger loszulassen, ihre trockenen Lippen auf die Stirn der Freundin. Was genau sie ihr damit zu verstehen geben wollte, wußte Muriel selber nicht, aber auf jeden Fall wollte sie sie nicht nur trösten. Es war etwas, wofür ihr die Worte fehlten. Später würde sie zu ihrem Mann sagen: »Es ist eine Tragödie, Tom. Sie hat keine Ahnung, was sie mit ihrer Liebe anfangen soll, und hält sich selbst für eine Frau, die keine Liebe verdient.«

»Delia, du hast nicht mit ihm geredet?«

»Nein, es wäre sinnlos gewesen. Er verkauft nicht. Der Anwalt hat gesagt, er sei ein unnachgiebiger junger Mann, und ich glaube, er hat recht. Aber ich habe seine Mutter aufgesucht. Sie ist sehr krank, Muriel. Es war ein schlimmer Anblick. Dabei war sie früher so hübsch.«

»Ich weiß, Tom und ich sind ihr mal begegnet, vor Jahren, als wir Francis besucht haben. Das war, als ihr … na ja, als ihr schon nicht mehr zusammen wart. Tom und Francis waren ziemlich gut befreundet, bis –« Sie hielt es für besser, nicht weiterzureden, aber dadurch weckte sie Delias Interesse erst recht.

»Bis?«

»Bis irgend etwas passierte. Sag, was hast du jetzt vor?«

»Ich ziehe aus.«

»Gut. Ich habe gehofft, daß du das sagen würdest. Es ist alles längst nicht so schlimm, wenn man die Dinge nimmt, wie sie sind, das kannst du mir glauben. Du ziehst doch wohl aus, bevor er kommt, oder?«

»Ja, lange vorher.«

»Ich kann ihn mir hier in Sleet nicht vorstellen. Meiner Meinung nach kann das nicht gutgehen. Aber jetzt müssen wir ans Praktische denken: Was nimmst du mit?«

Als Delia Sutherland am nächsten Tag frühmorgens vom Büro der Gutsverwaltung zurückkam, wurde sie von Frank Grimwood erwartet. Er bat sie um ein Gespräch.

»Ich habe noch nicht gefrühstückt, Frank. Wollen Sie sich mir nicht anschließen?«

»Nein, danke. Ich möchte gleich zur Sache kommen: Es gibt Gerüchte, daß hier demnächst ein Schwarzer die Zügel in die Hand nimmt.«

Sie ließ sich in den Sessel hinter dem Sekretär im Salon gleiten. So früh, es war noch so früh am Tag! »Bitte nehmen Sie doch Platz!«

Nein, Platz nehmen wollte er nicht. »Mrs. Files hat mir gestern ein bißchen was erzählt, und im Chough war es am Abend Thema Nummer eins. Dawn hat die Nachricht sozusagen mit dem Bier serviert.«

»Dawn?«

»Mrs. Files' Enkelin. Sie arbeitet in der Kneipe als Bedienung und ist die Freundin von Steve, dem von der Tankstelle.«

»Aha.«

»Und? Was ist an der Geschichte dran?«

Nachdem sie das Ganze ein weiteres Mal erzählt hatte, schloß sie: »Ich hatte vor, Sie und die anderen heute nachmittag zu informieren.«

»Für mich steht fest, daß ich für keinen Schwarzen arbeite, Mrs. Sutherland. Ein paar von unseren Leuten denken genau wie ich, aber das sollen sie Ihnen selber sagen. Ich werde jedenfalls kündigen.«

»Da müssen Sie zu Mr. Rosen gehen, Frank. Ich habe hier nichts mehr zu sagen. Sind Sie sicher, daß es klug ist? Haben Sie schon eine andere Stellung?«

»Nein, aber ich werde mich umsehen. Martin, mein Junge, sucht Arbeit, seit er mit der Schule fertig ist, und das ist nun schon ein Jahr her. Er hat sich dreiundsechzigmal beworben und sich fünfzehnmal vorgestellt – es ist nichts dabei herausgekommen. Wenn es in unserem Land nicht so viele Schwarze gäbe, wäre alles anders.«

»Darüber möchte ich jetzt nicht mit Ihnen diskutieren, Frank.«

»Aber Sie kriegen es doch am eigenen Leib zu spüren, Mrs. Sutherland!« sagte er empört.

Seine Wut brachte sie aus der Fassung und ärgerte sie zugleich. Sie gab sich einen Ruck und sagte: »Hören Sie gut zu, Frank, und sagen Sie es weiter, wenn Sie wollen: Ich habe Sleet weder an Mr. Kennedy abgetreten, noch den Besitz an ihn verkauft. Er ist mir weggenommen worden, und ich bin machtlos dagegen. Wenn Sie meinen, daß Sie nicht bleiben können, dann ist das Ihre Sache, aber überlegen Sie sich jeden Schritt genau. Ich werde alles tun, um Ihnen zu helfen. Wenn Sie mich jetzt bitte entschuldigen wollen …«

Jetzt nahm Frank Grimwood doch Platz und sah zu, wie sie umständlich ihre Brille putzte. »Tut mir leid, Mrs. Sutherland. Ich kann mir denken, daß Sie nicht gerade glücklich darüber sind.«

Die Brille fiel ihr aus der Hand. »Damit wäre wohl alles gesagt, Frank.« Sie raffte Papiere zusammen, legte sie wieder hin, zog ein Schubfach auf, schloß es wieder, und die ganze Zeit hielt sie den Kopf so, daß er ihr Gesicht nicht sehen konnte. Sie hatte bis zum Schluß stark sein und sich nicht anmerken lassen wollen, wie sehr ihr das alles zu schaffen machte, und jetzt, wo sie so zitterte, daß sie sich nicht einmal mehr die Brille auf die Nase setzen konnte, saß ihr ausgerechnet Frank Grimwood gegenüber.

Er legte seine plumpe Hand auf die Tischplatte: ein Ruhepunkt, auf dem ihr Blick verharren konnte. »Sie haben doch von dem alten Dachs oben am Crendle

Wood gehört, nicht wahr?« fragte er sie, nun mit sanfter Stimme.

»Ja.« Ihre Züge hellten sich auf.

»Stellen Sie sich vor, er hat gebuddelt und gebuddelt, bis er in der Talsenke von Ragge Down rausgekommen ist, der alte Bursche. Sein Bau ist bestimmt an die zwanzig Meter lang.«

»Wirklich?« Sie griff nach ihren Schlüsseln. »Kommen Sie, fahren wir hin! Das muß ich mir ansehen.«

Am nächsten Morgen versammelte Delia Sutherland ihre Leute um sich, bevor sie sich an die Arbeit machten. Sie wurde mit Fragen bestürmt und mit gutgemeinten Ratschlägen eingedeckt: »Nur nicht klein beigeben, Mrs. Sutherland!« – »Sie sollten sich beraten lassen und vor Gericht gehen.« – »Sie verstehen doch, warum er das getan hat, nicht wahr? Immerhin ist er sein Sohn.« – »Was ist mit unseren Jobs? Meinen Sie, daß er uns behält?« – »Heißt er wirklich Sutherland wie sein Vater?« – »Bringt er seine Mutter mit? Eine Nachtklubbesitzerin – so was! Ich kann sie mir hier überhaupt nicht vorstellen.« – »Was kann der schon von Landwirtschaft verstehen?« – »Nehmen Sie es mir nicht übel, Mrs. Sutherland, aber solange er hier seine Sache gut macht, soll's mir recht sein.«

Sie wich zurück, entsetzt darüber, daß sich alles so schnell herumgesprochen hatte und die Leute sie so schonungslos mit den Tatsachen konfrontierten. Die bevorstehende Veränderung hatte sie ihrer Unnahbarkeit beraubt, und sie fühlte sich nicht mehr unangreifbar. An Vertraulichkeiten dieser Art war sie nicht gewöhnt. Aber sie würde dies ja nicht mehr lange über sich ergehen lassen müssen. Bald war sie fort.

Der einzige Rat, den sie den Leuten geben konnte, lautete: »Arbeiten Sie weiter, als ob nichts geschehen wäre. Ich habe keine Ahnung, was die Zukunft bringen wird. Alle Entscheidungen werden jetzt ohne mich getroffen. Wahrscheinlich werden Sie irgendwann ein Schreiben erhalten. In der Zwischenzeit muß der Betrieb weiterlaufen, nicht wahr? Fahren Sie also den Rest Dung aus, Alec, und Sie, Warren, können sich mit Tom schon mal daranmachen, den Kälbern die Hörner zu stutzen.«

Die Wochen vergingen, es wurde November, Dezember, Januar … Alle, einschließlich Delia Sutherland, arbeiteten weiter, »als ob nichts geschehen wäre«. Mehrmals während dieser Zeit stellte Muriel die drängende Frage: »Ziehst du noch immer nicht aus? Du wirst doch nicht warten, bis es zu spät ist, oder?«

Eines Tages sagte Delia zu Curtis, als er mit dem Frühstückskaffee ins Eßzimmer kam: »Es ist soweit, Curtis, Mr. Rosen hat angerufen. Er und Mr. Kennedy treffen Sonntag abend ein.«

»Am Sonntag, Miss?« Sein Kopfwackeln hatte sich in den letzten Wochen zu einem regelrechten Schütteln verschlimmert. »Warum ausgerechnet am Sonntag?«

»Keine Ahnung. Ich habe darauf hingewiesen, daß sonntags kaum jemand da ist. Sie brauchen nicht extra zu kommen, Curtis. Die beiden können auswärts essen. Die Betten kann man ja schon vorher beziehen, nicht wahr? Würden Sie bitte meine Koffer bereitstellen? Ich fange heute an zu packen. Am Samstag bin ich weg.«

»Oh, Miss Delia.« Er fuhr sich mit der Hand über Kopf und Nacken und hielt dabei den Topflappen gepackt, mit dem er die heiße Kaffeekanne hereingetragen hatte. »Oh, Miss Delia!«

»Setzen Sie sich, Curtis.« Sie schob einen Stuhl hinter ihn, und er ließ sich darauffallen. Vornübergebeugt saß er da, und seine Finger umklammerten die Tischkante, während er nochmals stöhnte: »Oh, Miss Delia.«

»Viel nehme ich nicht mit. Laut Testament muß ich sowieso fast alles hierlassen, aber …« Sie wußte nicht, wie sie ihm hätte erklären sollen, daß es von ihrem

Standpunkt aus falsch gewesen wäre, irgend etwas aus dem Haus zu entfernen. Selbst das kleinste schmükkende Detail war unerläßlicher Bestandteil des Ganzen. Alles, was sie mitnähme, würde einen weißen Fleck im Bild ihrer Lebensgeschichte hinterlassen, und die war das einzig Unversehrte in ihrem Dasein.

»Es bleiben uns drei Tage, mehr als genug.«

Es war Sonntag abend, und ich drückte mich noch immer in der Halle herum. Mein Schatten fiel auf die Freitreppe, weil ich die Tür weit aufgemacht hatte, um die Hitze herauszulassen. Auch die Seitentür stand offen, so daß ein Durchzug entstand, der den Kamin qualmen ließ und die Hunde unruhig machte. Schon bevor ich meinen Wagen belud, spürten sie, daß etwas nicht stimmte. Seit Wochen ahnten sie es und wichen mir nicht von der Seite. Wenn ich tagsüber mal nicht da war, jaulten sie, was sie früher nie getan hatten. Curtis hatte die Seitentür schon zweimal geschlossen, aber ich fand immer wieder einen Vorwand, um sie aufzumachen – mal schaute ich nach den Hundenäpfen, mal überprüfte ich das Schloß an der Kellertür –, und jedesmal vergaß ich wieder, sie zu schließen. Was machte es denn noch? Meine drei Schiffskoffer standen nebeneinander in einer Ecke, bereit, von Curtis zum Bahnhof befördert zu werden.

»Ich werde noch bleiben und mit euch zu Abend essen«, hatte ich am Telefon zu David gesagt. »Das gehört sich doch wohl so.« Er war nicht gerade begeistert und nahm mir das Versprechen ab, nicht zu versuchen, den Stand der Dinge ändern zu wollen.

Nun war es also Sonntag abend, und ich war noch immer da.

Scheinwerfer schwenkten in das letzte Stück der Auffahrt ein, und ihr Licht traf mich mitten in der Halle.

Nein, nicht hier, dachte ich, bloß nicht hier! Ich will im Salon sein und am Kamin lehnen, wenn er eintritt, damit er begreift, wie die Dinge liegen – oder liegen sollten. Aber hatte ich jemals am Kamin gelehnt?

Ich rief die Hunde. Sie drängten sich hinter mir in den Salon und tappten zu ihrem Platz auf der zerfransten Decke mit den abgenagten Knochen darauf. Ich selbst ging zum Kamin, dem Platz der Hausherrin, den ich jedoch sofort wieder verlassen mußte, weil das Telefon klingelte. Es war die alte Witwe des Hausmeisters der Dorfschule. Die Gemeinde hatte versucht, sie aus der Wohnung auszuquartieren, die ihrem Mann aufgrund seiner Stellung zugestanden hatte. Als sie nicht auszog, hatte man drastisch die Miete erhöht, doch da hatte ich mich für sie eingesetzt, und jetzt rief sie an, um mir mitzuteilen, daß die Gemeinde ihr dank meiner Intervention ein neues Häuschen zur Verfügung gestellt habe. Während ich mit ihr sprach, kam mir meine eigene Situation nicht mehr so schlimm vor. Ich hätte jetzt keinerlei Möglichkeiten mehr, anderen Menschen zu helfen und würde in wenigen Stunden abreisen, sagte ich. »Aber natürlich komme ich Sie gern einmal besuchen. Auf Wiedersehen!« Nachdem ich den Hörer aufgelegt hatte, mußte ich wohl so etwas wie »Diese blöden Bürokraten!« gesagt haben, denn durch das Hundegebell hindurch vernahm ich Davids Stimme: »Wieder mal ein Sieg über die Bürokratie, Delia?«

Einen Augenblick lang konnten David und der junge Mann an seiner Seite eine strahlende, kraftvolle Frau vor sich sehen, die sich ihres Platzes in der Welt bewußt war. Und ich hoffte, daß sie diesen Augenblick nicht verpaßten, denn er dauerte nicht allzu lang.

»Delia, darf ich dir Leon Kennedy vorstellen? Leon, dies ist Mrs. Sutherland.«

Welchen Eindruck er auf mich in diesem Moment machte? Sein Bild ist inzwischen von so vielen anderen Bildern überlagert worden! Er war größer als ich. Sein Haar, das in seiner Kindheit spärlich und von undefinierbarer Farbe gewesen war, war nun voll und dunkelbraun, mit einem rötlichen Schimmer. Seine Augen, diese Tigeraugen, die mich sofort fesselten, hatten sich nicht verändert: Sie blickten mich unbeirrt und furchtlos, aber ohne jede Überheblichkeit an. Schwarz war er zwar nicht, aber für einen Weißen hätte ihn auch niemand gehalten. Seine unbehaarte Haut, deren Frische von Gesundheit zeugte, wirkte wie aus einer eigenen Welt. Als er den Kopf zur Seite drehte, sah ich, daß die Haut unter dem Haaransatz völlig farblos war – als wäre das matte Braun seines Gesichts nur Schminke. Entfernte man diese, käme wahrscheinlich ein geradezu unerträgliches Weiß zum Vorschein. Er hatte dieselben wohlgeformten und markanten Züge wie die Mutter. Die Nase war gerade, wenngleich sie sich nach unten hin verbreiterte, und die schwungvolle Oberlippe hätte von Matisse gemalt sein können. Der Mund war breit, stumpfwinklig und bräunlich-rot. Aber was mich an meinen Platz neben dem Telefon festnagelte und ihn dümmlich anstarren ließ, war seine Art, sich zu bewegen – wie ein Athlet oder Tänzer, jedenfalls mit der Ungezwungenheit eines Menschen, der sich freut, auf der Welt zu sein. Er war mir alles andere als fremd.

»Wie geht es Ihnen, Mrs. Sutherland?« Er gab mir die Hand.

Kein Zweifel, Francis war zurückgekehrt. Sein Geist war mit seinem Sohn wiedergekommen. Seine Gesichtszüge wiesen keinerlei Ähnlichkeit mit denen seines Vaters auf, doch Fancis' Wesen war mit diesem jungen Mann innig verschmolzen und sprach aus ihm. Er lebte in jeder seiner Bewegungen, in jedem Atemzug.

»Gut ... und Ihnen, Leon?«

Da passierte es: Er hob den Arm und fuhr sich mit dem Handrücken übers Auge.

David Rosen stand mit angewinkelten Armen zwischen dem hochgewachsenen jungen Mann und der nur wenig kleineren Frau, ein skeptischer Schiedsrichter, der gerade die Gegner einander vorgestellt hat. Nachdem Delia Leon flüchtig die Hand gedrückt hatte, zog sie sich zum Kamin zurück und stellte sich mit den Absätzen auf die leicht erhöhte Bodenplatte, so daß sie nun ein paar Zentimeter größer war. Mit einer Hand griff sie sich in den Nacken, als wäre dort ein Knopf, aber da war keiner. Sie ließ die Arme sinken, rieb die Hände aneinander und hielt sie dann ans Feuer. Mit gesenktem Kopf machte sie eine Geste, als wollte sie sagen: Na los, sieh dich ruhig hier im Zimmer um, hier in unserem Zimmer: viel Caldwell und ein bißchen Sutherland. Sämtliche Gegenstände sind von uns ausgesucht, von uns gehegt und gepflegt worden. Sie beobachtete, wie er alles betrachtete, sich in die neue Umgebung einfühlte, sie ruhig und gelassen in sich aufnahm. Er war von heiterer Distanziertheit, als hätte man ihn nur nach Sleet gebracht, damit er staunte und ein paar Artigkeiten von sich gäbe. Am liebsten hätte sie gesagt: Verstehst du nun, daß dies alles mir gehört und immer mir gehören wird?

Seine Kleidung – Tweedjackett, legeres Hemd, Kordhose – roch neu. Er hatte sich bemüht, seiner neuen Rolle gerecht zu werden, jedoch nur erreicht, daß er englischer aussah als ein Engländer. Als ihr sein Bestreben und sein Scheitern klar wurden, keimte in ihr eine seltsame Empfindung auf, eine Art Mitleid oder Weh, das beinahe an Angst grenzte.

»Ich glaube, ihr beide könntet einen Drink vertragen, nicht wahr?«

»Bleib, wo du bist, Delia, wir bedienen uns selbst. Was soll's sein, Leon?« Rosen ging auf die Hausbar zu, aber Delia kam ihm zuvor.

»Laß nur, ich mache das schon, David. Danke.« Und zu den Hunden, über die Schulter: »Still jetzt!«

Die Hunde, die Leon beharrlich angekläfft hatten, seit er eingetreten war, schalteten auf hingebungsvolle

Wonne um, als er sich auf ein Knie niederließ und ihnen die Ohren kraulte. »So, Freunde, das muß vorerst reichen.« Seine Stimme war zwar tief, aber in ihr schwang eine weibliche Note mit. Seine Art, mit den Hunden zu reden, hatte nichts Aufgesetztes. Er unterhielt sich mit ihnen sozusagen unter sechs Augen, was Delia gefiel.

Eine Flasche in einer Hand, ein Glas in der anderen, fragte sie: »Sie mögen also Hunde?« Es klang, als hätte ihr alle Welt das Gegenteil weisgemacht.

»O ja, ich mag Hunde. Hab selber einen zu Hause, ich meine drüben in Nassau.«

Sie dachte: Du bist dir also noch nicht ganz im klaren, wo du zu Hause bist?

Als er aufstand und sich die Haare von den Händen wischte, bauten sich die Hunde vor ihm auf und kläfften wieder los, diesmal noch energischer, als hätten sie ihn nun durchschaut und wollten es ihn fühlen lassen. Er kam nicht an ihnen vorbei.

Delia schenkte einen Drink ein. »Witzige Biester, nicht?« Sie hielt das Glas prüfend gegen das Licht und reichte es Rosen. »Platz, Jungs!« befahl sie halbherzig, doch die Hunde trollten sich willig, als hätte man sie endlich aus ihrer Pflicht entlassen. Mit einem Blick auf die Hausbar fragte sie: »Nun, Leon?« Er stand noch immer. »Um Himmels willen, so setzen Sie sich doch! Was hätten Sie denn gern? Ich meine, zu trinken.«

»Einen Bourbon, bitte.«

»Bourbon habe ich leider nicht. Wissen Sie, der wird in England wenig getrunken.«

»Dann einen Scotch mit Wasser.«

»Gut.« Sie beobachtete, wie Rosen an einem Manschettenknopf herumfummelte. »Wäre es nicht eine gute Idee, die Drinks mit nach oben zu nehmen? Ihr wollt doch vor dem Essen bestimmt baden und euch umziehen.« Leon Kennedy hatte nun endlich Platz genommen. »Sie haben gleich das erste Zimmer auf der

Nordseite, Leon, und du, David, wohnst wie immer mit Blick nach Osten.«

Leons Lippen umspielte mehr als ein Lächeln. »Ich hole meine Koffer.« Er war schon fast an der Tür, als er in die Brusttasche seines Jacketts griff und ein kleines Päckchen herauszog. Er hielt es Delia hin. »Ach, dies hier ist für Sie.«

»Für mich? Was ist es denn? Oh, Arpège, mein Lieblingsparfum! Woher wußten Sie das?« Er wies mit dem Kinn auf Rosen. »Aha, verstehe. Danke, Leon, sehr nett von Ihnen.«

Als er den Raum verließ, rief sie ihm nach: »Curtis treibt sich irgendwo da draußen herum. Lassen Sie sich von ihm das Zimmer zeigen.« Sie kreuzte die Arme und sagte zu Rosen, vielleicht auch zu sich selbst: »Francis hat immer im Nordzimmer geschlafen. Paßt doch gut, oder?«

»Leon hat mir ein Feuerzeug geschenkt.«

»Du rauchst doch gar nicht.«

»Nein, aber jetzt kann ich anderen Leuten Feuer geben. Delia, es ist nett von dir, daß du geblieben bist, um ihn zu begrüßen. Tut mir leid, daß ich von der Idee anfänglich nicht sehr begeistert war. Ich dachte mir, es wäre vielleicht ein bißchen zu hart für dich. Du reist morgen früh ab, nehme ich an?« Als sie nur wortlos vor sich hin starrte, meinte er: »Ich hoffe, wir finden vorher Zeit für ein Gespräch unter vier Augen.«

Aus der Halle drangen Geräusche zu ihnen, und dann war Curtis' zittrige Stimme zu hören.

»David?« sagte Delia.

Er legte ihr die Hand auf den Arm. »Wir haben so lange zusammengearbeitet, Delia, und man kann wohl behaupten, gut. Ich möchte doch nicht den Kontakt zu dir verlieren.«

»David?« Sie hatte ihm den Arm nicht entzogen, und so legte er nun seine Hand auf ihre. Ihr Blick war auf die Tür gerichtet. »David?«

»Was ist, Delia?«

»Er ist nicht sehr gesprächig, nicht wahr?«

Aus der Halle kam ein ungewohntes Geräusch: Curtis lachte.

Man hatte den Eßtisch, der lang genug für zwanzig Gäste war, mit improvisierter Förmlichkeit auf einem mehrfach gefalteten Damasttischtuch für drei Personen gedeckt. Auf einem Beistelltisch standen Schüsseln mit silbernen Deckeln. An den Wänden hingen Porträts von Ahnen, deren Gesichter im sacht flackernden Schein des Kaminfeuers mal vorzurücken, mal zurückzuweichen schienen – ein unruhiges Publikum, das sich das Spektakel nicht entgehen lassen wollte. Leon Kennedy nahm sie alle in Augenschein und ließ den Blick dann auf dem Herrn verweilen, der ihm gegenüber hing, ein dunkel gelockter, hochnäsiger Mann in rotem Samtgewand.

»Ah, da sind Sie ja, Curtis«, sagte Delia Sutherland, als der Alte mit der Schulter die Tür aufdrückte und ein Tablett brachte. »Mr. Kennedy sind Sie ja bereits begegnet. Irgendwelche Fragen?«

»Nein, Miss. Mr. Kennedy sagt, er friert im Nordzimmer, und deshalb habe ich –«

»Im Ernst, Leon? Sie frieren im Nordzimmer? Aber da gibt es doch einen elektrischen Heizofen, oder?«

»Curtis war so nett und hat mir noch einen gebracht.« Das dunkle Jackett ließ Leons Augen noch gelber erscheinen. Die Handgelenke auf der Tischkante, saß er aufrecht da, gab sich zurückhaltend und unterstrich beim Sprechen das eine oder andere Wort durch ein leichtes Nicken. »Übrigens hat Curtis mir erzählt, daß es zu Lebzeiten Ihrer Mutter in jedem Zimmer einen Kohleofen gab und daß …«

Da war Francis wieder! Sogar aus Leons Stimme sprach er. Delia verschloß sich ihr. Sie legte die geballten Fäuste übereinander und starrte die glänzende dunkelbraune Tischplatte jenseits des weißgedeckten Picknickplätzchens an. Jetzt ist er also da, sagte sie sich, er spaziert herum, läßt sich Heizöfen bringen und Geschichten erzählen. Es geht los. Lieber Gott, ich will es hinter mich bringen, aber ohne das bittere Ende!

Das Kerzenlicht nahm ihr viel von ihrer Lebendigkeit, betonte die dunklen Einbuchtungen unter Augen und Wangenknochen. Ein paar Strähnen hingen ihr wie Ranken ins Gesicht und warfen schmale Schatten.

»Ich nehme an, es braucht Zeit, bis man sich damit abfindet«, sagte Leon leise, fast entschuldigend.

»Abfindet? Womit? Was wollen Sie damit sagen? Ich werde mich niemals abfinden!«

Er beugte sich kaum merklich zu ihr hin. »Ich meine die Kälte, Mrs. Sutherland, ich rede über mich und die Kälte, nichts weiter.« Ein Lächeln umspielte seine Lippen. »Sagen Sie, Curtis hat mir von diesen komischen Dingern erzählt – wie heißen sie doch gleich, Curtis?«

»Wärmflaschen, Sir.«

Leon ließ sich zurücksinken und lachte mit derselben lässigen Eleganz, wie er sich bewegte. Sein Gelächter wirkte auf David Rosen ansteckend, und selbst Curtis keuchte übertrieben, während er mit Tellern und Schüsseln hantierte.

»Lassen Sie nur, wir bedienen uns selber, Curtis. Danke.«

»Sehr wohl, Miss.« Curtis spielte mit, indem er so tat, als hätte er tatsächlich die Absicht gehabt, ihnen das Essen zu servieren.

Während Delia mit Curtis redete, war ihr aufgefallen, daß Rosen die Füße des Alten anstarrte. Curtis trug karierte Hausschuhe mit Bommeln, genau wie Delia, nur daß seine seitlich ausgeschnitten waren, zwecks Belüftung seiner entzündeten Fußballen. »Heute ist Sonntag, verstehst du?« sagte sie zu Rosen, kaum daß Curtis die Tür hinter sich zugezogen hatte. Und: »Bitte bedienen Sie sich, Leon.« Sie wies auf den Beistelltisch.

»Wieso?« fragte Rosen.

»Weil du Curtis' Hausschuhe angestarrt hast. Er trägt sie, weil heute Sonntag ist. Das ist eine Art kleiner Hinweis. Normalerweise arbeitet er sonntags nicht, aber wenn Besuch kommt ...« Sie brach ab. »... oder jemand wie ihr ...« Wieder verstummte sie kurz. »... dann kommt er trotzdem und kocht anstelle von Mrs. Filet, die auch frei hat, aber nicht extra herkommt wie er. Die Hausschuhe sollen daran erinnern, daß er nicht arbeiten müßte.«

»Aha, verstehe.«

»Kommen Sie zurecht?« rief sie Leon zu, der in eine Schüssel spähte, indem er sie zu dem hellerleuchteten Porträt über sich hindrehte. »Das sind Nieren.«

»Sind sie sicher?«

»Ja, die gibt's sonntags immer, wie die Hausschuhe. Lassen Sie sie stehen, wenn Sie wollen. Ich gebe sie später den Hunden. Das tue ich meistens.« Er kehrte zu seinem Stuhl zurück, und sie fuhr fort: »Ich weiß nicht, was Sie an Wärmflaschen so lustig finden. Sie sind sehr nützlich. Ich benutze selber eine.«

Leon Kennedy fuhr sich mit der Hand übers Gesicht, als wollte er etwas wegwischen, schluckte und fragte: »Wirklich, tun Sie das? Das müssen Sie mir unbedingt genau erklären, weil –« Seine Stimme kippte um, wurde von Gelächter überrollt. »Wärmflaschen! Tut mir leid, aber ich kann einfach nicht anders. Das Wort klingt so komisch. David, ich finde Curtis prima, er ist genau, wie Sie ihn mir geschildert haben, richtig cool.«

»Aha, du hast uns also beschrieben, David? Nett von dir.« Bevor Rosen etwas erwidern konnte, sagte sie: »Noch mehr neue Sachen, Leon?« Sie betastete ihr im Nacken eingerolltes Haar.

»Neue Sachen? Ich?« Leon zeigte mit der Gabel auf sich selbst.

»Ja.« Sie blickte zur Zimmerdecke auf.

»Stimmt, alles neu. Aus Kaschmir, ganz weich. Gefallen Ihnen meine Sachen? Woher wußten Sie, daß sie neu sind?«

»Man riecht es.«

Er ließ den Arm sinken und machte Anstalten, den Kopf zu schütteln, drehte ihn dann aber nur zur Seite, halb resolut, halb abweisend.

»Ach, übrigens, David –« Sie riß sich von Leons Augen los. »Mein Verwalter geht, ach, was sage ich, *der* Verwalter. Ich habe ihn gebeten, dir zu schreiben – wie, er hat es nicht getan? Na ja, so sind die Menschen eben. Sie sagen etwas und tun es dann nicht. Mike, der von der Molkerei, will auch nicht bleiben, aber gern geht er nicht gerade.« Sie wartete Rosens und Kennedys Reaktion auf die Hiobsbotschaft ab.

»Delia, wir wollen uns doch nicht jetzt damit herumärgern, oder? Laß uns einfach – ach, du weißt schon.« Das Kerzenlicht ließ Rosen blasser wirken, als er war. Unruhig rutschte er auf dem Stuhl hin und her.

»Gut, dann müßt ihr eben selber sehen, wie ihr zurechtkommt.«

»Keine Sorge, wir werden es schon schaffen.«

»Meinst du? Ach ja, Curtis setzt sich natürlich auch zur Ruhe.«

Eigentlich hatte sie es für sich behalten wollen. Aber ahnten Rosen und Kennedy überhaupt, wie sehr sie das alles schmerzte?

»Meinen Sie *den* Curtis?« Leon Kennedy zeigte auf die Tür, die zur Küche führte. »Was, er will nicht bleiben? Er wird bald nicht mehr hier sein?«

Seine Selbstsicherheit bröckelte, das Lächeln verging ihm. Jetzt erst schenkte Delia ihm Beachtung. »So ist es, Leon, er bleibt nicht hier. Er hat längst die Altersgrenze überschritten und nur meinetwegen weitergearbeitet. Noch etwas Wein?«

»Leon hat während der letzten zehn Tage eine Rundreise durch England gemacht, Delia. Findest du nicht auch, daß das eine gute Idee war? Ich meine, sich ein bißchen in unserem Land umzusehen?«

Rosen verwickelte sie so gut es ging in ein Gespräch und klammerte Leon absichtlich aus, doch gerade diese Außenseiterrolle verlieh Leons Präsenz noch mehr Gewicht. Wenn ihm schon sein Lachen gut gestanden hatte, so die gelassene Distanziertheit erst recht.

Sie verspürte Lust, ihn genau zu beobachten und dann etwas zu sagen, das ihr Aufschluß darüber gab, wie schwer es war, seinen Schutzpanzer zu durchdringen.

»Keinen Appetit, Leon?«

»Ehrlich gesagt, nein.«

»Mrs. Files, meine Köchin, kündigt auch.«

»Delia, bitte!« Rosen warf die Serviette auf den Tisch.

Leon Kennedy ging nicht auf ihre Worte ein. Er richtete sein Augenmerk wieder auf das Gemälde an der gegenüberliegenden Wand. »Wer ist der Herr?«

»Der gehört nicht zur Familie. Er hat sich dieses Haus bauen lassen und es dann beim Glücksspiel durchgebracht. Alle anderen sind ausnahmslos Vorfahren.«

»Vorfahren?«

»Ja, meine Familie.«

»Aha.«

»Sie müssen wissen, Leon, daß –«

»Delia, denk an dein Versprechen!« unterbrach Rosen sie, der nicht ahnen konnte, daß dies ein Abend der gebrochenen Versprechen war.

Nein, dies mußte gesagt werden. Wenn man sie schon vorher nicht angehört hatte, dann würde sie sich zumindest jetzt Gehör verschaffen, und Leon würde sie verstehen. Endlich wußte sie, warum sie so lange geblieben war und diese Qual auf sich genommen hatte: damit sie ihm alles erklären und ihm die Augen öffnen konnte. Danach würde er das Feld räumen, ohne viel Aufhebens.

»Sie müssen wissen, daß ich wer weiß wie oft versucht habe, Sie zu treffen und mit Ihnen zu sprechen. Ich will Ihnen einen Vorschlag machen. Francis hat das Testament in einem Augenblick geistiger Umnachtung abgefaßt. Aber er hat mich geliebt.« Sie nickte Rosen triumphierend zu. »Ja, das hat er.« Zu Leon gewandt, fuhr sie fort: »Dies ist mein Zuhause, Leon. Es gibt so viele Gründe, warum es nicht klappen kann, ich meine, daß Sie dies alles übernehmen und –«

»Delia, um Himmels willen!«

»Hör zu, David, ich habe doch wohl das Recht –«

Leon Kennedy war aufgestanden. Er trat an den Beistelltisch und knallte die Deckel auf zwei silberne Schüsseln. Delia Sutherland, David Rosen und sämtliche Ahnen starrten ihn verständnislos an. Leon versetzte dem Beistelltisch mit beiden Fäusten einen Schlag. Dann öffnete er eine Faust und machte eine beschwichtigende Geste, die aber nur ihm selbst galt. Mit dem Rücken zu Delia Sutherland und Rosen stieß er den Zeigefinger in die Luft. »Sie haben gesagt, daß sie sich mit allem abgefunden hat, David! Sie haben mir versichert, daß es nicht so weit kommen würde – ich meine, zu so einem Gespräch!«

»Ich weiß, Leon, das habe ich. Herrgott, Delia, laß mich jetzt nicht hängen! Hatte ich mich nicht klar genug ausgedrückt?«

Leon Kennedy fuhr so heftig herum, daß der Beistelltisch scheppernd gegen die Wand prallte. Der Lärm verhallte im Raum, der einen solchen Aufruhr nicht mehr erlebt hatte, seit Francis Sutherland bei einem Essen seiner Frau, die am anderen Kopfende des langen Tisches thronte, volltrunken vor allen Gästen zugerufen hatte, sie sei eine frigide Zicke, der es mal einer richtig besorgen sollte, wer, sei ihm egal. Dann hatte er mit beiden Händen das Tischtuch gepackt, und im Zeitlupentempo war die Lawine zu Boden gestürzt: Teller, Gläser, Weinkaraffen mit silbernem Untersatz,

Kerzenhalter aus geschliffenem Kristall, eine Schale voller Rosen und zwei Paul-de-Lamerie-Schüsseln. Sechzehn Augenpaare folgten entsetzt dem Spektakel, und niemand dachte daran, das Tischtuch festzuhalten und dem stetig voranschreitenden, lärmenden Werk der Zerstörung Einhalt zu gebieten. Als alles vorbei und der Tisch wie leergefegt war, traute sich niemand, etwas zu sagen. Betroffen stellte man fest, daß Delia Sutherland verschwunden war. Aber es war ja ohnehin längst Zeit für sie zum Schlafengehen …

Leon Kennedy stand nun schräg hinter ihr. Mit einer Hand packte er die Lehne ihres Stuhls, als wollte er ihn unter ihr wegziehen, mit der anderen umklammerte er die Tischkante gleich neben ihrer eigenen Hand, woraufhin sie sie schnell wegzog und in den Schoß legte.

»So, Mrs. Sutherland, schauen Sie mir in die Augen, damit ich sehe, ob Sie verstehen, was ich jetzt sagen werde! Ich habe nämlich nicht die Absicht, noch einmal mit jemandem darüber zu reden.«

Sein Gesicht war ganz nah an ihrem. Schon wollte sie gleichgültig mit den Achseln zucken, blieb dann aber leicht gekrümmt wie in Abwehrhaltung sitzen.

»Sleet gehört jetzt mir, Mrs. Sutherland. Alles andere ist Geschichte. Damit will ich nicht sagen, daß etwa die Gemälde dort oder das hier«, er nahm eine Eule aus Silber und hielt sie ihr vors Gesicht, »nicht mehr hierher gehören. Das gilt für alles hier, selbst für Sie. Alles hat hier seinen angestammten Platz, aber jetzt bin ich da, und auch ich gehöre jetzt hierher. Nichts wird daran etwas ändern, kein Vorschlag und kein Angebot. Von mir aus können Sie gehen oder bleiben, das ist mir egal. Ich bleibe auf jeden Fall hier. Haben Sie mich verstanden, Mrs. Sutherland?«

Er beugte sich noch immer über sie, und so mußte sie unter ihm hindurchschlüpfen, wobei ihre Serviette zu Boden fiel. Langsam ging sie um den Tisch herum und stützte sich dabei kurz auf einen der siebzehn leeren

Stühle. Als sie fast die Tür erreicht hatte, rief sie mit müder Stimme: »Kommt, Jungs!«

Leon Kennedy sah Rosen fragend an, der noch immer sprungbereit zwischen seinem und Delias Stuhl stand. Rosen schüttelte den Kopf und zeigte auf die Hunde, die unter dem Beistelltisch kauerten und ebenfalls unschlüssig zu ihrer Herrin hinübersahen. Als sie den Kopf zu Rosen hindrehten, schnitt dieser eine mitfühlende Grimasse und nickte, aber noch immer rührten sie sich nicht. Erst als aus der Halle vertrautere Töne kamen, nämlich der laute, ärgerliche Befehl: »Kommt, habe ich gesagt!«, trollten sie sich.

Ich trat mit den Hunden in die kalte, schöne Nacht hinaus, einer echten Nacht auf dem Lande, die im Gegensatz zu den falschen Großstadtnächten nichts zu wünschen übrigließ, denn ihre Dunkelheit war so unendlich dicht, daß ich fast den Glauben an ein Morgen verlor. Genau das suchte ich: Ich wollte das Gefühl haben, daß mir Vergangenheit und Zukunft nichts mehr anhaben konnten, daß ich vor der Zeit sicher war.

Zwischen den Sternen schwebte ein Schleier aus Licht, der gestern nicht dagewesen war und morgen bestimmt nicht mehr dasein würde. Vermutlich ruht er sich auf seiner Reise von einem Kosmos zum anderen aus, sagte ich mir und versuchte mir selbst einzureden, daß es wichtigere und befriedigendere Dinge gab als Besitz, aber ich war gefangen in Groll, Selbstmitleid und dem Irrglauben, daß Vergangenes wiederaufleben kann. Ein einziger Gedanke beherrschte mich: Es ist nicht fair. Jemand hatte mir einmal gesagt, es gebe für »fair«, diese durch und durch englische Bezeichnung für das, was den jeweiligen Umständen nach recht und billig ist, in anderen Sprachen keinen entsprechenden Ausdruck.

Ich lehnte mich an eine Kastanie, die erste einer ganzen Reihe, die den Weg zum Wildgehege säumte.

Durch die tief herabhängenden Zweige sah ich wie durch ein Gitter die Gebäude, die bisher mein Zuhause gewesen waren. Rechterhand zeichnete sich der Taubenschlag ab, in dessen Tür ich als Kind so manches Mal mit dem Rücken zur Sonne und ein Holzschwert in der Faust gestanden und gegen meinen eigenen Schatten gefochten hatte. Wenn ich der Sache überdrüssig war, brauchte ich der Tür lediglich einen Fußtritt zu versetzen, schon war der Sieg mein. Oft saß ich drinnen auf dem schmutzigen Boden und rauchte Zigaretten, die ich im Salon stibitzt hatte. Die staubige Luft kratzte mir in der Kehle, und während die Tauben sich ihrem endlosen, aus wenigen Tönen bestehenden Frage-und-Antwort-Spiel widmeten, tickte die Turmuhr, zu der eine wackelige Leiter hinaufführte, so laut, daß der achteckige, weißgekalkte Raum, in dem das erlegte Wild aufgehängt wurde, davon widerhallte. Vom Taubenschlag führte eine Mauer zum Haupthaus, die den Hof vor den Stallungen seitlich begrenzte. Soweit ich zurückdenken konnte, war ich Abend für Abend über diesen Hof gegangen, um die leeren Hundenäpfe zu holen und sie voll zurückzubringen. Das Haus selbst war dafür gemacht, mit viel Leben erfüllt zu werden, aber ich war außerstande gewesen, dieser stillschweigenden Forderung nachzukommen. Vielleicht hatte man es mir deshalb weggenommen: weil ich ihm nicht gerecht werden konnte.

Hätte ich mich in diesem Augenblick abwenden und auf Nimmerwiedersehen verschwinden sollen, so wäre mir das sehr schwergefallen. Ich redete mir ein, ich wartete dort draußen nur darauf, daß Leon und David zu Bett gingen und die Lichter löschten oder zumindest die Vorhänge zuzogen. Es gab keinen Grund, weshalb ich Leon noch einmal begegnen sollte. Früh am Morgen würde ich abreisen, aber vorher mußte ich unbedingt noch ein letztes Mal die Präsenz von Francis' unstetem Geist spüren, obwohl ich mir eines aufs andere Mal vorhielt: Es ist doch nicht Francis, nicht wirklich!

David Rosen erschien oben auf der Freitreppe und spähte in die Dunkelheit hinaus, als wäre sie ein Zimmer, in dem er nichts zu suchen hatte. »Delia? Bist du da draußen? Delia!«

Eigentlich hatte sie nicht antworten wollen, aber er ließ nicht locker, und so antwortete sie schließlich: »Ist schon gut, David, ich komme jetzt rein.« Das sagte sie nicht sonderlich laut, aber die Nacht war still genug, daß er es hörte.

»Kommen die heute nacht nicht in den Zwinger?« Rosen war ihr ins Jagdzimmer gefolgt, wo sie den Kopf an ihre Hunde preßte und ihnen etwas zuflüsterte, das er nicht verstand. Nach einer Weile seufzte sie und machte sich daran, Hundehaare von ihrem schwarzen Kleid zu entfernen.

»Nein, obwohl sie nicht gern hierbleiben, weil es zu warm ist. Aber so kann ich morgen früh schneller aufbrechen und brauche nicht erst quer über den Hof zu gehen. Meine Tage haben schließlich immer damit angefangen, daß ich rüberging und die Hunde holte. Morgen muß es anders sein. Nur keine Routine morgen, nur nichts, was mir vertraut ist!«

»Ich komme morgen früh runter und verabschiede mich von dir.«

Sie stand unten an der Treppe, er ein paar Stufen höher. »Macht es dir wirklich nichts aus, David?«

»Nein. Weißt du, ich verstehe dich gut.«

»Hm, ja. Nun, dann gute Nacht.« Sie wandte das Gesicht ab.

»Ja, gut, dann …«

Sie zog die Brauen hoch. »Habe ich das nicht gesagt?« Sie lachte, leise und hell, als hätte sie Lust auf mehr Albernheiten. Es war das Lachen eines Mädchens, und vielleicht hatte sie so an dem Abend gelacht, an dem sie Francis kennenlernte. Irgendwie hatte sie das Gefühl, daß noch nicht alles gesagt war. Während sie noch darüber nachdachte, beugte David Rosen sich zu ihr herab und küßte sie auf die Wange. Sie legte ihre Hand auf die Stelle, als wollte sie verhindern, daß der leichte Wind, der Sleet House auch heute wieder umspielte, den Kuß mit sich forttrug.

»Ich danke dir«, sagte sie.

»Gute Nacht.«

Sie verriegelte die große Tür, sah nach, ob ihre Autoschlüssel in der Halle auf dem Tisch bereitlagen und löschte die Lichter. All dies tat sie rasch, denn sie wollte es hinter sich bringen. Es war so weit, sie mußte nur noch nach oben gehen und schlafen – nein, das Licht im Salon brannte noch, aber um es zu löschen, brauchte sie nicht hineinzugehen, sondern nur die Tür ein wenig zu öffnen und um die Ecke zu greifen. Besser nicht noch einen Blick auf all die Dinge werfen, die ihr gehört hatten und die sie nun aufgeben mußte. Sie tastete rechts vom Türrahmen nach den Schaltern und kippte sie nach unten. Ein Stück Vergangenheit wurde von der Dunkelheit verschluckt. Schon wollte sie die Tür schließen, da sagte eine Stimme: »Bitte tun Sie das nicht, Mrs. Sutherland.«

Sie kippte den unteren Schalter wieder hoch. Das Licht einer Tischlampe am Fenster fiel auf die chinesischen Figuren.

Leon Kennedy stand am Kamin, wo sie selbst zu Beginn des Abends Position bezogen hatte.

»Ach, Sie sind es!« sagte sie. »Tut mir leid, ich dachte, Sie seien schon zu Bett gegangen.«

»Und ich dachte, Sie würden sich bestimmt noch verabschieden.«

»Natürlich. Also, leben Sie wohl.«

»Auf Wiedersehen.«

Sie blieb in der Tür stehen, die Arme vor der Brust verschränkt. Die verhedderten Fransen eines Läufers, der vom Waschen eingelaufene Bezug einer Sessellehne, die breiten Eichendielen – all dies schien sie plötzlich ungemein zu interessieren. Nur nicht aufblicken und ihn an ihrem Platz stehen sehen! Am liebsten hätte sie zu ihm gesagt: So, da stehen Sie also an meinem Platz vor meinem Kamin in meinem Haus, aber die Stimme schien ihr irgendwie abhandengekommen zu sein. Dennoch: Sie würde sagen, was sie sagen mußte. Während sie eine angemessene Pose einnahm, stellte sie verblüfft fest, daß es einer körperlichen Anstrengung bedurfte, damit sie einfach nur sie selbst sein und ihre Meinung sagen konnte. War es vielleicht immer so gewesen? Und wenn schon!

Ihre Finger trommelten leicht auf die Oberarme, als sie den Blick auf Leon richtete. »So, nun sind Sie also hier …« Weiter kam sie nicht. Sie sah genauer hin und erblickte in diesem Raum, der von anderen gestaltet, mit Leben erfüllt und geliebt worden war, einen jungen Mann, einen Fremden, der Angst hatte und es sich nicht anmerken lassen wollte. »Man hat Ihnen bestimmt schon oft gesagt, daß Sie Ihrem Vater ähneln, nicht wahr?«

»Nun ja …« Die Hände in den Taschen, stand er mit gesenktem Kopf da. Er faßte die Frage offenbar als Kompliment auf. »Finden Sie das auch?«

Ihre Finger kamen zur Ruhe. »Wie ist es, wenn man das Gefühl hat, fehl am Platz zu sein?«

Seine Haltung straffte sich. »Sie meinen hier, in Sleet House?«

Sie ließ den Blick schweifen, hob leicht eine Schulter, eine Braue, die Fingerspitzen.

Er zeigte auf die Hausbar. »Möchten Sie vielleicht einen – ?« Doch dann schob er die Hand rasch wieder in die Tasche. »Nein, das machen Sie ja immer selber.«

»Einen Drink? Gut, einen Brandy. Vielleicht will ich diesen Tag doch nicht so schnell wie möglich hinter mich bringen.«

Sie ließ ihn einschenken und warf ein dickes Holzscheit in den Kamin, wodurch sie eine Pyramide aus Glut zerstörte. Eine Zeitlang würde nun eine gelbe, nicht sonderlich heiße Flamme lodern.

Ihr Sessel sah schon nicht mehr so einladend aus wie sonst, denn die Brille lag nicht daneben auf ihrem Platz. Keine Papiere und Zeitungen warteten darauf, durchgesehen zu werden, und als sie sich setzte, fühlte sich der Sessel irgendwie anders an. Sie griff hinter sich in die Lücke zwischen Rücken und Lehne, in die sie seit Jahren ein Kissen stopfe, weil es ihrer Wirbelsäule guttat. Kein Kissen! Man hatte es bereits weggenommen. Wann? Anscheinend konnte man es kaum abwarten, all ihre kleinen Bequemlichkeiten und Eigenheiten zu beseitigen. Sie sah sich im Raum um. Aha, die Chrysanthemen standen jetzt woanders, oder? Und auch mit dem Sekretär stimmte etwas nicht – nein, sie hatte ihn ja selber leergeräumt.

Sie griff sich an die Stirn und zog die Beine hoch. So kam ihr also nun nach all den Jahren ihr eigener Sessel fast wie eine Falle vor. Zwischen den Fingern hindurch sah sie Leon Kennedy, der wieder am Kamin stand und sie beobachtete.

»Man kann hier genauso leben wie anderswo«, sagte er.

»Bitte? Was sagten Sie gerade?« Sie machte es sich bequem und gab sich so ungezwungen wie möglich.

»Sie fragten vorhin, wie es ist, wenn man das Gefühl hat, fehl am Platz zu sein.«

»Oh, tatsächlich?« Sie war sich bewußt, daß dies ein Trick war: Man stellte eine persönliche Frage und tat dann so, als hätte man sie vergessen, mit der Folge, daß jede Antwort etwas von einem freiwilligen und demütigenden Geständnis hatte. Aus Leons Blick sprach jedoch keine Demütigung, sondern ganz im Gegenteil eine Art von Haß. Delia kannte diesen Ausdruck schon, sie hatte ihn in den Augen der gelangweilten jungen Frau an der Bar des Big Bamboo blitzen sehen.

Sie setzte sich aufrecht hin und sagte: »Tut mir leid, natürlich erinnere ich mich an meine Frage. Vielleicht hätten Sie einfach antworten sollen, daß mich das nichts angeht.«

»Ja, vielleicht.« Er kam auf sie zu, setzte sich vor ihrem Sessel auf den Boden, stützte die Ellbogen auf die Knie und legte die Hände aneinander.

Er ist völlig entspannt, dachte sie. Wie schnell das bei ihm geht! Ich bräuchte nur die Hand auszustrecken, um sein Haar zu berühren. »Wenn man nirgends hingehört, ist man also überall zu Hause, richtig?«

»Richtig.«

»Ob mir so ein Leben gefallen wird?«

»Sie werden nie so leben, weil Sie Ihren Platz haben und immer haben werden.«

»Wollen Sie mich vielleicht noch etwas fragen, bevor ich abreise? Es gibt doch bestimmt Dinge, die Sie über Sleet House wissen sollten.«

»Sicher.«

»Also?«

»Schätze, daß ich allmählich selbst dahinterkomme.«

Sie stellte sich vor, wie sie bald, vielleicht schon in einer Minute, aufstehen und den Raum verlassen würde. »Haben Sie Ihren ... meinen ... Haben Sie Francis oft gesehen?«

»Er hat uns von Zeit zu Zeit in Delaporte besucht. Kennen Sie Delaporte? Eine hübsche Gegend. Meine Mutter hat sich dort ein sehr schönes Haus bauen lassen.«

»Eine äußerst erfolgreiche Frau, Ihre Mutter.«

»Ja, das ist sie wohl.« Dabei hatte er jedoch ein sehr viel traurigeres Bild vor Augen. »Francis kam immer sehr spät. Wenn Mom schon aus dem Klub zurück war.« Er überdachte seine Worte und warf Delia einen verstohlenen Blick zu.

Mit gutgespielter Nonchalance fegte sie jeden Anflug von Ressentiment beiseite. »Sie gab ihm Rauschgift, nicht wahr?«

»Ja, aber keine harten Sachen. Er nahm nur gelegentlich etwas, wenn er ein bißchen Hilfe brauchte. Sie haben mich vorhin gefragt, ob die Leute finden, daß ich ihm ähnele. Also, ich habe die Leute, mit denen er zu tun hatte, nie kennengelernt. Er hat sich nie um mich gekümmert, und wir sind uns erst vor knapp zwei Jahren zum erstenmal begegnet, als ich gerade meinen College-Abschluß gemacht hatte. Es war drei, vielleicht auch vier Uhr morgens, und ich hatte an der Haustür auf ihn gewartet. Er blieb kurz stehen, lächelte und sagte: ›Hallo, Junge!‹ Dann sagte er noch, aber mehr zu sich selbst als zu mir: ›Mein Gott, das ist ja, als würde man sich selber sehen!‹ Er war also der, Mrs. Sutherland, der von unserer Ähnlichkeit gesprochen hat. Er mußte es ja wohl wissen. Oder meinen Sie nicht?«

»Und wie ging es weiter?«

»Ich richtete es so ein, daß er immer an mir vorbei mußte, wenn er das Haus verließ. Nicht selten sah er sich suchend nach mir um, und jedesmal sagte er: ›Hallo, Junge!‹, und ich antwortete: ›Hallo.‹« Leon schlug sich an die Brust. »Dabei war ich schon vierundzwanzig!« Immer nur ›Hallo, Junge!‹, aber es machte mir nichts aus.«

»War das alles?«

»Ja, das war alles.«

Du bist hier, Francis, nicht wahr? Du bist hier und siehst, was mit mir passiert. Du bist mir ganz nahe. Halte ich mich gut? Wirst du diesmal eine Weile bei mir bleiben?

»Nun sind Sie also hier, Leon«, sagte sie, ohne es ganz zu glauben.

»Das haben Sie schon einmal gesagt. Ja, jetzt bin ich hier.«

»Weil Ihre Mutter es so wollte.«

»Nein, ganz und gar nicht.«

»Wenn es Sleet nicht gäbe – was dann?«

»Sozialarbeit, Familienberatung, Betreuung schwieriger Kinder und so weiter, ich muß fast lachen, wenn ich daran denke, welche Wendung alles genommen hat.«

»Sie finden vieles zum Lachen, nicht wahr?«

»Stimmt. Sie zum Beispiel. Nehmen Sie es mir nicht übel, aber Sie sind wirklich eine englische Lady wie aus dem Bilderbuch. Ich habe drüben Tausende von Frauen beobachtet, und irgendwie sind sie alle gleich, egal ob Französin, Deutsche oder Amerikanerin. Aber Himmel. Sie sind wirklich ein Fall für sich!«

»Danke für das Kompliment. Ich muß Sie nur darauf aufmerksam machen, daß die englische Bilderbuchlady schrecklichen Kummer hat. Sie ist eine Frau, die wegen einer Laune ihres Mannes hier ausziehen muß. So, und jetzt geht die Witzblattfigur schlafen. Sobald Sie genug über mich gelacht haben, machen Sie freundlicherweise das Licht aus.« Auf dem Weg zur Tür blieb sie stehen und tippte sich mit der Hand an die Stirn. »Ach, was sage ich da! Was kümmert es mich noch, ob das Licht ausgemacht wird oder nicht?«

Er streckte eine Hand nach ihr aus. »Tut mir leid, Mrs. Sutherland, Sie haben mich falsch verstanden. Ich mache mich nicht über Sie lustig, ehrlich nicht. Bitte bleiben Sie und erzählen Sie mir von dem Haus auf den Abacos, ja? Ich bin noch nie dagewesen.«

Ihre Blicke kreuzten sich. Sie ging zum Fenster, um die Vorhänge richtig zuzuziehen, obwohl sie wußte, daß sie nicht gut schlossen. »Doch, natürlich waren Sie schon da. Ich habe Sie dort selbst gesehen.«

»Mich gesehen?« Aus der kleinen Arena zwischen Sofa und Sesseln heraus hatte er zugeschaut, wie sie sich im Raum zu schaffen machte: zwei Schritte zur Hausbar, wo sie ihr Glas abstellte; acht Schritte zum Fenster, drei zurück in Richtung Tür. »Wovon sprechen Sie?«

Sie brachte es nicht über sich zu sagen: Ich habe dich vor dem Tor gesehen, auf der Straße, und du durftest nicht hinein. »Sie waren noch ein kleiner Junge und spielten auf der Erde. Ihre Mutter war auch da.«

»Oh, das wundert mich nicht.« Er sprach jetzt lauter, und seine Stimme klang angestrengt. »Mom war immer bei mir. Mein ganzes Leben lang war sie an meiner Seite und hat mich bei allen wichtigen Entscheidungen unterstützt.« Seine Stimme wurde noch lauter. Delia sah ihn jetzt an. »Wenn sie mich in der Schule besuchte –«

»Im St. Andrew's College?«

»Natürlich im St. Andrew's, und später auch in Columbia. Also, wenn sie mich besuchte, staunten die anderen, wie schön sie war. Sie war ja auch wirklich schön, und außerdem tat sie alles für mich, das können Sie mir glauben. Man könnte fast sagen, daß sie mich verwöhnt hat und –«

»Hören Sie, Leon, ich habe verstanden. Sie brauchen nicht weiter zu erzählen.« Rasch ging sie zur Tür. Als sie bereits draußen war und nur noch ihre Finger zu sehen waren, die die Kante der halboffenen Tür umklammerten, sagte sie: »Gute Nacht. Leben Sie wohl.«

»Mrs. Sutherland?«

»Was ist?« Ihre Stimme klang in der Halle hohl. Einer der Hunde fing im Jagdzimmer an zu bellen.

»Gehen Sie nicht weg!«

Draußen schlug der Wind wilde Kapriolen, prallte von den Fenstern ab und hielt kurz inne, um neue Kraft zu schöpfen. Das Geläut der Turmuhr füllte die kurze Stille aus. Im Kamin barst ein Holzscheit. Eine neue Pyramide aus Glut entstand.

Delia kam wieder herein, blieb aber halb hinter der Tür wie hinter einem Schutzschild stehen. »Was haben Sie gesagt?«

»Ich sagte: Gehen Sie nicht weg.«

Ihr Blick glitt suchend über all die vertrauten Gegenstände und kroch sogar in die Falten der Vorhänge hinein, aber da war nichts, was ihr Trost spendete. Kaum daß sie hinausgegangen war, hatte sich das Zimmer schon dem neuen Herrn ergeben, und nun fühlte sie sich nicht mehr geborgen darin. Sie spürte, wie sich die Kräfte in ihr sammelten. Ihr Körper straffte sich, und sie sagte: »Bedaure, Leon, aber es ist spät, und ich möchte morgen früh aufbrechen.«

»Sie haben mich nicht verstanden, Mrs. Sutherland. Ich wollte sagen: Gehen Sie nicht weg, ich schaffe es nicht allein.«

11

Es ist soweit, sie stellen draußen keine Tische mehr auf, was selbstverständlich ist, denn es ist nun so kalt, daß kein normaler Mensch mehr im Freien sitzen möchte. Außerdem sehen leere Stühle abweisend aus, und das ist nicht gut fürs Geschäft. Es regnet so oft, daß selbst ich es draußen kaum noch aushalte. Trotzdem bin ich noch nicht hineingegangen, weil ich vorher die Seidenblumen für die alte Dame kaufen will. Ich bin innerlich noch nicht ganz auf eine neue Bekanntschaft eingestellt. Also bleibe ich unter freiem Himmel sitzen, wo mich jeder sehen und finden kann. Morgens mache ich jetzt dieselben Spaziergänge wie abends. Ich gehe in das Viertel hinter dem Quai du Port. Es ist alt und sehr armselig. Ich spaziere einfach drauflos und hänge meinen Gedanken nach. Wenn ich dann wieder in meinem Zimmer bin, setze ich mich ans Fenster und spieße die Schmetterlinge auf, die mir im Kopf herumflattern.

Wie oft habe ich das Unmögliche herbeigewünscht, nämlich noch einmal jenen Abend mit Francis erleben zu dürfen – nein, nicht den ganzen, nur den Augenblick, als ich die Tür hinter mir schließen wollte, und ihn sagen hörte: »Geh nicht fort!« Um dann bleiben zu können und mein Leben in eine andere Richtung zu lenken?

Komisch, daß die wichtigen Dinge im Leben oft in der Maske des Alltäglichen daherkommen: Erst in der Rückschau erkennt man an sich selbst die Spuren, die ein scheinbar unbedeutender und deshalb rasch vergessener Augenblick hinterlassen hat.

In jener Nacht schlief ich mit den Worten: Danke, lieber Gott, danke! auf den Lippen ein. Im Geiste sah ich mich selbst, wie ich Leon in das Leben auf dem Lande einweihte und ihn zu lieben lehrte, was ich liebte. Das ist es, was ich mir immer gewünscht habe, dachte ich bei mir, und diesmal werde ich es richtig machen.

Um sieben Uhr am nächsten Morgen ließ Delia Sutherland die Hunde ins Freie und rief ihnen etwas nach, wobei sie hoffte, daß ihre Stimme durch die Fensterscheiben und die schweren Vorhänge des Nordzimmers drang.

Leon Kennedy kam jedoch nicht herunter. Um sieben Uhr dreißig – sie hatte gerade den Motor des Subaru angelassen – stürzte er aus dem Haus.

»Steigen Sie ein, wir sind spät dran.« Sie tat, als bemerkte sie David Rosen nicht, der oben auf der Freitreppe erschien. Sie fuhren los, um mit den Männern zu reden, die sich vor der Arbeit immer an einer bestimmten Stelle versammelten.

Sie war darauf gefaßt, daß sie Leon feindselig empfangen würden. Also gut, würde sie zu ihnen sagen, kündigt, wenn es sein muß, aber keine Schikane, ist das klar? Frank Grimwood wäre nicht dort, mit ihm würden sie später reden. Natürlich würden die Männer überrascht sein, denn sie hatte sich ja bereits am Freitag von ihnen verabschiedet. Heimlich beobachtete sie Leon, der neben ihr im Pick-up saß. Ob er ahnte, was auf ihn zukam? Anscheinend war er noch nicht richtig wach.

Als sie sich der Werkstatt in den alten Schweineställen näherten – Schweine gab es dort schon zu Zeiten ihres Großvaters nicht mehr –, sahen sie die kleine Schar schon von weitem. Die Männer kehrten ihnen halb den Rücken zu und gaben sich desinteressiert.

»So, da wäre ich wieder«, sagte sie, plötzlich scheu.

»Ich bleibe noch ein bißchen, um Mr. Kennedy beim Eingewöhnen zu helfen.«

Das beifällige Gemurmel wurde von der frostigen Morgenluft nicht sehr weit getragen, aber Delia freute sich trotzdem, denn sie hatte keinen Beifall erwartet. Sie klopfte auf ihre Hosentaschen, wie sie es getan hatte, als sie noch rauchte und nach dem Feuerzeug suchte. »Also: Dies ist Tom Sutcliffe, und dies Stuart Macdonald. Alec macht hier sein praktisches Jahr nach dem College, Donald ist unser Mechaniker, und Warren –«

»Hallo, Tom«, sagte Leon Kennedy. »Tag, Stuart. Wie geht's, Alec? Donald und Warren, freut mich, Sie kennenzulernen.«

Alle schauten weg, solange Leons Augen auf ihnen ruhten. Doch sobald er sich einem anderen zuwandte, wurde er von Kopf bis Fuß gemustert. Die Männer registrierten und bewerteten jede Handbewegung, und wenn sie sich dabei den Bart kraulten, an der Nase kratzten oder die Stirn rieben, dann nur, um ihre Neugier zu kaschieren. Delia fragte sich: Wer von ihnen wird wohl als erster das Wort ergreifen?

»Na, dann wollen wir mal.« Sie stellte sich in die offene Tür eines an die Werkstatt grenzenden Lagerraums, in dem Säcke voll Kunstdünger bis zur Decke gestapelt waren. »Um diese Jahreszeit geht es hier sehr ruhig zu, Leon. Im Januar ist in der Landwirtschaft wenig zu tun. Am besten arbeitet ihr einfach so wie immer, und Mr. Kennedy hier fragt dann, wenn er etwas wissen will. Es ist ja eigentlich nicht weiter schwer.«

Leon stand zwischen Delia und den Männern, die zu ihr hinblickten. Obwohl sein Gesicht vom hochgeschlagenen Kragen seiner Daunenjacke halb verdeckt war, konnte man sehen, wie er nickte und gleichzeitig etwas mit den Brauen anstellte, das die Männer grinsen ließ.

»Also?« Sie war ein wenig verwirrt.

»Okay, Mrs. Sutherland, keine Sorge«, sagte Leon

Kennedy. »Ich werde schon fragen, wenn ich etwas wissen will. Was ist das zum Beispiel für eine Rolle, auf die sie den Fuß gestellt haben?«

»Das ist eine Walze, die nach der Aussaat über die Felder gezogen wird, damit alles schön glatt und sauber aussieht. Das da drüben ist eine Sämaschine. Mit diesem Gerät wird der Dünger verteilt, und das hier ist ein Pflug.« Sie zeigte auf die im Freien nebeneinander aufgereihten Geräte.

»Und die weißen Säcke da drinnen?«

»Wo? Ach, das ist Harnstoff.«

»Harnstoff? Klingt gut.«

Jetzt lachten sie, aber Delia Sutherland verstand nicht, worüber. »Tja, dann machen wir mal weiter. Tom, was steht bei Ihnen heute auf dem Plan?«

»Ich pflüge das große Feld um, für die Frühgerste.«

»Geht nicht. Man hat mich am Samstag morgen angerufen und mir mitgeteilt, daß die Reparatur des Traktors dreitausend Pfund kosten würde. Das ist mir zur Zeit ein bißchen viel, und wir haben keinen anderen Traktor, der den großen Pflug ziehen kann. Sie müssen also ein bißchen Geduld haben. Inzwischen können Sie ja mit dem Zaun weitermachen.« Tom schnaubte wie ein Pferd. »Ja, ich weiß«, beschwichtigte sie ihn. »Lange werden Sie nicht warten müssen. Warren, Sie haben doch schon mit dem Zaun angefangen, nicht wahr? Gut, dann kann Tom Ihnen dabei zur Hand gehen. Noch Fragen, Leon? Oder ist soweit alles klar?«

»Alles klar.«

Die Männer setzten sich in Bewegung und stampften mit den Füßen auf, damit das Blut besser zirkulierte. »Bis später, Leute!« rief Leon ihnen nach. »Keine Sorge, Tom, der Traktor wird sofort repariert.«

Sie blieben stehen und blickten zurück. Tom hob wie Leon den Arm. »Danke!« Ein anderer sagte: »Bis später!«, und ein dritter wiederholte: »Ja, bis später.« Leise lachend gingen die Männer weiter.

»Komisch, die scheinen sich ja gut zu amüsieren«, meinte Delia, als sie in den Wagen stiegen, um zur Molkerei zu fahren. »Sie waren natürlich neugierig auf Sie.«

»Natürlich.« Leon lehnte die Stirn an die Fensterscheibe, und sie hätte wetten mögen, daß er wieder die Brauen hochzog und der Landschaft dieselbe Grimasse schnitt wie kurz vorher den Männern. Es sah aus, als wolle er Wald und Feld als seine Komplizen gewinnen. Gern hätte sie gesehen, wie sich ihm die Schönheit all dessen offenbarte, was jetzt ihm gehörte, doch er ließ es scheinbar ungerührt an sich vorüberziehen und stellte nur dann und wann eine praktische Frage.

»Da drüben liegen fünfzehn dicke Stämme. Warum läßt man sie hier draußen vergammeln? Eine Schande ist das!« sagte er, als sie im Park an den umgestürzten Eichen vorbeikamen.

»Die liegen dort seit dem letzten Sturm. Mit dem Holz ist kein Geld zu verdienen. Außerdem fehlen die richtigen Maschinen, um es zu schneiden, und die sind teuer. Wir haben fünfhundert Morgen Forst, aber das wissen Sie bestimmt schon, oder?«

»Ja.« Er verschränkte die Arme, preßte sie eng an den Körper, hob leicht die Schultern, so daß sein Kinn hinter dem Kragen verschwand, und zog sich in sich selbst zurück.

Auf diese Weise bringt er sich in Sicherheit, dachte sie.

Mike stand im Melkgraben zwischen zwei Reihen Kühen. Er war keineswegs überrascht, als er sie sah, und rief, bevor sie etwas sagen konnte: »Mrs. Sutherland, das Amt für Milchwirtschaft hat bei uns seine Tests gemacht, und die Ergebnisse sind äußerst schlecht! Das drückt die Preise noch mehr. Wir brauchen eine neue Waschanlage für die Tanks.«

»Ich weiß, Mike. Sobald diesen Monat Geld in die Kasse kommt.«

»Das haben Sie letzten Monat auch gesagt.«

»Mike, dies ist Mr. Kennedy.«

»Oh, hallo!« Mike zog einen Lappen aus dem Overall und wischte sich die Hände ab. »Ich hatte ganz vergessen, daß das jetzt Ihr Problem ist. Also, wenn nicht bald eine neue Waschanlage herkommt, können wir unsere Milch überhaupt nicht mehr verkaufen.«

»Mein Gott! Geld, Geld, Geld!« sagte Leon, als sie die Molkerei verließen. »Alle wollen was von Ihnen!«

»Nicht von mir, von Ihnen, Leon.« Minutenlang kostete sie ihre heimliche Schadenfreude aus.

Frank Grimwood saß in der Küche beim Frühstück, als Delia Sutherland anklopfte. »Morgen, Frank. Bitte bleiben Sie sitzen und wundern Sie sich nicht, daß ich hier einfach so auftauche. Ich bleibe noch eine Weile, bis Mr. Kennedy sich eingelebt hat.« Sie steckte die Handschuhe in die Tasche und wärmte sich die kalten Finger am Ofen.

Frank Grimwood hatte keinerlei Anstalten gemacht aufzustehen, und er hatte nur einmal kurz zu Leon Kennedy aufgeblickt, der an der Tür stehengeblieben war.

»Ich bin gekommen, um Sie beide miteinander bekanntzumachen. Leon, dies ist Frank Grimwood, unser Verwalter.«

»Ich dachte, Sie gehen fort«, sagte Grimwood zu ihr, bevor Leon den Mund aufmachen konnte. »Wollten Sie nicht nach Schottland?«

»Stimmt, aber wie gesagt, ich bleibe noch eine Weile. Mr. Kennedy ist gestern abend angekommen. Er hat die meisten anderen schon kennengelernt.«

Mit dem Unterarm schob Grimwood das Geschirr aus Steingut zur Seite, legte die Hände übereinander und blickte wortlos vor sich hin.

»Guten Tag, Mr. Grimwood.« Leon Kennedy hob eine Hand, aber es war eher eine rhetorische Geste als ein Gruß. Keine Antwort.

Delia Sutherland zog langsam die Handschuhe wieder an und fragte sich, warum sie plötzlich so wütend auf Grimwood war. Hatte sie sich in ihm getäuscht? Sie vertraute ihm! Sie war mit ihm zusammen aufgewachsen, damals, als sein Vater der Verwalter von Sleet gewesen war! »Gibt es etwas, was Sie Mr. Kennedy mitteilen möchten, Frank? Zum Beispiel das, was Sie mir vor ein paar Wochen gesagt haben? Wie denken Sie jetzt darüber? Sie haben mich nie wieder darauf angesprochen.«

»Ich werde schon Bescheid sagen, wenn es soweit ist.«

»Okay, Mr. Grimwood«, sagte Leon Kennedy. »Sie wissen ja, wo Sie mich finden, wenn Sie mit mir reden wollen.« Die Tür schabte über die roten Keramikfliesen, als er sie hinter sich zuzog.

»Also wirklich, Frank, Sie waren nicht gerade nett zu ihm.« Es sollte wie ein kleiner freundschaftlicher Verweis klingen.

»Ich wäre Ihnen dankbar, Mrs. Sutherland, wenn Sie sich um Ihre eigenen Angelegenheiten kümmern würden.«

Sie hatte plötzlich einen bitteren Geschmack im Mund und hätte ihn gern heruntergeschluckt, aber irgendein Muskel in ihrer Kehle streikte.

Auf der Rückfahrt ließ sie den Blick über Feld und Flur, ja sogar über die Straßengräben gleiten, nur Leon Kennedy sah sie nicht an. Ich kann nichts dafür, sagte sie sich, und außerdem muß er sich an so etwas gewöhnen. Die Begegnung mit den anderen Männern ist glimpflich verlaufen, aber es gibt bestimmt ein paar, die so denken wie Frank, da ist nichts zu machen. Ich muß mir etwas einfallen lassen. Dieses Schweigen halte ich nicht aus.

Doch als sie fünf Minuten später vor dem Haus hielten, mußte sie ihm einen Schubs geben, um ihn zu wecken. »Kein Frühstück?« rief sie ihm nach, als er die Treppe hinaufstürmte, zwei Stufen auf einmal nehmend.

»Nein, nicht so früh. Ich muß noch ein bißchen schlafen, Mrs. Sutherland.«

»Schlafen? Jetzt?«

»Ja, halb acht ist verdammt früh für mich. Mit so wenig Schlaf komme ich nicht aus.«

»Na, so was! Also gut: Sägewerk um elf Uhr. Da lernen Sie dann auch Holland May kennen.«

David Rosen blickte auf das von Mrs. Files zubereitete Rührei hinab. »Du bist also noch da, Delia.«

»Ja, ich habe meine Pläne ein bißchen geändert.« Sie ging zur Küchentür und rief: »Curtis? Guten Morgen. Bringen Sie bitte Koffer Nr. 1 in mein Zimmer und packen Sie ihn aus.« Dann setzte sie sich zu David Rosen, trank einen Kaffee und aß einen Apfel. »Schmeckt dir das Rührei nicht?«

»Sagen wir, ich habe einen Waffenstillstand mit ihm geschlossen. Was ist mit Schottland und dem kleinen Bauernhof, den du gepachtet hast? Was wird aus den Schafen?«

»Ach, es handelt sich nur um ein Häuschen mit ein bißchen Brachland. Schafe gibt's da noch keine. Die Sache kann warten.«

»Er braucht dich nicht, Delia. Du machst einen Fehler.«

»Gestern abend hat er gesagt, daß er es allein nicht schafft, und das stimmt. Du kannst ihm beim besten Willen nichts beibringen, David, aber ich schon, nur ich.«

Er verschanzte sich hinter der Zeitung und brummte etwas.

»Was hast du gesagt?« fragte sie über den Rand ihrer eigenen Zeitung hinweg.

»Ach, nichts.«

Sie warf einen Blick auf die Uhr. »Oh, ich muß los. Bleibst du zum Mittagessen?«

»Nein, ich warte nur noch auf Leon, weil ich ein Wörtchen mit ihm reden muß.«

Als Leon am späten Vormittag noch immer nicht erschienen war, hinterließ David Rosen auf dem Tisch in der Halle einen Brief für ihn und fuhr nach London zurück.

Um elf Uhr begegnete Delia dem alten Curtis, als er sich gerade anschickte, mit tatterigen Bewegungen ein Tablett die Treppe hinaufzutragen. Beide verloren sie kein Wort darüber, daß sie sich am Vortag nicht nur voneinander, sondern auch von einer bestimmten Lebensweise verabschiedet hatten.

»Schaffen Sie es? Was ist das eigentlich?«

»Mr. Kennedys Frühstück, Miss.« Als er ihren Gesichtsausdruck sah, machte er, daß er weiterkam.

Als es Zeit fürs Mittagessen war, fand sie Leon Kennedy im kleinen Salon. Er trug ein anderes Tweedjackett und Hemd und eine andere Krawatte als am Vortag. »Oh, da sind Sie ja, Mrs. Sutherland!« Die Freude in seiner Stimme entwaffnete sie.

Er ähnelte Francis weniger als tags zuvor. Irgendwie wirkte er jetzt unscheinbarer, was wohl an seiner Jugend lag. Vielleicht hatte sich sein Wesen noch nicht so entfalten können, daß es wie einst Francis den ganzen Raum erfüllt hätte.

»Was ist mit Ihnen, Mrs. Sutherland? Alles in Ordnung?«

»Jaja, was soll schon sein? Wo waren Sie um elf?«

»Ich hab verschlafen. Schrecklich, nicht?« Es klang, als tadelte er die Verfehlung eines anderen.

»Jetzt haben Sie nicht meinen Förster Holland May kennengelernt. Den Oberförster.«

»Das läßt sich ja nachholen.«

»Es liegt wohl am Zeitunterschied, daß Sie so müde sind, nicht wahr?«

»Kann sein, aber jetzt hab ich ausgeschlafen.«

»Wie war das doch gleich mit dem Müßiggang?«

»Oje!« Er holte geräuschlos Luft und ging innerlich auf Distanz.

Mittags aß er wenig, und sie dachte: Wie sollte er auch, wo er gerade erst gefrühstückt hat! Sie erzählte ihm von dem neuen Elektrozaun, den sie gerade errichteten, und den zehn Morgen Land, auf denen sie Narzissen pflanzen wollten, statt den Boden brachliegen zu lassen.

»Wieso sollte es brachliegen?«

»Weil wir dann Geld von den Behörden bekommen.«

»Was, sie zahlen dafür, daß man nichts anbaut?« Das Thema interessierte ihn mehr als der Elektrozaun oder die Narzissen. Also versuchte sie ihm den Sachverhalt auseinanderzusetzen, aber sein Interesse erlahmte rasch.

»Würden Sie mir Ihr Auto leihen? Ich möchte in die Stadt fahren.«

»Ja, Sie können den Wagen haben. Später, wenn Sie zurück sind, zeige ich Ihnen im Büro die Steuerunterlagen.«

»Prima.«

»He!« rief sie ihm nach. »Wissen Sie überhaupt, wie man in die Stadt kommt?«

»Kein Problem, Curtis fährt mit.«

Die Haustür fiel ins Schloß. Delia blieb sitzen. Sie hatte das Gefühl, daß sich in ihrem Geist etwas Unbekanntes breitmachte, das vielleicht auf einem Röntgenbild wie ein Schatten an der Lunge sichtbar würde.

Die Uhr in der Halle schlug die halbe, die dreiviertel und schließlich die volle Stunde. Zwei Uhr, und sie saß noch immer da! Eitelkeit vielleicht? Hatte David sie einmal als eitel bezeichnet? Nein, das war nicht seine Art. In Selbstbetrachtung versunken, sah sie ihre Hände an, wie sie es noch vor kurzem im Big Bamboo getan hatte. Es waren große, an Arbeit gewöhnte

Hände mit Adern wie Würmer. Sie vergrub sie zwischen den Schenkeln, die in einer Armeehose steckten.

Mrs. Files erschien mit einem Tablett und blieb unschlüssig stehen, als sie Mrs. Sutherland um Viertel nach zwei noch am Tisch sitzen sah. Seit Jahren war das Mittagessen immer nur eine Sache von zwanzig Minuten gewesen.

Im ersten Augenblick erkannte Delia die schlanke Frau nicht, die dort stand, das volle rote Haar zu Ringellocken gedreht, die ihr in die Stirn fielen. Dann rief sie aus: »Mrs. Files, was haben Sie mit Ihrem Haar gemacht!«

»Mein Haar? Ach, das trage ich doch schon seit zwei Monaten so!« antwortete Mrs. Files leichthin.

»Es macht Sie so jung!«

»Das sagen alle. Ich fühle mich ja auch noch jung.«

Das Haar verschandelt, und sie hatte es nicht bemerkt, nicht einmal am Samstag beim Abschied! Was hatten ihre Augen denn die ganze Zeit überhaupt wahrgenommen? Wie dem auch sei: Mrs. Files hatte eine Familie, für die sie jung aussehen wollte, Menschen, die sie liebten und gern mehr von ihr hätten, weshalb sie sich bestimmt freuten, daß sie sich zur Ruhe setzen wollte.

»Seit zwei Monaten, sagen Sie? Tatsächlich? Übrigens: Bitte decken Sie heute abend für zwei.«

»Ja, ich weiß.«

»Woher?«

»Weil Mr. Kennedy auf einen Plausch in der Küche war.«

»Auf einen Plausch?«

»Ja, über das Essen und so. Er interessiert sich für alles. Ach ja, er hat halb neun gesagt, nicht halb acht wie sonst.«

»Daß ich nicht lache.«

»Also wann soll es sein?«

»Um halb acht natürlich.«

Mrs. Files, die Geschirr auf den Beistelltisch stapelte, zog statt einer Antwort die Schultern hoch. Delia hätte sie am liebsten gefragt: Wann verlassen Sie uns denn nun, Mrs. Files? Aber damit hätte sie sich nur die Gegenfrage eingehandelt: Und Sie, Mrs. Sutherland, wann reisen Sie ab? Also schwieg sie lieber und verlegte sich aufs Beobachten. Zum erstenmal fiel ihr auf, daß Mrs. Files schöne Hände mit zarter Haut und schlanken Fingern hatte, die ihre alltägliche Arbeit voller Anmut verrichteten. Eine Familie, die sie jung hielt, und schöne Hände …

»Also, wie gesagt, um halb acht.«

»Ich habe verstanden, Mrs. Sutherland.«

Delia Sutherland saß im Büro der Gutsverwaltung an ihrem von einer Neonröhre beleuchteten Schreibtisch. Das restliche Mobiliar bestand aus Aktenschränken von der schmucklosen Funktionalität der Nachkriegszeit und ein paar moderneren Stücken aus billigen furnierten Preßspanplatten. Die dottergelben Wände des Raumes waren übersät mit Kalendern von Saatguthändlern, Tabellen und Fotos. Auf einem war sie selbst zu sehen: Sie trug einen weißen Kittel und hielt einen Bullen am Halfter, dessen Kopf mit Papierrosetten geschmückt war. Das Bild stammte aus der Zeit, als sie noch Hereford-Rinder gezüchtet hatte.

Es war fünf Uhr vorbei, und Leon Kennedy hatte sich noch nicht blicken lassen. Sie wußte, daß er aus der Stadt zurück war, denn sie hatte ihn vorhin durchs Fenster gesehen.

Muriel rief an: »Was ist los, Delia? Ich habe drüben im Haus angerufen, um mich zu vergewissern, ob du heute morgen tatsächlich abgereist bist, und Curtis meinte, du seist immer noch da. Ich könnte dich wie immer um diese Zeit im Büro erreichen. Was hat das zu bedeuten?«

»Daß ich noch eine Zeitlang bleibe, um ihn einzuarbeiten.«

Lange Pause, dann: »Verstehe.« Noch eine Pause, dann: »Ruf mich bald an und erzähl mir, was sich bei dir tut, ja?«

»Sicher. Bis später.«

Der Spaziergang mit den Hunden dauerte bis sechs Uhr dreißig. Die Stunde bis zum Abendessen verbrachte sie in ihrem Zimmer. Als sie hinunterging, hörte sie Musik, die aus dem Salon kam. Es war eine Art von Musik, wie sie sie seit langem nicht mehr gehört hatte.

Das Essen war noch nicht aufgetragen. Sie trat mit dem Fuß auf die Klingel unter dem Tisch. Nichts rührte sich. Noch nie hatte es beim Abendessen eine Verspätung gegeben. Sie stand auf und ging um den Tisch herum. Im Dunkel unter dem Beistelltisch folgten ihr vier Hundeaugen, deren Weiß wie kleine Mondsicheln aussah. »Dageblieben, Jungs!« befahl sie und verließ das Eßzimmer.

»Da sind Sie ja, Mrs. Sutherland! Mir wird schlecht bei dem Gedanken, so früh essen zu müssen. Außerdem macht es dann noch keinen Spaß. Schauen Sie, die sind für Sie!«

Das Zimmer war voller weißer Rosen. Eine hielt er noch in der Hand.

»Keinen Spaß? Natürlich haben Sie Ihren Spaß verdient, wo Sie doch den ganzen Tag schon nichts getan haben! Wo waren Sie heute nachmittag? Haben Sie gar kein Verantwortungsgefühl?«

»Ich hab mir ein Auto und Ihnen diese Rosen gekauft.«

»Blumen hatten wir eigentlich immer genug in unseren Gewächshäusern.«

»Stimmt, aber das war einmal. Jetzt gibt's keine mehr – vorerst. Aber dies hier ist eine Blume, eine schöne, lebendige Rose, Mrs. Sutherland.« Er kam näher und hielt sie ihr hin.

»Bleiben Sie, wo Sie sind!« So laut und barsch hatte sie das nicht sagen wollen.

Er warf die Rose auf den Boden, doch bevor er etwas erwidern konnte, erschien Curtis und verkündete: »Es ist aufgetragen!«

»Wie bitte?« Sie fuhr herum und sah den Alten in der Tür stehen. Er brauchte seine Worte nicht zu wiederholen. Wie lange war es her, seit sie dieses förmliche »Es ist aufgetragen!« zum letztenmal gehört hatte? Seit wie vielen Jahren betrat sie das Eßzimmer morgens um halb neun, mittags um halb eins und abends um halb acht, um etwas von den bereitstehenden Speisen zu sich zu nehmen und den Raum wieder zu verlassen? Selbst wenn sie mal einen Gast hatte, immer nur einen, wurde der Zeitplan eingehalten.

Der erste Gang bestand aus einem Käsesoufflé. Delia hatte nicht gewußt, daß Mrs. Files so etwas zubereiten konnte. Anschließend gab es rosige, mit Brandy und Rosmarin gewürzte Lammkoteletts, und zum Dessert wurde ein Himbeersorbet mit Melbasauce, gemahlenen Haselnüssen und mürben Biskuits serviert. Delia aß kommentarlos. Für die Hunde blieb diesmal nichts übrig.

»Ich gehe nach oben. Gute Nacht.«

»Aber Mrs. Sutherland, es ist noch nicht einmal neun Uhr!« Leon folgte ihr in die Halle.

»Ich stehe um halb sieben auf und möchte abends noch ein bißchen lesen. Deshalb gehe ich um neun nach oben, verstehen Sie?«

»Warum sind Sie wütend auf mich?«

»Weil Sie mich heute zweimal versetzt haben. Dabei wollte ich Ihnen Dinge erklären, für die ab jetzt Sie verantwortlich sind.«

»Das kann bis morgen warten. Am Abend soll man sich entspannen und miteinander reden. Warum bleiben Sie nicht noch ein Weilchen unten und erzählen mir von Ihrem Besuch auf den Abacos?«

»Nein, das werde ich nicht tun. Es gibt nichts zu erzählen. Im übrigen sollten Sie sich lieber für Sleet interessieren, aber das tun Sie offenbar nicht. Gute Nacht!«

»Kommen Sie zurück, Mrs. Sutherland!« rief er ihr nach. »Kommen Sie und reden Sie mit mir!«

»Schreien Sie nicht so in meinem Haus!« Das Vibrieren des Treppengeländers unter ihrer Hand pflanzte sich bis zu ihm fort. Haus-Haus-Haus hallte es von den Wänden wider.

»Es ist nicht mehr Ihr Haus!«

»Meinetwegen ist es jetzt Ihres, was zählt das schon! Dann übernehmen Sie auch die Verantwortung dafür!« Geduckt und leise winselnd suchten die Hunde ihre Nähe. »Und sperren Sie die verdammten Köter in den Zwinger!«

So lag ich also am ersten Abend im Bett und konnte lange nicht einschlafen. Von unten drang eine Musik herauf, die mir vertraut war: die Jazzplatten, die meine Mutter so oft aufgelegt hatte.

Als ich aufwachte, war alles ruhig, und das Haus hatte sich von der Wut erholt, die es hatte erbeben lassen. Mir kam es so vor, als hörte ich Vogelgezwitscher, obwohl sich der Himmel noch nirgends aufhellte. Ich hatte schon öfter mitten in der Nacht weit weg, aber deutlich Vögel zwitschern gehört, als wäre es hellichter Tag. Vielleicht waren es Zwergfledermäuse. Das hätte erklärt, warum ich, wenn ich nachschauen ging, nur kurz etwas durchs Dunkel huschen sah. Plötzlich vernahm ich ein neues Geräusch, einen dünnen, langgezogenen Klagelaut, der mit Sicherheit nicht von einem Vogel stammte, sondern aus dem Haus kam und von Zugluft zu mir herübergeweht wurde.

Ich band den Gürtel des Pyjamas enger, spähte zwischen meinem offenen Haar hindurch und ließ mich von den Klängen zur Tür des Nordzimmers führen, hinter der jemand auf einem Instrument eine bekannte

Melodie spielte, deren Namen mir entfallen war. Als der Musizierende bei einer bestimmten Phrasierung ins Stocken geriet, hielt er kurz inne und fing von vorn an – bis es unversehens klappte und er die ganze Melodie an einem Stück herunterspielte. Noch immer wollte mir der Name nicht einfallen, und nicht nur das, ich konnte auch nicht feststellen, um was für ein Instrument es sich handelte. Dies machte mir so zu schaffen, daß ich morgens zu Curtis ging, als er den Fußboden in der Halle bohnerte, und ihn fragte: »Haben Sie das Geräusch gestern nacht auch gehört, Curtis? Was war das?«

»Musik, Miss.« Er blickte nicht einmal auf.

»Das weiß ich selber. Und sagen Sie jetzt nicht, ich hätte kein Gehör dafür!« Damit ließ ich ihn stehen und verließ das Haus.

Nachts hatte ich stundenlang vor der Tür des Nordzimmers gestanden und war schließlich von einem so schmerzlichen Gefühl überflutet worden, daß ich die Hände auf die Ohren preßte, um die Musik nicht mehr hören zu müssen. Ich war zu meinem Zimmer zurückgelaufen, hatte mich aufs Bett geworfen und den Kopf unter einem Kissen vergraben.

»Curtis! Wo sind die Hunde, Curtis? Ich habe Mr. Kennedy gestern abend gebeten, sie in den Zwinger zu sperren, aber da sind sie nicht.«

Ich suchte im Haus und im Garten, dann fuhr ich zu Frank Grimwood und störte ihn beim Frühstück. Ob er die Hunde herumstreunen gesehen habe? Nein, habe er nicht.

»Holen Sie ihn, wecken Sie ihn auf!« befahl ich Curtis und zeigte auf die Treppe. »Ich will wissen, was er mit meinen Hunden gemacht hat.« Als er zurückkam, fragte ich: »Nun? Haben Sie ihn geweckt?«

»Nein, Miss.«

»Guter Gott, Curtis, was ist mit Ihnen los? Ich will wissen, wo zum Teufel meine Hunde sind!«

»Sie liegen auf seinem Bett und schlafen, Miss.«

Schon wollte ich mich abwenden, da fiel mir etwas auf, was ich noch nie an ihm gesehen hatte. Obwohl ich ahnte, was er mir antworten würde, fragte ich: »Was ist das übrigens für ein Kupferding an ihrem Handgelenk? Haben Sie Rheuma?«

»Nein, Miss, habe ich nicht. Das ist ein Geschenk von Mr. Kennedy. Ist es nicht hübsch? Schauen Sie sich die Gravur an! Vielleicht dachte er, daß ich damit das Frühstückstablett ein bißchen flinker die Treppe hinaufbefördere.« Er zwinkerte ihr zu und amüsierte sich über seinen eigenen Scherz.

Er spielte die Musik – jene Melodie, deren Namen mir noch immer nicht eingefallen war – Nacht für Nacht in seinem Zimmer auf einem Instrument, das ich nicht identifizieren konnte, während ich draußen vor der Tür stand und zuhörte.

Einmal trat er in den Flur hinaus und sah sich um. Das Herz zersprang mir fast vor kindlicher Furcht, und ich drückte mich tief in eine Türnische. Als er wieder ins Zimmer ging, ließ er die Tür halb offen, und so konnte ich beobachten, wie er mit nacktem Oberkörper und gesenktem Kopf auf einer Klarinette spielte. Natürlich, eine Klarinette! Aus dem Raum drang eine Gluthitze, die auf dem Flur des kalten Hauses eine wärmere Zone schuf, wie der Golfstrom vor der schottischen Küste. Curtis hatte den Umstand genutzt und auf einen Tisch im Flur eine Azalee gestellt, eine gelbe mit penetrantem Duft.

In den darauffolgenden Nächten ließ Leon immer die Tür offen und stellte sich so, daß ich ihm beim Spielen zusehen konnte. Ich bin nie dahintergekommen, ob er wußte, daß ich ihn beobachtete. Vielleicht war er sich wie seine Mutter der eigenen Schönheit so bewußt, daß er sich gern bewundern ließ. Tagsüber jedoch deutete nichts darauf hin, daß er eitel war. Ja, ich bewunderte ihn, dachte dabei an Francis und erinnerte mich, wie er einst ausgesehen hatte, wie es war, ihn zu berühren und von ihm berührt zu werden. Seit Jahren waren meine Gedanken nicht solchen Bahnen gefolgt. Wenn Leon irgendwann mitten in der Nacht zu spielen aufhörte und die Tür schloß, fand ich keinen Schlaf und war bestürzt über die Kraft meiner so lange vernachlässigten Sinnlichkeit.

So verging eine Woche, und eines Nachts beschloß ich, am nächsten Morgen abzureisen. Ich schrieb eine Mitteilung für Leon auf einen Zettel und legte ihn so auf den Tisch in der Halle, daß er ihn nicht übersehen konnte, wenn er irgendwann im Lauf des Vormittags herunterkäme. Dann ging ich frühstücken.

Als ich das Eßzimmer betreten wollte, sah ich ihn. Er stand am Fenster und hielt eine gefaltete Zeitung so, daß möglichst viel Licht darauffiel. Auf diese Weise hatte er eine Hand frei, und mit ihr massierte er sich gedankenverloren die Hüfte, eine vertraute, überaus sinnliche Geste. Allem Anschein nach hatte er mich nicht gehört, als ich die Tür öffnete, denn er stand weiterhin da und las, doch dann drehte er den Kopf langsam in meine Richtung, lächelte und schenkte mir nach und nach dieselbe konzentrierte Aufmerksamkeit, die er vorher der Zeitung gewidmet hatte. »Da sind Sie ja, Mrs. Sutherland!«

Vergessen war der Zettel auf dem Tisch in der Halle. Er fand ihn wenig später und kam bestürzt zu mir. »Sie wollen wirklich fort?«

Ich nahm ihm den Zettel weg. »Nein, ich habe es mir anders überlegt.«

»Würden Sie das fertigbringen, Mrs. Sutherland – ich meine, abzureisen und nur ein paar Zeilen zu hinterlassen? Einfach so?«

»Bitte vergessen Sie es, Leon. Löschen Sie es aus ihrem Gedächtnis.«

»Ja, ich glaube, Sie wären dazu fähig. Sie haben das

Zeug dazu, nicht wahr? Versprechen Sie mir, daß Sie es nicht tun werden. Bitte versprechen Sie es mir!« Er sah mich mit solcher Betroffenheit und so viel Mitgefühl an, daß ich mich abwandte und ihn stehenließ.

Nein, ich reiste nicht ab, nicht an jenem Tag und auch nicht bei einer der zahllosen Anwandlungen, die mich in der Folgezeit überkamen. Ich blieb, weil ich mein Zuhause wieder mit Francis teilte. Denn es war Francis, der beim Lachen den Kopf in den Nacken warf, als würde er die ganze Lebensfreude der Welt in sich hineinsaugen; der sich über die Blumen freute, die er mit allerlei Zweigen zu Sträußen band, damit ich mich gemeinsam mit ihm an ihrem Anblick weidete; der, wenn er verwirrt war, den Handrücken auf ein Auge legte – für mich eine schmerzliche Erinnerung. Als er dies wieder einmal tat, flüchtete ich mich in ein dunkles Zimmer und weinte, wie ich bereits vor Jahren hätte weinen sollen.

Für die Außenwelt gab ich weiterhin das Bild der geschäftigen, selbstsicheren Mrs. Sutherland ab. Niemand bemerkte, daß meine Fassade immer mehr zerbröckelte.

In meiner Dankbarkeit für die vermeintliche zweite Chance, die mir Gott gewährte, übersah ich ebenso, daß Leon sich langweilte, wenn ich mit ihm Akten studierte, wie ich Muriels Bitten um Rückruf ignorierte. Auch sah ich darüber hinweg, daß er selten zu Besprechungen mit Vertretern oder Leuten vom Amt für Milchwirtschaft erschien, und nahm einfach nicht zur Kenntnis, daß er sich nicht mit der trockenen Materie befaßte, deren Beherrschung nun einmal unerläßlich war, wollte man einen landwirtschaftlichen Betrieb wie Sleet führen. Ich kam ja auch ohne ihn aus, und so bezog ich ihn immer weniger mit ein, sondern ging ganz wie früher in meiner Alltagsroutine auf. Doch im Grunde war alles nur äußerer Schein, denn seit seiner Ankunft war nichts mehr wie früher, und wenn meine gutgemeinten Bemühungen, ihn in den Betrieb einzuarbeiten, so rasch erlahmten, so lag dies vor allem daran, daß meine Verwirrung und Ratlosigkeit stetig zunahmen und der dunkle Fleck in meinem Geist immer größer wurde. Das einzige Heilmittel wäre eine sofortige Abreise gewesen, doch ich konnte mich nicht losreißen.

Ich ging ihm aus dem Weg, so daß ich ihm den ganzen Tag und manchmal sogar abends nicht begegnete, doch irgendwann fühlte ich mich wieder stark – oder schwach – genug, um an dem Kelch zu nippen, der Francis hieß. Dann suchte ich den Mittler meiner Phantasie, der ja immer in der Nähe war, und benutzte seine Gegenwart, um meine Vergangenheit wiederaufleben zu lassen und zu korrigieren.

Eines unserer Gespräche ist mir besonders deutlich in Erinnerung. Ich weiß nicht genau, warum. Vielleicht, weil mir dabei zum erstenmal bewußt wurde – ohne daß ich es mir eingestanden hätte –, daß er vor allem er selbst und nicht das Abbild eines anderen war und daß dieser eigenständige Mensch ruhig und unaufdringlich meine Nähe suchte.

Die Tür des Verwaltungsgebäudes fiel ins Schloß, und gleich darauf öffnete sich die des Büros mit dem unangenehmen Geräusch, das die alten Schaumgummidichtungen verursachten.

»Ah, da sind Sie ja, Mrs. Sutherland.« Leon Kennedy lehnte sich gegen die Tür, um sie zu schließen, und sah Delia an.

»Ja, Leon, hier bin ich. Gut, daß Sie gerade jetzt kommen. Bitte unterschreiben Sie dies hier.« Sie rückte die halbmondförmigen Brillengläser zurecht, nahm mit der Linken ein Schriftstück vom Tisch und reichte es ihm, ohne zu ihm aufzublicken.

»Was ist das?« Er drehte das Blatt fragend in der Hand.

»Ein Antrag auf staatliche Finanzierungshilfe für den neuen Milchsammeltank in der Molkerei. Ich glaube, wir haben schon darüber gesprochen. Unterschreiben Sie einfach nur unten rechts.«

Er legte das Blatt genau vor ihr auf den Tisch, zückte einen Füller und beugte sich so weit vor, daß sie sich zurücklehnen mußte. Als er es unterzeichnet hatte, hob er den Kopf, so daß sich ihre Gesichter ganz nahe waren, und verharrte so. Seine Haut roch nach Seife und frisch gepflügtem Acker.

»Da drüben ist noch ein Schreibtisch, Leon.«

Er schraubte den Füller zu. »Stimmt.«

»Leon, ich habe die Termine für die Jagd festgelegt. Es geht im September mit Rebhühnern los und endet im November mit Fasanen. Wenn man das Revier tageweise vermietet, springt ganz schön was dabei raus. Ich selbst mache nicht mit, aber ... Hören Sie mir überhaupt zu?«

»Haben Sie diese Kühe gezeichnet, Mrs. Sutherland?« Er zeigte auf die Karten, die vor ihr lagen.

»Ach, das gehört zur Zuchtkartei. Sehen Sie: rechte Seite, linke Seite, Vorderseite. Ich trage die Kennzeichen jeder Färse ein – sie sind alle verschieden, verstehen Sie? – und schicke die Karten an den Züchterverband, wo sie ins Register kommen.«

»Kennen Sie etwa jede Kuh so genau? Da kann man ja nur staunen.«

»Mit der Zeit hält man sie alle auseinander.« Sie sah zu, wie er in den Karten blätterte. Sein Interesse war nicht von Dauer.

»Wie wär's mit einem Spaziergang?« fragte er.

»Unsinn, es ist doch schon dunkel!«

»Aber Bung und Ho hätten bestimmt nichts dagegen.«

»Doch, sie mögen die Dunkelheit nicht.«

»Ich suche schon eine ganze Weile nach Ihnen. Vorhin war es noch hell.«

»Ich war auf einer Sitzung des Schulvorstands. Normalerweise finden Sie mich hier. Was haben Sie denn seit dem Mittagessen gemacht?«

»Ach, erst hab ich eine Siesta gemacht, und dann hab ich ein paar Dinge in der Stadt erledigt.«

Ich maß dem Gespräch keine besondere Bedeutung bei, doch nach etwa einem Jahr stellte ich fest, daß es sich offenbar tief in mein Gedächtnis eingegraben hatte, denn ich erinnerte mich noch an die kleinste Einzelheit.

Leon lebte in der Wirklichkeit, jenseits meiner alles verzerrenden Phantastereien. Wenn ich ihn zufällig im Gespräch mit Menschen antraf, die ich ein Leben lang gekannt hatte, konnte ich beobachten, wie er sie mit seiner interessanten Art für sich einnahm – Szenen, in denen ich keine Rolle spielte.

Als ich eines Abends mit den Hundenäpfen zum Zwinger ging, kam ich unter dem erleuchteten Küchenfenster vorbei und blieb stehen, weil von drinnen seine Stimme zu mir drang. Ich schaute hinein und sah nicht viel mehr als ein paar Aluminiumpfannen, die über dem Herd an einer Stange baumelten. An einer Seitenwand stand ein verglaster Küchenschrank voll Kupfertöpfen und Puddingformen, die meines Wissens nie benutzt wurden. Drei Deckenlampen mit gläsernen, an der Oberseite fettigen Schirmen hingen in einer Reihe über dem Tisch, an dem Mrs. Files saß und etwas kleinschnitt, indem sie das Messer an Griff und Spitze festhielt und es hin und her bewegte. Aus der anderen, meinen Blicken entzogenen Ecke der Küche kam eine Art Singsang oder Stöhnen. Wahrscheinlich saß dort Megan, Mrs. Files' senile Tante, die sie mit zur Arbeit nahm, wenn sich kein anderer um sie kümmern konnte.

Plötzlich schoß dicht hinter dem Fenster eine Hand, die etwas Glänzendes, Dunkelrotes hielt, in die Höhe. Ich trat ein paar Schritte zurück und kletterte auf die niedrige Mauer, die an der hohen Eibenhecke entlanglief. Jetzt konnte ich auch den Küchentisch sehen.

Leon lag rücklings auf der Platte, ein Bein übers andere geschlagen, umgeben von den Zutaten fürs Abendessen. Mit ausgestrecktem Arm hielt er eine Aubergine hoch und drehte sie hin und her, während er sie kritisch beäugte.

»Ich schwöre, daß er so groß war, Margaret«, hörte ich ihn sagen, »und daß er auch so ähnlich aussah. Ehrlich!«

Mrs. Files vergrub das Gesicht in einem Küchenhandtuch, lachte hinein und schüttelte es dann mit gespielter Entrüstung.

Margaret – er nannte sie Margaret!

Ich ging hinein. Gern wäre ich in diese Gemeinschaft aufgenommen worden, doch ich wußte, daß ich nur die Küche zu betreten brauchte, um ihr ein Ende zu bereiten. Dazu kam es jedoch nicht, denn gerade als ich den Flur betrat, hörte ich, wie er die Küchentür hinter sich schloß. Sein Gesicht verriet keinerlei Spur von Wärme oder Humor. Nichts deutete auf das lustige Geplänkel mit Mrs. Files hin – ich war außerstande, sie auch nur in Gedanken Margaret zu nennen –, das doch nur Sekunden her war.

Zum erstenmal erhaschte ich etwas von seinem wahren Wesen. Die Darbietung in der Küche war eine genau kalkulierte Albernheit gewesen, ein neckisches Spiel, ein wenig wild, aber gefahrlos. Leon umwarb die Menschen, neckte sie, ging auf sie ein, und dann ließ er sie stehen, im Geiste schon woanders. Er wußte genau, wen er wann, wie und wo anzapfen mußte, damit er mehr erhielt, als er selber gab. Darin bestand seine private Tragödie. Er wollte um jeden Preis gemocht werden. Diesem Wunsch entsprangen auch all die kleinen Aufmerksamkeiten – Parfum für mich, ein Feuerzeug für den Nichtraucher David, ein kupferner Armreif für

Curtis. Zweifellos hatte auch Mrs. Files gerade ein Geschenk erhalten.

Gedankenverloren wie er war, stieß Leon Kennedy im Küchenflur fast mit mir zusammen. »Oh, Mrs. Sutherland, wo wollen Sie denn hin?«

Ich schob mich an ihm vorbei und betrat die Küche. Da saß sie, hing der kleinen Szene nach und strahlte noch immer im Licht der Begegnung mit ihm. Ihr Lächeln hatte eine Frische, die ich vor seinem Eintreffen nie an ihr entdeckt hatte. Bestürzt über die Ungleichheit ihrer beider Gefühle sagte ich: »Guten Abend, Mrs. Files.«

Sie blickte auf. Kein Zweifel, sogar jetzt wo sie wieder allein war, betrachtete sie mich als Eindringling. Hastig zog sie eine Schublade auf und verstaute in deren Tiefen ein kleines Päckchen.

Nachdem ich am Küchenfenster spioniert und ihn zusammen mit Mrs. Files beobachtet hatte, wie er ganz er selbst und kein bißchen mehr wie Francis gewesen war, wollte ich ihn überhaupt nicht mehr sehen. Ich fühlte mich irgendwie befreit, jedenfalls bis zum Abendessen.

Abend für Abend erschien er in dem schwarzen Kaschmirjackett, das er am ersten Tag getragen hatte, und wirkte irgendwie erwartungsvoll. »Da sind Sie ja, Mrs. Sutherland«, pflegte er zu sagen, als wäre für ihn bei meinem Anblick die Sonne aufgegangen. Diese Formel benutzte er so häufig, daß ich mich an sie gewöhnte, ja geradezu auf sie wartete. Mir war schleierhaft, welche aufregenden Dinge er sich von den Abenden mit mir erhoffte. Ich glaube, ich hielt ihn einfach für einen Menschen, den abends immer diese Stimmung überkam. Auch darin ähnelte er Francis.

Was sich an jenem Abend abspielte, war scheinbar ohne Belang, wie alle unsere Begegnungen. Irgendwann schob er den Teller von sich, drehte sich auf dem Stuhl, um mir gerade ins Gesicht schauen zu können, räkelte sich und schlug die Beine übereinander. »Dieser Kasten müßte mal anständig durchgeheizt werden«, sagte er. »Nur Irre halten es in einer solchen Kälte aus. Sogar ein Eskimo würde kapitulieren.«

Wir starrten uns an. Ich dachte: Warum mußtest du so sterben, Francis? Schau, wie glücklich wir hätten werden können. Sieh uns beide an!

Ich streckte einen Arm aus und ergriff seine Hand, die auf dem Tisch lag und mit einem Stück Orangenschale spielte. Er überließ sie mir nicht nur, sondern beugte sich sogar vor, damit ich sie so nahe an mich heranziehen konnte, wie ich wollte. Ich legte meine Hand auf seine, zog sie aber wieder fort, um seine Finger zu betrachten, feinknochige Finger einer wohlgeformten, eher kleinen Hand. Ich drehte den Handteller nach oben, drehte sie wieder um und bedeckte sie erneut mit meiner Hand. »Es gibt so viele Dinge, über die wir nicht einer Meinung sind«, sagte ich. »Ich wünschte, es wäre anders, weil es Zeitverschwendung ist und nichts dabei herauskommt. Das ist uns doch inzwischen beiden klargeworden, nicht wahr?«

»Gut, weiter so«, forderte er mich sanft, aber nachdrücklich auf, als rezitierte ich auswendig einen Text. »Reden Sie weiter.«

»Weiter? Worüber?«

»Über die Heizung. Was spricht dagegen?«

Ich ließ seine Hand los und sagte mit veränderter Stimme: »Ich habe doch schon tausendmal erklärt, daß wir es uns nicht leisten können. Dieses Haus hat seine Eigenheiten und –«

»Mrs. Sutherland?«

»Bitte?«

»Vergessen Sie nicht, daß ich jetzt die Rechnungen bezahle. Außerdem habe ich das Thema Heizung heute zum erstenmal angeschnitten.« Er sah mich nicht an, sondern blickte vor sich hin, als würde er eine betrübliche Mitteilung verlesen.

Ich wußte, daß ich Leons Hand ergriffen hatte, auch wenn ich mich vielleicht mit Francis unterhielt. Nein, ich glaube, es war doch Leon.

Normalerweise wären wir nach dem Essen in den Salon gegangen und hätten noch eine Weile zusammengesessen. Manchmal sah ich noch ein paar Papiere durch, bevor ich zu Bett ging. Mehr als einmal mußte ich Leon daran erinnern, daß ich die Angewohnheit hatte, früh schlafen zu gehen. Schließlich fand er sich damit ab. In Wahrheit flüchtete ich mich in die Intimität meines dunklen Schlafzimmers, damit er in meiner Phantasie möglichst lange die Rolle seines Vaters spielte. Unterdessen saß er unten im Salon und hörte sich die alten Jazzplatten meiner Mutter und die von ihm gekauften an. Ja, er war dort für mich sein eigener Vater, und so war es Francis, der mich an einem jener Abende gebeten hatte: »Geh nicht fort!« Ich war geblieben, ich war immer noch da, und mein Herz glich einem Puzzle, das ich mühsam zusammensetzen mußte.

An jenem Abend folgte Leon mir nicht in den Salon, um sich mir gegenüber in seinen Sessel gleiten zu lassen, die Ellbogen auf die Armlehnen gestützt und die Hände vor dem Gesicht gefaltet. An jenem Abend ließ er sich überhaupt nicht im Salon blicken.

Nachdem ich eine Weile abgewartet hatte, ging ich nicht etwa hinauf in mein Zimmer, um endgültig meine Koffer zu packen, wie ich es mir beim Essen fest vorgenommen hatte, sondern machte mich auf die Suche nach ihm. Die Hunde an meiner Seite, rief ich in der Halle seinen Namen: Sein Auto, ein VW-Cabrio, das er gleich am ersten Tag direkt aus dem Schaufenster heraus gekauft hatte, war vor dem Haus geparkt. Ich ging die Treppe hinauf. Die Tür seines Zimmers stand offen. Ich lauschte in die Stille hinein. Offenbar war er nicht da, aber ich rief trotzdem noch einmal nach ihm.

Unten war inzwischen der Eßtisch abgeräumt worden. Der Raum wirkte abweisend und überflüssig, wie es Eßzimmer außerhalb der Mahlzeiten nun einmal an sich haben. So viel Platz und all der Pomp für ein bißchen Nahrung! In der Küche brannte kein Licht. Mrs. Files war also bereits gegangen. Auch im Dienstbotenzimmer war niemand, aber es wurde ja schon seit Jahren nicht mehr benutzt.

Die Hunde folgten mir durch den langen rückwärtigen Flur. Ich hörte auf, nach Leon zu rufen, und kam mir unsinnigerweise wie eine Einbrecherin vor. Am liebsten wäre ich ohne die Hunde weitergegangen, weil sie so laut waren. Oben auf der Treppe befahl ich ihnen, zu warten.

Die Tür zu Curtis' Wohnung hatte als Klopfer einen häßlichen Gnomenkopf. Ich weiß nicht, was mich auf der Suche nach Leon in jenen Teil des Gebäudes trieb. Vielleicht lag der Grund darin, daß Curtis außer Leon und mir der einzige Mensch in diesem Hause war. Natürlich konnte ich ihn nicht geradeheraus fragen: Wo ist Mr. Kennedy? Ich hoffte, daß mir bei seinem Anblick schon eine Ausrede dafür einfallen würde, daß ich ihn um diese Zeit störte.

Schon hatte ich den Gnomenkopf gepackt, da vernahm ich getragene, tiefe Töne aus Leons Klarinette. Ich lauschte angestrengt, um festzustellen, ob es eine Schallplatte war, aber nein, es war jene Melodie, bei der er an immer denselben Stellen ins Stocken geriet. Plötzlich gesellte sich ein Klavier zu der Klarinette, aber nur kurz, dann brach die Musik ab, und ich hörte Leons und Curtis' Stimmen. Kein Zweifel, es waren sie, nur sie beide. Ich klopfte nicht an.

In jener Nacht dachte ich nicht an Francis. Und ich reiste auch nicht am nächsten Morgen ab.

Leon trug nicht mehr die neuen, in London gekauften Sachen, die sogar einem Menschen wie mir unmodern und formell vorkamen. Statt dessen zog er nun Jeans an, alte Jeans, die sich seinem Körper angepaßt hatten. Zum erstenmal sah ich ihn darin an einem vereinzelten Frühlingstag im Winter. Leon warf draußen einen Ball über den Rasen und ließ ihn von Ho apportieren. Bis zu meinem Erscheinen gehorchte der Hund seinen Befehlen wie: Platz! Still! Los! Doch noch bevor er mich sah, reckte Ho schon schnuppernd die Schnauze in die Luft und verlor jedes Interesse an dem Spiel. Leon schleuderte den Ball hoch in die Luft und rannte ihm selbst hinterher, um ihn aufzufangen. Er stolperte und fiel hin, aber es war ihm anzusehen, wie sehr er es genoß, in der Sonne herumzutollen.

Ich schlenderte auf ihn zu und blickte auf ihn hinab. »Sie sollten sich einen Pullover anziehen. Es ist nicht so warm, wie Sie glauben.«

»Stimmt, aber die Sonne scheint, Mrs. Sutherland, die Sonne!« Mit geschlossenen Augen atmete er tief ein. Seine Jeans rochen nach Salz und Sand. Ich mußte an Franky denken. Sogar den Harzgeruch der ausgedörrten Planken des Bootssteges glaubte ich wahrzunehmen, diesen Geruch voll Wärme und Unbeschwertheit. Leon mußte die Jeans wer weiß wie oft am Strand und beim Angeln getragen haben. Und nun lag er mir zu Füßen auf meinem englischen Rasen unter meiner englischen Sonne! Ich ahnte, daß er von einem tiefblauen Himmel, dem flaschengrünen Meer, frischem Wind und einem schnellen Boot träumte.

»Vermißt du es sehr?« hätte ich ihn gern gefragt. »Ist es so schlimm, dein Heimweh? Ich habe dasselbe durchgemacht.« Doch statt dessen sagte ich: »Das Mittagessen ist aufgetragen.«

»Mrs. Sutherland?«

Mit ausgebreiteten Armen lief er hinter mir her, noch ganz überwältigt und überwältigend in seiner ureigenen Aura. Die verwaschenen Jeans schienen schon brüchig zu werden, so sehr fehlte ihnen die vertraute, feuchte Meeresluft. »Mrs. Sutherland! Bitte!« Gleich würde er mich in die Arme schließen, trunken von dem bißchen fahler Sonne würde er mich umarmen!

Ich wartete etwas zu lange auf dem Rasen. Er kam mir ganz nahe, so nahe, daß seine Arme mich fast umfingen. »Halt, lassen Sie das! Gehen Sie weg!«

Doch ich war es, die wegging. Ich ging die Stufen zum Salon hinauf, auf denen Francis mich um Verzeihung gebeten hatte.

Als ich mich umsah, stand Leon wie angewurzelt da und blickte mir nach, sehr gefaßt, sehr fern – und dann hob er den Handrücken ans Auge. In dem Moment verschwand die Sonne hinter einer Wolke.

Das Mittagessen verlief wie immer. Er war höflich und zuvorkommend.

12

»Schon wieder Regen!«

»Ja, aber das geht vorbei. Meine Taufe ...« Delia Sutherland tippte mit dem Zeigefinger auf das Schwarzweißfoto einer Frau, die ihren Kopf zurückwarf, damit das Baby auf ihrem Arm nicht ihr Haar in die Finger bekam. »Und das da bin ich auf Pfifferling, dem Shetlandpony, das wir damals hatten. Übrigens nicht sehr lange, denn die Caldwells sind nicht gerade Pferdenarren.«

Sie hatte Leon Kennedy im Ballsaal in einem Schaukelstuhl am Fenster gefunden, ein Fotoalbum auf den Knien und mehrere andere neben sich auf dem Fußboden. Durch einen Spalt in den verschlissenen Brokatvorhängen schimmerte ein Streifen Licht, doch so schwach, daß nicht einmal das Parkett erglänzte. Leon hielt das großformatige Album in dieses matte Licht und betrachtete aufmerksam die Bilder. Als Delia eintrat, sagte er ruhig und ohne aufzublicken: »Hallo, da sind Sie ja.« Die Worte verklangen zusammen mit ihren Schritten.

»Sie sehen sich die alten Alben an?«

»Ja. So viele Leute – damals, meine ich! Jagdgesellschaften, Picknicks, Maskenbälle. Man blätterte weiter, und da sind sie wieder, dieselben Leute in derselben Pose, nur daß sie vor einem anderen Haus stehen. Die müssen sich ganz schön umgetan haben.«

»Man kannte sich eben.«

Etwas zwang sie näher zu treten, und ehe sie sichs versah, saß sie auf der Armlehne seines Sessels und schaute ihm über die Schulter. »Das bin ich am Meer.« Sie zeigte auf ein Bild, auf dem ein staksiges Mädchen in einem gestrickten Badeanzug zu sehen war.

»Diesen Ring tragen Sie immer, nicht wahr?«

Sie zog die Hand weg und schob sie in die Hosentasche. »Er hat meiner Mutter gehört. Viel wert ist er nicht. Die guten Sachen sind alle weg. Das erinnert mich daran, daß ich –«

»Oh, hören Sie auf!« sagte er, weil ihre Stimme plötzlich anders klang. Er hatte sie in die Stille hineingezogen, die ihn selbst umgab, aber jetzt war sie wieder weit fort.

»Es ist etwas Wichtiges, Leon! Heute ist eine Rechnung gekommen. Fünfundsiebzigtausend.«

»Eine Menge Geld.« Er griff nach einem anderen Album.

»Im Ernst!«

»Ja, im Ernst, das ist eine Menge.« Er schien völlig unbeeindruckt.

»Guter Gott, Sie kann wirklich nichts erschüttern, oder? Diese Rechnung – das habe ich uns eingebrockt. Ich habe die Bestellung für Kunstdünger von vierteljährlich auf jährlich geändert. Das war kurz nach Francis' Tod, und ich habe mir das wohl nicht gut genug überlegt. Jedenfalls ist die Rechnung fällig, und es ist nicht genug Geld auf den Konten des Guts. Sie werden wohl oder übel etwas verkaufen müssen. Fragt sich nur, was! Hören Sie, dies ist das erste Mal, seit ich den Betrieb übernommen habe, daß ich mich in einer solchen Lage befinde.« Sie ging zu einem düsteren Ölgemälde neben einem der Kamine und berührte es leicht mit den Fingerspitzen. »Es ist ein Jammer, aber wir werden uns davon trennen müssen.«

»Nein, ich mag das Bild von dem kleinen Mädchen, das durch ein Kornfeld läuft. Ich weiß nicht warum, aber es gefällt mir.«

Sie gab ein Geräusch von sich, das wie ein Lachen klang.

»Leon, Sie schauen es ja nicht einmal an!«

»Im Moment nicht, aber ich habe es schon oft betrachtet. Es ist eins von meinen Lieblingsbildern.«

Sie setzte sich auf den Rand eines Hockers. Er blätterte eine Seite um. »Das kleine Mädchen sind wohl Sie, aber wer ist das Baby neben Ihnen? Sieht wie noch eine Taufe aus.«

»Mein Bruder. Er ist kurz nach seiner Geburt gestorben. Wissen Sie überhaupt, wer das Bild gemalt hat? Ein berühmter Künstler.«

»Sicher. Wieso glauben Sie eigentlich, daß ich ein ungebildeter Mensch bin, Mrs. Sutherland? He, ein Foto von der Krönung der Queen! Ihre Eltern hatten offensichtlich einen guten Platz ergattert.«

»Es bleibt Ihnen nichts anderes übrig, als es zu verkaufen. Ich führe Sleet seit fünfundzwanzig Jahren und weiß, wovon ich rede.«

»Es wäre ein schlechtes Geschäft, Mrs. Sutherland. Man soll keine Wertsachen verscherbeln, um ein Loch zu stopfen.«

»Was Sie nicht sagen! Es geht nicht darum, ein Loch zu stopfen, sondern Kunstdünger zu kaufen. Er ist unerläßlich.«

»Dünger? So ein Quatsch.«

»Bitte?« Sie steuerte auf die Tür zu. »Ich glaube, Sie wollen eine Streit vom Zaun brechen. Ohne mich! Ich gehe jetzt, aber vorher möchte ich Ihnen noch etwas sagen: In all den Jahren meiner Ehe mit Francis habe ich ihn nie um einen roten Heller bitten müssen. Ich habe Sleet ganz selbständig geführt. Unter meiner Leitung ist der Betrieb wieder auf die Beine gekommen.«

»Vor die Hunde gegangen.«

Er sagte dies so leise, daß sie sich nicht sicher war, ob sie richtig gehört hatte. Deshalb fuhr sie fort: »Ja, ich habe das Steuer herumgerissen und dafür gesorgt, daß sich alles trägt, der Hof, die Jagd, der Forstbetrieb. Falls sie glauben, daß ich mit dem Geld, das Francis mir hinterlassen hat, den Karren nochmals aus dem Mist ziehen werde, während Sie sich nicht einmal bemühen, auch nur das Einmaleins der Landwirtschaft zu lernen – falls Sie das glauben, dann haben Sie sich gründlich getäuscht.«

»Klar. Hat heute vormittag jemand für mich angerufen?«

Sie hatte ohne ein weiteres Wort gehen wollen, aber da war tatsächlich ein Anruf gewesen. Sie hatte im Büro, das samstags normalerweise geschlossen war, auf eine Lieferung Kreosot für das Sägewerk gewartet, und da hatte ein Mann angerufen und nach Mr. Kennedy gefragt.

»Er ist nicht da. Kann ich etwas für Sie tun? Ich bin Mrs. Sutherland.«

»Sind Sie die Sekretärin?«

»Ich sagte doch, daß ich –« Sie nahm den Hörer kurz vom Ohr. Wenn ihr Name den Leuten schon nichts mehr sagte, dann zählte sie nicht mehr.

Der Mann am anderen Ende der Leitung fragte: »Ich bin doch mit Sleet verbunden?«

»Ja.«

»Hören Sie, meine Liebe, eigentlich wollte ich mit Mr. Kennedy, dem Besitzer, reden, aber macht nichts, richten Sie ihm einfach etwas aus, ja? Sagen Sie ihm, die Firma Happyhol Fertigbau kommt am Montag zum Aufstellen. Er weiß Bescheid. Nett von Ihnen. Also dann, bis demnächst.«

»Ja, da war ein Anruf für Sie. Irgendeine Fertigbau-Firma. Ich bin nicht ganz schlau daraus geworden.«

»Was wollten sie?«

»Sie lassen ausrichten, daß sie am Montag zum Aufstellen kommen. Sagt Ihnen das etwas?«

»Ja.«

»Worum geht es denn?«

»Das ist eine Überraschung.«

»Was machen wir mit der Rechnung, Leon?«

»Mit den Blockhütten können wir sie schon bezahlen. Die Idee ist so fabelhaft, Mrs. Sutherland, daß ich es kaum erwarten kann, Ihnen davon zu erzählen.«

Begeistert trat er auf sie zu. »Als ich vor ein paar Wochen im Büro auf Sie wartete, kam ein Anruf von dieser Firma. Echte Blockhäuser mit Strom und Wasser, alles fix und fertig. Eine tolle Sache. Am Montag stellen sie hier so eine Hütte auf, damit ich mir ein Bild machen kann, aber ich habe schon mit anderen Leuten gesprochen, die sich auskennen. Die Dinger sind sehr beliebt. Natürlich kommen sie nicht in die Nähe des Hauses, und die Gruppen –«

»Gruppen?«

»Na ja, Sie wissen doch selbst, daß Menschen gern zusammen sind, selbst draußen in der Wildnis oder was sie dafür halten. Deshalb dachte ich mir, daß ich jeweils vier bis sechs Hütten auf eine Parzelle –«

»Parzelle?«

»Klar. Ich hatte für den Anfang an ein halbes Dutzend gedacht, und in jeder Hütte hat eine vierköpfige Familie Platz.«

»Ich glaube, ich habe Sie nicht ganz verstanden.« Sie hatte sehr wohl verstanden, aber sie konnte es nicht glauben.

»He, he, he!« Mit abwehrend erhobenen Händen schob er sich an ihr vorbei und ging rückwärts auf die Tür zu. »Den Gesichtsausdruck kenne ich. Bis später!«

»Kommen Sie her!«

»Nein, Mrs. Sutherland, nicht, wenn Sie so mit mir reden!«

»Rufen Sie sofort diesen idiotischen Kerl an und machen Sie den Auftrag rückgängig! Wie können Sie es wagen, mich einfach zu übergehen?«

Schimpfend folgte sie ihm ins Jagdzimmer. Während er einen Tweedmantel vom Bügel nahm, hielt sie ihm vor: »Ich habe versucht, Sie hier einzuarbeiten, ich bin geblieben, um Ihnen zu helfen, aber Sie sind mir kein einziges Mal entgegengekommen! Falls Sie glauben, daß ich hier die Geschäftsführerin spiele, während Sie auf der faulen Haut liegen und aberwitzige Pläne ausbrüten, ohne einen blassen Schimmer zu haben, worauf –«

Mit abgewandtem Kopf ging er an ihr vorbei, und während sie ihn mit Vorwürfen überschüttete, sagte er so leise, daß sie seine Worte nicht verstehen konnte: »Hören Sie auf, seien Sie nicht so destruktiv! Sagen Sie nicht so etwas!« Doch als sie nicht abließ, schlug er den Mantel in der Halle mehrmals mit voller Wucht gegen die Wand und brüllte lauter, als sie ihn jemals brüllen gehört hatte: »Verdammt, jetzt reicht es! Sie widern mich an!« Da verstummte sie wie jemand, der sich plötzlich bewußt wird, daß er eine altvertraute Katastrophe aufs neue inszeniert hat. »Tun Sie nicht so, als hätten Sie mir nur helfen wollen! Glauben Sie etwa, mir wäre nicht klar, was für ein Spiel Sie mit mir treiben? Ich soll für Sie Francis' Rolle spielen, aber wozu soll das gut sein, Mrs. Sutherland? Ist das nicht ziemlich albern, wo Sie seinetwegen doch so viel gelitten haben? Er hat Sie dieses Haus hier führen lassen, als wäre es eine Puppenstube, aber das hat er nur getan, weil er Sie liebte, verdammt noch mal! Ich kann ihn gut verstehen, o ja, das kann ich! Dabei sind Sie genauso kaltherzig und abweisend, wie sie es immer waren, Mrs. Sutherland! So, und jetzt lassen Sie mich vorbei!«

»Warten Sie! Wie können Sie so etwas behaupten? Woher haben Sie das?« Er ging an ihr vorbei die Treppe hinauf. Sie hörte, wie seine Zimmertür zugeknallt wurde. Wie angewurzelt stand sie da.

Es würde bestimmt wieder alles gut werden, später. Er konnte das nicht so gemeint haben. Sie bräuchte hier nur eine Weile stehenzubleiben und sich zu beruhigen, dann, ja dann würde es sogar zu regnen aufhören. Ich werde ihn fragen, ob wir mit den Hunden eine Spaziergang machen, nahm sie sich vor. Das tut er gern. Danach einen Drink und dann zum Abendessen. Wir werden tun, was wir jeden Abend tun, und alles wird wieder gut.

Er erschien mit einer Reisetasche in der Hand.

»Leon, ich wollte Sie fragen, ob Sie –«

Er war bereits an der Haustür. »Ich kann im Gegensatz zu Ihnen nicht mit kaputten Traktoren, entwurzelten Bäumen und Leuten leben, die nicht richtig arbeiten können, weil ich es mir nicht leisten kann, die Voraussetzungen dafür zu schaffen. Ich mag mich auch nicht von der bescheuerten Regierung dafür bezahlen lassen, daß ich die Hände in den Schoß lege und nichts anbaue. Wenn Sie überhaupt eine Geschäftsfrau sind, Mrs. Sutherland, dann eine verdammt schlechte. Dieser Laden hier ist das reinste Trauerspiel, aber ich habe gewisse Pläne, und ich habe gehofft, sie verwirklichen zu können, während Sie so weiterwurstelten wie eh und je. Vielleicht hätte ich mich mit dem ganzen Quatsch sogar anfreunden können, aber leider sind Ihnen andere Menschen anscheinend völlig egal. Es fällt mir schwer, mit so einer Person unter einem Dach zu leben, und beschimpfen lasse ich mich von Ihnen schon gar nicht. Wann haben Sie sich zum letztenmal dafür interessiert, was andere tun oder wie sie sich fühlen? Mir ist klar, daß Sie sich am liebsten selber Gesellschaft leisten, und da haben Sie Glück, weil nämlich kein anderer dazu bereit ist. Ich fahre für eine Weile weg, damit Sie Zeit haben, Ihre Koffer zu packen. Das ist wohl das beste. Auf Wiedersehen.«

Er hatte mit gedämpfter Stimme gesprochen, und sie fragte im selben Tonfall: »Wo gehen Sie hin?« Vielleicht sprach sie so leise, daß die vier Schläge der Uhr im Taubenschlag ihre Worte übertönten. Jedenfalls erhielt sie keine Antwort, als sie ihn bat: »Gehen Sie nicht fort, Leon!«

Lange stand ich draußen vor der Haustür im strömenden Regen. Es war bereits stockfinster, als mir bewußt wurde, daß die Hunde irgendwo winselten. Ich rief nach ihnen, doch als sie meine Stimme hörten, verstummten sie. Ich wußte also nicht, wo ich nach ihnen suchen sollte. So ist das oft mit Hunden. Ich schaute in mehreren Räumen nach, und als ich die Tür zum Ballsaal öffnete, kamen sie herausgeschossen. Ich setzte mich an den Tisch in der Halle, und die Hunde, von meiner Apathie verunsichert, umkreisten mich unruhig.

Irgendwann gab ich ihnen ihr Fressen und sperrte sie in den Zwinger. Ich ging nicht ins Eßzimmer, wo ein längst kalt gewordenes Abendessen auf mich wartete, sondern folgte einer Eingebung und ging mit schleppenden Schritten die Treppe hinauf zu Leons Zimmer, in dem ich ihn beobachtet hatte, wenn er Klarinette spielte und die Silhouette seines nackten Oberkörpers sich vom hellen Hintergrund abhob. Es zu betreten hatte ich mir jedoch in den drei Monaten seit seiner Ankunft nicht gestattet. Und nun stand ich vor der verschlossenen Tür und lauschte in die Stille hinein.

Seitdem sind fast drei Jahre vergangen, und während ich, vor mir das von der Wintersonne beschienene Schulheft, dem ich meine Erinnerungen anvertraue, am Fenster meines Hotelzimmers sitze, auf die geschäftige Straße und den Platz hinabblicke, wo morgen wieder Fischmarkt sein wird, überkommt mich immer wieder die Anwandlung, den Bleistift wegzulegen, mich zurückzulehnen und kopfschüttelnd über meine hochmütige, halsstarrige Verbohrtheit nachzugrübeln. Doch warum innehalten und über Ursachen rätseln, deren Folgen viel mehr Nachdenken verdienen?

Leons Worten zum Trotz und entgegen meiner Gewißheit, daß Francis' Geist seinem Sohn gefolgt war, die Auffahrt entlang, fort von Sleet und der Freiheit entgegen, betrat ich Leons Zimmer, um darin nach den Spuren dieses armen Gespenstes zu suchen und, sofern ich welche fand, eine Weile dazusitzen und

Nichtigkeiten wie »Tut mir leid« oder »Verzeih mir« zu murmeln.

Als ich die Tür öffnete, blies mir eine Batterie von Heizgeräten einen Schwall warmer Luft entgegen. Eines stand auf dem Toilettentisch, ein anderes auf der Kommode. Dazu kamen mehrere Heizstrahler aus meiner Kindheit und drei Paraffinöfen, deren Dämpfe das Licht der Nachttischlampen wabern und die überall in Vasen herumstehenden Rosen vor der Zeit welken ließen.

Über den aufgeschlagenen Noten auf einem Ständer las ich: »The Isle of Capri«. Andere Notenhefte lagen über den Fußboden verstreut. Die Klarinette ruhte in ihrem Futteral auf einem Schemel am Fußende des Bettes. Es war das breite Bett, das Francis zu unserer Hochzeit gekauft hatte.

Ich ging zum Fenster, um die Vorhänge zuzuziehen, und stellte fest, daß alle Ritzen mit silbernem Isolierband verklebt waren. Im Kleiderschrank hingen die Sachen säuberlich getrennt: links die neuen, ein dreiteiliger, an die fünfziger Jahre gemahnender Anzug aus einem Stoff, so kratzig wie eine Stechpalme, die Tweedjacketts und das aus Kaschmir, das Leon allabendlich getragen hatte. Unwillkürlich berührte ich einen Ärmel, zog die Hand jedoch gleich wieder zurück. Rechts die alten, abgetragenen Sachen, helle und bequeme Kleidungsstücke. Ich verbarg mein Gesicht in den Falten der Jeans und atmete den salzigen Geruch ein.

In einer Schublade der Kommode fand ich Notizbücher, mit marmoriertem Einband oder in Ziegenleder gebunden. Ein paar hölzerne Schachteln enthielten Armreife aus Silber und Messing, außerdem allerlei Schmuck mit glitzernden Halbedelsteinen. Manches war nach dem Kauf nicht einmal ausgepackt worden.

Ein anderes Fach enthielt warme Wäsche – langärmelige Hemden und lange Unterhosen. Ich mußte daran denken, wie Leon sich amüsiert hatte, als ich zu

Anfang seines Aufenthaltes darauf zu sprechen gekommen war. Sein Lachen hatte alle angesteckt, nur mich ließ es kalt, doch jetzt, allein in seinem Zimmer, lachte ich, wie ich damals hätte lachen sollen. Als ich mein Gesicht berührte, stellte ich fest, daß es naß war. Ich erstaunte, als hätte ich in eine blutende Wunde gefaßt, von der ich nichts ahnte. Zaghaft beäugte ich die Fotos auf dem Toilettentisch. Eines war ein großes Porträt von Euturpia Kennedy. Es mußte aus der Zeit stammen, in der ich sie zum erstenmal gesehen hatte. Ihren Augen war noch nicht die scheue Hoffnung ausgetrieben worden. Auf einem anderen Foto schlang der etwa sechsjährige, Grimassen schneidende Leon von hinten die Arme um seine Mutter, die in ihrem weißen Kleid unwiderstehlich verführerisch aussah. Eine farbige Nahaufnahme zeigte beide, wie sie jetzt waren. Sie prosteten sich mit Mint Juleps zu, und es war unübersehbar, wie gut sie sich verstanden. Schließlich gab es noch ein großes Klassenfoto, auf dessen Rahmen »St. Andrew's College« stand, und eines vom Baseballteam. Auf weiteren Bildern sah man Leon, wie er herumalbernd Wasserski fuhr oder triumphierend neben einem riesigen Fisch posierte, die Arme um die Schultern zweier Kameraden gelegt.

Nur eines der Fotos nahm ich in die Hand: Leon im Profil, halb von hinten aufgenommen. Er tanzte artig mit einem Mädchen, ihre erhobene Hand in seiner, den Kopf eifrig zu ihrem jungen, fröhlich zu ihm aufschauenden Gesicht geneigt.

Auf dem Schreibtisch lag zwischen Füllern, Tintenfässern und Schreibpapier eine kleine Liste:

Zahnpasta
Mundstück f. Klarinette
Johnny Dodds Album bestellen (Curtis nach Nummer fragen)
14. März Mrs. S. Geb. (Geschenk, aber was?)

Wie hatte er meinen Geburtstag herausgefunden?

Auf dem Regal im Badezimmer standen klebrige Fläschchen mit Hustensaft. Richtig, er hatte eine Zeitlang gehustet.

Ich schaltete sicherheitshalber die Heizgeräte ab. Sofort nahmen die Wände, die schweren Möbel und die düsteren Vorhänge wieder von dem Raum Besitz und verliehen Leons Habseligkeiten etwas von dem ärmlichen, hastig zusammengerafften Gepäck eines Flüchtlings.

Ich selbst sorgte mich diesmal nicht um mein Gepäck. Darum konnte sich ein anderer kümmern. Wer – wie ich kurz zuvor noch – behauptet, fortzugehen sei schwer, lügt. Am besten, man läßt einfach alles stehen und liegen. Nur eines schien mir wichtig: die Näpfe aus dem Zwinger. Meine Hunde hätten ihre verbeulten Näpfe in Schottland sehr vermißt.

Die beiden wußten nicht, wie ihnen geschah, als ich sie mitten in der Nacht störte. Aufgeregt rannten sie im Zwinger herum, während ich im Regen wieder davonging. Angestrengt spähten sie in die Dunkelheit, hörten mit gespitzten Ohren, wie ich die Wagentür aufmachte und scheppernd ihre Näpfe hineinwarf. Die Hunde selbst wollte ich erst im letzten Moment holen.

Bis auf die Haut durchnäßt, wanderte ich durch die Räume, berührte Bilder, Uhren. Ich forschte in mir nach einem Gefühl des Verlusts, aber diesmal stellte es sich nicht ein, dieses Gefühl, das mich seit der Eröffnung von Francis' Testament begleitet hatte. Wozu also der ganze Aufruhr?

Ich nahm die Nadeln aus meinem Haar und ließ es auf die Schultern fallen, damit es schneller trocknete. Diese Tränen, diese verflixten Tränen!

Die Vorhänge im Salon waren offen, und es brannte kein Licht. Alle Gegenstände wirkten körperlos und abstrakt in ihren abgestuften Grautönen. Ich setzte mich in meinen Sessel. Der Kamin war kalt, wie ich selbst und mein feuchtes Haar, das in wirren Strähnen mein Gesicht umrahmte.

Wie fängt man es an, auf andere Menschen zu achten, wenn sie einem ein Leben lang gleichgültig gewesen sind? Hätte ich einen Ansatz dazu gefunden, den ich hätte mit mir nehmen können, wäre ich zufrieden gewesen. Doch wie sollte das gehen? Indem man jeden, dem man begegnet, fragt: »Wie geht es Ihnen?« und sich dann die Antwort wirklich anhört? Wie hatte Leon Mrs. Files' Vornamen herausgefunden? Und wie Curtis dazu gebracht, daß dieser ihn in seine Wohnung einlud? Wäre ich freundlicher zu Leon gewesen – hätte er dann trotzdem den Drang verspürt, solche Dinge zu tun?

Er war jetzt bestimmt bei Freunden, die ihn gerne aufnahmen, weil er war, wie er war, nämlich nicht so kalt und unnahbar wie ich. Was für Worte! Wie schlimm, so zu sein! Wer kann einem helfen, sich zu ändern? Meine Mutter hätte mir einen anderen Weg weisen können, damals. Sie war auch einer jener Menschen gewesen, die geliebt werden, weil sie sind, wie sie sind. Außer ihr fiel mir niemand ein. Von meinem Selbstmitleid ungerührt, hielt mir mein Verstand vor: Warum bist du geblieben, Delia? Und ich sagte laut: »Weil ich ihn nicht verlassen wollte.« – Wen wolltest du nicht verlassen? – »Ihn. Es hätte ein neuer Anfang sein können«, antwortete ich. »Ich bin lernfähig.« – Nein, bist du nicht, sagte der Verstand.

Die Tür ging auf. Ich verbarg mein verheultes Gesicht hinter meinen Haaren. »Schon gut Curtis. Sie dachten wohl, ich sei ein Einbrecher? Keine Sorge, es ist alles in Ordnung. Gehen Sie ruhig wieder zu Bett.« Mir schoß durch den Kopf, daß ich ihn vielleicht fragen sollte, wie es ihm ging. Immerhin wäre das ein Anfang. Nein, nicht jetzt. Er mußte weggehen, damit auch ich gehen konnte.

»Mrs. Sutherland?«

»Leon, Sie? Ich dachte, es sei Curtis.«

»Ach so.« Er zögerte. »Ihr Haar, es ist … es ist so eine Menge.«

»Wenn es naßgeregnet ist und ich es offen trage, dann –« Ich war aufgestanden, ohne mir dessen bewußt zu sein, und da ich nicht wußte, was ich sagen sollte, setzte ich mich wieder hin. Fast hätte ich gesagt: Was tun Sie hier? Aber ich verkniff es mir rechtzeitig. »Wie geht es Ihnen?«

»Danke, sehr gut.« Er blieb dicht vor mir stehen. »Darf ich es anfassen?«

»Was? Mein Haar? Guter Gott, ja, warum nicht? Wenn Sie Lust drauf haben – bitte!«

Er rieb es zwischen den Fingern, betrachtete es voller Bewunderung und ließ sich schließlich vor meinem Sessel im Schneidersitz zu Boden sinken, genau wie am ersten Abend.

»Der Kamin ist aus«, sagte er.

»Ja.«

»Ich bin schon in meinem Zimmer gewesen. Da ist die Heizung auch aus.«

»Ich wußte nicht, wie lange Sie wegbleiben würden, und dachte mir, daß es gefährlich ist, all die Heizöfen brennen zu lassen. Glauben Sie bloß nicht, daß ich hier herumtrödele! Sie haben mir nicht genug Zeit gelassen, um zu verschwinden.«

»Ich weiß.«

»Gut.«

»Wollen Sie wissen, wo ich war?«

»Bei Freunden?« Als er den Kopf schüttelte, sagte ich: »Ist ja auch egal. Es geht mich nichts an.«

»Ich bin losgefahren und habe versucht, ein leichtes Mädchen aufzutreiben.«

Er sah mich unverwandt an, während ich erst mein Haar betastete, dann über die Sessellehne strich und schließlich die Hände im Schoß faltete. »Nun ja, Menschen haben eben bestimmte Bedürfnisse, nicht wahr? Oder, wie Francis immer sagte: ›Wir Männer haben bestimmte Bedürfnisse.‹ Ich antwortete ihm dann: ›Ich auch.‹ Aber ich glaube nicht, daß wir einander verstanden.«

»Tja, ich nahm mir also im West Park Hotel ein Zimmer, bestellte im Restaurant etwas zu essen, verwickelte den Barkeeper in ein Gespräch und sagte ihm, was ich suchte. Er wollte wissen, worauf ich Lust hätte, blond oder dunkel, weiß oder schwarz. Es war, als würde ich eine Ware bestellen, und darum ging es wohl auch. Der Mann bediente unterdessen andere Kunden und tat so, als würden wir uns über das letzte Fußballspiel unterhalten. Das war bei ihm fast schon Routine, nehme ich an. Kaum war ich wieder in meinem Zimmer, da erschien ein Mädchen mit glattem blonden Haar. Sie sah irgendwie kränklich aus, war sehr jung und ziemlich aufgekratzt. Ich sah ihr sofort an, daß sie eine Fixerin war. Es war das erste Mal, daß ich mit einem Freudenmädchen zu tun hatte, und deshalb wußte ich nicht, wie ich mich verhalten sollte. Eine von diesen Situationen, bei denen ein Mann das Gefühl hat, daß alle wissen, wie man sich anstellt, nur er nicht. Peinlich. Außerdem war das Mädchen so jung. Aber ich glaube, das sagte ich schon.«

»Ja.«

»Sie fragte mich, was ich wollte, und wissen Sie, was ich antwortete? Mein Gott, es ist ganz schön hart, aber ich hatte vorher ein paar Bourbon getrunken.«

»Im West Park Hotel gibt es also welchen?«

Die Unterlippe zwischen den Zähnen, warf er mir von der Seite einen Blick zu. »Ja, sie haben welchen. Hören Sie, stört es Sie, wenn ich Ihnen das alles erzähle, Mrs. Sutherland? Oder bedeutet Ihre witzige Bemerkung, daß ich lieber aufhören soll?«

»Nein. Also, was haben Sie sich von ihr gewünscht?«

»Ich sagte, ich würde sie gern –« Er sagte etwas hinter vorgehaltener Hand, was sie nicht verstand.

»Wie? Ich habe es nicht gehört.«

»Egal. Wenn ich hätte wählen können, hätte ich mir ein erfahreneres Mädchen ausgesucht, eine Weile mit ihm geredet, mir noch ein paar Drinks genehmigt und es dann gebumst. Aber mit ihr war das nicht drin. Sie hatte es eilig, an das Geld für einen Schuß zu kommen. Noch nie habe ich eine sich so schnell ausziehen sehen! Sie wollte sofort zur Sache kommen, aber ich sagte, langsam, nicht so eilig. Wieso, fragte sie, bist du schüchtern? Oder willst du was Spezielles? Du brauchst es nur zu sagen. Ich antwortete, nein, ich brauche nur ein bißchen Zeit. Da machte sie fast ein angewidertes Gesicht und schob mich zu einem Sessel. Sie hatte richtig Kraft und packte mich mit einem Ruck an den Kniekehlen, so daß meine Beine einknickten und ich in den Sessel fiel. Rasch öffnete sie meinen Reißverschluß und machte es mir mit dem Mund. Dann wollte sie mich ausziehen, aber ich sagte, nein, hör auf, ich habe es mir anders überlegt. Sie meinte, der Preis sei trotzdem derselbe. Was sie nicht ahnte, war, daß ich ihr notfalls das Doppelte gezahlt hätte, nur damit sie schleunigst Leine zog. Kaum zu glauben, daß ich Ihnen das alles einfach so erzähle.«

»Warum?«

»Sie meinen, warum mir das unglaublich vorkommt? Mein Gott, Mrs. Sutherland!«

»Nein, ich meine: Warum haben Sie sich eine Hure gesucht? Sie haben doch sicher Freundinnen und Bekannte in London. Ein Mann wie Sie, der … der findet im Handumdrehen eine.«

»Nein, ich kenne niemanden, ehrlich. Gut, ich habe ein paar Telefonnummern, aber Sie wissen ja, wie es ist – Anrufbeantworter und so weiter. So etwas braucht Zeit, aber ich wollte es sofort haben.«

»Was? Sex?«

»Kann sein. Warum auch nicht? Aber am meisten brauchte ich, was sonst noch so dazugehört, zum Beispiel ein bißchen Wärme.«

»Verstehe.«

»Wissen Sie, ich vermisse sie so.« Tränen liefen ihm über die Wangen, aber er merkte es nicht, bis ich ihm mit der Hand übers Gesicht strich und ihm meine nassen Finger zeigte, die er mit seinen trocknete.

»Wen vermissen Sie?«

»Mama. Sie sagte zu mir, kämpf dich durch, Leon, gib nicht auf, Junge. Du wirst es schaffen. Hier hast du doch nichts, was nicht jederzeit für Geld zu haben ist. Such dir drüben einen Platz.«

»Sie könnten sie doch anrufen und einladen! Habe ich Sie etwa davon abgehalten? Ich bin so gut wie weg. Also, rufen Sie ihre Mutter noch heute an.«

»Kann ich nicht.«

»Es wäre aber eine nette Geste.« Ausgerechnet ich spielte jetzt die Spezialistin für Nettigkeiten!

»Mama ist kurz vor meiner Abreise gestorben, Mrs. Sutherland. Ich hatte geglaubt, Sie wüßten das.«

»Nein, niemand hat es mir gesagt.«

»David weiß es, er hätte es Ihnen sagen können. Mama war sehr krank, Sie haben sie ja drüben selbst gesehen. Crack. Das Zeug hat sie fertiggemacht. Sie fing damit an, als ich aus dem College zurückkam. Ich habe Sie angelogen, Mrs. Sutherland, sie hat mich nicht bei sich haben wollen, als ich klein war. Sie war ja selber noch ein halbes Kind und wollte etwas vom Leben haben. Ich wußte natürlich, wo ich sie finden konnte, in dem schicken Haus in Delaporte und im *Big Bamboo*, aber ich wollte etwas aus mir machen, bevor ich ihr unter die Augen trat. Verrückt, nicht? In den paar Monaten, die wir dann zusammen verbrachten, versuchte sie, möglichst viel nachzuholen. Als sie von dem Testament erfuhr, umarmte sie mich und sagte: ›Fahr hin und erkämpf dir deinen Platz, Junge.‹ Es tat mir gut, daß sie so mit mir redete. Sie wollte nicht, daß ich bei ihr blieb, weil sie überzeugt war, daß ich dann auch süchtig würde. Da irrte sie sich, aber ihre Sorge war nicht unberechtigt, weil man drüben ganz leicht an das Zeug rankommt. Wenn jemand Bescheid wußte, dann sie. Trotzdem, ich konnte sie nicht einfach allein lassen, wo wir uns nach so langer Zeit endlich gefunden hatten. Sie hierher bringen schied auch aus, weil sie nicht wollte und es körperlich sowieso nicht durchgestanden hätte. Also blieb ich bei ihr bis zum Ende, und das ließ nicht lange auf sich warten. Jetzt wissen Sie, warum meine Mutter nicht kommen kann, Mrs. Sutherland. Sie kann nicht mehr zu mir sagen: ›Kämpf dich durch, Junge!‹ und ihre langen Arme um mich legen. Jahrelang hatte ich davon geträumt! Meist komme ich damit zurecht, aber nicht immer.« Er legte den Kopf auf die Knie.

Im Raum war es schrecklich kalt. Ich stocherte im Kamin, fand ein wenig Glut unter der Asche und legte ein paar Holzscheite nach. Dann richtete ich mich auf und reckte mich, die Hände in das schmerzende Kreuz gestemmt. Ich hob mein Haar an, ließ es wieder fallen. Es war so schwer, daß es meinen Kopf nach unten zog. Leon hatte sich nicht bewegt.

Draußen trieb Mike die Kühe mit lauten Rufen zum morgendlichen Melken. Bung jaulte, Ho schloß sich ihm hin und wieder an. Die Uhr im Taubenschlag schlug fünf, die Kaminuhr, total aus dem Takt wie immer, vierzehnmal.

Ich streifte die Ärmel meines noch immer feuchten Pullovers hoch, legte die Unterarme aneinander und betrachtete sie. Wie der Rest meines Körpers hatten sie zuwenig Liebe abbekommen.

»Leon?« sagte ich, den Blick weiter auf meine Arme gerichtet. Als er nicht antwortete, ließ ich mich vor ihm auf die Knie. »Leon?« Er hob nicht einmal den Kopf. Da legte ich eine Hand an seine Wange. Er zuckte zusammen. Ich schob ihm die Hand unters Kinn und hob sein Gesicht an. Zweifelnd, ob ich mich ihm so anbieten durfte, ließ ich von ihm ab und verschränkte die Arme. »Leon, würden es diese Arme nicht auch tun?«

Er zog meine Arme um sich – ja, er nahm erst meine Hände, drückte die Lippen auf die Innenseite und legte dann wortlos meine Arme um sich. Wie aus Holz geschnitzt, kniete ich vor ihm, fürchtete mich vor der Kraft, die mich gezwungen hatte, solche Worte zu sagen, fürchtete mich davor, ihn zu eng an mich zu pressen. Eine Bewegung, und es wäre vielleicht um mich geschehen, oder er bekäme es genauso mit der Angst wie ich.

Er stand auf und kniete ebenfalls nieder, so daß wir uns von den Schultern bis zu den Knien berührten. Seine Hände vergruben sich in meinem Haar, seine Lippen ruhten dicht neben meinem Mund. Von seinem Körper ging die gleiche Wärme aus wie von meinem, weshalb ich seine Nähe kaum spürte. Ich hielt ganz still, und meine Hände lagen auf seinen Schultern. Es muß so steif und förmlich wie in der Tanzschule ausgesehen haben, und in einem gewissen Sinne lernte ich ja auch tanzen.

Er flüsterte mir etwas zu, aber seine Lippen waren so dicht an meinem Ohr, daß ich die Worte nicht verstand. Meine eigene Stimme, die so schroff klingen kann, war kaum mehr als ein Hauch, als ich ihn aufforderte: »Sag es noch mal, ich habe dich nicht verstanden.«

Da sagte er noch einmal: »Hilf mir!«

Ich kann nicht genau sagen, wann er mein Geliebter und ich seine Geliebte wurde. Denn eigentlich war alles schon entschieden, als er den Salon betrat und feststellte, daß ich noch da war, wartete und so tat, als wäre ich schon halb fort. Ich weiß auch nicht mehr, wann und wie ich später den Raum verließ. Ich bin außerstande es zu beschreiben, kann keine Bilder heraufbeschwören. An eines erinnere ich mich jedoch: Es war kalt, als ich mich von ihm losmachte. Das Kaminfeuer war wieder ausgegangen. War ich noch mit irgend etwas bekleidet oder trug ich meine Sachen zu einem Bündel gerollt unter dem Arm? Sah er mir nach oder lag er auf dem Rücken, die Arme über dem Gesicht?

Doch, ein Bild kommt mir in den Sinn: Bevor ich mich ihm entzog, lagen wir da und studierten jeder das Gesicht des anderen in diesem neuen Licht. Sacht schob ich ein Haar weg, das an seiner Lippe klebte, küßte die Stelle, wo es gelegen hatte, und ließ ihn allein.

Ich ging zu Bett und schlief ohne viel Nachdenken ein. Als er mich weckte, obwohl dies nicht seine Absicht war, mußte ich wohl eine halbe Stunde geschlafen haben. Länger konnte es nicht gewesen sein, denn der Morgen graute noch nicht.

Ich lag auf der Seite, das Gesicht zur Wand, als er die Decke wegzog. Ich drehte mich halb um und sah durch den Dschungel meines Haares hindurch, daß er nackt hinter mir kniete, die Hände erst vor dem Gesicht, dann in Brusthöhe zu Fäusten geballt, wie er es oft tat. Schließlich streckte er die Arme nach mir aus und ließ die Hände, ohne mich zu berühren, so dicht über meine Schulter, die schwere, von meinem Haar bedeckte Brust, den Bauch und die Hüfte gleiten, daß ich ihre Wärme spürte. Diesem Körper, bei dessen Anblick ich bisher weder Stolz noch Freude empfunden hatte, wurde nun die Ehre zuteil, daß er eines aufs andere Mal zu ihm sagte: »Ich liebe dich, ich liebe dich, ich liebe dich.« Offenbar glaubte Leon, daß ich schlief, und ich ließ ihn in dem Glauben. »Ich liebe dich, ich liebe dich ...«

Er ließ mich nicht allein, sondern breitete die Decke über uns beide, umfing mich mit seinem Körper und zog mich so fest, so wunderbar unnachgiebig an sich, daß es fast weh tat. Den Kopf in meine Nackenbeuge geschmiegt, tastete er nach meinen Fingern, und als er sie gefunden hatte, gab ich ihm mit sanftem Druck zu verstehen, daß alles gut war.

13

Am Morgen erwachte ich allein, und auch das war gut. Wäre Francis noch am Leben, überlegte ich, wäre Leon mein Stiefsohn, und selbst dieser Gedanke machte mir nichts aus. Langsam zog ich mich an, um die kurze Spanne zwischen Liebesnacht und dem Tag danach möglichst lange auszudehnen. Sie war ein Geschenk, aber auch eine Lektion gewesen, diese Nacht, und nun war sie vorüber. Ich war mit dem konfrontiert worden, was ich in den vergangenen drei Monaten angstvoll hatte wachsen sehen, mit Leons übermächtigem Bedürfnis nach mir, aber es war alles gutgegangen, ja es war sogar wunderbar gewesen. Ich zog meine Sonntagssachen an und knöpfte die Bluse bis zur Kehle zu. Es war schön gewesen, mich von ihm zu der Frau machen zu lassen, die er in mir sah, eine Frau mit einem schönen Körper, und ihn mit all meiner Kraft zu umfangen. Doch das war nun vorüber, mußte vorüber sein.

Gerade wollte ich an seine Tür klopfen, da hörte ich ihn: Schritte, Husten, klappernde Bügel im Kleiderschrank, das Rauschen eines offenen Wasserhahns im Badezimmer. Unerklärlicherweise hinderten mich diese Geräusche daran einzutreten. Sein Zimmer verströmte noch immer jene abweisende Privatheit, die ich bereits in den Nächten gespürt hatte, als ich ihn beim Musizieren belauschte. Anfänglich hatte ich diese Empfindung meinen Schuldgefühlen zugeschrieben, weil ich ihn belauscht hatte, aber sogar jetzt, nachdem ich meine »Tanzstunde« absolviert hatte, brachte ich es nicht über mich, einfach hineinzugehen.

Im fleckigen Spiegel an der gegenüberliegenden Wand des Flurs bewegte sich etwas. Jemand wandte sich von Leons Tür ab und mir zu, erschrocken darüber, daß ich ihn ertappt hatte. Ich beugte mich über eine Azalee. War es dieselbe, die Curtis vor so langer Zeit hierher gestellt hatte und die nun in dieser Düsternis eine so unzeitgemäße Blüte erlebte? Das Gesicht dicht am Spiegel, blickte ich mir selbst in die Augen.

Ich ließ die Hunde aus dem Zwinger und versuchte mich darüber zu freuen, daß sie mich mit besonderem Überschwang begrüßten, als hätten sie gewittert, daß Veränderungen in der Luft gelegen, zum Glück jedoch nicht stattgefunden hatten. Sie tollten so ausgelassen um mich herum, daß ich immer wieder sagen mußte: »Schluß jetzt, Jungs, jetzt reicht's!«

Als ich nach einer Weile ins Haus zurückging, war das Frühstück noch nicht aufgetragen und von Curtis keine Spur. Vom Durchgang zur Küche aus sah ich Leon am Fenster stehen und eine Zeitung ans Licht halten. Tatsächlich sah ich nur Leon, nicht Francis. Er neigte leicht den Kopf, sah mir lächelnd entgegen und sagte: »Guten Morgen, Mrs. Sutherland!«

Ich wich einen Schritt zurück. Mrs. Sutherland? Sollte es dabei bleiben? Wollte er, daß wir so taten, als wäre nichts passiert? Nein, das konnte ich nicht. Hätte ich auch nur eine Spur von Verstellung an ihm wahrgenommen, wäre ich mir sicher gewesen, daß er sich einen Scherz erlaubte. Sag doch Delia zu mir – erwartete er etwa diese Worte von mir? Wie konnte ich ihm denn die Intimität, mich beim Vornamen zu nennen, in Geschenkpapier verpackt überreichen, solang er nicht ein Recht darauf zu haben glaubte, wie bei meinem Körper? Mochte er womöglich meinen Namen genausowenig wie Francis?

Im dämmerigen Durchgang konnte er mein Gesicht nicht sehen, als ich sagte: »Curtis ist nicht da. Ich glaube, ich gehe mal nachsehen.«

»Oh, keine Sorge, ich habe ihm heute freigegeben. Es ist verrückt, daß er in seinem Alter sogar am Wochenende arbeitet.«

»Niemand zwingt ihn dazu. Er kommt von sich aus.«

»Kann sein, aber ich habe ihn wieder weggeschickt.«

»Ohne mich zu fragen?«

Er ließ die Zeitung sinken und kam auf mich zu. Obwohl ich mich sträubte und ihn wegzustoßen versuchte, schlang er die Arme um mich. »Hör auf! Fangen wir nicht wieder damit an, verdammt noch mal!«

»Leon, ich habe mich gerade im Spiegel angeschaut.«

»Na und? Komm, sieh dir an, was ich für uns gemacht habe: Kaffee – wovon die gute Margaret leider herzlich wenig versteht – und frisch gepreßten Orangensaft. Setz dich!«

Ich gehorchte und setzte mich zu ihm an den Küchentisch. Er hatte recht, der Kaffee war besser als sonst. Neben meinem Teller lag ein kleines Päckchen.

»Mach es auf!« sagte er. »Es ist für dich.«

Es war ein Notizbuch mit marmoriertem Einband und einer Schlaufe, die groß genug war, daß man es sich um den Hals hängen konnte. »Du machst dir die ganze Zeit Notizen und Listen, und dann verlegst du sie. Ich habe dich beobachtet. Mit diesem kleinen Buch kann dir das nicht mehr passieren.«

Ich glaube, ich tat so, als freute ich mich. Das Notizbuch war eines von denen, die ich in seinem Schreibtisch gesehen hatte, neben dem Schmuck und den Kästchen aus Sandelholz, lauter Dinge, die er vorsorglich für allerlei Anlässe und neue Bekanntschaften gekauft hatte, als wäre Schenken Teil einer Strategie – seiner Strategie. Ich schämte mich, ihn durchschaut zu haben und zu wissen, daß er log, wenn er so tat, als hätte er das Geschenk eigens für mich ausgesucht – und er tat mir leid.

Er streckte über den Tisch hinweg die Arme nach mir aus, zog die Nadeln aus meinem Haar, griff mit beiden

Händen hinein und schüttelte es, so daß es mir locker auf die Schultern fiel. Ich wollte protestieren, doch er legte mir die Hand auf den Mund. Als Curtis sich durch ein Hüsteln bemerkbar machte, hatte Leon gerade seine Arme um meinen Hals geschlungen und seine Stirn an meine gelehnt.

Ich steckte das Haar wieder hoch. Leon fuhr herum, schlug mit der Faust auf den Tisch und polterte los: »Herrgott, Curtis, habe ich Ihnen nicht gesagt, daß Sie heute freihaben?«

»Haben Sie, Mr. Kennedy. Bin ja nur gekommen, um die Milchkanne auszuleeren und die Milch in den Kühlschrank zu stellen. Sonst verdirbt sie nämlich, und das wäre jammerschade.«

Größer noch als meine Verwirrung und Bestürzung war meine Verblüffung: Curtis trug keine Jacke, ja nicht einmal ein Hemd, sondern lediglich ein langärmeliges, am Hals nicht zugeknöpftes Unterhemd. Auch der obere Knopf der gestreiften Hose, die er immer trug, war offen, und über dem Bund wölbte sich eine beachtliche, birnenförmige Wampe, über der sich die Hosenträger spannten. In die Gesäßnaht war vom Gürtel bis zum Schritt ein V-förmiges Stück Stoff von kräftiger Farbe eingesetzt worden. Curtis' ungekämmte Haare standen ihm in widerborstigen Strähnen vom Kopf ab. Seine vernachlässigte äußere Erscheinung ließ ihn älter, schlaffer und kümmerlicher wirken. Ich wandte die Augen ab.

Er hob die Fünf-Liter-Kanne hoch, die auf der Treppe zum Hof stand, goß den Liter Milch, den sie enthielt, in einen Krug, stellte diesen in den Kühlschrank, spülte die Kanne aus und deponierte sie wieder auf der Treppe. Die Zeit verstrich so langsam wie noch nie, und weder Leon noch ich wußten, was wir sagen sollten. Im Durchgang verschwindend, rief Curtis mir zu: »Morgen, Miss Delia!«, ohne mir Zeit zum Antworten zu lassen.

Wir lauschten, bis das Schlurfen seiner Hausschuhe auf den Steinplatten verklang.

»Kein Korsett heute«, sagte Leon.

»Wie, trägt er sonst eins?«

»Klar. Ich habe es in seiner Wohnung selbst gesehen. Er –«

»Erzähl mir nicht noch mehr! Mir reicht, was gerade passiert ist.«

»Du meinst, daß er seine Wampe so öffentlich spazierenträgt?«

»Ach, du weißt genau, was ich meine! Er hat mich ertappt und ich ihn. Das ist nicht gut so, es darf nicht sein!«

»Wir sind alle Menschen, Mrs. Sutherland, und keine Musterknaben.«

Ich dachte bei mir: Nur wenn man den Musterknaben spielt, kann man eine verbotene Beziehung aufrechterhalten, besonders an einem Ort wie Sleet. Das wirst du genauso lernen, wie ich es lernen mußte. Außerdem: Was kannst du mit diesem »Mrs. Sutherland« denn anderes bezwecken, als den äußeren Schein zu wahren?

»Hör mal, Leon«, sagte ich, »ich gehe jetzt auf mein Zimmer, und wenn ich nachher herunterkomme, dann –«

Meine Stimme hatte wohl einen unheilvollen Klang, denn er legte mir die Hände gefaltet auf die Schulter und senkte die Stirn wie bei einem innigen Gebet.

»Hör auf! Ich weiß, was du sagen willst, Mrs. Sutherland, aber bitte sag es nicht! Noch nicht!«

Mit geschlossenen Augen holte ich tief Luft, aber als ich ansetzte, um etwas zu sagen, verstärkte sich der Druck seiner Finger. Ich rief die energische Delia Sutherland zu Hilfe: »Also gut, ich gehe jetzt zur Kirche, und wenn ich zurückkomme, zeigst du mir gefälligst, wo du deine schäbigen kleinen Hütten aufzustellen gedenkst.«

Delia Sutherland, die allseits geachtete Dame, ging also zur Kirche. Wie gewöhnlich saß ich allein auf der Bank der Caldwells, und wie gewöhnlich sagte mir der Gottesdienst nicht viel. Doch anders als sonst befand ich mich diesmal in Hochstimmung. So hatte ich mich in der Kirche noch nie gefühlt. Doch dann stieg aus den Seiten des Gesangbuchs plötzlich das Bild von Euturpia Kennedy auf. Sie stand nackt im Schatten der Seetraube, und Francis preßte sie an sich. Sie hatte ein Bein um seine Taille gelegt und lehnte sich in seinen Armen lachend weit nach hinten.

Mein Mund, der eben noch mitgesungen hatte, verstummte und blieb offen stehen. Tot, sagte ich mir, sie sind beide tot. Ein zweites Bild überdeckte das erste: Euturpia in ihrem Arbeitszimmer, von Drogen zugrunde gerichtet, in den Augen das ganze Leid dieser Welt.

Ich schob mich zwischen den anderen Kirchgängern zum Ausgang. Es ging nur langsam voran, weil wir alle den Pfarrer begrüßen mußten. Als er mich erblickte, reckte er den Kopf wie eine Taube, glotzte mich an und sagte: »Was, Sie sind noch nicht fort, Delia? Wie schön! Wann stellen Sie uns denn Mr. Kennedy vor?«

Darauf gefaßt, zurückgewiesen zu werden, kam Leon anfänglich immer erst zu mir ins Zimmer, nachdem ich die Lampe ausgeknipst hatte. Doch schon bald erschien er, während ich vor dem Einschlafen noch ein bißchen las. Und danach dauerte es nicht mehr lange, bis er halbnackt zwischen seinem und meinem Zimmer hin und her wanderte, mit der Zahnbürste in der Hand und voller Ungeduld, mir jeden Gedanken mitzuteilen, der ihm durch den Kopf ging.

Die Art, wie er weiterhin »Mrs. Sutherland« zu mir sagte, nämlich ohne die Spur von Ironie, verwandelte diesen Namen in eine zärtliche Anrede. Solche Dinge zählen jetzt nicht, machte ich mir klar, klammere sie zumindest noch für eine Weile aus.

Bald fingen gewisse Leute an, mich zu meiden. Als ich Mrs. May im Forester's Cottage einen Besuch abstattete, um mich mit ihr über ein neues Strohdach zu unterhalten, ließ sie sich verleugnen, aber ich sah sie hinter dem Vorhang stehen und darauf warten, daß ich wieder ging. Die jüngeren Männer auf dem Hof sprachen noch mit mir, nur hatte ihre Höflichkeit jetzt etwas Spitzes, das mich betroffen machte. Natürlich fragten sich alle, warum ich immer noch da war, und natürlich glaubten sie den Grund zu kennen – mit Recht.

Es vergingen wohl kaum zwei Wochen, bis unser Verhältnis in aller Munde war. Mochten wir noch so gut aufpassen – gegen Mrs. Files' scharfe Augen und ihr lüsternes Klatschmaul konnten wir nichts ausrichten. Was blieb mir anderes übrig, als mich mit dem Gedanken zu trösten, daß die Menschen eben an ihren Vorurteilen hängen? Und daß sie, wenn eines mal nicht mehr verfängt, sich prompt ein neues zulegen? Mit verblüffender Leichtigkeit hatte Leon es geschafft, gemocht und akzeptiert zu werden. Niemand hatte gekündigt, seit er sein Erbe angetreten hatte, nicht einmal Frank Grimwood. Vielleicht deshalb, weil er keine andere Stellung fand oder weil Leon auch seinen Sohn einstellte, als die Ferienhäuschen aufgebaut wurden. Wenn es gegen Leon stillschweigende Vorbehalte gab, so brachte man mir unverhohlene Ablehnung entgegen. Deshalb machte ich lieber einen Bogen um den Betrieb.

Als ich eines Tages mit Holland May eine vierzig Morgen große Buchen- und Eichenpflanzung besichtigte, fragte er beiläufig: »Sie bleiben also noch ein Weilchen?«

»Ja. Sagen Sie, mußten wirklich so viele Bäume gefällt werden?«

»Anscheinend ja, Mrs. Sutherland. Die Leute von der Firma Happyhol sind nicht einmal sicher, ob es reicht.«

»Das ging alles sehr schnell.«

»Mr. Kennedy wollte, daß ich ein paar Aushilfskräfte einsetze.«

»Aha, verstehe.«

»Morgen fangen sie mit dem Aufbau an.« Holland May zeigte auf mehrere in schwarze Plastikfolie verpackte Stapel vorgefertigter Holzbauteile. Daneben lagen die Stämme der gefällten Bäume, die genauso alt waren wie ich. Man hatte sie bei meiner Geburt gepflanzt, und Holland May war einer der Männer gewesen, die die Schößlinge gesetzt hatten.

Mein Vater nahm mich als Baby oft auf den Arm und ging mit mir zu der Pflanzung. Als ich dann laufen konnte, tat mir immer der Arm weh, weil ich seine Hand nicht loslassen wollte, während er mir erklärte, zu welchem Anlaß sie die Bäumchen gepflanzt hätten und daß anschließend ein Fest gefeiert worden sei. Das erzählte er mir jedesmal aufs neue, und ich konnte die Geschichte nicht oft genug hören. Wenn es einmal so aussah, als hätte er die Litanei vergessen, drängte ich ihn, sie nochmals herunterzubeten, um ihn danach zu fragen: »Und wie lange werden meine Bäume leben, Daddy?«

»Viel länger als du, mein großes Mädchen! Das sind Freunde fürs Leben.«

Und nun hatte man etwa ein Drittel gefällt, um Platz für die Holzhäuschen zu schaffen! Einer nach dem anderen waren die Bäume zu Boden gestürzt und von einem Traktor weggeschleppt worden, wovon tiefe Schleifspuren zeugten. Von den restlichen Bäumen umgeben, ragten Stümpfe mit bernsteinfarbenen Schnittwunden aus der Erde. Der violette, von großen Haufen brennenden Geästes aufsteigende Qualm war so dicht, daß das Atmen schwerfiel.

Holland sagte: »Tut weh, was?« Ich zwang mich, ihm in die stets in die Ferne blickenden Augen zu sehen (alle Förster haben solche Seemannsaugen), um ihm zu zeigen, daß meine Augen nur vom Qualm tränten und daß ich all das verkraften konnte.

»Das wird ein gutes Geschäft, Holland. Bald wirft unser Forst anständig was ab. Ein Erholungsgebiet, wie man so sagt.« Im stillen fügte ich hinzu: »Hör nur, wie ich daherrede!«

Er überflog die Szenerie, schob sich die Mütze aus der Stirn und kratzte sich am Kopf. »Kann sein, aber weh tut es trotzdem.« Er sah mich dabei nicht an.

Ich nahm mir vor, das Wäldchen, das »Neue Hoffnung« hieß, künftig zu meiden, aber als ich nun wegging, drehte ich mich noch ein letztes Mal um. Holland May stand da und sah mir nach. Ich hob den Arm. Er erwiderte den Gruß nicht. Rauchschwaden ließen das Bild verschwimmen.

Wie konnte ich von ihm Verständnis erwarten?

Leon schwärmte weiterhin für sein Vorhaben und faselte von Gewinnen. Ich versuchte gar nicht erst, seine Aufmerksamkeit auf die fünfundsiebzigtausend Pfund zu lenken, die für den Kunstdünger zu bezahlen waren. Natürlich würde ich notfalls die Rechnung aus eigener Tasche begleichen und dafür sorgen, daß es weiterginge. Daß ich dazu in der Lage war, war ein aufregendes Gefühl. Aber sollte ich so tun, als ob ich zusähe, wie er dem Bankrott entgegensteuerte, während ich das Wasser aus seinem Boot schöpfte, so daß es niemals unterging? Nein, ich wollte ihn wissen lassen, daß ich zahlte. Was waren also meine Beweggründe? Wollte ich seine aberwitzigen Pläne finanzieren, weil ich mir im Grunde doch etwas von ihnen versprach? Oder war dies meine Methode, ihn noch mehr von mir abhängig zu machen?

Was das Essen anging, wurde im Haus nun ein beachtlicher Luxus entfaltet: Wachteln, Filetsteaks, Heilbutt, wilder Reis, Champagnersaucen – alles mit einer Raffinesse zubereitet, die ich Mrs. Files nicht zugetraut hatte.

Als ich eines Morgens die Küche betrat, veranstaltete Mrs. Files' Tante Megan ein Mordsspektakel, indem sie mit den Füßen gegen die Schranktür hämmerte. Wenn Mrs. Files die Alte zur Arbeit mitbrachte, saß diese den ganzen Tag in einer Ecke der Küche eingeklemmt auf einem Stuhl, auf dessen Armstützen jemand ein Tablett genagelt hatte. Mich ärgerte vor allem, daß sie meist nur dürftig bekleidet war. Das empfand ich als unnötig, lieblos und irgendwie unhygienisch.

Mrs. Files streckte eine mehlige Hand aus, um das Radio auszuschalten, und sagte tadelnd: »Na, na, Tantchen, jetzt reicht's aber!« und schob die alte Frau ein wenig vom Schrank weg, so daß sie nur noch auf den Steinfußboden trommeln konnte, was nicht so einen Lärm machte. »Entschuldigen Sie, daß sie nur ein Nachthemd anhat, Mrs. Sutherland«, sagte Mrs. Files. »Ich weiß, daß Sie das nicht mögen, aber heute früh war sie kaum zu bändigen, und am Ende hatte ich nicht mehr genug Zeit, um sie richtig anzuziehen.« Sie hob die Stimme: »Stimmt doch, nicht, Tantchen? Warst heute gar nicht artig!« Mrs. Files wandte sich wieder dem Pastetenteig zu, den sie auf dem Marmortisch ausrollte. Sie arbeitete mit dem Rücken zum Fenster, während ich im Licht stand. »Gut sehen Sie aus, Mrs. Sutherland, wenn Sie mir die Bemerkung gestatten. Sehr gut sogar.«

»Sie auch, Mrs. Files«, erwiderte ich, und es stimmte.

»Tja, er hält mich ja auch wirklich auf Trab, unser Mr. Kennedy. Das gibt mir richtig Schwung, und dagegen ist nichts einzuwenden, oder? Und er weiß das alles ja zu schätzen.« Mit einem wissenden Lächeln kümmerte sie sich wieder um ihre Pasteten.

Als ich ihr sagte, warum ich gekommen war, nämlich um die Rechnungen des Fischhändlers, des Metzgers und der neu hinzugekommenen Lieferanten durchzusehen, richtete sie sich auf und wischte die Hände am Latz der weißen Schürze über ihrem flachen Busen ab.

Ich sah sie erwartungsvoll an, doch sie nahm wieder die Teigrolle zur Hand und arbeitete schweigend weiter. Aus ihrem Verhalten sprach unterschwelliger Trotz, und als sie schließlich sagte: »Also gut, Mrs. Sutherland, mal sehen, wo ich die Rechnungen hingelegt habe«, da klang es so, als betrachtete sie ihr Entgegenkommen als Gefälligkeit, hatte ich doch im Haus eigentlich nichts mehr zu sagen.

Aus der Schublade der Anrichte kramte sie ein kleines Buch hervor. Es hatte einen marmorierten Einband und einen ledernen Rücken. die zerknitterten Rechnungen waren zwischen die Seiten geschoben. Unwillkürlich hielt ich die Hand vor mein eigenes Notizbuch, das auf meiner Brust baumelte, aber die Bewegung entging ihr nicht. Sie zeigte mir ihr Buch und sagte: »Sie sind hübsch, nicht wahr?«

Die alte Megan kreischte los: »Ich will hier raus, ich will hier raus! Ihr habt kein Recht, mich einzusperren! Ich zeige euch bei der Polizei an!« Sie übertönte Mrs. Files, die sie ermahnte: »Nicht jetzt, Tantchen. Schön ruhig, meine Liebe! Gleich kriegst du eine Tasse Tee.« Mit unverminderter Wut wandte und drehte sich die Alte so lange auf dem Stuhl, bis ihr Kopf sich in Höhe der Sitzfläche befand und das Nachthemd ihr bis zum Hals hochgerutscht war. Nackt, wie sie war, rutschte sie halb auf den Fußboden und zappelte mit den gespreizten Beinen.

Leon steckte den Kopf zur Tür herein. »Was soll der Lärm, Margaret?« Als er sah, was sich in der Küche abspielte, baute er sich vor Megan auf, stemmte die Arme in die Hüften, neigte den Kopf und sah sie kritisch an. Genausogut hätte er in einer Kunstgalerie stehen und sachlich ein Gemälde betrachten können. »Wissen Sie, Megan, das ist wirklich kein hübscher Anblick!«

Sie erstarrte, die angewinkelten Beine in der Luft. Ihr Gesicht wurde von dem Tablett verdeckt. »Sind Sie von der Polizei?«

Wir rempelten gegeneinander, so eilig hatten wir es, aus der Küche herauszukommen, taumelten wie zwei Betrunkene durch die offene Tür der Silberkammer und prusteten los. Doch fast im selben Moment merkten wir, daß wir nicht allein waren in dem kleinen fensterlosen Raum, auf dessen mit grünem Tuch bespannten Regalen das Tafelsilber in Stoffbeuteln lagerte. An einem hohen Tisch aus Kiefernholz thronte, die knochigen Knie im rechten Winkel abgeknickt und mit einem rosa Lappen eine Gabel polierend, Curtis auf einem Hocker. Während wir ihn sprachlos anstarrten, hielt er die Gabel ungerührt ans Licht, prüfte sein Werk und sagte dann: »Ich habe Mrs. Files schon mehrmals aufgefordert, Tantchen Megan einen Schlüpfer anzuziehen, wenn sie sie mit zur Arbeit bringt, aber sie hört einfach nicht auf mich.« Er öffnete die welken Lippen, hauchte die Gabel an und polierte weiter an ihr herum, bis er endlich die Augen auf uns richtete. Es waren sehr grüne Augen, und zum erstenmal fiel mir auf, wie tief sie waren, und wieviel humoriger Scharfsinn aus ihnen sprach.

Und Mrs. Files' Rechnungen? Ich habe sie nicht noch einmal danach gefragt. Später am Nachmittag, als ich mit den Hunden einen Spaziergang machte, schlug das Notizbuch leicht gegen meine Brust und erinnerte mich an etwas, das mir unangenehm war. Ins Haus zurückgekehrt, verwahrte ich das Büchlein an einem Ort, wo es mir nicht ständig in die Augen springen würde.

14

Seit ein paar Tagen bin ich nicht im Café New York gewesen, genau gesagt seit dem Tag, an dem sie die Tische reingeholt haben, und ich sagte wohl schon, daß ich erst wieder hingehen will, wenn ich endlich die Seidenblumen gekauft habe. Da ich mich nun mal für das New York entschieden habe, mag ich mir kein anderes Lokal mehr suchen. Jeden Morgen gehe ich an dem Café vorbei, und interessanterweise habe ich bemerkt, daß der schnöselige junge Kellner, der mir auf Geheiß der alten Dame die Postkarte zurückgebracht hat, vor die Tür tritt, wenn er mich kommen sieht. Neulich hat er mir zugenickt, gestern sogar gelächelt. Ich glaube, ich mag die Franzosen ganz gern. Man stelle sich vor: Heute morgen, an diesem schönen, klaren Morgen, standen vor dem New York ein Tisch und ein einziger Stuhl! Da konnte ich doch nicht einfach vorbeigehen, oder?

»Pardon, ich glaube, du möchtest hier sitzen, aber das Licht ist hier so gut. Bin gleich fertig«, sagte Leon.

»Laß nur, schon gut. Mach ruhig weiter. Ich setze mich woanders hin.«

Er saß im Salon in meinem Sessel; dem Sessel mit dem Kissen, das ich mir immer zwischen Rücken und Lehne geklemmt hatte, damit ich keine Probleme mit meinem Kreuz bekam; dem Sessel, in den ich mich so oft gesetzt hatte, um einen Stapel Papiere durchzusehen. Damit war es seit geraumer Zeit vorbei.

Er saß so tief über die Blätter auf seinem Schoß gebeugt, daß ich mich um seine Augen sorgte. Er griff nach der schwenkbaren Messinglampe hinter sich und zog den Schirm näher heran.

Wir lebten jetzt schon seit zwei Monaten als Liebespaar zusammen, so daß wir völlig ungezwungen miteinander umgingen. Ich hätte ihn durchaus unterbrechen, mich zwischen seinen Beinen auf den Boden setzen und seine Knie umschlingen können. So machte ich es oft. Dann legte ich den Kopf zurück, und wir küßten uns, bis er wieder an die Arbeit ging und ich zu lesen begann. So hatten wir es gern. Doch als ich ihn an diesem Abend mit Rechnungen kämpfen sah, von denen ich wußte, daß sie nicht aufgehen würden, mußte ich ihm etwas sagen.

»Was machst du da?« fragte ich, obwohl ich es genau wußte.

»Diese verdammte Rechnerei!« sagte er geistesabwesend. »Du weißt schon, es geht um die Ferienhäuser.«

Er griff in den Ausschnitt seines Pullovers, zog aus der Brusttasche seines Hemdes einen kleinen Taschenrechner, lehnte sich zurück und fing an, Zahlen einzutippen. Ab und zu warf er einen finsteren Blick auf die vor ihm liegenden Papiere.

Ich stocherte mit der Schürzange ein bißchen im Kamin herum, stützte mich mit der Schulter an den Sims und sah ihm zu. Hätte man mich so fotografiert, wäre auf dem Bild eine Liebende zu sehen, die zufrieden und überlegen lächelt. Und es hätte sich gelohnt, den Augenblick auf diese Weise zu bewahren, denn es war das einzige Mal, das ich so aussah.

»Kommst du mit den Zahlen klar, Leon?«

Er kratzte sich am Handgelenk und schüttelte den Kopf. »Die kleinen Miststücke sind nicht so, wie ich es gern hätte, aber warte nur ab, ich werde ihnen Beine machen.« Er blickte auf. »Tut mir leid, Mrs. Sutherland, ich bin auch gleich fertig. Wie gräßlich, sich mit so einem Quatsch den Abend zu verderben. Ein zivilisierter Mensch sollte das nicht tun.«

»Hast du dir mal Gedanken über die Kunstdüngerrechnung gemacht?«

»Das muß noch ein bißchen warten. Nur ein paar Wochen.«

»Und dann, Leon?«

»Dann werde ich es regeln. Okay? Mach dir keine Sorgen, bald kannst du von dem Zeug soviel kaufen, wie du Lust hast.«

»Dank der Ferienhäuser?«

»Auch.« Er widmete sich wieder seinen Papieren.

»Hör zu, Leon.« Ich schlug einen Tonfall an, der ihn zwingen sollte, das Blatt in seiner Hand sinken zu lassen, und genau das tat er. »Ich habe den Dünger bezahlt, und es ist nicht als Darlehen gedacht, verstehst du? Es soll dir helfen durchzuhalten, bis – na ja, bis die Holzhäuser etwas abwerfen, falls sie das jemals tun.«

Er starrte mich so lange an, bis mir mein Lächeln peinlich war. Dann legte er seine Arbeit beiseite, stand auf und ging zu den chinesischen Knaben, meinen chinesischen Knaben. Die Hände in den Taschen, kehrte er mir den Rücken zu und fragte: »Warum hast du das getan?«

»Weil du Hilfe brauchen konntest. Die Rechnung mußte bezahlt werden, Leon! Du verstehst das noch nicht ganz, aber –«

Er fuhr herum. Der Tisch, auf dem meine Porzellanknaben standen, erbebte. Ich verwechselte seinen Temperamentsausbruch mit Unachtsamkeit und sagte rasch, aber nicht sehr laut: »Vorsicht!«

»Nicht ich verstehe nichts, sondern du! Ich habe mit den Leuten, die uns den Dünger liefern, geredet, und sie wußten, daß sie irgendwann ihr Geld kriegen. Wir haben sogar einen Termin ausgemacht. Ich brauchte dein Geld also gar nicht, Mrs. Sutherland! Hast du gehört, was ich gesagt habe? Wie kommst du dazu, hinter meinem Rücken für mich oder Sleet eine Rechnung zu bezahlen?«

Ich hatte noch immer nicht ganz begriffen, was mit ihm los war, und beging deshalb den Fehler, mit einem Kopfschütteln halb herablassend, halb genervt zu antworten: »Leon, ich bitte dich, ich kann doch nicht einfach danebenstehen und zusehen, wie du dich abrackerst. Du und deine Berechnungen! Glaubst du wirklich, daß etwas dabei herauskommt? Na los, sag schon, glaubst du das im Ernst?«

Das Schweigen dauerte so lange, daß ich anfing, Wollkügelchen von meinem Strickkleid zu zupfen, dem Kleid mit der breiten Schärpe, das mich nicht so groß aussehen ließ. Leons Gesichtsausdruck ähnelte meinem – ein Bild, das ich mir meinerseits bewahrte –, nur sprach aus seinen Zügen keine Herablassung, sondern Mitleid.

»Vielen Dank, Mrs. Sutherland! Das Geld ist nicht als Darlehen gedacht, das hast du gerade selbst gesagt, und ich kann mir vorstellen, daß dir die Entscheidung nicht leichtgefallen ist.« Seine Stimme klang gemessen und beherrscht. »Aber du hättest wissen müssen, daß ich dein Geld nicht brauche, weil ich selber welches habe.«

»Ja, und vermutlich hast du es von deiner Mutter. Sie hat mir erzählt, daß sie eine ganze Menge Geld verdient hat, aber soviel kann es doch auch wieder nicht sein, Leon.«

»Warum tust du das?«

»Was?«

»Warum kratzt du dich immer an der Innenfläche deiner Hand, wenn wir uns über meine Mutter unterhalten?«

»Tue ich das?«

»Ja, jedesmal.«

»Oh!«

»Du hast recht, sie hat mir Geld hinterlassen, aber nicht soviel, wie nötig ist, um diesen Betrieb anzukurbeln, und deshalb werde ich dreißig Morgen Land verkaufen, genau gesagt Ragge Down. Das Gebiet eignet sich erstklassig zur Bebauung. Vor zwei Wochen haben wir es für die Planung freigegeben.«

»Wir? Wir?« rief, nein, schrie ich. Er hingegen bewahrte die Ruhe.

»David Rosen und ich.«

Nun setzte ich mich doch in meinen Sessel – endlich. »David hat sich hier seit Monaten nicht blicken lassen. Seit du da bist.«

»Wir treffen uns in London und telefonieren miteinander. Begreif doch! Es ist ihm peinlich, meinetwegen herzukommen, nachdem er all die Jahre nur mit dir zu tun hatte. Ich kann ihm das nachfühlen. Du etwa nicht?«

Ragge Down, wo meine Mutter immer ihre Jagdhunde rennen ließ! Wo wir jedes Jahr das Erntedankfest feierten! Wo Daddy und Valentine Harbroke einmal auf Araberponys ein Wettrennen machten, nachdem Daddy in betrunkenem Zustand behauptet hatte, jeder Idiot könne so ein Pferd reiten! (Er fiel bei gestrecktem Galopp aus dem Sattel, konnte zehn Minuten lang nicht sehen und hatte einen dreifachen Beinbruch.) Wo ich erst letztes Jahr hatte Weizen säen lassen! Und wo vor kurzem der alte Dachs aus seinem Bau aufgetaucht war! Mein Ragge Down! »Ich kenne Ragge Down wie meine Westentasche.«

»Das glaube ich dir gern.«

»Du wirst Sleet noch ganz zerstören! Wenn du Land verkaufst, ist alles aus. Verstehst du denn nicht? Man darf niemals auch nur ein Stück Land hergeben, niemals! Wenn man sich einmal darauf einläßt, gibt es kein Halten mehr. Noch ist es nicht zu spät. Tu es nicht!«

»Ich muß es tun. Vom Haus bis zu Ragge Down sind es vier Meilen, Mrs. Sutherland. Wir werden den Unterschied überhaupt nicht merken. Und da unten brauchen sie den Platz für Häuser. Der Ort wird immer größer. Die Leute von der Stadtplanung haben sich gefreut. Ich habe nicht vor, den Besitz zu zerstückeln, im Gegenteil, ich will ihn wieder hochbringen. Es sind doch nur dreißig Morgen, aber sie verschaffen mir das Kapital, das ich brauche.«

Ich weiß nicht, was für ein Gesicht ich machte. Jedenfalls veranlaßte es ihn, zu mir herüberzukommen, sich hinzuknien, die Arme um meine Taille zu legen und den Kopf in meinen Schoß zu legen. »Sieh mich nicht so an! Das halte ich nicht aus.«

Am liebsten hätte ich sein Haar berührt, aber ich tat es nicht, sondern blickte starr auf seinen Kopf hinab.

»Ich hätte es dir schon früher gesagt, aber ich habe es nicht über mich gebracht.«

»Ich kann dir so viel Geld geben, wie du für deine Projekte brauchst. Francis hat mir eine Menge hinterlassen. Was spricht dagegen, das Geld lieber von mir zu nehmen, als Land zu verkaufen?«

»Frag mich das bitte nicht. Wenn du es noch immer nicht begriffen hast, kann ich es dir nicht erklären.« Er schaukelte mich und sich selbst sacht hin und her. »Ich werde es allein schaffen, und möchte sehen, wie du dich dann freust.«

Ich stieß ihn fast um, als ich aufstand. »Es ist also mal wieder so weit«, sagte ich. »Ich soll noch mehr verlieren und noch mehr Unrecht hinnehmen. Nein, Leon, es geht nicht, ich kann einfach nicht tatenlos zusehen.«

Ich war schon fast an der Tür, als er mich einholte und herumriß. Zwei unterschiedliche Empfindungen sprachen aus seinen Augen, das weiß ich noch genau: Wut und Angst. »Nein, das kannst du nicht machen! Sag nicht, daß du fortgehst! Du kannst es nicht, du darfst es nicht! Jedesmal, wenn etwas passiert, das dir nicht gefällt, willst du mich verlassen. Du behauptest, daß du mich liebst, aber –« So hoch und unbeherrscht hatte seine Stimme noch nie geklungen.

»Leon!«

»Bleib hier und laß uns über alles reden. Los, komm!« Er zog mich zurück in den Raum.

»Leon!«

»Ja, rede schon, erkläre mir alles! Wir verstehen uns doch! Ich weiß, daß wir uns verstehen.«

»Leon, ich habe nie behauptet, daß ich dich liebe.«

Er ließ mich los. Seine Stimme klang wieder normal, als er sagte: »Aber du liebst mich. Ich weiß es.«

»Kann sein, aber lege mir keine Worte in den Mund, die ich nicht selbst gesagt habe.«

»Dann sag wenigstens, daß du nicht fortgehst!«

»Nur, wenn du Geld von mir annimmst und hier keinen Ausverkauf machst.«

»Das tue ich doch nicht! Ich will nur dreißig Morgen verkaufen, um den Rest zu retten. Warum kannst du das nicht akzeptieren? Ich will dein Geld nicht, ich will es allein schaffen!«

»Und ich? Was soll ich tun? Die Hände in den Schoß legen und zusehen, wie du den Besitz herunterwirtschaftest? Was zum Teufel verlangst du von mir?«

Er zog den Kopf ein, legte behutsam die Fäuste an die Schläfen und sagte zögernd, als hätte er eine Vision: »Ich möchte doch nur, daß du da bist. Warum kannst du dich nicht meiner Liebe überlassen? Ja, du sollst hierbleiben und einfach nur du selbst sein, nichts weiter.«

Ich ließ ihn stehen, schloß die Tür hinter mir und ging auf mein Zimmer. Der Spiegel der nierenförmigen Frisierkommode warf mir hämisch mein eigenes Bild entgegen. Wer sich selbst gern im Spiegel betrachtet, gilt bekanntlich als eitel, aber ich suchte die Bestätigung, daß es mich oder zumindest einen Rest von mir noch gab. Auch stellte ich mich meinem Gesicht, das ich nie gemocht hatte und für nicht liebenswert hielt, vermerkte selbst winzige Veränderungen meiner Züge und registrierte, wie sie weicher, gelöster wurden. Vergeblich versuchte ich zu erkennen, was an meinem

Gesicht bewirkte, daß Leon mich mit einer so eindringlichen Zärtlichkeit beobachtete, wenn er glaubte, ich bemerkte es nicht. Ich wollte es herausfinden, und es auf die Weise vielleicht erhalten.

»Was geht in dir vor?« Sein Gesicht erschien neben meinem im Spiegel.

»Ich suche nach mir selber.«

Er setzte sich neben mir auf den Hocker, dem Zimmer zugewandt. Im Spiegel sah ich, daß aus seiner Hose ein Hemdzipfel heraushing. So saßen wir dicht nebeneinander, ohne uns zu berühren, und blickten jeder in seine Richtung vor sich hin.

»Du gehst also nicht fort?«

Ich betrachtete das Gesicht im Spiegel, bis es vor meinen Augen mit einem anderen verschwamm, in dem ich mich wiedererkannte. »Nein, noch nicht.«

Er verließ das Zimmer und kam gleich darauf mit seiner Klarinette zurück.

Ich riß ein Streichholz an und hielt es an das Holz im Kamin, den ich benutzte, seit Leon die Nächte mit mir verbrachte. Früher hatte ich nie Feuer gemacht, aber eines Tages fand ich alles vorbereitet, so daß ich den Kamin nur noch anzuzünden brauchte. Vermutlich steckte Curtis dahinter – wer sonst?

Ich ließ mich in einen Sessel fallen und sah zu, wie Leon im Zimmer hin und her ging und mit gefurchter Stirn überlegte, was er mir vorspielen sollte. »Okay, hör dir dies an. Mal sehen, ob du dich an den Titel erinnerst.«

Seine völlige Hingabe war faszinierend. Neben der Musik gab es in seinem Leben noch viele andere Dinge, die ihm Freude bereiteten: Er machte sich Gedanken über die Gestaltung des Gartens, überlegte, was er in den Gewächshäusern anpflanzen wollte, sobald sie instandgesetzt wären, und schmiedete auch in geschäftlicher Hinsicht Pläne. Seine intensive Lebensfreude übertrug sich auf alles und jeden. Auch jetzt ging er ganz in seiner Musik auf, und nichts konnte ihm etwas anhaben, während seine Finger, deren Berührung mir so vertraut war, die silbernen Klappen der Klarinette betätigten.

Meine Herkunft und mein bisheriges Leben zerbröckelten gleichsam unter seiner Einwirkung, und ich fragte mich, ob es nicht vielleicht höhere Werte gab als jene, denen ich mich bisher verpflichtet gefühlt hatte. Lud er mich etwa nicht in die Geborgenheit seiner eigenen Welt ein, in der es weniger um Besitzen als vielmehr um Hinnehmen und Nachgeben ging?

Er setzte die Klarinette ab. »Nun? Wie heißt das Stück?«

»Das war … Nein, sag nichts, ich weiß es. Es war … es war – ja, es war der *Saturday Night Blues* von Sidney Bechet.«

»Sehr gut, Mrs. Sutherland! Du machst Fortschritte.«

»Ich habe ja auch genug Zeit.«

»Hör dir dies an. Du kennst es noch nicht. Setz dich und mach es dir bequem.« Er führte die Klarinette wieder an seine vollen, fahlen Lippen.

Mir war klar, daß ich in der Falle saß. Nach jeder Streiterei beschloß ich fortzugehen, aber dann blieb ich doch, unweigerlich, und so drehte sich für mich seit dem Abend seiner Ankunft alles im Kreis. Jedesmal verlor ich ein bißchen mehr Terrain, fand mich nach und nach damit ab, daß er sich von mir nichts beibringen lassen wollte, und mußte erkennen, daß ihm alles, was ich zu geben hatte, schon gehörte. Dabei kamen wir uns, ohne zu wissen, wie uns geschah, immer näher.

Wenn er zu mir ins Bett sprang, schlank, drahtig und schwungvoll, mußte ich unwillkürlich an einen Jagdhund meiner Mutter denken, der nach ihrem Tod und bevor er mit den anderen Hunden weggegeben wurde, frühmorgens immer auf mein Bett gesprungen war. Bei der Erinnerung an ihn lächelte ich, und auch Leon lächelte im nächtlichen Halbdunkel meines Schlafzimmers, weil er vielleicht eigenen Erinnerungen nachhing. Bisweilen kommt es mir so vor, als rückten die Geister um so weiter voneinander ab, je näher sich die Körper kommen.

Leon kniete mit gespreizten Beinen über mir, zog mich hoch und drückte mich an sich. Nach der Reise durch die Welt der Gefühle klang seine Stimme immer fast brüchig, wenn er sagte: »Ich danke dir, ich danke dir!«

»Wofür?«

»Für alles.«

Ich, die abweisende, zynische, hartgesottene Delia Sutherland, trank von seinen Lippen die Aufrichtigkeit, mit der er mir seine Liebe schenkte, und mühte mich, ihm das zu schenken, was sein Vater vor einer Ewigkeit ein paar Minuten lang von mir erhalten hatte.

Frühmorgens ließ ich ihn genüßlich weiterschlafen, aber wenn ich mich über ihn beugte, um ihn auf irgendeine Stelle des Gesichts zu küssen, die aus dem Gewirr von Kissen, Laken und Decken herauslugte, wurde er gerade wach genug, um mein Handgelenk zu umklammern und zu murmeln: »Geh nicht weg, es ist doch noch so früh!« Doch wenn ich dann nach dem Frühstück von meinem Spaziergang mit den Hunden zurückkam, lag er wieder in seinem eigenen Bett, so daß Curtis getrost mit dem Tablett hereinkommen konnte.

Ich hatte keine Ahnung, was er an mir fand, aber es war etwas, das ihm Kraft gab. Er schmiedete Pläne, in die er mich nicht einbeziehen konnte, und aus seinen Plänen entwickelten sich weitere, noch furchteinflößendere Projekte, so daß mein eigenes Leben in Sleet, dem einzigen Ort, an dem ich wirklich etwas getan hatte, immer mehr an Sinn und Bedeutung einbüßte.

Statt jede Minute mit ihm auszukosten, zählte ich sie,

weil ich mir sagte, daß es nicht ewig so weitergehen konnte. Ja, eines Tages würde alles zu Ende sein. Ich wagte nicht, an ein gemeinsames Morgen zu glauben.

Leon hingegen verdrängte alles, was nicht zu unserer Gegenwart gehörte. Er war zufrieden, tatkräftig und zunehmend ausgefüllt – von den Ferienhäusern, dem Mietstall, der Reitschule und, schlimmer noch, (sogar jetzt noch kostet es mich Überwindung, die Worte niederzuschreiben) von dem zweihundert Morgen großen Golfplatz. In der Landwirtschaft war nichts mehr zu holen, davon war er überzeugt. Die Zukunft gehöre dem Freizeitgewerbe. Ich war, wie ich hier beschämt eingestehen muß, nicht großherzig genug, um zuzugeben, daß hochdotierte Experten mir seit einigen Jahren zu denselben Veränderungen geraten hatten. Wahrscheinlich berieten dieselben Fachleute jetzt ihn.

Ich hatte so viel Zeit wie noch nie, konnte also beobachten, wie das Unvermeidliche geschah und sich ein rascher Kurswechsel vollzog.

Als ich eines Tages unterhalb der Stufen vor dem Salon in einem Liegestuhl lag und in einem Buch von André Malraux las, stieß ich auf folgenden beunruhigenden Satz: »Das Altern erweist sich als besonders gefährlich für Frauen, die um ihr Frauenleben betrogen worden sind. Wenn sie an ihrem Körper Alterserscheinungen wahrnehmen, entwickeln sie so hartnäckige Reuegefühle, daß diese zur Manie werden können.«

Vielleicht hätte mich spätestens in jenen Augenblicken Torschlußpanik überkommen müssen. Schließlich hatte ich keine Kinder. Oder meinte Malraux nicht das, wenn er von einem »Frauenleben« sprach? War Leon meine Manie? Rührten meine zahlreichen Versuche, mich von ihm zu lösen, von der Erkenntnis her, daß unser Verhältnis gegen die natürliche Ordnung verstieß? Auf jeden Fall hatte ich mir das Verlangen, das er nach mir empfand, nicht bloß ausgedacht, ebensowenig wie die Form, die es dann annahm, oder mein eigenes Bedürfnis, es zu befriedigen. Der leiseste Verdacht, daß bei mir Eigennutz im Spiel war oder Gier nach dem, was er mir gab, hätte ausgereicht, damit ich einen Schnitt machte und mich absetzte. Doch zu dem Zeitpunkt, von dem hier die Rede ist, war ein solcher Ausgang bereits unvorstellbar, denn Leon war mir längst so vertraut wie ich ihm.

Gut, er hatte mir meine Arbeit und meine Position abspenstig gemacht. Die einzige verantwortliche Aufgabe, die mir blieb, war der Vorsitz im Schulbeirat von St. Mary's, und den empfand ich nicht gerade als schwere Bürde. Dennoch blieb ich ebenso ruhig, wie er stark war. Wenn ich einmal auf das Leben zu sprechen kam, das mich in Schottland erwartete – den kleinen Hof und die Schafe –, rief er: »Aufhören!« oder einfach: »Nein!« Danach schien er immer von sich selbst enttäuscht, als werde er irgendeinem Anspruch nicht gerecht, der nur ihm allein bekannt war. Nicht selten schlug er dann mit der flachen Hand gegen den erstbesten Gegenstand, gegen eine Wand, einen Stuhl oder einen Baum.

Sobald er seinen Frust überwunden hatte, schenkte er mir noch mehr Zärtlichkeit als zuvor und dachte sich allerlei Unternehmungen aus: einen Abstecher zu einer Baumschule, die Instandsetzung der Sommerlaube am See, einen Abend im Ronnie Scott's in London.

All die gemeinsamen Erlebnisse verbanden uns nur noch enger. Manchmal sah er mich fragend an, und wenn er dann auf dem Grund meiner Augen dieselbe Angst entdeckte, die an ihm selber zehrte, versuchte er, tapfer zu lächeln. Er traute mir zu, daß ich es fertigbringen würde, aufzustehen und fortzugehen, sobald der Zeitpunkt gekommen wäre, und er hatte recht. Dies machte mich noch trauriger.

Curtis traf mich nun oft zu Hause an, während er früher oft stundenlang allein gewesen war und die Zeit genutzt hatte, um die Dinge zu hegen und pflegen, die er am meisten liebte. »Mit Putzfrauen komme ich nicht zurecht«, hatte er einmal gesagt. »Mit denen hat man nur Ärger. Am liebsten mache ich alles selbst. Da weiß man wenigstens, daß alles in Ordnung ist.« Was nicht zutraf.

Wieder einmal lag ich zu Füßen der kleinen Treppe in meinem Liegestuhl, als ich hinter mir Schritte vernahm. Es war Curtis, der eine Trittleiter anschleppte, um die Bücher im Salon abzustauben. Ich blieb an meinem sonnigen Plätzchen sitzen. »Na, Curtis, sind mal wieder die Bücher dran?« rief ich ihm über die Schulter zu.

»Ja, Miss Delia. Kaum ist man bei Z angelangt, muß man wieder bei A anfangen. Jetzt bin ich bei Vertue, *Sculptures par G. Vertue.* So ein hübsches Rot! Und wie es glänzt, wenn man es ein bißchen poliert! Die Mühe lohnt sich wirklich.«

Er stellte die Leiter auf, trat dann neben meinen Stuhl und drehte sich zu mir um. Der Bauch unter der grauen Schürze war verdächtig flach, die Brust vorgewölbt. Warum war ich nicht von allein darauf gekommen, daß er ein Korsett trug? An seinem Handgelenk baumelte der gravierte Kupferreif.

»Können Sie die Spinnenfäden sehen, Curtis?« fragte ich. »Ich bin ihnen mit den Augen gefolgt, aber ich kann weder erkennen, wo sie anfangen, noch wo sie aufhören. Es sieht so aus, als würden sie im Nichts schweben.«

»Tut mir leid, Miss, aber ich sehe sie nicht.«

»Das wundert mich nicht. Sie müssen sich bücken, Curtis, dann sehen Sie die Fäden im Sonnenlicht glänzen.«

Er klemmte das Staubtuch zwischen die Knie, beugte sich vor, bis sein Gesicht dicht neben meinem war, legte den Kopf ein wenig zur Seite und kniff die Augen zu. »Ja, jetzt hab ich sie. Die sind anscheinend mehrere Meter lang. Sieht so aus, als würden sie von dem Baum oder vielleicht sogar von dem Busch da drüben kommen.« Er zog noch ein paar andere Ausgangspunkte in Betracht und schloß: »Da kann man nur staunen.«

Um ihm nicht ins Gesicht sehen zu müssen, wartete ich ab, bis er auf die Leiter gestiegen war und ein Buch aus dem Regal gezogen hatte. Erst dann stand ich auf, stellte mich neben die Leiter und sagte: »Wir sind also noch alle da, Curtis.«

»Ja, Miss.«

»Sie haben sich nicht zur Ruhe gesetzt, Mrs. Files hat nicht gekündigt, und ich bin nicht weggefahren.«

»Ja, Miss. Ich dachte mir, ich mache noch eine Weile weiter, solange Mr. Kennedy mit mir zufrieden ist. Bis er es hier alleine schafft.«

»Genau, so geht's mir auch.«

»Ich weiß, Miss.«

Oh, wie strengte ich mich an, mehr als Nachsicht und Verständnis aus den drei Worten herauszuhören, aber da war nichts. »Meinen Sie nicht auch, daß er schon auf eigenen Beinen stehen kann, Curtis?«

Er hielt beim Polieren mitten in der rhythmischen Bewegung inne. Ich mußte daran denken, daß er einmal zu mir gesagt hatte, er könne sich für kostbare Einbände kein besseres Pflegemittel vorstellen als das Fett von Händen. Während er den Kupferreif an seinem Handgelenk hin und her drehte, sagte er, ohne mich anzusehen: »Sieht so aus, Miss Delia.« Sein Blick schien von ihm, Leon, zurückzukehren, als er mich nun doch ansah.

Obwohl ich Curtis ein Leben lang gekannt hatte, begriff ich erst jetzt, daß er mich mochte. Nicht, daß ich jemals daran gezweifelt hätte – nein, ich hatte einfach nicht darüber nachgedacht. In der Art, wie er »Sieht so aus, Miss Delia« gesagt hatte, hatte eine unbedingte Freundschaft gelegen, die nichts von mir forderte und mich weder be- noch verurteilte.

Seit wie vielen Jahren war es ihm wichtig, daß ich

nicht gekränkt oder zum Gespött anderer wurde? Wann hatte er angefangen, die unnahbare, unüberhörbare Frau zu mögen, zu der sich der mürrische kleine Wuschelkopf entwickelt hatte, welchen er zwischen Haus und Schule hin und her gefahren, bei den Hausaufgaben unterstützt und der, im ersten Jahr nach dem Tod der Mutter, mit seiner Hilfe zuerst die Masern und dann eine Hirnhautentzündung überstanden hatte? Was wußte ich eigentlich über Curtis? Nur, daß sein vergötterter Bruder, mit dem er sich das Cottage geteilt hatte, gestorben war, als ich achtzehn Jahre alt war, und daß er wenig später seine jetzige Wohnung im Haus bezogen hatte. Mein Bild von ihm hatte sich seit meiner Mädchenzeit nicht verändert: Er spielte in meinem Leben eine Rolle, und nicht umgekehrt. Ich kannte seine Marotten und Launen, wußte seit kurzem, daß er ein Korsett trug, und hatte soeben begriffen, daß er auf meiner Seite stand.

Er winkelte den Arm an und drehte den Armreif, den Leon ihm geschenkt hatte.

»Der steht Ihnen gut«, sagte ich, und das stimmte, denn die Farbe machte sich gut auf seiner Haut.

Er errötete und hielt den Arm ein wenig von sich weg, um den Reif besser betrachten zu können. Es war ihm anzusehen, wie sehr er sich über meine Worte freute. »Das finde ich auch, Miss. Mr. Kennedy hat einen guten Geschmack.« Er winkelte den Arm wieder an, als hätte der Reif ihn dazu aufgefordert.

Ich ließ ihn dort oben auf der Leiter mit dem *Stephani Thesaurus* allein.

Nach dem Abendessen ging Leon kurz auf sein Zimmer und holte einen kleinen Stapel Papiere, den er auf der Schreibtischplatte ausbreitete. Während er sich Notizen machte, hüllte ich mich in Schweigen. Wie entsetzlich! Bei den Papieren handelte es sich offenbar um Landkarten. Für mich stand fest, daß es Karten der Ländereien von Sleet waren. Wollte er etwa noch mehr Parzellen verkaufen? Dazu mußte ich einfach etwas sagen! »Du studierst Karten, Leon?«

»Ja.«

»Dachte ich es mir doch. Von Sleet, nehme ich an?« Da er nicht antwortete, sagte ich mir: Es ist bestimmt so schlimm, daß er es trotz aller Begeisterung für besser hält, mich im Ungewissen zu halten. »Wie viele Morgen sind es diesmal?« fragte ich. Ich konnte einfach nicht anders.

»Wovon redest du?«

»Von Sleet.«

Meine Stimme klang so angespannt, daß er die Brauen hochzog. »Oh, verstehe, die Landkarten! Nein, die sind von Frankreich und Nordafrika. Ich denke mir gerade eine Route aus. Mein Auto hat Lust auf eine Reise. Es bleibt uns nichts anderes übrig als mitzufahren. Komm her, ich zeige dir, wo ich mit dir hin will. Siehst du diese Stadt? Das ist Le Havre, da geht es los. Zuerst fahren wir nach Paris. Das ist ein Muß. Warst du schon mal dort?«

»Nein.«

»Prima. Anschließend fahren wir diese Strecke hier bis Marseille.«

»Wieso ausgerechnet nach Marseille?«

»Keine Ahnung. Ich war noch nie dort. Du weißt ja, ich bin zum ersten Mal in Europa. Der Name ist irgendwie aufregend, nichts weiter. Er klingt nach einem Traum, den man sich erfüllen kann, indem man einfach hinfährt. Marseille ist angeblich so etwas wie ein Tor zwischen zwei Welten. Vielleicht ist es auch nur ein mieses Kaff, aber was macht uns das? Wir steigen auf ein Schiff und fahren nach Nordafrika. Findest du nicht, daß das Wort Marseille gut klingt? Komm, sag es mal selbst! Es gibt einem so ein gutes Gefühl.«

Ich lachte und ging die Vorhänge zuziehen, obwohl es eigentlich noch viel zu hell war. »Wie wär's mit einem Spaziergang?«

»Interessierst du dich überhaupt nicht für die Reise?«

Wohl oder übel ließ ich mich auf das Spiel ein. »Also gut, wann soll es denn losgehen?«

»Irgendwann im Herbst.«

»Tatsächlich?« Für uns beide wird es keinen Herbst geben, dachte ich.

Er faltete die Landkarte zusammen. »Siehst du? Du glaubst nicht daran, daß wir die Reise machen werden, aber ich weiß es! Macht nichts. Komm, wir gehen ein bißchen spazieren.«

Diesmal nahm er nicht meine Hand, die er sonst unterwegs nicht einmal dann losließ, wenn er seine Worte mit schwungvollen Gesten untermalte. Statt dessen legte er den Arm um meine Schulter und zog mich an sich, als wüßte er um meine Verzagtheit.

Auf dem Weg zurück ins Haus sagte er so leise, als wollte er den Frieden des einst so gepflegten Gartens nicht stören: »Ich lasse demnächst einen Landschaftsarchitekten kommen, damit er sich das alles mal ansieht.« Dabei zeigte er auf die beschädigten Statuen, die wuchernde Klematis, die Schalen, in denen Unkraut wuchs, den leeren Springbrunnen und die ausgefransten Ränder der Beete. Ich konnte mich noch genau erinnern, wie prächtig einmal alles ausgesehen hatte. »Wir sollten aus den Alben alte Fotos heraussuchen und den Garten wieder genauso herrichten lassen. Besser können wir es nicht machen, oder?«

»Nein.«

»Ich wollte noch etwas anderes mit dir besprechen.«

Ich hatte es geahnt. Seine Stimme klang immer besonders zärtlich, wenn er mich auf eine heikle Sache vorbereiten wollte.

»Ich möchte, daß wir eine Abendgesellschaft geben.«

»Leon, um Gottes willen!« Ich riß mich von ihm los.

»Komm, hör mich doch erst einmal an! Wir haben so gut wie nie Besuch, Mrs. Sutherland. Dabei leben wir in einem großen Haus mit einem Speisezimmer und allem

Drum und Dran. Davon einmal abgesehen ist es nicht gut, sich so abzusondern. Ich möchte mich den Leuten zeigen und sie selber kennenlernen, okay? Wenn wir uns nie blicken lassen, wird man das falsch auslegen und zu klatschen anfangen.«

»Falsch auslegen? Daß ich nicht lache! Glaubst du etwa nicht, daß sie schon längst über uns klatschen?«

»Kann sein.«

»Garantiert.«

»Dann sollten wir erst recht eine Gesellschaft geben. Wen könnten wir einladen?«

»Das ist deine Sache. Du willst ein Fest veranstalten, nicht ich. Ein junger Mann wie du braucht natürlich Gesellschaft. Nur zu! Aber rechne nicht mit mir.«

»Das lasse ich nicht gelten. Wir sollten uns zusammen zeigen, damit alle sehen, wie glücklich und zufrieden wir sind.«

»Nein, das bringe ich nicht fertig.«

»Bist du denn nicht glücklich und zufrieden mit mir?«

»Darum geht es nicht. Himmel, ich kenne ja kaum noch jemanden! Außerdem wäre mir der Aufwand zu groß.«

»Das dachte ich mir. Du brauchst nichts zu tun, weil ich mich um alles kümmern werde. Du sollst nur die Gäste einladen, nichts weiter. Bestimmt kennst du eine Menge Leute. Du willst nur nichts mit ihnen zu tun haben. Weißt du was? Für jeden Gast, der kommt, pflanze ich einen Baum. Das wird ein richtiger kleiner Wald. Wir könnten ihn ›Neue Hoffnung‹ taufen.«

»Ein Wald? Hoffnung? Von wegen!«

Das festliche Abendessen sollte an einem Samstag in zwei Wochen stattfinden. Leon dachte an zwanzig Gäste, denn so viele hatten an dem großen Tisch im Eßzimmer Platz. Ich war mir nicht sicher, ob ich zehn zusammentrommeln könnte.

Ich hatte mich seit langem nicht bei Muriel gemeldet. Jetzt rief ich sie an und bat sie, bei mir vorbeizuschauen.

»He, wie gemütlich es hier drinnen ist!« rief sie aus, als sie den Salon betrat. »Hast du irgend etwas verändert?«

»Nein.«

»Tatsächlich? Komisch, mir kommt alles so anders vor. Du siehst übrigens auch ganz toll aus.«

Ich erklärte ihr, daß ich so lange dageblieben sei, um Leon in der ersten Zeit beizustehen, und überging ihr »Vier Monate!«, indem ich ihr von der Idee erzählte, eine Abendgesellschaft zu geben, damit Leon ein paar Leute kennenlernte. Dabei gab ich mir Mühe, möglichst distanziert und sachlich zu wirken. Muriel hörte mir zu wie eine Jurorin einer vorsprechenden Schauspielschülerin. Ich mußte meine Rolle jedoch sehr schlecht gespielt haben, denn als ich zu Ende gesprochen hatte, meinte sie: »Es ist also etwas dran an den Gerüchten?«

»An welchen Gerüchten?«

»Na, daß du und er …«

Ich steckte eine lose Haarnadel fest und schwieg.

»Es stimmt also. O Delia!« Muriels Stimme klang so, als hätte ich ihr im Vertrauen mitgeteilt, daß ich unheilbar krank war.

»Ich bin glücklich.« Mehr fiel mir nicht ein, und mehr gab es dazu auch nicht zu sagen.

»Das sieht man dir an. Glaube nicht, daß ich an dir herumkritteln will – im Gegenteil, ich freue mich für dich. Soso, ihr wollt also ein Abendessen geben. Täusche ich mich, oder hast du mich deswegen hergebeten?« Sie legte den Kopf ein wenig zur Seite und lächelte mich an.

Ich holte mein Adreßbuch, und sie half mir, aus allerlei Geschäftsleuten, Firmeninhabern und Lieferanten ein Dutzend Kandidaten auszuwählen. Ich hielt dies für ein unsinniges Unterfangen: »Die kommen ja doch nicht! Erstens kann man solche Leute nicht erst eine Woche vorher einladen, und zweitens haben die bestimmt was Besseres zu tun.«

»Was Besseres?« entfuhr es Muriel. »Du spinnst, Delia! Die nehmen die Einladung mit Kußhand an! Sag mal, hast du dir das wirklich genau überlegt?«

»Es ist Leons Idee, nicht meine.«

»Hätte ich mir denken können. Na gut, dann wollen wir mal ein bißchen herumtelefonieren.«

Matthew Hurst, ein Kunsthändler, der für mich ein paar Bilder taxiert hatte, und Colonel Peters, ein Elternbeirat der St.-Mary's-Volksschule, sagten sofort zu, desgleichen Alicia Gross, eine wortkarge Hundezüchterin, von der ich vor dreizehn Jahren Bung und Ho gekauft hatte. Sie war Vegetarierin und bot an, ihr eigenes Essen mitzubringen, was ich dankend annahm. Als ich wenig später Leon davon berichtete, tadelte er mein Verhalten als unfreundlich. Daraufhin rief ich Alicia Gross nochmals an und teilte ihr mit, wir würden extra für sie auch etwas Vegetarisches vorbereiten. Sie war geradezu gerührt. Tricia Lock, die Frau des Parlamentsabgeordneten unseres Wahlkreises, glaubte absagen zu müssen, weil ihr Mann an dem Abend eine dienstliche Verpflichtung hätte, doch zwei Stunden später rief sie zurück und meinte, sie hätte sich getäuscht, und sie würden »sehr gern« kommen. Auch Fred und Angel Grant, deren Farm an Sleet grenzte, wollten »sehr gern« kommen. Das gleiche galt für Alan Sending, den Vorsitzenden des Gemeinderates, nebst Gattin.

Ich unterhielt mich noch mit Mrs. Sending, als Leon in den Raum gestürmt kam. Während ich mir wohl oder übel anhören mußte, was sie mir über ein internationales Pfadfinderinnentreffen erzählte, bei dessen Organisation sie mitwirkte, beobachtete ich, wie Leon bei Muriels Anblick zuerst überrascht stehenblieb und dann zu ihr ging, um sich vorzustellen. Muriel ließ sich auf dem Sofa zurücksinken, faltete brav die Hände und hörte sich mit leicht nach links geneigtem Kopf an, was er vortrug. Wieder war sie die Jurorin, die dem Schauspielschüler lauscht.

»Wieso lachst du?« fragte ich sie, nachdem ich aufgelegt hatte.

»Ach, Leon hat mir gerade von Mrs. Files' Tante erzählt. Sie kommen hier also gut zurecht, Leon?«

»Ja, aber nur, weil Mrs. Sutherland mir beisteht.«

»Mrs. Sutherland?« Sie besann sich rechtzeitig und fuhr fort: »O ja, natürlich. Wissen Sie, ich freue mich auf den Abend. Es wird bestimmt sehr interessant. Bitte sagt mir, wie ich euch helfen kann. Darf ich Melinda mitbringen? Sie kommt übers Wochenende, und ich würde sie ungern allein lassen.«

»Natürlich«, sagten Leon und ich wie aus einem Mund.

»Ich freue mich sehr, daß ich Sie endlich kennengelernt habe, Leon. Nennen Sie mich doch bitte einfach Muriel. So, und jetzt muß ich gehen.« Mit einem Blick forderte sie mich auf, sie zu ihrem Auto zu begleiten.

Leon ergriff ihre linke Hand, die neben ihr auf dem Sofa lag. »Ich freue mich auch, daß wir uns kennengelernt haben und daß Sie zu dem Abendessen kommen. Mrs. Sutherland hat mir viel Gutes von Ihnen erzählt. Jetzt verstehe ich, warum.«

Sie senkte den Blick und lächelte kurz, aber es war ein trauriges Lächeln. Wer weiß, was ihr dabei durch den Kopf ging. Ohne ein weiteres Wort verließ sie den Raum. Draußen vor der Tür packte sie meinen Arm und fragte: »Sag mal, hast du eigentlich den Hof in Schottland gekauft?«

»Ja, aber ich bin noch nicht dort gewesen. Er ist bestimmt ganz schön runtergewirtschaftet. Wieso kommst du darauf?«

»Ach, nur so. Hör mal, ich weiß, daß du mich nicht fragen wirst, was ich von Leon halte, aber ich kann es dir auch so sagen. Ich finde, er wirkt wie ein durch und durch feiner Kerl, der es ehrlich meint.«

»Muriel, ich habe Angst.« Keine Ahnung, warum ich das sagte. Ich mußte die Worte irgendwo im Hinterkopf mit mir herumgetragen haben, und nun waren sie heraus. Ja, ich hatte Angst, aber ich hatte es mir bisher nicht eingestanden.

»Klar«, sagte Muriel. »Ich an deiner Stelle hätte auch Angst.«

Ich brachte sie zum Auto, und etwas in mir sträubte sich dagegen, sie wegfahren zu lassen. Sie hatte schon den Motor angeworfen, als sie mit einem Lächeln, das ich an ihr noch nicht kannte, sagte: »Ach, ›Mrs. Sutherland‹! Was hast du dir da wieder eingebrockt?«

Bevor ich etwas erwidern konnte, gab sie Gas, und das war gut so, denn was hätte ich schon sagen können?

Leon lag im Salon auf dem Boden und las aus einem Adreßbuch, das er über seinem Kopf hielt, laut Namen vor. Es war das alte rote Buch, das ich in der Zeit benutzt hatte, als Francis Sleet House als Ort geselliger Begegnungen noch nicht abgeschrieben hatte. Jeder Name, den es enthielt, klang wie ein Echo aus vergangenen Tagen, hatte mit Sleet, der Nachbarschaft oder dem Landkreis nichts zu tun.

»Wie wäre es mit den Muirs, Gaby und Henry Muir?« fragte Leon.

Ich nahm ihm das Buch weg. »Um Himmels willen, wie kommst du ausgerechnet auf die? Die Muirs sind nicht meine Freunde.« Die Namen der beiden waren von Francis eingetragen worden. In seiner schwungvollen Schrift nahmen sie zwei Zeilen ein, während ich immer mit einer einzigen ausgekommen war. Beim Blättern fiel mir auf, daß alle Namen, die Leon vorgelesen hatte, von seinem Vater in das Buch geschrieben worden waren. »Wieso diese Namen und keine anderen?« fragte ich.

»Keine Ahnung. Vielleicht, weil sie einem so ins Auge springen. Was hast du gegen die Muirs?«

Sollte ich es ihm sagen? Gaby Muir, die aufgedonnerte, geschmacklose Gaby Muir und ich an einem Tisch in einem italienischen Restaurant: »Er hat drüben was mit einem Mädchen, verstehst du? Ich dachte mir, es ist besser, wenn du Bescheid weißt …« Dabei beobachtete sie mein Gesicht, um zu sehen, wie ich die Demütigung verkraftete. Und jetzt lag er, der kleine Junge von damals, zu meinen Füßen auf dem Boden des Salons!

Der erste Schlag, den ich einstecken mußte, wurde mir in der Kirche verpaßt. Er traf mich unvorbereitet, obwohl mir klar war, daß die Leute über uns redeten und sich in allerlei Mutmaßungen ergingen. Dies schien mein eigenes Dasein jedoch nicht zu berühren. Wenn man ein Leben lang mehrere Kilometer vom nächsten Dorf entfernt auf einem Besitz gelebt hat, dessen Tore von früh bis spät verriegelt sind, stellt sich allmählich ein Gefühl der Isolation ein, und man braucht viel Kraft, um sich gegen die Selbstgenügsamkeit zu wehren. Sonst kann es einem im Lauf der Jahre leicht passieren, daß man zwar nicht gerade glaubt, die anderen gäbe es nicht, aber so lebt, als sei man für sie unsichtbar, und das ist ein grober Irrtum.

Ich ging also zur Kirche. Leon kam nicht mit. Er hatte nie den Wunsch geäußert, und ich hatte es ihm nie vorgeschlagen. Alle Bänke waren besetzt, und gerade stimmte die Gemeinde das erste Lied an: »Gottes Liebe, allumfassend …« Die Caldwell-Bank stand seitlich vom Altar, unter der Marmorplatte mit den Namen der in den beiden Weltkriegen Gefallenen. Ein Onkel von mir war auch dabei. Ich konnte mich nicht setzen, weil die Bank bepackt war mit Leitungsrohren, Kisten voller Krimskrams und ausrangierten Gesangbüchern. Man hatte sich nicht einmal die Mühe gemacht, ein Tuch über das Eichenholz zu breiten. Ich sah keine Möglichkeit, mir Platz zu schaffen, ohne den Gottesdienst zu stören. Viele neugierige Augen folgten mir, als ich den Mittelgang entlangging, mir eine Lücke suchte und mich hinsetzte.

In dem üblichen Gedränge nach der Messe nahm ich mir vor, den Pfarrer, sobald ich an der Reihe wäre, ihm die Hand zu geben, auf die Bank meiner Familie anzusprechen. Ich streckte schon den Arm aus, als er die Hand der Frau vor mir losließ und nicht etwa meine ergriff, sondern beide Arme hoch über den Kopf hob, sein gewinnendstes Lächeln aufsetzte und einem Paar ein Stück weiter hinten zuwinkte. Mich würdigte er keines Blickes.

Ich erzählte Leon nichts von dem Vorfall.

Ein paar Tage später erhielt ich ein Schreiben des Schulvorstandes von St. Mary. Die Schule wurde von der Kirche mit getragen, und die Gemeindevertreter hatten mich als Nachfolgerin meines verstorbenen Vaters in den Beirat gewählt. Die Caldwells hatten das Grundstück für die Schule gestiftet. In dem Brief stand, kürzlich sei ein neuer Beirat gewählt und mein Mandat nicht erneuert worden.

Ich brauchte Zeit, noch ein bißchen mehr Zeit! Was waren schon vier Monate in einem Menschenleben?

16

»War das etwa schon die Klingel?«

»Das hast du mich schon dreimal gefragt, Leon! Es ist jetzt Viertel nach acht, und wir haben zu unseren Gästen gesagt, zwischen acht und halb neun.«

»Ich weiß, und du meinst wirklich, die Leute kommen pünktlich? Kaum zu glauben! Ich werde in Zukunft dran denken. Gib mir bitte ein Handtuch, Mrs. Sutherland.«

Leon lag in meinem Badezimmer in der Wanne. Er wollte sich lieber bei mir umziehen, weil er ganz versessen darauf war, aus mir auch noch die letzten Einzelheiten über unsere Gäste herauszuholen. Dabei wußte er schon jede Menge aus der Lokalpresse und natürlich von Mrs. Files.

»Ein bißchen Pünktlichkeit ist manchmal durchaus angebracht, meinst du nicht auch?« sagte ich und schickte mich an, das Badezimmer zu verlassen.

»He!« Er breitete das Badetuch aus, in das er sich gewickelt hatte, und schlang es um uns beide. »Mach nicht so ein ernstes Gesicht! Du wirst sehen, es wird ein wunderschöner Abend. Bestimmt sagst du hinterher: Laß uns gleich nächste Woche wieder eine Einladung geben! Weißt du was, Mrs. Sutherland? Ich war noch nie so glücklich. Los, komm näher zu mir! Ja, so ist es gut.«

Als ich schließlich den Ballsaal betrat, brannte in beiden Kaminen ein Feuer. Mr. Alan Sending mit Gattin waren inzwischen eingetroffen.

Alan Sendings massige Gestalt und seine bedächtige Art suggerierten Weisheit, Vertrauenswürdigkeit und ein Verantwortungsbewußtsein, an dem er, dem verdrossenen Ausdruck seiner Augen nach zu schließen, schwer zu tragen hatte. Ich bezweifelte, daß er über eine abgründige Phantasie verfügte, doch die gegenwärtige Situation war ihm abgrundtief peinlich, so viel stand fest. Es war ihm anzusehen, daß er sich innerlich auf etwas vorbereitete, das für ihn noch schlimmer war, als mir gegenüberzutreten. Fast tat er mir leid. »Leon kommt gleich«, sagte ich vorsorglich. »Er hat sich ein bißchen verspätet.«

»Oh, das macht doch nichts.«

»Mein Gott, wir sind seit einer Ewigkeit nicht in diesem Haus gewesen, nicht, Alan? Damals lebte Ihr Vater noch, Delia. Außer den Blumen ist alles wie früher. Wirklich prachtvoll!« Mrs. Sending ließ sich aufs Sofa sinken und bedeckte die Knie züchtig mit der Handtasche.

»Das ist Leons Werk.«

»Tatsächlich? Das überrascht mich nicht.« Sie wirkte sehr interessiert. Das Sherryglas, das ich ihr reichte, nahm sie mit Daumen und Zeigefinger entgegen. »Siehst du, Alan? Ich sagte doch vorhin im Auto, daß Menschen wie er eine künstlerische Ader haben.«

Mrs. Sending gehörte zum Typus der englischen Dame mittleren Alters, die im Lauf der Jahre androgyne Züge entwickelt hat. Ihr aufgesetztes feminines, feines Gehabe – rosa Lippenstift, geblümtes Chiffonkleid – hatte etwas Abartiges. Wenn ich jetzt an sie zurückdenke, erscheint sie mir als eine Frau, die es den Spöttern allzu leicht machte. Dabei hatten ihre tolpatschige Gutwilligkeit und die selbstzufriedene Art, wie sie schaltete und waltete und sich überall einmischte, durchaus etwas Rührendes. Gäbe es nicht solche Frauen, wäre es wohl mit dem gesellschaftlichen Leben in der Gemeinde bald vorbei.

Für Leon war es wichtig, mit diesem Menschenschlag zurechtzukommen, aber ich rechnete mir für ihn keine großen Chancen aus.

»Was für eine hübsche Idee, ihm zu Ehren ein Abendessen zu geben, Delia. Aber wo steckt er eigentlich?«

»Oh, er kommt gleich.« Sie ging mir auf die Nerven, aber noch mehr ägerte ich mich über Leon.

»Ich finde es richtig, daß Sie alles tun, damit er sich hier wie zu Hause fühlt. Da sollte man keine Mühe scheuen. Schließlich ist er ja so weit fort von daheim!«

Ich wollte gerade erwidern, dies sei sein neues Zuhause, als Matthew Hurst und Alicia Gross eintrafen. Sie fuhr, also konnte er trinken.

Alicia war Ende Fünfzig, und die Leute machten ihr hinter ihrem Rücken noch das zweischneidige Kompliment, sie sei früher einmal sehr schön gewesen. Im Gespräch mit anderen war sie eher scheu, es sei denn, es gab da einen Hundekopf in ihrer Nähe, den sie tätscheln konnte. Bung und Ho stellten sich nur zu gerne zur Verfügung. Eine volle Minute lang kraulte sie Ho am Ohr, ungeachtet der Tatsache, daß er mit der Hinterpfote wie im Krampf auf dem Parkett kratzte. Dann sagte sie: »Das Ohr sollte mit Orterna-Salbe behandelt werden, Delia. Ich bringe dir morgen welche vorbei.«

Mrs. Sending sagte: »Igitt, Alicia, doch nicht vor dem Essen!«

»Tur mir leid, aber es ist wichtig. Vielleicht hat der Hund im Ohr eine Eiterbeule.«

Matthew Hurst, ein Junggeselle mit düsterer Leidensmiene, war um die fünfzig Jahre alt, wirkte jedoch jünger, und es kursierten Gerüchte, daß er mit ein paar verheirateten Frauen aus der Nachbarschaft eine Affäre gehabt hatte. Er ging geradewegs zu dem Ölgemälde neben dem Kamin und betrachtete es mit verschränkten Armen und leicht angehobenem Kopf. Irgendwie erinnerte er mich an Leon, der in diesem Augenblick endlich erschien, zusammen mit den Grants und den Locks.

Das Geplauder stockte kurz, als Leon mir einen Kuß auf die Wange drückte, bevor er sich zu Matthew gesellte. Die beiden faßten sich an den Schultern wie alte Freunde. Leon hatte Matthew in seiner Galerie aufgesucht und ihn beauftragt, über gewisse Gemälde Nachforschungen anzustellen. Es erwies sich als überflüssig, Leon mit den anderen Gästen bekanntzumachen, denn kaum nannte ich einen Namen, wußte er schon Bescheid und stellte sich mit gewinnender Ungezwungenheit vor.

Mrs. Sending hielt ihm nicht etwa nur eine, sondern gleich beide Hände hin. »Willkommen in unserem Land!« sagte sie mit jener übertrieben deutlichen Aussprache, die man in England Ausländern und Geistesgestörten vorbehält.

Leon umschloß ihre Hände mit seinen und zog sie an seine Brust, so daß die beiden sich ziemlich nahe kamen. »Danke, Mrs. Sending. Wie überaus freundlich Sie sind!«

Mrs. Sending war plötzlich kein Mannweib mehr. Sie lächelte, brachte es aber kaum über sich, ihm in die Augen zu sehen. »Oh, ich … Hm … Ach, wissen Sie …«

»Sie organisieren das große Dorffest, nicht wahr? Ich habe im *Echo* davon gelesen. Wir müssen uns später darüber unterhalten. Ich würde gern genau wissen, was sie sich dafür ausgedacht haben.«

»Gern, Leon, sehr gern.«

Er gab ihre Hände frei, und sie wußte eine Zeitlang nicht, was sie mit ihnen anfangen sollte.

Zu Alan Sending sagte er: »Wie schön, daß ich Sie endlich kennenlerne! Mr. Pocock – er ist in der Kreisverwaltung für Planung zuständig, nicht wahr? – hat mir gesagt, daß Sie die Genehmigung des Projekts in Ragge Down rundum befürworten.«

Um Leon nicht in die Augen sehen zu müssen, kratzte Sending sich im Nacken und meinte: »Hm, ja, aber auf solche Projekte habe ich keinen Einfluß. Ich bin nicht in der Kreisverwaltung tätig, und mit Planung habe ich auch nichts zu tun.«

»Ich weiß, aber ich freue mich trotzdem, daß Sie dafür sind.«

Sending, der aussah, als wittere er eine nicht näher zu bestimmende Gefahr, warf Leon nun doch einen Blick zu, legte dabei aber den Kopf leicht in den Nacken und richtete die Augen auf den Haaransatz seines Gegenübers. »O ja, es ist eine gute Idee, in Ragge Down zu bauen. Genau der richtige Ort.«

Leon wandte sich Angel Grant zu und zog sie mit den Worten von ihrem Mann fort: »Sie müssen unbedingt Matthew Hurst kennenlernen. Er hat Ihr Seminar im Courtauld Institute besucht und meint, Sie seien ein Genie. Ein paar von unseren Gemälden müssen restauriert werden. Würden Sie mich gelegentlich beraten?« Er ging mit ihr zu ihrem Mann zurück. »Ich freue mich, meinen Nachbarn kennenzulernen. Wie geht es Ihnen? Mrs. Sutherland hat mir erzählt, daß Ihr Gut an unseres grenzt, und sie meint, daß Sie mit Sleet an einer Front kämpfen. Schön gesagt, finden Sie nicht?«

»Ja, da hat sie wohl recht! So habe ich das noch nie gesehen. Wir sind also Waffenbrüder, wie?« Er hob die eine seiner rauhen Hände mit den abgekauten Fingernägeln, kratzte sich hinter dem Ohr und fuhr sich durch das schüttere rotbraune Haar.

»Genau, Fred, Sie haben den Nagel auf den Kopf getroffen.«

»Mann, Sie haben wirklich recht.« Fred machte ein ungeheuer erfreutes, unverhohlen selbstzufriedenes Gesicht.

So ging es weiter. Leon verlieh der eher steifen Veranstaltung Charme und Festlichkeit, gab jedem das Gefühl, einem besonderen Anlaß beizuwohnen.

Er wußte sogar über Colonel Peters' Garten Bescheid und bat, ihn sich einmal anschauen zu dürfen, sehr zur Freude des Colonels, denn der Garten war sein ganzer Stolz. Ich selber hätte mich gern über das Wiedersehen mit Colonel Peters gefreut, weil ich ihn eigentlich immer für eine Art Freund gehalten hatte, doch mir war nicht klar, wie weit er in meinen Rauswurf aus dem Schulbeirat verwickelt war. Als er so in den Raum stolziert kam, ähnlich wie mein Vater es getan hatte, ließ er mich unverzüglich wissen, wo er stand: »Muß gleich nach dem Essen mit Ihnen reden, Delia. Habe von der Sache gehört und kann nur sagen: üble Geschichte, totaler Unfug!« Dies, zusammen mit Leons beschwichtigenden Worten im Badezimmer, räumte meine letzten Vorbehalte aus, und ich nahm mir vor, das Beste aus dem Abend zu machen.

Die Fullers kamen ziemlich spät und brachten eine Reihe von Entschuldigungen mit – und Melinda. Die schöne Melinda. Mehr war über sie nicht zu sagen. Als ich ihr Gesicht von nahem betrachtete, mußte ich an die Worte ihrer Mutter denken: »Ihr Freund hat ihr ganz schön zugesetzt, und die Wunde ist noch nicht verheilt.« Ja, man sah es ihr noch an: Ihr Gesicht hatte den verletzten Ausdruck eines Menschen, der noch nicht gelernt hatte, sich zu verstellen. Das glatte mittelblonde Haar war zurückgekämmt und in einem Knoten zusammengefaßt. Sie trug schwarze Leggings und ein golden besticktes T-Shirt. Ich hätte mich wohl geschmeichelt fühlen sollen, daß sie sich extra für mich so in Schale geworfen hatte.

Kurz bevor wir Platz nahmen, hörte ich Leon zu Alicia sagen: »Bung scheint Sie wirklich zu mögen. Mich mag er auch, im Gegensatz zu Ho. Ich verstehe nicht, was mit ihm los ist. Ich habe mir mit ihm solche Mühe gegeben. Bestimmt werden Sie von allen Hunden gemocht.«

»Ich weiß eben, was in einem Hund vorgeht, weil ich mich in ihn hineinversetze. Nichts weiter.« Sie wirkte sehr kurz angebunden. Ihre Finger spielten mit einem Knopf ihres Kostüms.

»Wäre es nicht herrlich, Alicia, wenn wir Menschen so miteinander umgehen könnten? Stellen Sie sich einmal vor, wieviel Zeit wir dadurch sparen würden! ... Schauen Sie, dies ist Ihr Platz.« Er rückte ihr den Stuhl zurecht und kam damit Curtis zuvor, der mit zwei mir unbekannten jungen Damen an den Tisch getreten war. (Später, zwischen Perlhuhn und Sorbet, vertraute er mir an, daß es sich um Mrs. Files' Enkelinnen handelte.) Alicia folgte unterdessen Leon mit den Augen, während er Muriel und Tricia zu ihren Plätzen brachte. Als würde sie einer imaginären Stimme antworten, sagte sie: »Sie haben absolut recht, Leon. Ich wünschte, das wäre möglich.«

Diesmal gab es kein Tischtuch aus steifem Damast, wie es bisher in Sleet House Brauch gewesen war, und so schimmerte der Tisch im Kerzenschein und warf das schwache Licht zurück. Es gab diesmal auch nicht den üblichen Wall von Kandelabern, sondern statt dessen zwei lange Reihen von Kerzenhaltern, und vom anderen Ende dieser leuchtenden Allee lächelte Leon mir zu.

Ich dachte: O Gott, jetzt geht es los. Es kostete mich Mühe, die innere Trägheit zu verbergen, die mich bei Abendeinladungen in meinem eigenen Haus regelmäßig befiel. Tom Fuller, der neben mir saß, raunte: »He, Delia, jetzt nicht gähnen!«

»Gähnen? Ich?« sagte ich und tat so, als würde ich die Hand aus einem anderen Grund vor den Mund halten.

»Du hast bisher bei all deinen Abendessen gegähnt, wenn ich mich nicht täusche. Muriel macht das übrigens auch. Reine Nervensache. Bei den vielen Vorbereitungen ist das wohl kein Wunder.«

»Ich hatte diesmal nichts zu tun. Leon hat sich um alles gekümmert. Ihm geht so etwas ganz leicht von der Hand.«

»Muriel und ich haben schon wer weiß wie oft gesagt: Wer hätte das wohl für möglich gehalten? Er hier, mit dir unter einem Dach. Damals, als wir Francis drüben besucht haben, war er ein kleiner Junge.«

»Muriel hat mir erzählt, daß ihr mal drüben wart.«

»Ja, stimmt, wir waren mit Francis noch eine Zeitlang befreundet, nachdem ihr euch getrennt hattet. Einen kostenlosen Abstecher auf die Bahamas kann eine Ehepaar wie wir, das jeden Pfennig zweimal umdrehen muß, nicht ausschlagen.«

»Ihr habt also Leon kennengelernt – und seine Mutter Euturpia, das heißt Jeanne?«

»Kennengelernt wäre übertrieben.« Er hatte einen verkniffenen Bankiersmund, dessen Unterlippe nervös zuckte. Ich glaubte, eine neue Seite an ihm zu entdecken. Beim Reden ließ er Leon nicht aus den Augen. »Die beiden waren zwar auch dort, hielten sich aber immer im Hintergrund. Uns, seinen Gästen, zumindest den Engländern darunter, war das peinlich. Wir wußten, wer sie waren, aber mit der Situation kamen wir nicht zurecht, verstehst du? Bei Tisch schwieg sie, und wenn sie doch mal etwas sagte, schnitt er ihr meist das Wort ab. Der kleine Kerl wurde von ihm ausgeschimpft, wenn er zuviel Krach machte. Ja, so war das. Ein seltsames Gefühl, ihn heute abend wiederzusehen.« Die Lippe zuckte wieder. »Er hat dieselbe Ausstrahlung wie seine Mutter, diese ungeheure Verletzbarkeit, auf die man unwillkürlich Rücksicht nimmt. Dabei ist es bestimmt das allerletzte, was einer wie er von einem erwartet. Sieh dir mal die gute Tricia an, die neben ihm sitzt!«

Die wenigen Male, die ich Tricia Lock begegnet war, war sie mir als eine Frau erschienen, die sich daran gewöhnt hatte, attraktiv gefunden zu werden, und es mittlerweile langweilig fand. Nicht so an diesem Abend: Sie umgarnte ihn mit ihren Reizen, beugte sich zu ihm hin, berührte ihn wie zufällig, tadelte ihn scherzhaft, und er ging nicht nur darauf ein, sondern trieb das Spielchen noch weiter.

»Und ich hatte immer gedacht, sie sei ein unnahbares Biest! Hoffentlich unterhält er sich auch ein bißchen mit unserer armen Melinda. Sie ist ja so schüchtern!«

Eine Gesprächspause stellte sich ein, und Nigel Lock sagte in die Stille hinein: »Na, da ist wohl gerade ein Engel vorbeigeflogen. Wollen wir mal sehen.« Er warf einen Blick auf die Uhr. »Seht ihr? Es ist zwanzig nach neun! Zwanzig vor und zwanzig nach – auf die Engel ist Verlaß.«

»Mein Gott, was für ein Langweiler!« sagte Tom, sobald die anderen das Gespräch wiederaufgenommen hatten. »Und ich habe ihm meine Stimme gegeben! Komisch, auch als Mann kann man ihn mögen – ich meine natürlich Leon, nicht Nigel. Er ist keine Bedrohung, obwohl er bei Frauen so gut ankommt.«

Ja, dachte ich, bei Tricia scheint er jedenfalls gut anzukommen. Ich machte mich darauf gefaßt, daß sich unter der Wirkung des altbekannten Giftes in mir alles verkrampfen, mein Blut in Wallung geraten und meine Aufmerksamkeit von allem, was nicht mit ihm zu tun hatte, abschweifen würde, wie es jedesmal passiert war, wenn ich Francis beim Flirt mit einer anderen Frau ertappt hatte. Doch nichts dergleichen geschah. Ich glaube mich zu erinnern, daß ich mich in Toms und Colonel Peters' Gesellschaft richtig wohl fühlte.

Fred Grant demonstrierte Alicia etwas mit seinem Besteck und einer Gabel, die er sich bei ihr auslieh. »Das Ganze ist eine hydraulische, selbsttätig anschwellende Penisprothese«, hörte ich ihn sagen, und sie sagte: »Wie praktisch! Funktioniert das auch bei Hunden?«

Muriel und Matthew Hurst redeten aufeinander ein. Nigel Lock stand auf, weil er auf die Toilette mußte. Als er an Leon vorbeikam, schlug er ihm auf die Schulter und sagte: »Schöner Abend, Leon. Richtig lustig.« Leon schenkte ihm ein strahlendes Lächeln.

Nigel Lock hinterließ eine Lücke zwischen Mrs. Sending und Melinda, mit der Leon noch kein Wort gewechselt hatte, weil Tricia ihn voll in Beschlag nahm. Auch Mrs. Sending unterhielt sich nicht mit Melinda, sondern an ihr vorbei mit Leon: »Wissen Sie, Leon, wir überlegen uns, wo wir den nächsten Urlaub verbringen. Verreisen Sie auch, oder sind Sie hier sozusagen im Urlaub?«

»Nein, Mrs. Sending, dies ist mein neues Zuhause, und es gibt hier eine Menge zu tun, aber Reisepläne haben wir auch.«

Die Gespräche bei Tisch verstummten, und wieder wurde trotz aller Zurückhaltung offenbar, wofür unsere Gäste sich am meisten interessierten. Ich hob die Arme und räkelte mich so auffällig wie möglich, um Leons Blick auf mich zu lenken und ihn mit einem Handzeichen diskret zu warnen.

Er nahm sich reichlich Zeit, um meine fast zu deutliche Geste zu entschlüsseln, beugte sich schließlich zu Mrs. Sending hin und sagte: »Ich, verstehen Sie? *Ich* fahre im Herbst mit dem Auto quer durch Frankreich und von Marseille aus mit dem Schiff nach Nordafrika.«

»Wie schön, mein Lieber! Auf der Suche nach den eigenen Wurzeln. Wie hieß doch gleich der Autor von *Roots*? So ähnlich wie Cunt oder Cunta, glaube ich.«

Matthew Hurst verschluckte sich. Muriel fragte: »Wasser, Matthew?«, aber damit machte sie alles noch schlimmer. »Sie meinen wohl *Kunta Kinte*, Ethel, nicht wahr?« sagte sie zu Mrs. Sending, die sie kurz anblitzte, um sodann die Augen zu Matthew als potentielle Zielscheibe ihres Spotts zu richten. »Mr. Hurst?« Sie befahl ihm geradezu, ihr Beachtung zu schenken.

»Ja, Mrs. Sending?«

»Wissen Sie was? Ich habe mir mal Ihren Laden angesehen.«

Er hob abwehrend die Hände. »Um Gottes willen! Dann sind Sie mir also auf die Schliche gekommen. Verlangen Sie, was Sie wollen, Mrs. Sending!«

Mrs. Sending ließ den Blick über die herzhaft lachende Runde schweifen, bevor sie sich geschlagen gab und ihrer Handtasche eine Puderdose entnahm, um ihr Selbstbewußtsein durch den Anblick des von dem kleinen Spiegel reflektierten Teils ihres Gesichts zu stärken.

Nigel Lock kehrte zurück. Leon unterhielt sich mit Melinda. Mir fiel nicht gleich auf, was vorging, denn als ich den beiden einen kurzen Blick zuwarf, hatte ich den Eindruck, daß Leon ihr dieselbe Behandlung zuteil werden ließ wie zuvor Tricia. Aber da täuschte ich mich. Sie hatten die Stühle zueinander hingedreht, und er hatte die Beine seitlich von ihrem Stuhl übereinandergeschlagen, ohne Tricia weiter zu beachten. Sie machte ein säuerliches Gesicht, weil sie jetzt nur noch mit Muriel reden konnte. Matthew und Angel Grant, die rechterhand von Leon saßen, waren in ein Gespräch vertieft.

Melinda gegenüber gab Leon sich zurückhaltender, als wollte er das ängstliche Geschöpf nicht verschrekken. Das Reden überließ er ihr, und sie tat sich damit ziemlich schwer. Mühsam quetschte sie die Worte heraus, und er ermunterte sie, indem er ihr seine ungeteilte Aufmerksamkeit schenkte. Ihre Köpfe waren sehr nahe beieinander. Wenn sie ihm etwas erklärte, gestikulierte sie mit den Händen und ließ zum Schluß theatralisch die Arme sinken, während sie gleichzeitig zu ihm aufblickte. Ich mußte an das Foto in seinem Zimmer denken, das, auf dem er mit einer jungen Frau tanzte. Melinda wirkte genauso vertrauensselig wie sie, schien sich genauso sicher zu sein, von ihm verstanden zu werden.

Sacht berührte er ihre Hand und hob dann den Zeigefinger, fast lehrerhaft oder väterlich. Und so sah sie ihn wohl auch: als einen klugen Menschen. Damit täuschte sie sich nicht, denn er war kein kleiner Junge mehr, war nie einer gewesen. Seltsam, mein Blut geriet nicht in Wallung, und ich empfand nichts, das mit schäbiger, prosaischer Eifersucht zu tun hatte, sondern sah gegen meinen Willen alles plötzlich ganz klar. Ich fühlte mich plötzlich sehr matt.

»Alles in Ordnung, Delia?« hörte ich Tom sagen.

»Verdammt warm hier«, sagte Colonel Peters und fächerte mir mit seiner Serviette Luft zu.

»Vielleicht sollten wir jetzt die Tafel aufheben«, schlug ich vor.

Im Ballsaal standen unsere Gäste anfänglich nur unschlüssig herum, wie es nach einem solchen Ortswechsel bei einer Gesellschaft meistens ist. Mrs. Sending kam angewieselt und fragte: »Gibt es hier irgendwo eine Toilette?«

»Sicher. Nach dem Jagdzimmer die erste Tür rechts.«

Muriel gesellte sich zu mir und nahm meine Hand. »O Delia! Komm, laß uns alle auf dein Zimmer gehen.«

Ich hatte den alten Brauch vergessen, daß die Frauen sich nach dem Essen für eine Weile in das Zimmer der Gastgeberin zurückziehen. Mist! Während wir hinaufgingen, mußte ich an die Kleidungsstücke denken, die Leon achtlos zwischen Bade- und Schlafzimmer hatte fallen lassen, ganz zu schweigen von sonstigen Beweisen seiner Anwesenheit, die mir zwar nicht mehr auffielen, von den anderen Frauen jedoch mit Sicherheit bemerkt würden.

Es stellte sich aber heraus, daß jemand – vermutlich ja wohl Curtis – vor uns dagewesen war. Wann in aller Welt hatte er bloß Zeit gefunden, sämtliche von Leon hinterlassenen Spuren zu beseitigen und einen kleinen Stapel Handtücher neben das Waschbecken zu legen?

Sie setzten sich aufs Bett, auf Leons und mein Bett, Angel, Tricia, Melinda, Mrs. Sending und Alicia, von der alle Gäste dieses Abends einen kleinen Hund haben wollten. Mrs. Sending sagte: »Also, ich finde, er ist ein Schatz, egal, was die anderen von ihm halten.«

»Wer kocht für Sie, Delia?« fragte Tricia rasch und beugte sich zum Spiegel hin. »Ich habe in einem Privathaus noch nie so köstlich gegessen.«

»Mrs. Files.«

»Was Sie nicht sagen? Ist das alte Klatschweib etwa immer noch bei Ihnen?«

»Ja.«

»Sie ist einfach unschlagbar.« Angel duckte sich hinter Tricia, um sich ebenfalls im Spiegel zu betrachten.

»Das liegt an Leon«, sagte ich. »Früher hat Mrs. Files nicht so gut gekocht«. Das Schminken, Kämmen und Plappern kam zum Stillstand. »Er selber kocht nicht«, fuhr ich fort, »aber er legt großen Wert auf gutes Essen und spricht alles mit Mrs. Files ab.«

»Er ist ein wunderbarer Mensch, nicht wahr, Delia?« Angel strich sich das kurze braune Haar aus der Stirn, damit sie besser sehen konnte, wie ich auf ihre Worte reagierte.

»Ja.« Sie hielten sich zurück, als fürchteten sie, daß mich ein Kommentar davon abhalten könnte, diese schlichte Bestätigung ein wenig auszuschmücken, und so sagte ich: »Wenn alle fertig sind, könnten wir wieder hinuntergehen.«

Im Gänsemarsch verließen die Frauen den Raum, nur Muriel und Melinda nicht. »Ich muß mit Delia unter vier Augen reden, Liebes«, sagte Muriel zu ihrer Tochter. Sobald die Tür sich hinter Melinda geschlossen hatte, fragte sie: »Geht es dir wieder gut?«

»Wieso wieder?«

»Weil du unten bei Tisch am Schluß ziemlich blaß ausgesehen und gezittert hast.«

»Ich wünschte, ich hätte mich nie zu diesem Essen überreden lassen.«

Muriel setzte sich zu mir und streifte die Schuhe ab. »Leon und du – wohin soll das führen?« Sie kramte in der Handtasche nach Zigaretten. »Bitte sag Tom nichts. Er glaubt, ich hätte mit dem Rauchen aufgehört.«

»Immer wenn ich an die Zukunft denke, kriege ich es mit der Angst. Er glaubt an eine gemeinsame Zukunft, aber ich finde, das ist Unsinn.« Muriel zog an ihrer Zigarette und sagte nichts. »Ist es doch, oder?«

Sie war derselben Meinung, wartete jedoch noch ein wenig, bis sie es mir sagte. »Heute abend gab es Augenblicke, wo ich das Gefühl hatte, daß Francis mit uns am Tisch saß. Die Ähnlichkeit zwischen beiden ist einfach unglaublich. Ich mußte an andere Abende in diesem Haus denken, besonders an einen. Wie ich damals deinen Stolz und deine Haltung bewunderte! Als wir nach Hause fuhren, sagte ich im Auto zu Tom: ›Du darfst mich nie so demütigen! Ich bin nicht wie Delia, ich würde es nicht verkraften.‹«

»Francis war nicht allein schuld. Ich war damals noch zu jung.«

»Und jetzt?«

»Jetzt? In bezug auf ihn, meinst du?« fragte ich und zeigte zur Tür.

»Ja.«

»Zu alt.«

Wir ließen ein bißchen von dem Gelächter heraus, das in einem aufsteigt, wenn man nicht mehr so recht weiter weiß.

»Ich mag Menthol-Zigaretten, obwohl heutzutage niemand mehr welche raucht, oder kennst du jemanden?« Muriel starrte auf die glühende Spitze ihrer Zigarette. »Weißt du, eure Gäste sind hier mit gewetzten Messern und hechelnden Zungen erschienen, und jetzt himmeln ihn alle Weiber an, von der trotteligen Ethel bis zu meiner Tochter Melinda, ja sogar ich selbst, wenn ich ehrlich bin. Ich habe versucht dahinterzukommen, wie er es fertigbringt, alle um den Finger zu wickeln. Ein interessanter Fall. Mir scheint eine Art Zwanghaftigkeit dahinterzustecken, findest du nicht auch? Er muß sich offenbar bestätigen, daß er alle rumkriegt – und das tut er, genau wie seine Mutter.«

»Wußtest du, daß sie gestorben ist?«

Muriel paffte weiter im Stakkato wie ein Schulmädchen, das heimlich raucht. Ich verstand ihre scheinbare Teilnahmslosigkeit erst, als sie sagte: »Jeanne! Sie war Toms erster Seitensprung. Das hat eine Zeitlang für böses Blut zwischen uns gesorgt. Inzwischen habe ich gelernt, die Augen und Ohren zuzumachen. Vielleicht geht er noch manchmal fremd, vielleicht auch nicht.«

»Er hat wirklich etwas mit Jeanne gehabt?«

»Ja. Ob Francis es wußte, kann ich nicht sagen. Er behandelte sie schlecht, und sie wollte ihn eifersüchtig machen. So einfach war das.«

»Und ich dachte, du seist mit Tom wer weiß wie glücklich!«

»Oh, wir sind auch glücklich miteinander, sehr sogar.« Sie musterte mein Gesicht, um herauszufinden, warum ich so verstört aussah. »Sag mal, gab es heute bei Tisch etwas, was dir sehr zu schaffen gemacht hat?«

»Ja, der Anblick von Melinda und Leon. Wie gut sie zusammenpassen!«

»Das hat absolut nichts mit Melinda zu tun. Er ist jung, Delia, und eines Tages will er natürlich eine Familie haben. Die Leute oder, wenn du willst, die Gesellschaft werden ihm sozusagen den Weg dorthin ebnen. Euch beide zusammen zu sehen ist für sie eine Bedrohung der bestehenden Ordnung. Leon ist jetzt der Besitzer von Sleet, er sieht gut aus und ist charmant, also eine gute Partie, egal, was für Blut in seinen Adern fließt. Man hat ihn akzeptiert, das liegt auf der Hand. Er hat jetzt Oberwasser, und die anderen werden dich seinetwegen fallenlassen, darüber darfst du dir keinerlei Illusionen machen. Diese Geschichte kann für dich genauso böse enden wie deine Beziehung zu Francis.«

Muriel sah sich auf der Frisierkommode vergeblich nach einem Aschenbecher um und warf den Zigarettenstummel in den Kamin. »Arme Delia, was für ein Gesicht du machst! Ich mußte dir das alles sagen. Wie könnte ich mich sonst noch deine Freundin nennen?«

Ich saß in meinen eigenen Gliedmaßen verknotet da: Die Beine hatte ich übereinandergeschlagen, und die gekreuzten Arme preßte ich so fest an den Oberkörper, daß ich meine Rippen spürte. So wiegte ich mich hin und her und bewahrte in meinem Inneren so lange wie irgend möglich die letzten Spuren des Glücks. »Ich habe furchtbare Angst. Deshalb habe ich dich nie angerufen. Kannst du verstehen, daß einem Glück und Frieden Angst machen können? Ich liebe dieses Leben, Muriel!«

»Ich kann mir vorstellen, daß du tief in deinem Herzen weißt, wie selbstsüchtig dieses Glück ist.«

»So, jetzt hast du es ausgesprochen! Du hast es gesagt, und es gibt kein Zurück. Ja, mein Glück ist egoistisch. Ich stehe seiner Selbstverwirklichung im Weg, was immer das sein mag. Du kannst dir nicht vorstellen, wie oft ich drauf und dran war, ihn zu verlassen.« Ich rieb mir das Gesicht, als wollte ich meine Züge bis zur Unkenntlichkeit verwischen. »Nein, bitte fasse mich nicht an, sonst klappe ich zusammen. Hätten wir doch bloß nicht dieses Essen gegeben! Einer von uns muß aufhören zu träumen.«

Unten in der Halle schickten sich die Grants und die Locks gerade an zu gehen. Sie waren alle vier ziemlich beschwipst und schwärmten von dem gelungenen Abend. Von draußen riefen sie mir zu, sie würden mich demnächst anrufen: Man müsse sich bald wiedersehen und noch so ein Essen veranstalten. Sie rempelten sich gegenseitig an und versuchten, die falschen Autos aufzuschließen. Ich stand noch oben auf der Treppe, als Colonel Peters und die Sendings heraustraten und neben mir stehenblieben.

»War schön bei Ihnen, Delia! Wollen Sie wirklich nicht, daß ich in der Schule ein Wort für Sie einlege? Würde nichts lieber tun, das wissen Sie.«

»Vielen Dank, Colonel. Lieber nicht.«

»Delia, ich danke Ihnen!« Mrs. Sending hakte sich bei mir unter. »Was für ein Abend! Während Sie oben waren, hat er uns Jazzplatten vorgespielt. Einfach wundervoll!«

»Ja, er ist ganz verrückt auf Jazz, genau wie mein Vater. Hat er Ihnen erzählt, daß er Klarinette spielt?«

»Nein, aber er spielt bestimmt gut. Einer wie er hat den Rhythmus im Blut, verstehen Sie?«

»Los Ethel, nun komm schon! Danke, Delia. Gute Nacht.«

Im Ballsaal saß Melinda auf dem Sofa, umrahmt von Leon und Matthew Hurst. Als ich eintrat, stand Leon auf und ging mir entgegen. »Was ist mit dir?« fragte er nicht eben leise. Gleich darauf sahen wir uns von den Fullers umgeben, die sich für den Abend bedankten. Leon geleitete Melinda zur Tür. Bevor die Hursts ihnen folgten, führte Matthew meine Hand an die Lippen. »Es war wundervoll, Delia! Vielen Dank, daß ich dabeisein durfte.«

Alicia pflichtete ihm bei: »Er hat recht, es war wunderbar. Danke! Ich rufe Leon wegen dem Hündchen an. Es stammt aus derselben Linie wie Bung und Ho. Das freut Sie doch bestimmt, nicht wahr?«

Ich ließ mich auf das Sofa sinken. Obwohl in der Halle noch Stimmen zu hören waren und in der Luft ein Rest von Parfüm und der beißende Rauch von Zigarren und Zigaretten schwebte, strahlte der prunkvolle Saal schon wieder Kälte aus.

»Ich hasse diesen Raum«, sagte ich, als Leon zurück war. »Mitsamt den Möbeln.«

»Dann richten wir ihn eben anders ein. Ein paar Sachen sind allerdings wirklich schön. Was ist mit dir?«

»Nichts.« Ich barg das Gesicht in den Händen.

»Hat es dir Spaß gemacht?«

»Ja, sehr. Dir auch?«

»Ach ja, ist gut gelaufen. Hat mir gefallen.« Er vermied sorgsam jedes Wort und jede Geste, welche die zerbrechliche Fassade zerstören könnten, noch bevor er herausgefunden hätte, welche Probleme dahinter lauerten.

»Wie findest du Tricia?« fragte ich.

»Tricia? Welche war das?«

Ich ließ die Hände sinken. »Du machst wohl Scherze! Welche das war? Das fragst du, nachdem du ihr gegenüber bei Tisch die große Schau abgezogen hast?«

»Ach was. Sie hat mir erzählt, daß sie vor ein paar Monaten ein Baby verloren hat, daß sie anfangs gar nicht wollte, weil sie sich zu alt fand, daß sie sich dann aber doch darauf gefreut hat, weil sie meinte, es würde ›ihrem Leben ein bißchen mehr Sinn geben‹. So hat sie sich ausgedrückt. Aber dann hat sie es verloren, man mußte ihr die Gebärmutter herausnehmen, und sie bekam schlimme Depressionen. Ich glaube, sehr glücklich sind sie nicht zusammen, ich meine sie und ihr Mann, dieser Nigel oder wie er heißt.«

»Das alles hat sie dir erzählt?«

»Ja, hat sie. Junge, trägt die einen Maulkorb!« Er beschrieb einen Kreis um seinen eigenen Mund, der von keinerlei Falten umgeben war.

»Soso, das kommt also bei all den Vertraulichkeiten heraus: ›Junge, trägt die einen Maulkorb!‹ Schau her, ich trage auch einen ›Maulkorb‹. Den kriegt man nun mal beim Älterwerden.«

»Ich weiß.« Er gab noch immer acht, kein Wort zuviel oder zu wenig zu sagen. »Aber wenn du deinen aufmachst, fliegen Vögel heraus.«

Ich war so müde, daß ich nicht länger aufrecht sitzen konnte. Während ich mich zurücksinken ließ, verbarg ich wieder das Gesicht, diesmal hinter dem Unterarm.

Ich spürte, wie er sich neben mich setzte und mein Haar streichelte. »Sag mir, was mit dir ist, Mrs. Sutherland! Hat jemand etwas Gemeines zu dir gesagt? Die Frauen haben etwas gesagt, stimmt's? Wieso wart ihr so lange oben? Und warum warst du bei Tisch so blaß?«

»Es ist dir aufgefallen?«
»Natürlich.«
»Und Melinda? Wie findest du sie?«
Er konnte nicht sehen, daß ich ihn unter der Armbeuge hindurch beobachtete. Mit gesenktem Kopf saß er da, zwei steile Falten zwischen den Brauen. »Sie ist sehr nett. Ich mag sie. Der Kerl, mit dem sie zusammen war, hat es wirklich übel mit ihr getrieben, aber sie kam nicht von ihm los, weil sie einfach nicht die Kraft hatte, bis –«
»Schon gut, hör auf! Sie hat dir also auch ihre Geschichte erzählt. Ist das bei dir mit allen Frauen so – ich meine, erzählen sie dir alle von ihren Schicksalsschlägen?«
»Kann sein. Die meisten.« Er lachte verlegen.
»Dann muß ich dich warnen: Bei Männern wie dir denken sich die Frauen extra irgendwelche Leiden aus.« Er machte eine gelangweilte Geste. Ich begriff, daß ihm das alles nicht viel bedeutete und er die intimen Geständnisse sozusagen zusammen mit dem Essen runtergeschluckt und verdaut hatte. »Bei Melinda ist es anders«, fuhr ich fort. »Spiel nicht mit ihr, Leon. Es ist gut, daß du sie magst. Sie ist in deinem Alter.«
»Nein, sie ist erst zwanzig. Was soll das alles? Wieso sagst du das? Warum bist du so schroff? Du weißt, was ich für dich empfinde und daß meine Gefühle echt sind. Warum also machst du mich so herunter und tust, als hätte ich dir weh getan und als gäbe es jemanden, der mir mehr bedeutet als du?«
»Hör auf!«
»Aber es stimmt doch!«
»Es darf nicht sein.«
Laß nicht zu, daß er dich berührt, nicht solange du ihm so sehr weh tust. Laß dir nicht anmerken, wie sehr du dir wünscht, daß alles weitergeht und wieder so wird, wie es war, bevor die Wirklichkeit uns einholte!
Aber er berührte mich: Er kniete sich vor dem Sofa

nieder, legte den Kopf auf meinen Schoß und eine Hand auf meine Brust. »Es ist nicht der richtige Augenblick, um darüber zu reden«, sagte er. »Wenn ich dich weiterreden lasse, läufst du in deine eigene Falle. Ich weiß, was du sagen willst, aber es ist falsch. Ich kann einfach nicht glauben, daß du noch immer nicht verstanden hast. Mit uns ist alles in Ordnung. Du brauchst nicht wegzugehen. Ich lasse dich nicht im Stich.«

Während er dies sagte, drückte ich seinen Kopf fest an meinen Bauch. »Siehst du?« schloß er. »Deine Hände sagen die Wahrheit, egal, wie sehr du dich dagegen wehrst.«

Er hielt sich dicht neben mir, als wir zu meinem – unserem – Schlafzimmer hinaufgingen, und er zog sich erst aus, nachdem er mir dabei zugesehen hatte, als wäre ich eine Gefangene, die ihm viel bedeutete.

Wenn wir uns liebten, sagte er Dinge, die ich nicht immer verstand, während ich meist schwieg. Da gab es für mich noch einiges zu lernen. Trotzdem hoffte ich, daß ich ihm alles durch die Art sagte, wie ich ihn berührte – nein, ich war mir sicher, daß es so war. Diesmal stellte er mir im Dunkeln wirre Fragen. Normalerweise zündeten wir Kerzen an, damit wir uns sehen konnten. Nicht in dieser Nacht. Wir waren müde, und es war schon spät. Mit jeder heftigen Bewegung seines Körpers stieß er eine Frage hervor, aber ich verstand nur den Satz, den er am Schluß sagte: »Es ist gut, es macht nichts, ich verstehe dich auch, wenn du nichts sagst.«

Im Lauf der Wochen hatte sich der feste Griff, mit dem er sich nachts an mich klammerte, gelockert, weil er sich sicher und geborgen fühlte. Doch in dieser Nacht war alles wie am Anfang. Jedesmal wenn ich mich im Bett umdrehte, suchte er sogar im Tiefschlaf instinktiv nach meiner Hand und umschloß sie mit einer Kraft, die ich tagsüber als brutal empfunden hätte.

Nachts jedoch verstand ich es sehr gut. Da hatte ich es immer verstanden.

Ich glaube, ich tat kein Auge zu. Ganz sicher bin ich mir nicht. Nicht, daß ich nicht schlafen konnte – ich wollte in jener Nacht die Minuten zählen, ihn neben mir spüren, bei ihm sein, wenn sein Schlaf am tiefsten war und ihn sehen, wenn der Tag anbrach. Es war schwer zu sagen, wann er am tiefsten schlief, denn sein Körper wirkte immer hellwach. Als ich Mike draußen mit lauten Zurufen die Kühe vorbeitreiben hörte, zog ich meine Finger aus seiner Faust und drückte sie sanft zu. Dann löste ich mich behutsam aus seiner Umarmung. Er schlief weiter. Ich nahm meine Sachen vom Stuhl und zog sie draußen im Flur an. Ich hatte die Schuhe vergessen, und da ich nicht wagte, noch einmal hineinzugehen, holte ich aus dem Jagdzimmer ein Paar alte Wanderschuhe mit brüchigem Leder, die einst meinem Vater gehört hatten. Beim Hinausgehen lehnte ich die Haustür an, weil ich jeden Lärm vermeiden wollte. Es war ein stiller, klarer Morgen. Bung und Ho schlossen sich mir sofort an. Mit vor Aufregung zitternden Lefzen sprangen sie ins Auto und reckten neugierig witternd die Hälse.

Ich tastete nach dem Zündschloß. Leon würde aufwachen, sobald der Motor ansprang, das war mir klar. Ich mußte also schnell sein, sehr schnell sogar. Meine Finger suchten nach den Schlüsseln: Sie steckten nicht im Schloß. Bestimmt lagen sie in der Halle auf dem Tisch. Ich mußte zurück ins Haus!

Ich hatte die Schlüssel schon in der Hand, als ich mich noch einmal umdrehte und die Treppe hinaufblickte. Leon stand splitternackt auf dem mittleren Treppenabsatz. Er schrie »Nein!!!« und raste die Stufen hinab. Es war ein Wunder, daß er dabei nicht stürzte.

Bevor ich mich abwenden konnte, war er bei mir und packte mich grob an den Schultern. Sein Gesicht war verzerrt vor hysterischer Angst. Unfähig, etwas anderes zu tun, als den Kopf zu schütteln und immer wieder dieses »Nein!« herauszupressen, zog er mich zu sich auf den Boden hinunter, auf die Knie.

»Bitte laß mich gehen, Liebster!« flüsterte ich. Er sollte hören, daß auch ich litt.

Er schlang mir die Arme um den Hals, preßte das Gesicht daran und benetzte ihn mit Tränen und Speichel. »Nein, du darfst nicht weggehen, ich lasse es nicht zu! Ich will dich glücklich machen! Bleib bei mir! Laß dich von mir glücklich machen!«

»Bitte, Leon, hör auf, Liebster!« Ich hörte, wie meine Stimme in der Halle des alten Hauses widerhallte. Wie beherrscht sie klang! Wieso habe ich meine Stimme so unter Kontrolle? Wie kann sie so verlogen sein, wo ich doch von Natur aus keineswegs eine Lügnerin bin?

Er umklammerte mein Handgelenk, fuhr sich mit der freien Hand übers Gesicht und versuchte, sich innerlich und äußerlich wieder in die Gewalt zu bekommen. »Hör mich an!« sagte er und sah mir ruhig, ja streng ins Gesicht, obwohl in seinen Augen Panik flackerte. »Du mußt mich jetzt anhören, Delia!« Überwältigt schloß er die Augen, nachdem er meinen Namen gesagt hatte, meinen wirklichen Namen. Dann legte er mir einen Finger auf den Mund, verzog die Lippen zu einem gequälten Lächeln und wiederholte: »Delia! Wie ich deinen Namen liebe! Es ist der Name einer tapferen Frau. Ich liebe dich, Delia, ich liebe dich besinnungslos, ohne Hintergedanken und Einschränkungen, aber es ist das Beste und Schönste, was mir jemals passiert ist und passieren wird.«

Ich küßte ihn und richtete mich schwankend auf wie ein Kalb, das zum ersten Mal auf die Beine kommt. Da tauchte Curtis wie aus dem Nichts mit einer Decke auf und legte sie um Leon, der noch immer auf dem Boden kniete. Curtis hatte nur eine Hose und eine Weste an, so daß sein sonst geheimgehaltener Bauch sich ungehindert unter den Hosenträgern wölbte. Er nickte, ja zwinkerte mir sogar zu, glaube ich, obwohl ich mir im nachhinein eine so unmißverständliche Geste bei diesem herzensguten Menschen schwerlich vorstellen kann. Mit einem Blick forderte er mich auf zu gehen, beugte sich hinab, um die heruntergerutschte Decke wieder über Leons Schultern zu legen, spitzte die Lippen wie zu einem Kuß und zwinkerte erneut, als wollte er mich drängen: Gehen Sie, gehen Sie! Es wird alles wieder gut.

Als ich ins Freie trat, hörte ich Leon wieder schreien: »Nein, geh nicht weg!« Ich rannte zum Auto. Er brüllte: »Du hast überhaupt nichts begriffen, Delia!«

So sah ich ihn zum letzten Mal: Er kauerte auf der Freitreppe von Sleet House, und Curtis gab sich alle Mühe, die Decke wieder um ihn zu wickeln. Dann gingen seine Rufe im Motorengeräusch unter.

4. Teil

16

So war es. Mehr gibt es nicht zu erzählen. Ich war Kind, als ich Frau hätte sein sollen; Geliebte, als ich Mutter hätte sein sollen; Mutter, als ich Freundin hätte sein sollen.

Er wußte, daß er gar nicht erst zu versuchen brauchte, mich zu finden; er wußte, daß ich weder anrufen noch schreiben würde. Ich würde sein Leben aus der Ferne beobachten, weit genug weg, um ihn glauben zu machen, daß es mich nicht mehr gab. Aber sein Glaube an mich war stark.

Ich fuhr zu dem Haus, das ich in Flow Country, weit oben im Norden von Schottland gekauft hatte. Ich hatte es acht Monate zuvor von einem Fotografen erstanden, nach nur einem Besuch und aufgrund eines nicht eben vielversprechenden Gutachtens eines Sachverständigen. Einhundert Morgen Land mit einem kleinen Gutshaus und Stallungen, zu denen eine Scheune, ein Kornspeicher, ein Kuhstall, ein Pferdestall sowie ein paar Geräteschuppen gehörten. Seit Jahren hatte niemand auf dem Gut gewohnt oder es bewirtschaftet, die knapp fünfzig Morgen Ackerland lagen brach, die Weiden waren nicht abgegrast.

Wie petrolfarbene oder weiße Augen starren einem kleine Tümpel oder ausgedehnte *Lochs* vom Gesicht dieser weitläufigen Sumpflandschaft entgegen, die hie und da mit einem Wäldchen aus Nadelbäumen gesprenkelt ist und an deren Saum zackige Berge mit schneebedeckten Hängen aufragen. Von meinem neuen Heim aus war kein anderes Haus zu sehen.

Ich weiß nicht mehr, ob ich den Hof in der festen Annahme gekauft hatte, daß ich sowieso nie dort hinziehen und nie darauf angewiesen sein würde, oder ob ich, ohne mir darüber Rechenschaft abzulegen, instinktiv begriffen hatte, daß mir allein schon der verwahrloste Zustand des Hauses und die Erfordernisse der unwirtlichen Landschaft über alles hinweghelfen würden, falls ich jemals dorthin wollte oder mußte. Die Frau, die ich damals war, belog sich selbst so sehr, daß es mir noch heute schwerfällt auseinanderzuhalten, wie sie wirklich war und wie sie zu sein vorgab.

Meine provisorische Lebensweise während der ersten Monate – eine Matratze auf dem Boden eines der drei Zimmer im ersten Stock, kein fließendes warmes Wasser, eine zerbrochene Kloschüssel, weshalb ich mir mit einer eigenhändig ausgehobenen Grube außerhalb des Hauses behelfen mußte, ein Kurzschluß oder größerer Defekt in der Stromleitung, so daß ich auf Petroleumlampen angewiesen war, wenn ich Licht brauchte, was im Sommer mit den langen Tagen, an die sich kaum merklich die Dämmerung anschloß, allerdings nur selten der Fall war – nahm mich so in Anspruch, daß jegliche Anwandlung von Reue, Zweifeln oder einer kritischen Selbstprüfung von der Erschöpfung ausgemerzt wurden. Ich lebte wie ein Tier vor mich hin und befriedigte nur die elementarsten Bedürfnisse wie Hunger, Durst, den Wunsch nach Geborgenheit und Wärme in der Nacht; ja, ich existierte, ohne nachzudenken oder vorauszuplanen. Eines jedoch war mir bewußt, wenn auch nur anfangs, nämlich daß sich mein Kummer mit breiten Schwingen auf mich herabgesenkt und an mir festgekrallt hatte und daß ich ihn fortan überall mit mir herumtragen würde.

Vor nicht allzu langer Zeit war hier ein solider Ölofen eingebaut worden, ein prächtiges, glänzendes, blutrotes Ding. Leon hätte er gefallen. Ich kochte darauf, wobei im Kessel gerade so viel Wasser erhitzt wurde, wie ich für meine Zwecke brauchte. Obendrein bot der

Ofen den Hunden eine Heimstatt. Von dem Augenblick an, als ich ihn zum erstenmal anzündete, stellten sie sich daneben und rührten sich kaum noch weg, sondern begnügten sich damit, mir, ohne den Kopf zu bewegen, mit den Augen zu folgen, wobei sie die Lefzen ihrer grauen Mäuler nach hinten zogen und von einer Pfote auf die andere traten. »Platz!« sagte ich dann. »Platz, Jungs!«, und sie gehorchten, doch waren sie stets angespannt und auf der Hut, aus Angst, ich könnte sie verlassen. Die Zeiten, als sie noch freudig mit einem kleinen Ball herumgetollt hatten, waren vorbei. Nun drehten sie im Hof mal eben eine Runde, wenn sie mußten, schnüffelten argwöhnisch und blickten sich mißtrauisch um, bevor sie balancierend eines ihrer arthritischen Beine hoben. Auf Spaziergängen begleiteten sie mich nur, wenn ich lange genug darum bettelte. Sie fraßen nur wenig. Für einen Umzug waren sie wohl schon zu alt gewesen. Das Wasser schmeckte ihnen nicht, und die Luft bekam ihnen auch nicht.

Als erstes richtete ich das Haus ein und kaufte Möbel per Postversand oder in den Geschäften von Thorso, doch ganz gleich, ob ich etwas anhand eines Fotos, im Laden oder bei einer Auktion erstand – stets ließ ich mich von seinem Geschmack leiten: Das nicht, Mrs. Sutherland, lieber das hier, es ist schlichter und bequemer und hat eine schöne Form. Genauso war es bei der Kleidung, die ich mir kaufen mußte, weil ich nichts mitgenommen hatte. Ich entschied mich für weichere Stoffe, kleidsamere Schnitte und sanftere Farben. Einmal entdeckte ich sogar ein Kleid, das ich mir sonst nie zugelegt hätte, und kaufte es, obwohl ich im Leben wohl kaum jemals wieder Gelegenheit haben würde, etwas Derartiges zu tragen.

Von meinem persönlichen Besitz wurde mir nichts nachgeschickt; in Sleet wußte niemand, wo ich steckte. Ich wollte es so. Wenn ich überhaupt manchmal an Sleet dachte – wer weiß, was in Träumen, an die man sich danach nicht mehr erinnern kann, alles aufgearbeitet wird –, dann umkreisten meine Gedanken kurz die chinesischen Porzellanfiguren.

Nach ein paar Wochen war ich so weit, daß ich der Wildnis draußen vor meiner Tür zu Leibe rücken konnte. Ich besserte die Mauern aus, die als Windschutz dienten: Wie bei einem Eisberg, waren die flachen Steine aus Caithness aufgeschichtet und zwei Drittel der Mauer im torfigen Erdreich verborgen. Vom Schlafzimmerfenster aus konnte ich sehen, wie ihre sich dahinschlängelnden Linien auf dem rotbraunen Ackerland Buchten und rechteckige Flächen bildeten. Ich entrümpelte den Geräteschuppen und stattete ihn neu aus. Nachdem ich das Schieferdach von Pferde- und Kuhstall repariert hatte, war alles so weit hergerichtet, daß ich mir von einem Viehhändler aus der Gegend fünfzig Cheviot-Mutterschafe und einen Widder kaufen konnte.

Der Widder verlebte einen lustvollen Herbst. Ich rieb seine Brustpartie mit einer Mixtur aus Rötel und Maschinenöl ein, die ich in den ersten Wochen blau und anschließend rot färbte, und so konnte ich anhand der Farbe, die er jeweils auf dem Hinterteil der Schafe zurückließ, leicht erkennen, welches er schon gedeckt hatte und wann. Über ein Inserat im *John o'Groat's Journal* erwarb ich eine alte Ayrshire-Kuh, die im Oktober kalben sollte, sowie ein Dutzend Legehennen.

Meine Schafe gehörten keineswegs zu der Sorte eigenständiger und robuster Tiere, wie man sie mit dem Norden verbindet; sie waren außerordentlich dumm, auf fremde Hilfe angewiesen und anfällig für alles, aber auch alles, wie mir schien, was Schafe sich an Krankheiten einfangen können. Am schlimmsten war es, als unter ihnen die Trächtigkeitskrankheit ausbrach. In der Hand eine mit Glukose und Glyzerin gefüllte Spritze, stellte ich ihnen nach, doch trotz der Trägheit, welche die Tiere bei dieser Krankheit befällt, gelang es ihnen jedesmal, wenn ich mit der Spritze ausholte, sich in letzter Sekunde durch einen Hüpfer in Sicherheit zu bringen.

Die Anwälte, die ich kurz nach Leons Eintreffen in Sleet mit meinen Belangen betraut hatte, waren angewiesen, niemandem zu verraten, wo ich mich aufhielt, sondern mir lediglich meine Post nachzusenden. Dennoch erhielt ich zu Weihnachten eine Karte von David Rosen mit einem Brief darin. Er hatte erraten, wo ich steckte. Das war nicht weiter schwer gewesen, denn schließlich hatte er den Hof hier in meinem Namen gekauft – als er zum letzten Mal als mein Anwalt tätig war. Er schrieb, er wolle unsere Freundschaft oder zumindest seine »respektvolle Zuneigung« zu mir aufrechterhalten. Als ich dies las, mußte ich lachen und sah ihn leibhaftig vor mir. Er war ein so kauziger, maßvoller Mensch, sogar in dem, was er schrieb. Nachdem ich die letzte Zeile gelesen hatte – »Ich frage mich, ob ich dich wohl mal besuchen dürfte?« –, sagte ich mir: Ja, darüber würde ich mich freuen. Ich schrieb ihm zurück und lud ihn ein.

Kurz nach dem Jahreswechsel starb Bung. Er hatte einen Schlaganfall gehabt, seine Hinterläufe waren gelähmt, und ich saß zwei Nächte lang am Ofen, kraulte seinen alten Kopf, der auf meinem Schoß lag, und versuchte mich dazu durchzuringen, den Tierarzt zu rufen, damit er ihn einschläferte. Ho lag vor meinen Füßen und ließ mich nicht aus den Augen. Am dritten Tag erlitt Bung einen zweiten Schlaganfall, den er nicht überlebte. Nach Bungs Tod ließ ich Ho immer auf meinem Bett schlafen, aber es machte ihm nicht mehr so viel Spaß wie früher. Ein oder zwei Nächte darauf nahm er wieder seinen Platz unten am Ofen ein. Als ich eines Morgens in die Küche kam, war er ganz steif und kalt, und seine Augen unter den buschigen Brauen standen einen schmalen Spalt offen. Ich konnte es kaum fassen, daß er nicht mehr lebte.

Sie waren alt geworden, die Jungs, die beide aus demselben Wurf stammten. Sie hatten ein schönes Leben gehabt, und es war der natürliche Lauf der Dinge, daß sie eines Tages starben, doch das machte es nicht leichter. Das einzige, was mir aus meinem früheren Leben noch geblieben war, waren nun die alten Wanderschuhe meines Vaters. Sie hatten ihren festen Platz am Ofen, jedoch nicht dort, wo die Hunde immer gelegen hatten, sondern auf der anderen Seite.

Ich wartete nicht lange, bis ich mir einen Collie zulegte, einen bestens abgerichteten, erfahrenen Hund, den ich eigentlich gleich nach Anschaffung der Schafe hatte kaufen wollen, doch aus Rücksicht auf Bung und Ho hatte ich diesen Gedanken nie weiter verfolgt.

Er hieß Pete und versuchte, seine messerscharfe Intelligenz durch sein hechelndes Lachen und unablässiges Grinsen zu überspielen, aber ich sagte zu ihm: »Ich hab dich durchschaut, Junge. Du bist ein schlaues Bürschchen. Aber mir kannst du nichts vormachen.« Ja, er war ein prächtiger, gutmütiger Gefährte, aber ich war fest entschlossen, unsere Freundschaft auf die Arbeit zu beschränken, und deshalb schloß ich ihn nachts in der Scheune ein und ließ ihn nie ins Haus.

Der April kam, die Schafe fingen an zu lammen. Pete und ich verbrachten viele Stunden unter dem fahlen, niedrigen Nachthimmel und ließen die Mutterschafe nicht aus den Augen, für den Fall, daß es zu Komplikationen kam, und davon gab es jede Menge.

Nicht bei allen verlief die Geburt reibungslos, und bevor ein Schaf sich allzu lange plagte und preßte und dabei nur immer schwächer wurde, ölte ich mir die Arme ein, legte mich hinter dem Muttertier flach auf den Boden, mit der Stirn auf dem Oberarm, schloß die Augen, um mich zu konzentrieren, und zwängte erst die Finger und dann die ganze Hand durch die straffe, geschwollene Vulva, um gleich darauf den Arm bis zum Ellbogen in das schleimige, geheimnisvolle Innere zu versenken, bis ich einen Huf zu spüren bekam, mich bis zum Kopf vorantastete, einen Zwilling vom anderen trennte oder ein großes Junges im Mutterleib drehte, es faßte und sanft daran zog, bis erst die Nase und schließlich der ganze Leib nach draußen in unsere luftige Welt rutschten.

Die Schafe mit dem blaugefärbten Hinterteil legten alle gleichzeitig los, wobei eines das andere anzustecken schien. Draußen, im Freien, verlief sich alles so sehr, daß ich nicht wußte, wo ich zuerst Hand anlegen sollte. Also unterteilte ich die Scheune kurzerhand in sechzehn Boxen und richtete eine Art Entbindungsstation ein. So konnte ich ein Auge auf alle Schafe gleichzeitig haben, bei denen die Geburt schon in vollem Gange war, und auch auf die eher unberechenbaren Mütter, die zum erstenmal lammten. Auch konnte ich auf diese Weise verhindern, daß Neugeborene von anderen Muttertieren totgetrampelt wurden, deren eigene Lämmchen tot zur Welt gekommen waren. In zwei Fällen gelang es mir, einem Tier ein fremdes Junges unterzujubeln, indem ich dem eigenen totgeborenen Lamm die Haut abzog und um einen Drilling eines anderen Mutterschafs wickelte. Ich war mit Hingabe bei der Sache, und obwohl alles äußerst anstregend war, erfüllte es mich mit großer Zufriedenheit. Schon bald war ich Tag und Nacht vom Wimmern der Lämmer umgeben, auf das die Mütter mit einem beruhigenden Blöken antworteten.

Bis David mich endlich besuchte, wurde es August. Ursprünglich hatte er den April vorgeschlagen, doch in dem Monat hatte ich mit den Schafen alle Hände voll zu tun. Also einigten wir uns auf Ende Mai, aber dann sagte er seinen Besuch unter einem fadenscheinigen Vorwand kurzfristig ab. Während ich nun am Bahnhof auf ihn wartete, stellte ich mit Entsetzen fest, daß seit meiner Ankunft in Flow Country über ein Jahr vergangen war.

Als David, dieser etwas zu kurz geratene Mann, wie aus dem Ei gepellt und mit einem altmodischen Lederkoffer auf mich zukam, mußte ich an eine von diesen Figuren denken, wie Kinder sie aus Pappe ausschneiden, um damit ihren Spielzeugbahnhof zu bestücken. Er hatte keinen Aktenkoffer dabei. Noch nie zuvor hatte ich ihn ohne Aktenkoffer gesehen, und ich dachte: Recht so, David. Gerade du, dem es so schwerfällt, über den eigenen Schatten zu springen! Schon von weitem winkte er mir zu, was für mich das Signal war, langsam und mit den Händen in den Taschen zum Wagen zu schlendern und mich drinnen zum Beifahrersitz hinüberzubeugen, um die Tür zu entriegeln. Erst als wir beide im Auto saßen, begrüßten wir uns und küßten uns auf die Wange.

»Dein Haar ist ja ab, Delia.« Mit verschränkten Armen lehnte er sich zurück und legte den Kopf leicht zur Seite, um mich, während ich fuhr, ausgiebig zu betrachten.

»Stimmt.«

»Wann hast du das gemacht?«

»Bald nach meiner Ankunft. Ich hatte die ewige Hochsteckerei und das ganze Gefummel satt. Hätte ich schon längst tun sollen.«

»Ich hatte immer gedacht, langes Haar sei der Inbegriff der Weiblichkeit, aber jetzt bin ich mir da nicht mehr so sicher. Du siehst toll aus, und, falls ich das sagen darf, zehn Jahre jünger.«

»Das ist mir egal. Zehn Jahre jünger oder älter, was macht das schon für einen Unterschied?«

Er lachte. »Du hast dich nicht verändert, was?«

Da mußte ich ihn einfach anschauen. Einen Augenblick lang konnten sich unsere Augen nicht voneinander losreißen, bis er sich ruckartig abwandte und den Blick auf die Straße richtete. Er errötete leicht und zeigte nach vorn, um meine Aufmerksamkeit wieder in die richtige Richtung zu lenken. Ich brachte kein Wort heraus.

Wir schwiegen eine Weile, die uns endlos lang erschien. Du hättest ihn nicht einladen dürfen, dachte ich, er ist ein Stück Vergangenheit, ein Stück von dem, was ein für alle Mal aus und vorbei ist. Fragen, deren Antworten ich gar nicht wissen wollte, stiegen unwillkürlich in mir auf. Das Leben geht weiter, sagte ich mir. Natürlich tut es das, was hast du denn erwartet? Sie sind alle noch dort und leben weiter wie eh und je – Curtis, Mrs. Files und all die anderen. Ja, die anderen. Und Leon.

»Wie geht es ihm?« fragte ich plötzlich. Ich fragte schon nach ihm, und wir waren doch noch nicht einmal zu Hause.

»Gut, Delia. Es geht ihm gut«, antwortete er mit sanfter Stimme und berührte dabei leicht meine Schulter. Bis wir auf dem Hof ankamen, sprachen wir kein Wort mehr.

David stellte den Koffer in der Küche auf den Boden, faltete wie ein artiges Kind die Hände vor der Brust und drehte sich um die eigene Achse. »Entzückend ist es hier!«

»Freut mich.«

»Doch, ich meine es ernst. Hast du dich von jemandem beraten lassen, von einem Innenarchitekten oder so?«

»Soll das ein Witz sein, David?«

»Na ja, hätte ja sein können. Es sieht so freundlich und gemütlich aus. Richtig einladend. Kaum zu glauben, daß das allein dein Werk ist.«

Ja, auch mich hätte es gewundert, wenn ich all dies allein zustande gebracht hätte, aber wie ihm erklären, daß es nicht so war, daß es hier nichts gab, von den Bodenfliesen im Erdgeschoß bis hin zu den bauschigen Federbetten in den Schlafzimmern, den Vorhängen aus weichem Tweed und den verführerischen Sesseln, bei dessen Auswahl ich mich nicht von einer Sinnlichkeit hatte leiten lassen, die ich von jemandem erlernt hatte, für den diese Dinge zum A und O gehörten?

Ich zeigte ihm sein Zimmer und ging nach unten, während er sich umzog. Solange er hier war, mußte die Arbeit eben ruhen, aber er blieb ja nur für eine Nacht. Vom ersten Augenblick an, seit ich ihn wiedergesehen hatte, war mir klar gewesen, daß nicht genug zwischen uns stand, um mich davon abzuhalten, eine Welt wiederzuentdecken, die ich für immer aus meinem Gedächtnis gelöscht zu haben glaubte. Er führte mir vor Augen, daß das, was ich für Mauern gehalten hatte, nur dünne Trennwände waren.

»Ganz schön öde Gegend, Delia.«

Ich blickte gerade aus dem Küchenfenster über den Hof zu den Hügeln und fuhr erschrocken zusammen. »Sollen wir ein bißchen spazierengehen?«

»Den Besitz ablaufen?« fragte er. Plötzlich mußte sich in mir etwas gewandelt haben, denn ich hörte, wie er weitersprach, aber ich verstand nicht, was er sagte. Worte, lauter Worte zogen an mir vorbei, bis ich vernahm: »... Ich muß nicht bleiben, Delia. Es geht noch ein Nachtzug, mit dem könnte ich zurückfahren. Ich würde es durchaus verstehen, wenn –«

Ja, gute Idee. Fahr wieder ab. Erspare es mir, daß ich zurückschaue und sehe, was für eine kurze Strecke ich erst hinter mich gebracht habe. »Sei nicht albern. Du kannst nicht einfach wieder abfahren. Komm, ich stell dir Pete und Deirdre vor.«

»Oh, natürlich. Du lebst also nicht allein?«

Im Kuhstall zeigte ich ihm Deirdre und ihr Kalb. »Es ist jetzt fast ein Jahr alt, und ich habe mir noch immer keinen Namen ausgedacht. Ich nenne es einfach ›Kälbchen‹ wie die Kinder hier.«

»Kinder? Diesmal reden wir aber schon von Menschen, oder?«

»Ja. Sie kommen manchmal mit dem Fahrrad rüber. Sie wohnen zwar ein paar Meilen weg, aber es macht ihnen Spaß, mir zur Hand zu gehen, und ich bin ihnen dankbar, denn sie nehmen mir eine Menge Arbeit ab. Außerdem höre ich ihr Lachen so gerne.«

Er streichelte Petes Kopf. »Und wen gibt es hier noch?«

»Niemanden.«

»Öde Gegend.«

»Das hast du schon mal gesagt, aber es stimmt nicht. Jedenfalls empfinde ich es nicht so.«

»Fühlst du dich manchmal einsam?«

Vor vielen, vielen Jahren hatte er mich das in Sleet schon einmal gefragt. Ich erinnere mich zwar nicht mehr an meine Antwort, aber ich weiß noch sehr wohl, daß er sich daraufhin an seinem Brandy verschluckte. »Keine Ahnung«, sagte ich diesmal. »Ich denke nicht darüber nach, und deshalb spielt es auch keine Rolle, findest du nicht auch?« Früher war ich nicht einsam gewesen; es hatte einfach nichts gegeben, wonach ich mich sehnte.

Wie er es von seinen Besuchen in Sleet her gewohnt war, stellte David mir Fragen zu den Äckern, die ich in den kommenden Monaten für die Aussaat herzurichten gedachte. Die ganze Zeit über kämpfte ich gegen den Eindruck an, daß er mir in mein Leben hineinreden wollte. Er dagegen versuchte offenbar, sich einen Reim auf die Ausstrahlung zu machen, die von mir ausging. Auf dem Heimweg überlegte ich allerdings, ob ich mich nicht vielleicht täuschte und er in Wirklichkeit nur auf einen günstigen Augenblick wartete, um etwas loszuwerden, was er mir unbedingt sagen wollte.

Als wir die Küche betraten, bemerkte er, wie ich einen Blick auf die Uhr über dem Ofen warf, und frotzelte: »Jetzt ist es zu spät, fürchte ich. Der Zug ist bestimmt schon weg.«

Ich lächelte, obwohl mir dieser Mann, den ich so gut kannte und der mein Freund war, angst machte.

Später am Abend sorgte ein Glas Whisky dafür, daß unsere Befangenheit verschwand. Nach dem Essen machten wir es uns jeder in einem Sessel in der Küche bequem, diesmal nicht durch den Kamin im Salon voneinander getrennt, sondern durch ein Fenster, das fast bis zum Boden reichte. Durch dieses Fenster und die offene Stalltür fiel das Abendlicht herein.

»Ich kann kaum glauben, daß es schon so spät und trotzdem noch kein bißchen dunkel ist«, sagte David.

»In ein bis zwei Stunden wird es etwas dämmerig, aber nur ein wenig. Man gewöhnt sich dran.«

Ich bemerkte, daß er mich beobachtete. Wovor hatte ich Angst? Ich besaß nichts mehr, woran ich noch hing oder was man mir nicht schon genommen hätte; niemanden mehr, den ich liebte und den ich nicht verloren oder verlassen hätte. Also warum diese Angst? Rührte sie einfach daher, daß dieser stets adrette und respektvolle Mensch, der über Jahre hinweg mehr von mir gewollt hatte, als ich ihm je zu geben bereit gewesen war, für mich zu sehr mit der Erinnerung an den Verlust verbunden war? Mitleid verdrängte die Angst.

»Erzähl mir von Sleet, wenn du möchtest«, forderte ich ihn auf. »Jetzt können wir ruhig davon reden. Siehst du ihn oft?«

Er beugte sich vor und versuchte in meinen Augen zu lesen. Dann blickte er stirnrunzelnd in sein Whiskyglas, setzte es an die Lippen und nippte daran, wobei er den Mund kaum öffnete. »Ja, ich sehe ihn regelmäßig. Du verstehst wohl, Delia, warum ich nie nach Sleet gekommen bin, als du noch da warst, oder? Wie hätte ich mit ihm so übers Geschäft reden können, wie ich es immer mit dir getan hatte, und erst über all die Dinge, die er sich in den Kopf gesetzt hatte?«

»Pst! Natürlich verstehe ich das.« Ich ergriff seine Hand, und ich glaube, er war darüber genauso erstaunt wie ich. »Soweit ich zurückdenken kann, hast du dich immer korrekt verhalten, David.«

Er betrachtete mich schweigend, und in seinen Augen spiegelte sich eine Gestalt wieder. Ich war diese

Gestalt. »Es gibt ein paar interessante Neuigkeiten«, sagte er.

Langsam ließen wir einander los und sanken in unsere Sessel zurück. David schlug die Beine übereinander. »Er ist unglaublich erfolgreich. Die Pläne für Ragge Down sind genehmigt worden. Die Sache wirft eine Menge Geld ab, und alles, was er anfaßt, wird zu Gold. Einfach großartig, wirklich!«

»Ach ja?« Da war noch etwas anderes, ich ahnte es.

»Weißt du, die Leute mögen ihn, sehr sogar. Das liegt wohl an seiner treuherzigen Art, meinst du nicht auch? Jeder ist bereit, ihm nach besten Kräften zu helfen. Er hat einen ganzen Stab von Beratern, Fachleute aus dem Freizeitgewerbe und Buchhalter. Irgendwie ist er mir fremd geworden. Er ist so ungeduldig. Kann ja sein, daß ich ihm zu langsam und zu pedantisch bin, aber –«

»Zu pedantisch? Du? Also wirklich!« Ich nahm die Flasche, die neben meinen Füßen stand, und füllte sein Glas nach.

»So bin ich nun mal.« Er seufzte genüßlich, denn er mochte es, wenn ich ihn aufzog. Gleich darauf zupfte er jedoch nervös an seinen Manschetten. »Er will keine Zeit verlieren, verstehst du? Er wird sich jemand anderen suchen, der flinker ist als ich.«

»Dann trenn dich doch von ihm«, sagte ich so gelassen wie möglich.

»Du weißt, das ich ihm das nicht antun kann.«

Er wartete auf meine Reaktion. Was sollte ich sagen? Etwa: Ich habe es auch getan? Es ist gar nicht so schwer? Als er merkte, daß ich nichts sagen würde, fuhr er fort: »Ich habe ihn einmal darauf angesprochen, aber er behauptete, ich sei für ihn unentbehrlich. Das sehe ich zwar nicht so, schon lange nicht mehr, aber trotzdem ...«

»Und Curtis?«

»Er ist alt geworden, sehr alt. Er hängt sehr an Leon, und das beruht auf Gegenseitigkeit, aber er ist schon nicht mehr ganz klar. Es wird immer schlimmer, um ehrlich zu sein.«

»Inwiefern?«

David schüttelt den Kopf. »Das kann ich dir nicht sagen.«

War es das? War es das, was mir seiner Meinung nach furchtbar zusetzen würde und was er mir dennoch sagen mußte? Ja, wahrscheinlich war es das, denn überstürzt fuhr er fort: »Also gut, ich werde es dir erzählen. Als ich das letzte Mal drüben war und den Abend dort verbrachte wie früher manchmal mit dir, servierte uns der gute alte Curtis das Essen in Abendgarderobe.« Er verstummte.

Offensichtlich hatte er seine Erzählung unterbrochen, weil er meine Antwort abwarten wollte. »Da ist doch nichts dabei.«

»Schon, Delia, aber er trug ein Abend*kleid*, ein Frauenkleid mit blauer, pailettenbesetzter Corsage und langem, weitem Rock. Ein Modell aus den fünfziger Jahren, und er hatte nichts drunter, ich meine Arme, Schultern und so weiter waren nackt. Bei jedem Gang schwebte er rein und raus. Ich wußte nicht, wo ich hinschauen sollte.«

Ich stand am Fenster. Plötzlich wandte ich mich ruckartig von David ab und blickte hinaus.

»Das ist überhaupt nicht witzig, Delia. Es ist schrecklich und unglaublich traurig. Curtis ist ein so feiner Kerl, wir dürfen nicht zulassen, daß er ... Ich verstehe nicht, wie du es so komisch finden kannst.«

Ich wischte mir die Augen trocken. Soll er doch glauben, daß ich vor Lachen weine. Wahrscheinlich hat er sogar recht. »Und was hat Leon dazu gesagt?«

»Nichts, bis das Abendessen vorbei war.«

»Und dann?«

»Er meinte, Pink stehe ihm besser.«

Endlich schien David zu merken, was wirklich mit

mir los war. Er trat neben mich und faßte mich am Arm. »Komm, setz dich wieder hin.«

Das war bestimmt noch nicht alles, sagte ich mir. Das Schlimmste kommt noch. Diesmal füllte er mein Glas nach. »Leon hat keine Freunde, weißt du?« sagte er. »Bei ihm liegen zwar immer stapelweise Einladungen rum, und er gibt verschwenderische Abendessen und Partys, die in aller Munde sind, aber, wie gesagt, er hat keine Freunde.«

»Woher weißt du das denn so genau?«

»Rate mal.«

»Mrs. Files?«

»Richtig. Er geht nie aus.«

Zweimal holte ich Luft, um eine Frage zu stellen, brachte es aber nicht über mich und suchte Zuflucht bei meinem Whisky. Da kam auch schon die Antwort von David.

»Ja«, sagte er. Ich nahm die Hand vor meinem Gesicht weg. »Ja, er fragt nach dir. Das wolltest du doch wissen, oder nicht? Ein- oder zweimal hat er mir Briefe für dich gegeben, sie aber jedesmal wieder an sich genommen, bevor ich gegangen bin. Er hebt sich die Frage immer bis zum Schluß auf. Es ist stets die gleiche, und wenn er sie mir dann stellt, sieht er mich dabei nie an, sondern spielt mit irgendeinem Gegenstand oder tätschelt den Hund. Er hat nämlich seit kurzem einen Hund, einen schwarzen Labrador, der genauso aussieht wie Ho, als er noch jung war. ›Gibt's was Neues von Mrs. Sutherland?‹ fragt er mich jedesmal. ›Nein, nichts, Leon‹, antworte ich dann. ›Ich habe sie nicht gesehen.‹ Immer dasselbe. Er vergißt es nie und fragt mich jedesmal erst im letzten Moment, aber bis zu diesem Augenblick steht die Frage zwischen uns. Er wandelt sie nie ab, ich meine Antwort auch nicht. Das macht es leichter.«

»Und was wirst du in Zukunft antworten?«

»Jetzt, wo ich dich gesehen habe?« Wieder schlug er

die Beine übereinander, doch es half nichts gegen seine Nervosität. Er ging hinüber zur Stalltür, beugte sich nach draußen, kam zurück, stellte sich mitten in den Raum und kratzte sich leicht am Kopf. »Wenn ich ihm überhaupt etwas sagen würde, dann höchstens, daß du dich verändert hast. Daß du eine andere Frau geworden bist: warmherziger, weicher, realistischer und noch ein paar Dinge mehr. Ich würde ihm sagen, daß du genau so bist, wie ich es mir vorgestellt habe, ja, wie ich gehofft habe, und daß du nun all die Eigenschaften hast, die ich in dir immer vermutet habe, die du allerdings nie gezeigt hast. Aber weißt du, Delia, ich glaube, in seinen Augen wäre dies keine Veränderung, weil du in seiner Gegenwart schon immer so gewesen bist, habe ich recht?«

Ich hakte mich bei ihm ein. »Komm, alter Freund, laß uns noch einen kleinen Spaziergang machen, und dann muß ich schleunigst ins Bett.«

»Ich kann bestimmt nicht schlafen, nicht bei dem Licht.«

»Leg dich ins Bett und rede dir ein, daß es dunkel ist. Dann geht die Nacht schon vorüber.«

Die Nacht ging vorüber und sein Besuch auch. Am nächsten Tag war manches leichter. Wir sprachen kaum noch von Sleet. Abends brachte ich ihn zum Bahnhof und begleitete ihn auf den Bahnsteig, wo der Zug schon bereitstand. Bis zur Abfahrt fehlten noch zehn Minuten, aber David stieg trotzdem schon ein. Er belegte mit seinem Koffer einen Fensterplatz, obwohl es außer ihm keine weiteren Fahrgäste gab, und kam zurück an die Tür, um sich von mir zu verabschieden. Wir plauderten ein Weilchen, bis ich schlagartig wieder das Gefühl hatte, daß mir das Schlimmste immer noch bevorstand. »Ich gehe jetzt lieber«, sagte ich.

»Nein, warte.«

»Ich gehe besser. Der Zug fährt bestimmt gleich los. Ich muß zurück zum –« Wohin ich zurückmußte, war mir selbst nicht klar, aber da drehte ich mich schon um.

Er griff meinen Arm. »Es gibt da noch etwas, was ich dir sagen wollte. Ich wußte bloß nicht wie, aber es sind gute Nachrichten. Oder sollten es jedenfalls sein.« Sein Gesicht verriet jedoch das Gegenteil. »Er hat sich verlobt, Delia, mit einem Mädchen namens Melinda Fuller. Er hat es mir schon vor längerer Zeit gesagt. Deshalb habe ich meinen Besuch verschoben. Ich hatte gehofft, du hättest es mittlerweile schon erfahren.«

»Du hast mir also etwas vorgemacht, als du gesagt hast, er hätte keine Freunde.«

»Hat er auch nicht.«

»Man braucht nur einen.« Diese Worte schrie ich fast heraus.

»Hätte ich es dir bloß früher gesagt! Ich bin ein Feigling. Ich habe sie in Sleet noch nie gesehen. Er hat mir irgendwann im April davon erzählt, aber danach ist nichts weiter passiert. Erst neulich habe ich ihn gefragt, ob er immer noch verlobt ist, und er hat geantwortet: ›Ja, klar‹. Weiter nichts. O mein Gott, der Zug fährt los! Wo ist mein Koffer?«

»Auf deinem Sitz, David. Mach's gut.«

17

Ich hatte gedacht, es würde mich ein wenig trösten, daß ich richtig gehandelt hatte. Ich hatte gedacht, ich würde einen Hauch von Genugtuung empfinden, wenn sich im nachhinein herausstellte, daß meine überstürzte Abreise, mein Verzicht auf ihn und auf etwas so Lebendiges wie die Freude, die jeder von uns in der Gegenwart des anderen verspürt hatte, der richtige Schritt gewesen war. Schließlich war er danach, ohne lang zu zögern, in geregelte gesellschaftliche Bahnen eingeschert. Und was fühlte ich jetzt? Nichts als ohnmächtiges Entsetzen. Warum so schnell? Genauso schnell, wie ich von ihm hatte fortkommen wollen, hatte er sich eine junge Frau gesucht, als hätte er nur darauf gewartet, daß ich ihn freigab.

Ich beschloß, wieder in Zeitlosigkeit zu versinken, wie ich es vor Davids Besuch getan hatte, und mir abermals einzureden, daß alles, was jenseits der Welt lag, die ich mit eigenen Augen erfahren konnte, unwirklich war. Wenn Leon lebte, vielleicht sogar liebte und heiratete, dann geschah dies in einer anderen Dimension. Ich würde es schon irgendwie schaffen, mich vom Leben und vor allem von seiner Existenz abzuschotten.

Melinda Fuller! Die schöne, verletzliche Melinda Fuller! Es war nur zu logisch, es paßte einfach alles zusammen. Hatte nicht ich selbst zu ihm gesagt: »Spiel nicht mit ihr, Leon. Es ist gut, daß du sie magst.« Und er hatte meinen Rat befolgt. Ob es wohl leichter für mich gewesen wäre, wenn David mir einen fremden Namen genannt hätte?

Während ich im Herbst die kargen Äcker pflügte

und besäte und der Widder auch in dieser Jahreszeit wieder seine wahre Freude hatte, drängten sich mir mit Macht Bilder auf, surrealistische Szenen von Leons Hochzeit, an der die Gäste unserer damaligen Abendgesellschaft teilnahmen, jedoch alle in mehrfacher Ausführung: ein Dutzend Ethel Sendings, die unzählige Seiten aus *Roots* wie Konfetti in die Luft warfen, ein Dutzend Matthew Hursts und so weiter. Lediglich Curtis kam nur einmal vor und trug auch diesmal ein Abendkleid meiner Mutter von Norman Hartnell. Er hatte sich doch all die Jahre um diese wunderbaren Kleider gekümmert, und nun wollte er sich wohl zu Recht den Lohn für diese Mühe nicht entgehen lassen.

Im späten Frühjahr, als fast alle Schafe gelammt hatten, malte ich mir Leon mit seinem eigenen Kind aus, aber dies war leichter zu ertragen. Es paßte alles so gut zusammen, wieder einmal, und das linderte meinen Schmerz. Die Bilder, die mir in den Sinn kamen, waren nicht mehr so grotesk und quälten mich nicht so. Er war nun ein frischverheirateter Mann mit Familie, und dies war etwas, was ich ihm und auch seinem Vater nie hatte bieten können. Allmählich begann ich einzusehen, daß es seine Richtigkeit hatte, wenn Leon mit seiner Frau in Sleet lebte. Und warum eigentlich nur eines? Warum nicht eine ganze Horde von Kindern? Es verschaffte mir Erleichterung, mir solche Dinge auszumalen und ihn mir in Szenen vorzustellen, zu denen es mit mir nie hätte kommen können.

Ich wandte auf mich selbst den Rat an, den ich David gegeben hatte: Ich redete mir etwas ein. Ich redete mir ein, wenn auch nicht rundum glücklich, so doch zufrieden zu sein. Eines stand fest: Ich hatte all das, was mir immer am meisten bedeutet hatte, nämlich ein Stück eigenes Land, Arbeit und einen Hund als Gefährten. Mit Bedacht forschte ich nicht nach, ob die Neuigkeit, die David mir im letzten Augenblick entgegengeschleudert hatte, irgendeine Veränderung in mir bewirkte. Es wäre nicht ungefährlich gewesen, denn obwohl jeder Tag meines Lebens bis ins letzte mit allerlei Beschäftigungen ausgefüllt war, lauerte womöglich irgendwo eine Leere, mit der ich nicht zurechtkommen würde. Sollte es tatsächlich so sein, würde dies bedeuten, daß ich in all der Zeit seit meiner Ankunft in Flow Country auf etwas gehofft hatte. Es würde bedeuten, daß ich geblieben war, was ich schon immer gewesen war: eine Frau, die sich selbst etwas vormachte.

Ich erhielt Muriel Fullers Brief mitten im Sommer – zu der Zeit, in der die Nacht nur das halbgeschlossene Auge des Tages ist. Seit dem frühen Morgen war ich draußen unterwegs gewesen, hatte die Mauern nach Lücken abgesucht und den einen oder anderen verrutschten flachen Stein wieder an seinen Platz gelegt. Als ich nach Hause kam, stellte ich fest, daß der Postbote mir wieder eines der gelben Päckchen auf den Küchentisch gelegt hatte, die ich jeden Monat erhielt und in dem mir meine Anwälte Rechnungen und geschäftliche Korrespondenz nachsandten. Ich glaube, seit David mir nach seinem Besuch vor einem Jahr ein paar Zeilen geschickt hatte, war nichts Persönliches mehr unter meiner Post gewesen. Warum sollte es auch? Ich schrieb ja niemandem mehr.

Als ich Muriels Unterschrift am Ende mehrerer beschriebener Briefbögen entdeckte, sonderte ich die Blätter aus, hielt sie ein Stück von mir weg und betrachtete sie, während ich darauf wartete, daß das Wasser im Kessel kochte. Dann ging ich mit einem Holzstuhl, einer großen Tasse Tee und ihrem Brief in den Hof hinaus. Ich schreibe an dieser Stelle ganz einfach ab, was darin stand:

Meine liebe Delia,
bestimmt hast Du schon gesehen, von wem dieser Brief ist. Ich hoffe, Du zerreißt ihn nicht, bevor Du nicht ge-

lesen hast, was ich mir mühsam abgerungen habe, obwohl ich es nur allzu gut verstehen würde. Ich habe diesen Brief selbst ein paarmal zerrissen, das kannst Du mir glauben. Mr. Curtis hat mir die Adresse von Deinem Anwalt gegeben, aber ich habe keine Ahnung, ob und wann Dich dieser Brief erreicht, und deshalb kommt es mir vor, als würde ich ins Blaue hineinschreiben. Vielleicht macht das alles einfacher.

Ist es anmaßend, wenn ich mich frage, ob Du glücklich bist, wo auch immer Du stecken magst? Weißt Du, es besteht die Gefahr, daß man alt wird, ohne dafür alt genug zu sein, und dann bildet man sich ein, man hätte die Weisheit gepachtet. Diesen Irrtum versucht man wettzumachen, indem man anderen kluge Ratschläge gibt. Ich erinnere mich noch an unser Gespräch oben in deinem Schlafzimmer in Sleet House. Wieviel hatte es wohl mit Deiner Abreise zu tun? Das frage ich mich immer wieder. Ich habe damals nur Allgemeinplätze von mir gegeben und von der starren Ordnung gesprochen, die verhindern soll, daß die Gesellschaft aus der Bahn geworfen wird. Aber glaube mir, Delia, ich habe mir damals ernsthaft Sorgen um Dich gemacht. Egal, ob Du mir das abnimmst oder nicht, ich meine es wirklich so.

Melinda fuhr am Tag nach Eurem Abendessen nach Sleet rüber, um als Dankeschön ein paar Blumen aus unserem Garten abzugeben. Sie traf Leon ... Ich kann Dir nicht sagen, was zwischen ihnen vorfiel, aber als sie nach Hause kam, weinte sie sich in meinen Armen aus, weil er ihr so leid tat und so schrecklich unglücklich war. Hätte ich in dem Augenblick gewußt, wo Du steckst, und Dich dazu bewegen können zurückzukommen, hätte ich es getan, denn als ich Melinda im Arm hielt, ahnte ich, daß sie mir in den kommenden Monaten großen Kummer machen würde.

Natürlich verliebte sie sich in ihn, und er ließ es zu. Warum auch nicht? Er kam ja kaum mit seinen eigenen Gefühlen zurecht. Ich sah ihn in den ersten Monaten oft genug, um zu beobachten, wie all seine Lebenskraft aus ihm wich. Seine Sanftmut und sein Charme gingen ihm zwar nicht verloren, aber ich weiß, daß es ihm keine Mühe bereitete, so zu sein. Er überlegt sich nicht erst, wem er seine spontane, vertrauenerweckende Liebenswürdigkeit zuteil werden läßt. Es ist einfach nun mal seine Art, und daran kann er nichts ändern. Bestimmt wäre er erstaunt, wenn er erfahren würde, was er in Männern ebenso wie in Frauen, vor allem natürlich in Frauen, das brauche ich nicht zu betonen, für Gefühle auslöst, indem er ihnen einfach auf seine Art und Weise zuhört. Und wenn diese Frauen, die sich ihm unaufgefordert anvertrauen und ihr Herz ausschütten, dann eine Gegenleistung von ihm erwarten, was sie in aller Regel tun (es liegt nun mal in der menschlichen Natur, das eigene Seelenleben zur Schau zu tragen und zu erwarten, daß der andere vor Dankbarkeit in die Knie geht, weil es ja nichts so Wichtiges gibt wie das eigene Seelenleben), dann werden sie enttäuscht und fühlen sich nicht selten gedemütigt. Denn es gibt jede Menge Dinge, die interessanter sind als das abgestandene Seelenleid eines anderen Menschen, vor allem für Leon, dem die Leute bestimmt schon seit Jahren mit ihrem Herzenskummer in den Ohren liegen.

Aber Leon hat seine eigene Abwehr- und Überlebensstrategie entwickelt. Er gehört nirgendwohin, oder? Er gehört nicht nur keinem Land und keiner bestimmten Rasse an, sondern hat die Sache noch auf die Spitze getrieben und es so weit gebracht, daß er nicht einmal sich selbst gehört. Deshalb fühlt er sich nicht verantwortlich für die Reaktionen, die er in anderen Menschen hervorruft, und sogar sein eigenes Tun betrachtet er mit arglosem Staunen.

Jetzt fällt es mir leicht, all diese Beobachtungen und Überlegungen anzustellen, denn jetzt ist alles vorbei, aber Melinda ist genau diesen Dingen zum Opfer gefallen, weißt du? Wie die Tiere fühlen auch wir Menschen uns von Wärme angezogen, und es ist ganz natürlich, daß wir an die Quelle dieser Wärme näher heranrücken, weil wir davon ausgehen, daß uns dann noch wärmer wird. Es erscheint widernatürlich, daß man gerade in dieser Quelle auf absolute Kälte stoßen kann, doch genau das ist Melinda mit Leon passiert. Er hat sie immer näher kommen lassen, er hat zugelassen, daß sie sich in ihn verliebt – ja, Delia, auch wenn ihn vieles wohl entschuldigt, halte ich ihn für verantwortlich für das, was mit ihr geschehen ist. Ich gebe ihm die Schuld daran, daß sie nun schon seit Monaten in einer Klinik ist. Schließlich hätte er sie vor sich schützen können.

Sie blühte an seiner Seite nur für kurze Zeit auf, und zwar anfangs, als sie feststellte, daß ihr der Kerl, der ihr zuvor das Herz gebrochen hatte, nichts bedeutete und daß sie für Leon weitaus mehr empfand. Seine Passivität wertete sie fälschlicherweise als Beweis dafür, daß er ihre Gefühle erwiderte. Sie wollte nicht wahrhaben, daß er sie nicht wirklich liebte, nicht rundum, nicht so, wie sie es sich wünschte. Wie die Verlobung zustande kam, kann ich mir nicht erklären. Ich könnte mir nur vorstellen, daß es da etwas Unausgesprochenes zwischen ihnen gab, das immer stärker wurde. Als ich mit Tom und Melinda wieder einmal zum Abendessen in Sleet war – wobei sie weder Gast noch Gastgeberin war –, sagte ich mir auf dem Heimweg: Ich habe gerade den traurigsten Mann der Welt getroffen, und ausgerechnet meine Tochter wird ihn heiraten.

Allmählich begann etwas an ihr zu zehren. Wenn etwas an einem zehren kann, was gar nicht da ist, dann war es genau das, nämlich etwas, was seiner Liebe zu ihr fehlte. Sie ließ sich jedoch nicht entmutigen, sondern schmiedete Pläne, was sie in ihrem gemeinsamen künftigen Heim alles verändern wollte. So sind junge Frauen nun mal. Aber er wollte davon nichts wissen. Zwar verbot er ihr nicht ausdrücklich, etwas zu verändern, ließ sie jedoch nicht gewähren. Einmal sagte sie zu mir, mit ihm zu reden sei so, als wolle man mit der bloßen Hand einen Fisch fangen. Das war in der Zeit, als sie sich mir noch anvertraute, bevor sie in tiefe Traurigkeit versank. Ich will hier nicht in allen Details beschreiben, wie es mit ihr bergab ging. Jedenfalls wurde sie magersüchtig, und du kennst sie ja von früher: Viel dran war an ihr noch nie. Es ist ein schrecklicher Zustand. Machtlos sahen wir mit an, wie sie immer mehr verfiel. Dann bekamen wir für sie einen Platz in der Klinik. Die Ärzte rieten, daß Leon sich lieber von ihr fernhalten sollte, bis sie wieder zu Kräften gelangt wäre. Er schien sich damit abzufinden. Tom und ich waren darüber entsetzt, denn wir ahnten, was das zu bedeuten hatte.

Ich werde jetzt versuchen, Dir den Wortwechsel zwischen Tom und Leon wiederzugeben, mit dem sie vor einiger Zeit einen Strich unter die Sache gezogen haben. Wir fuhren also nach Sleet. Leon erwartete uns schon und führte uns in den Salon, der unverändert war, Delia: Es war immer noch Dein Raum. Kaum stand Leon mir gegenüber, war ich versucht, meine Meinung über ihn zu revidieren. Ich dachte: Wie kannst du nur glauben, daß jemand wie er, der so ein einnehmendes, aufrichtiges Wesen hat, meine Tochter nicht von Herzen liebt, sondern ihr Leid zufügt? Wie können Tom und ich nur einen solchen Schritt wagen, der womöglich dazu führt, daß sie diesen außergewöhnlichen Menschen verliert? Da haben wir es: Ich bin nun mal eine Frau. Nach einem Drink und ein paar Worten darüber, ob sich Melindas Zustand gebessert hatte oder nicht, fragte Tom Leon: »Lieben Sie meine Tochter?«, und Leon antwortete: »Fragen Sie mich nicht so etwas, Tom. Nicht einmal Melinda selbst hat es mich gefragt, obwohl es ihr gutes Recht wäre.« Dann fragte Tom: »Wenn ich Sie bitten würde, sich von Melinda zu trennen und nicht zuzulassen, daß sie jemals wieder hierher kommt, auch nicht, nachdem sie aus der Klinik entlassen wurde, was würden Sie dazu sagen?« Leon ließ sich mit der Antwort Zeit, dann sagte er: »Ich glaube, ich würde tun, was Sie verlangen.« – »Warum tun Sie es dann nicht von sich aus? Warum haben Sie all das geschehen lassen, wenn Sie nicht einmal sagen können, daß Sie sie lieben?« Darauf erwiderte Leon: »Warum jemandem weh tun, wenn es keinen triftigen Grund dafür gibt? Das tun wir Menschen viel zu oft. Sie will heiraten, und das ist in Ordnung. Oder etwa nicht? Ist das nicht etwas ganz Normales? Ich möchte ihr nicht weh tun, das würde ich nie fertigbringen. Ich möchte ihr Geborgenheit geben.«

So einfach ist das. Für ihn sind die Dinge am wichtigsten, nach denen er sich selbst immer gesehnt hat: daß ihm niemand weh tut und er sich geborgen fühlt. Das tun wir alle. Es sind gute Gründe, um zu heiraten, wenn die Menschen es auch selten deshalb tun. Allerdings ist es, wenn dabei von Liebe nicht die Rede und noch dazu das eigene Kind im Spiel ist, nicht gerade das, was man hören will. Leon konnte sich einfach nicht vorstellen, daß Melindas Wunsch, von ihm geliebt zu werden, während er sich von ihr lieben ließ, sie langsam kaputtmachte.

Alles, was Tom darauf sagte, war: »In Ordnung, Leon, dann muß eben ich ihr an Ihrer Stelle weh tun.« Mit diesen Worten gingen wir.

Ich schäme mich, aber ich muß Dir sagen, daß ich ihn am liebsten in die Arme geschlossen hätte, so wie eine Mutter ihren kleinen Jungen voller Mitleid in den Arm nimmt, weil er sich aus Notwehr ins eigene Fleisch geschnitten hat. Der arme Kerl war von Anfang an von allem ausgeschlossen, und auf einmal hat man ihm eine Tür geöffnet und ihn hereingelassen, ihn aber nicht über die Spielregeln aufgeklärt. Für ihn gibt es nichts oder niemanden, wo er sich sicher und geborgen fühlen kann, außer bei Dir, Delia.

Jetzt verstehst Du vielleicht, warum ich mich mit diesen Dingen an niemand anderen als Dich wenden kann. Ich frage mich allerdings, ob Du Dir vorstellen kannst, wie schwer es mir gefallen ist, Dir all dies zu schreiben. Delia, es geht um meine Tochter, um Melinda, um unsere Melinda, die nur noch knapp vierzig Kilo wiegt und immer mehr an Gewicht verliert; die sich aus einer Schwäche heraus mit all ihrer Liebe an jemanden gehängt hat, und von solchen Geschichten kommt man am schwersten wieder los. Sie ist – war – ein unkompliziertes Mädchen aus einer gutsituierten Familie, mit einer soliden, wenn auch nicht sehr vielseitigen Ausbildung. Sie ist glücklich und wohlbehütet aufgewachsen. Sie war zwar in Cambridge und kam auch in ihrem Job im Verlag gut voran, aber weder von ihrer Veranlagung noch von ihrer Lebenserfahrung her war sie im geringsten auf jemanden wie Leon vorbereitet, der mit seinem vielschichtigen, abgründigen Wesen, das alles andere als leicht zu durchschauen ist, nur Unheil über sie gebracht hat. Ich mache niemandem einen Vorwurf. Ich bin nur verzweifelt. Verzweifelt und tieftraurig.

Sie wird nie wieder hierherkommen, uns besuchen und ihr Elternhaus so erleben können wie früher, weil Leon ständig in der Lokalpresse abgebildet und sein Name in aller Munde ist. Überall in der Gegend spricht man von seinem Erfolg. Deshalb ziehen wir von hier fort. Wir haben ein nettes Haus gefunden, nicht ganz so schön wie dieses hier, aber dafür ohne Erinnerungen.

Mit diesem Brief möchte ich Dich um Verzeihung für meine Vermessenheit bitten. Ich hätte mich niemals einmischen dürfen. Und ehrlich gesagt weiß ich nicht, warum ich Dir das alles erzählt habe, aber ich meinte wohl, Du solltest es wissen.

In Liebe und voll tiefem Bedauern über den Verlust unserer Freundschaft,

Muriel

Ich war weder schockiert, noch enttäuscht, noch verschaffte mir dieser Brief Genugtuung. Doch er beschäftigte mich nachhaltig. Einige Seiten weiter vorne habe ich beschrieben, wie mir in meiner ersten Zeit in Flow Country zumute war: als hätte sich der Kummer an mir festgekrallt. Nun, nach Erhalt dieses Briefes legten sich seine breiten Schwingen ganz um mich, umschlossen mich und verfinsterten meine geregelten Tage, ließen mich vergeßlich und müde werden. Mein Vorrat an körperlicher Kraft schwand immer mehr dahin, und Arbeiten, die ich früher wie selbstverständlich verrichtet hatte, kamen für mich jetzt nicht mehr in Frage: zum Beispiel ein Dach ausbessern oder am Traktor einen Reifen wechseln. Der betagte Widder gab zwar im Herbst wieder sein Bestes, aber als das neue Jahr begann, spürte ich, daß ich nicht mehr die Kraft haben würde, das Lammen im Frühjahr durchzustehen. Also verkaufte ich die Herde samt Pete an meinen Nachbarn. Er habe die Herde übrigens nur gekauft, um den prachtvollen Hund zu bekommen, gestand er mir später. Das Weideland verpachtete ich, und Deirdre und das ›Kälbchen‹, das schon lange kein Kälbchen mehr war, verkaufte ich über dieselbe Zeitung, über die ich die Kuh gefunden hatte.

Es gab nur noch wenig für mich zu tun, und sogar das Wenige ließ ich unerledigt. Bei schönem Wetter setzte ich mich auf einen Stuhl in den Hof und betrachtete die Schatten der Wolken auf den Hügeln. Ansonsten brachte ich die meiste Zeit in der Küche zu, wie die Hunde es auf ihre alten Tage getan hatten.

Ich dachte nicht nach, fragte nicht, plante nicht voraus. Mit einem Handstreich hatte ich mich von allem befreit. Da gab es kein Lebewesen mehr, um das ich mich kümmern mußte und das mich durch seine Abhängigkeit von mir auf meine eigene Existenz zurückwarf, und so lebte ich in einem der Bewußtlosigkeit ähnelnden Zustand vor mich hin. Es war eine Zeit der

Rückkehr zum Wesentlichen und der Kräftigung, in der mein Geist ebenso ausgeschaltet war wie mein Körper – und endlich einmal benützte der eine den anderen nicht, um zu vergessen. Mein ganzes Ich war mit sich im Einklang, auch wenn sich meiner eine gewisse Trägheit und Leere bemächtigt hatte.

Ich wartete ab, bis sich sechs von den monatlichen gelben Päckchen angesammelt hatten. Erst dann machte ich mich daran, sie zu öffnen. Dabei ging ich keineswegs systematisch vor: Ich schüttete ihren gesamten Inhalt auf den Küchentisch. Beim Anblick des abschreckenden Haufens sank mir der Mut. Inmitten der üblichen Geschäftskorrespondenz entdeckte ich jedoch eine bedruckte Postkarte. Darauf stand unter dem Wort »ALT« die Adresse von Sleet Park, und unter das Wort »NEU« war der Name »The Old Manor« gedruckt, gefolgt von einer Adresse im Savernake Forest. Über die getüpfelte Linie auf dem oberen Teil der Karte hatte jemand mit der Hand geschrieben: »Digby Curtis, Esq.«. Dem Poststempel nach war die Karte vier Monate zuvor abgeschickt worden.

Ich schob den Haufen Papiere auseinander, um zu sehen, ob sich vielleicht ein Brief von Curtis darunter befand, aber es war keiner da. Doch bei dieser Gelegenheit stieß ich auf die Postkarte mit dem Fischmarkt von Marseille und deiner Handschrift auf der Rückseite.

Marseille! Dorthin, hast du zu mir gesagt, als du die Landkarten ausgebreitet hast, wolltest du mit mir fahren. »Mein Auto hat Lust auf eine Reise«, hast du gesagt. Marseille sollte nach Paris unser nächstes Etappenziel sein. »Da wär'n wir also, Mrs. Sutherland.« Von diesem Augenblick an nahm ich die Postkarte immer wieder zur Hand, bis sie so zerfleddert war, wie sie jetzt ist. Aus diesen sechs Worten las ich unzählige Bedeutungen heraus. Und dann hörte ich, wie deine Stimme sie sagte. Da mußte ich lachen: Ich saß in der Küche und lachte und lachte, und mein einziger Zeuge war ein Huhn, das mich durch die offene Stalltür hindurch beäugte.

Eines Tages im Frühling, nachdem ich den ganzen Vormittag im sonnigen Hof gesessen hatte, trug ich den Stuhl ins Haus, löschte das Feuer im Ofen, das seit fast drei Jahren ununterbrochen gebrannt hatte, drehte das Wasser an den Haupthähnen ab und schloß die Haustür hinter mir zu. Während ich zum Wagen ging, durchströmte mich das vertraute Gefühl des Abschieds.

Ich brauchte sechs Stunden bis zur Grenze und übernachtete in Carlisle. Dies erwähne ich nur, weil ich, als ich Sleet drei Jahre zuvor verlassen hatte, vom Tanken einmal abgesehen, ohne Pause bis nach Flow Country durchgefahren war.

Das Old Manor war einfach zu finden. Ich rief aus einem Dorf in der Nähe an, um meinen Besuch für den Nachmittag anzukündigen. Es war ein großes Haus im viktorianischen Stil, umgeben von ausgedehnten Rhododendron-Pflanzungen. Die Tür stand offen. Im Aufenthaltsraum saßen etwa ein Dutzend ältere Herrschaften beisammen, spielten Karten, plauderten oder sahen fern. Von der Atmosphäre her fühlte man sich nicht wie in einem Heim, lediglich die Anzahl der Stühle erinnerte daran. In einem Erker stand ein Flügel.

Als ich in den Raum hineinfragte, wo ich Digby Curtis finden könnte, kam eine gebrechlich aussehende Frau mit zittrigen Schrittchen auf mich zu. Sie hielt sich an meinem Ellbogen fest und führte mich zurück in die Halle, wo sie mit einem bezaubernden Lächeln, jedoch ohne ein Wort zu sagen, auf die Treppe zeigte.

Während ich die Stufen hinaufging, hörte ich, wie hinter mir jemand die Halle betrat. »Wer ist das, Mrs. Price? Hallo? Entschuldigen Sie bitte, aber wer sind Sie?« Ein energisches junges Wesen eilte mir hinterher. Als ich der Frau sagte, wer ich war, antwortete sie: »Ich bin so froh, daß Sie hier sind. Er hat mir von Ihnen erzählt. Er schwärmt geradezu von Ihnen. Sagen Sie, ob Sie uns vielleicht bei einem kleinen Problem behilflich sein könnten?«

»Wenn ich dazu in der Lage bin.«

»Er ist ziemlich ungesellig, Mrs. Sutherland. Er verkriecht sich in seiner kleinen Wohnung, in der er natürlich alles hat, was er braucht. Die Wohnungen hier sind bestens ausgestattet, aber wir sähen es doch lieber, wenn alle zumindest einmal in der Woche im Speisesaal zusammen zu Abend essen würden. Es bekommt alten Menschen nicht gut, wenn sie sich zu sehr zurückziehen. In den ganzen sechs Monaten war er erst einmal unten, und da konnte ich ihn leider nicht zu den anderen in den Speisesaal lassen.«

»Wieso?«

Sie kaute auf der Kuppe ihres Daumens herum, ließ den Blick erst über den Fußboden und die Wände gleiten, bevor sie mir wieder in die Augen sah. »Es hört sich albern an, aber er kam in einer höchst sonderbaren Aufmachung zum Essen herunter, nämlich in Frauenkleidern. Zwar ohne Make-up und Perücke, soweit ist er nicht gegangen, aber er trug ein Kleid. Ehrlich gesagt war es das schönste Ballkleid, das ich je gesehen habe.«

»Von Hartnell«, eröffnete ich ihr, wie ich es auch bei David getan hatte.

»Dachte ich mir.« Wieder bearbeitete sie ihren Daumen. »Bitte halten Sie mich nicht für verbohrt oder engstirnig, Mrs. Sutherland, aber ich kann einfach nicht dulden, daß die Leute hier wie Transvestiten herumlaufen. Einige unserer Gäste sind ohnehin schon wirr genug im Kopf. Ob Sie mit ihm vielleicht ein paar Worte darüber reden und ihm sagen könnten, wie gerne wir ihn hier unten sehen würden, wenn er sich doch nur etwas konventioneller kleiden würde?«

»Kommen Sie herein, Miss Delia. Ich habe Ihre Schritte im Flur gehört und wußte sofort, daß Sie es sind.«

Ein geräumiges Zimmer mit Erker und Kamin. Es lag direkt über dem Aufenthaltsraum. Curtis wandte sich dem Tisch zu, der zum Tee gedeckt war. Ich ergriff seine Hände und drückte sie fest. Er erwiderte den Händedruck.

»Eine Tasse Tee, Miss Delia?« Er reichte mir eine Tasse. Ich ging ein paar Schritte rückwärts zu einem Stuhl. »Vielleicht sollte ich erst die Katze da wegnehmen, was meinen Sie? Komm schon, Bully, mach Platz für Miss Delia.« Er schob den Arm unter ein Perserkätzchen mit blauen Augen und hob es hoch. »So eins wollte ich schon immer haben, aber Mr. Grimwood knallte ja jede Katze ab, die ihm über den Weg lief, und dann waren da noch die Hunde … Na ja, ich hab lieber gar nicht erst damit angefangen.«

»Sie sind schon seit sechs Monaten hier?«

»Ganz richtig. Mr. Kennedy hat die kleine Wohnung hier für mich gekauft. Hier werde ich bleiben, bis ans Ende meiner Tage. Es gab noch fünf andere, und wir haben uns die schönste ausgesucht. Alle sind erst vor kurzem umgebaut worden. Jetzt ist das Haus voll. Alles ältere Leute wie ich, und die Leitung des Hauses kümmert sich um alles. Wenn wir Hilfe brauchen, ist also immer jemand da.«

»Man hat mir gesagt, Sie seien nicht sehr gesellig.«

Belustigt schürzte er die Lippen. »Sie hat also mit Ihnen geredet, stimmt's?«

»Nur ein paar Worte in aller Freundschaft. Ich glaube, die anderen teilen nicht ganz Ihren Geschmack, was Kleidung angeht.«

»Ich dachte mir, ich könnte sie mir dadurch vom Leib halten. Der eine Auftritt hat genügt, und seither haben sie mich nie wieder belästigt. Ich hatte für gesellige Runden noch nie etwas übrig. Da wird nur jede Menge Unfug geredet. Ich hab nur die besten Kleider mitgenommen, Miss. Sie waren zu schön, um sie zurückzulassen. Ich hoffe, es macht Ihnen nichts aus. Sie hängen da drüben im Schrank, falls Sie einen Blick darauf werfen wollen.«

»Nein, danke. Ich weiß, daß sie bei Ihnen in besten Händen sind.«

Das Zucken seines Kopfes, als würde er einer Fliege nachblicken, hatte sich verschlimmert, und auch seine übrigen Bewegungen waren zitterig. Bestimmt trug er auch jetzt ein Korsett unter dem schwarzen Jackett und den Hosen mit Nadelstreifen, die er einst bei der Arbeit in Sleet House getragen hatte. Mir war klar, daß er sich extra so angezogen hatte, um mir zu zeigen, daß sich zwischen uns nicht viel geändert habe, und damit alles so blieb, wie es immer gewesen war.

»In Schottland haben Sie also gesteckt?« fragte er.

»Ja, aber ich bin von dort fortgegangen.«

»Ah.«

»Er ist auch fortgegangen, stimmt's, Curtis? Mein Gefühl sagt mir, daß er auch fortgegangen ist.«

»Ja, ist er. Vor vier Monaten hat er alles verkauft und ist auf eine Reise gegangen, wie er sich ausgedrückt hat. Mehr weiß ich nicht. Er hat mir ein paar von den Büchern geschenkt. Ich durfte mir welche aussuchen. Ich freue mich, daß ich sie hier habe. Ab und zu hole ich den alten G. Vertue aus dem Regal und staube ihn ein bißchen ab.«

Schweigend saßen wir da und ließen die Gedanken zu unserer gemeinsamen Vergangenheit zurückwandern. Ich mußte an seinen Bruder denken und daran, wie sogar ich in der Zeit, bevor Curtis die Einliegerwohnung in Sleet House bezog, gespürt hatte, daß all seine Kraft und Gedanken auf das Cottage gerichtet waren, in dem Maurice über so lange Zeit krank im Bett gelegen hatte, so wie zuvor meine Mutter. »Ich erinnere mich nicht mehr, wie er aussah, Curtis. Ich bin mir nicht einmal sicher, ob ich ihm je begegnet bin.«

»Wen meinen Sie, Miss?«

»Ihren Bruder.«

»Meinen Bruder, Miss?«

»Ja, Maurice.«

»Er war nicht mein Bruder«, stieß er stockend hervor. »Er war mein Freund, mein allerbester Freund.«

Ich muß ein ziemlich dummes Gesicht gemacht haben, denn er lachte glucksend, beugte sich vor und schob sein Gesicht dicht an meines heran. »Ein sehr feines Gehör hatten Sie noch nie, stimmt's?«

»Es wird langsam, Curtis. Ich arbeite daran.«

»Ach wirklich?« Er sah mich skeptisch an. Ich zog die Postkarte hervor und zeigte sie ihm. Er drehte sie in den Händen und lächelte, als er die Aufschrift las.

»Ich nehme heute abend die Fähre nach Le Havre.«

»Soso.«

»Es ist schon eine Weile her, seit die Karte abgeschickt wurde, nicht wahr?«

Er machte sich nicht die Mühe, einen Blick auf das Datum zu werfen, sondern zupfte nur an seinem Ohrläppchen. »Wird schon werden«, murmelte er.

Wieder versank er in Gedanken, blickte auf, um erst das Fenster und dann die Katze auf seinem Schoß in Augenschein zu nehmen. Der Ausdruck seiner Augen hatte sich verändert. Früher einmal hatte Enttäuschung und Ernüchterung aus ihnen gesprochen, doch jetzt nicht mehr. Er sagte: »Witzig, daß Sie von Maurice angefangen haben. Er ist ab und zu bei mir, hier in diesem Zimmer. Das hat er Jahre nicht mehr getan.« Er schwieg eine Weile, dann sagte er: »Sie machen sich jetzt besser wieder auf den Weg, Miss, wenn Sie die Fähre noch erreichen wollen.«

Im Hinausgehen berührte ich die Tasten des Klaviers. »Haben Sie oft zusammen gespielt, ich meine Sie und Leon?«

»Ja. Das waren schöne Momente.« Er umschloß den Kupferreif an seinem Handgelenk.

»Ich habe Ihnen einmal zugehört. Ich stand vor Ihrer Wohnung, und Sie beide spielten drinnen, er auf der Klarinette und Sie auf dem Klavier. Es klang wunderschön.«

Curtis schüttelte unwirsch den Kopf und zupfte wiederum am Ohrläppchen. »Nein, Miss. Wir konnten beide nicht gut spielen.«

Ich habe die Blume gekauft, die Seidenblume. Allerdings keine Veilchen, bei denen man immer gleich an Friedhof denkt, sondern eine Pfingstrose, eine große mattrosa Pfingstrose mit wuscheligem Kopf. Vor einer halben Stunde bin ich hineingegangen. Ja, nach drinnen. Ich bin hineingegangen, obwohl man mir netterweise draußen einen Tisch und einen Stuhl hingestellt hat. Es regnet zu stark. Mit Regen hatte ich nicht gerechnet. Die alte Dame sitzt an ihrem Platz, den Winzling von einem Hund wie gewöhnlich auf dem Schoß. Wir sind immer früh dran, sie und ich, wir sind immer die ersten. Ich halte ihr die Blume in der Schachtel mit aufgeklapptem Deckel hin, so daß sie sofort sehen kann, was es ist. »Pour moi? Vraiment? Pour moi …?« sagt sie immer wieder in heller Freude, während sie das schmierige Ding an ihrem Revers abmacht und statt dessen die Pfingstrose ansteckt. Ich stehe neben ihr und werfe ihr einen ermutigenden Blick zu.

Sie fordert mich nicht auf, mich zu ihr zu setzen. Sie begreift, daß ich ihr mit diesem Geschenk dafür danken will, daß sie meine Ungeselligkeit respektiert hat und natürlich vor allem dafür, daß sie deine Postkarte gerettet hat.

Ich sitze an meinem neuen Tisch, gleich neben der gläsernen Wand, und vor mir liegen das Trottoir, die stark befahrene Straße, der Fischmarkt. Ja, ich bin hier. Jeder, der hereinschaut, kann mich sehen.

Ich muß an Francis denken. Zweimal ist er mir erschienen. Das erste Mal am frühen Morgen auf dem

Boulevard Charles Livon, wo der Gehsteig von den heruntergefallenen Früchten der Maulbeerbäume mit schwarzroten Flecken übersät ist. Auf einmal war er neben mir, das ist alles. Sehen konnte ich ihn nicht, berühren auch nicht, und er sagte auch nichts. Das zweite Mal war in meinem Badezimmer hier im Hotel. Ich bürstete mir gerade das Haar, noch immer froh darüber, daß ich es abgeschnitten hatte, als in mir die Gewißheit heranwuchs, daß Francis nebenan auf dem Bett lag, die Hände hinter dem Kopf verschränkt, die Ferse eines Fusses auf dem großen Zeh des anderen balancierend. Ich ging nicht nach nebenan, um nachzusehen; ich habe genug erlebt, um so etwas nicht zu tun. Doch ich bildete mir ein, daß er mit mir plauderte, obwohl seine Stimme natürlich nicht zu hören war. Es waren Belanglosigkeiten, wie Paare sie sich in gelöster Atmosphäre wie etwa beim Ankleiden mitteilen.

Nun habe ich alles niedergeschrieben, habe viele Hefte mit meinen Worten gefüllt. Mehr habe ich nicht zu sagen. Alles weitere liegt vor mir. Bald schon werde ich aufstehen, hinausgehen, eine Runde drehen, vielleicht zurückkehren. Vielleicht wirst du bei mir sein, vielleicht nicht. Am liebsten wäre mir, du wärst bei mir.

»Ein grandios epischer, phantasievoller Familienroman aus Sizilien«

Petra

342 Seiten. SP 1740

Marianna Ucrìa, sizilianische Adelstochter im 18. Jahrhundert, ist stumm. Weil sie nur lesend und schreibend mit der Welt kommunizieren kann, verfügt sie über das, was anderen Frauen ihrer Zeit versagt ist: die Instrumente der Bildung. Damit gelingt es ihr, sich aus den Fesseln der Familie und starrer Konventionen zu lösen …

»Ein vollkommen geglückter Roman, der ein faszinierendes Frauenleben einer längst untergegangenen Epoche ausbreitet, vor allem aber eine überaus kundige und bewegende Liebeserklärung an das alte Sizilien ist.«

Die Presse, Wien
